长篇小说卷

李氏家族

SELECTED WORKS OF LI PEIFU

李佩甫文集

河南文艺出版社
郑州

图书在版编目（CIP）数据

李氏家族/李佩甫著. —郑州:河南文艺出版社,2020.8
（李佩甫文集.长篇小说卷）
ISBN 978-7-5559-0906-4

Ⅰ.①李… Ⅱ.①李… Ⅲ.①长篇小说-中国-当代
Ⅳ.①I247.5

中国版本图书馆 CIP 数据核字（2020）第 100420 号

总 策 划	陈 杰 李 勇
选题策划	陈 静
责任编辑	陈 静
责任校对	梁 晓
装帧设计	M 书籍/设计/工坊 刘运来工作室
内文设计	吴 月
责任印制	陈少强

出版发行	河南文艺出版社
本社地址	郑州市郑东新区祥盛街 27 号 C 座 5 楼
邮政编码	450018
承印单位	河南瑞之光印刷股份有限公司
经销单位	新华书店
纸张规格	700 毫米×1000 毫米 1/16
本册字数	280 000
总 字 数	4914 000
总 印 张	369.5
版 次	2020 年 8 月第 1 版
印 次	2020 年 8 月第 1 次印刷
定 价	1580.00 元（全 15 册）

李佩甫，生于 1953 年 10 月，河南许昌人。现为中国作家协会全委会委员，河南省作家协会名誉主席。

主要作品有长篇小说《河洛图》《平原客》《生命册》《等等灵魂》《羊的门》《城的灯》《李氏家族》等，中短篇小说《学习微笑》《无边无际的早晨》等，散文集《写给北中原的情书》，电视剧《颍河故事》等，以及《李佩甫文集》15 卷。

作品曾获茅盾文学奖、庄重文文学奖、人民文学优秀长篇小说奖、全国"五个一工程"奖、"中国好书"等多种文学奖项。部分作品被翻译到美国、英国、法国、俄罗斯、日本、韩国等国家。

目　录

○　●

○ ●

引子 ·································

七奶奶死了。

她的生命用仅存的一颗门牙顶着，顽强地活到了八十二岁。凡是出生在大李庄的孩子，将永远记住她讲的"瞎话儿"。在谷场上、大树下，七奶奶那带有神秘、恐怖色彩的"瞎话儿"像天上的月亮一样每晚准时地出现在孩子们的心头，尔后，伴着他们一日日长大……

更使人难忘的是：一九八三年七月，一个炎热得让人激动的夏天。在庄稼人刚刚吃饱饭之后，河南乡村悄悄地刮起了一股续家谱的热潮。于是，大李庄村辈分最长的七奶奶，颤颤地拄着枣木拐杖，以惊人的毅力叩开每家每户的大门，召集全族"识字人丁"，在当地政府既不反对、亦不支持的情况下，集资两万余元（每家每人出资一元），费时三个月整，七续李氏祖谱！待秋叶飘飘，七续祖谱印制成册，在床上瞪着眼躺了十一天的七奶奶才溘然长逝。

为此，七奶奶赢得了本村空前盛大的葬礼。那超度魂灵的"响器"整整为她吹奏了三天三夜……

然而，七奶奶却没有走。由于惊人的忙乱，家族的不肖子孙竟然忘记了给她老人家"出魂"！

为了补救这重大的疏忽，让老人放心地上路，后人们决定再次郑重地为她老人家送行。为此，后人们不得不把有十数卷之多、庞杂纷繁的《李氏祖谱》简略地摘抄在大纸上，张贴于村口最醒目的地方，好让她老人家看清楚，她可以放心地走了……

卷一（摘）

七续祖谱序

国有国史，省有省乘，县有县志，族有族谱，意义均在于记载其发展的历史。家谱具有史实意义……

自民国二十年六次续家谱以来，又五十多个春秋了。家族人丁繁衍兴旺，支脉广布。随人口增加、星散，多有面而不识，不知列祖列宗之后人。因此，有必要重续家谱，以使后代明祖明宗，知其家族血脉之渊源。

由谱记载，本族历代人丁都为国家、社会做出了卓越之贡献，其中不乏名人、功臣。近年来，亦出现了一批在政治、经济、军事、科技、文化诸方面做出贡献之人物，这是家族的骄傲。为发扬家族传统，以示后代子孙光耀门庭，奋发图强，发扬光大，做些历史的记载是必要的。中华民族是由各个家族组成的。每个家族都是民族的细胞。若每个家庭都能光耀祖宗，为本族争光，无疑，中华民族就有希望。一个人不爱家，岂能爱国乎？……

在这次续谱中，承族人×××、×××等废寝忘食，夜以继日，收集编纂。费时三月有余，终得问世，这是家族的大事，阖族无不为之欢欣。愿全族……

　　　　　　××世孙　　×××沐手敬撰

　　　　　　××世孙　　×××沐手敬撰

　　　　　　　　　　　　　　…………

　　　族论（略）

　　　族法族规（略）

　　　　　命名编

　　　　（亦称"世字行"）

　　因家族血脉旺盛，繁衍有序，原世字行已不足用。现经编纂委员会研究，阖族同意，决定再续于世：

　　（原）忠厚持家久　孝廉布四方

　　　　　①②③④⑤　⑥⑦⑧⑨⑩

　　（原）节全是吾本　义字万世传

　　　　　○○○○○　○○○○○

　　（续）恩山后人种　泽荫水流长

　　　　　○○○○○　○○○○○

　　（续）子延福佑苗　孙承光耀果

　　　　　○○○○○　○○○○○

　　（注："子"字辈为本族第三十一世孙。）

　　　　　卷二（摘）

　　　　功名卷（略）

（注：此卷包括族人中为国家社会曾做出卓越贡献之人丁或现科级干部、工程师以上者；倘有特殊贡献或事迹不凡者，无论有无职位、名分，均可单独立传。）

卷三（摘）

脉线卷（略）

图示如下：

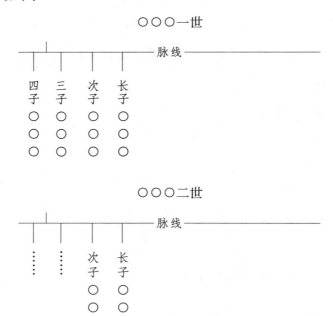

（注：卷三至卷八均为血脉卷。）

卷九

人丁卷（略）

（注：此卷记载每家人口多少。包括姑娘出嫁到何处何家系何氏之妇；过门媳妇来自何处何家系何氏之女；还包括前后妻室、大房二房之嫡生子嗣。）

卷十

墓茔卷（图略）

（注：图中详记祖坟茔地之规模、方位及死者墓址、排列顺序等。）

七奶奶该走了。

血脉不是连着的嘛，一代一代相连，一支一支接续下去。再说，后代的子孙不是一个个都长起来了嘛。她那超常的记忆已经给大李庄村的后代子孙烙上了鲜红的、不可磨灭的印记，还有什么可留恋的呢？

也许，七奶奶仍有放心不下的事体？她的"魂灵"仍在村庄的四周游荡着、游荡着……

是呀，二十世纪八十年代了，年轻的族人并不把这千古大事放在心上。在纷纷攘攘的世间，各自要做的事是那么多，欲望被花花绿绿的世界烧着，怎能让老人家就这么放心地走呢？

也许……

○　●

奶奶的"瞎话儿"（一）

······················

很久很久以前，在一个滚动着橘红色落日的黄昏，族人们齐齐地跪在一棵巨大的老槐树下（一代一代的后人，一代一代的讲述者都曾说是老槐树，那是槐树吗?）。

槐树前端坐着八十二岁的远祖。老人安详地坐在那里，闭着智慧的双眼，那过分成熟的额头挺挺地仰向苍天，那由岁月和风沙切出一道道纹路的老脸，漫散着紫红的光。在饱受了七十七天的风沙之后，老祖宗那像"活地图"一样的老脸上还能透出紫气来，使族人的心灵上得到了一些宽慰。

族人们偷觑着老祖宗的脸色，期望着能从他的脸上得到一点什么。然而，他们看到的仍是一片默然。他脸上那由汗霜凝结成块块的灰沙正一片一片地往下掉，遍布紫气的脸膛清晰地显现出一条条红涨透熟的血脉，看上去就像是一条条紫红透亮的蚯蚓。那威严中蕴含着智者的慈祥，渐渐、渐渐，有笑意透出来了。那笑意仿佛是他睿智大脑里播出来的智慧之光，就像是紫红的太阳普照着跪下的族人。于是，族人们连连叩头，叩谢上苍的恩赐。

天静静，地也静静。暮色正在缓慢地合围，那一轮火红的球即将滚落，夜就要来临了。饥饿、寒冷和旅途的劳顿一齐袭上族人的心头。在跪着的黑压压的人群中，孩子的哭声四起。可谁也不敢动，就那么死跪着。在这次迫不得已的大迁徙中，他们已经随着老祖宗走了七十七天了！漫天黄沙几乎裹去了三分之一族人的生命，只有身上蕴含着祖先那无穷耐力的人才能走到这里。他们在静等着老祖宗的明示，盼着老祖宗能在冥冥之中的上苍的庇护下，指出一条通往幸福的路。——在天黑之前！

落霞那橘红的光线正在一点一点地缩回去，火球在跃下地平线之前艰难地弹跳了两下，摇摇地坠落了一半圆红。老祖宗脸上的紫气也随着渐渐地消散，暗下来岁月的印痕。那老人斑霭时布满了整个脸膛，沟沟壑壑的纹路也风干了似的绷紧，那眼依旧闭着。

族人们焦急地再次叩头，叩拜声震天动地！终于，跪在前边的族人看见老祖宗微微地挪动了一下腿，麻鞋无声地掉在地上，伸出了一只脚……

一声长喝，族人们依照老祖宗的"吩咐"单腿跪下，对天盟誓：

从此以后，不管走到天涯海角，凡小脚趾是双指甲盖的，就是族人的血脉！

族人们定定地看着自己的脚，看着小脚趾上的双指甲盖——族人的标记，发誓要一代一代传下去。

就在夕阳落下的最后一刻，老祖宗的手缓缓地扬了起来，启示般地指向远方。族人们随着转过脸去，奇迹出现了：

在夜幕即将合围的远方的天边，出现了一条清凌凌的大河，琴韵一样的水声隐约可闻，河那边是一片郁郁葱葱的绿色……

有水，就有了活路。

于是，族人们齐声欢呼，叩谢上苍的恩赐。可当他们转过脸来的时候，老祖宗已经倒下了，脸上带着安然的微笑。族人们全都匍匐在地，一个接一个上前去吻那族人血脉的印记……

最后一个去吻祖先脚趾的是族人中最年轻的季和。他背着全族人唯一的木犁，淌着满脸热泪，爬到了老祖宗的脚前。在他吻脚趾的一刹那，季和偷偷地瞅了老祖宗一眼，又赶忙低下头去。从他记事起，老祖宗就没说过一句话。他为什么不说话呢？（许久之后，季和脑海里曾经出现过这样的念头：难道老祖宗是哑巴吗？）他不敢往下想……

族人们开始祈唱了。苍凉悲壮的诵唱声在沉沉的暮色中飘荡……在诵唱声中，族人们轮番捧起一抔一抔的沙土撒在老祖宗身上，直到夜半时分，这里出现了一个巨大的土丘。土丘上，按照本族最隆重、最尊贵的葬礼仪式，放置了五颗珍贵的谷种……

黎明时分，当季和醒来的时候，突然发现人们不见了。除了远去的一大片脚印以外，就剩下老槐树、祖坟和他。他躺在沙窝里睡得太死了，竟然没有听见一点声音。他爬起来，拍拍身上的沙土，朝着远方望去。除了一望无际的黄沙之外，什么也没有。没有河流，也没有绿树……他又一次睁大眼睛定定地望着远去的脚印。难道眼花了吗？黄尘，黄尘，遮天蔽日的黄尘……他就这样围着祖先的坟走了一圈又一圈，又趴在地上听了很久很久，没有水声，只有呜呜的风。

季和呆住了。

如果顺着族人的足迹寻去，他会赶上的。就在他扛上木犁迈腿的时候，仿佛有一股神奇的力量攫住了他那颗年轻的心，使他再一次看了看老祖宗指定的方向，那里的确只有漫天黄沙。他迟疑了，一步一步倒退着朝另一个方向挪。他知道背叛老祖宗的遗嘱是要遭报应的。他觉得他浑身在抖，惊恐地闭上眼睛，等待着响在头顶上的巨雷把他炸成碎片！一步，两步，三步……十步之后，他猛地睁开了眼睛。四周静静的。突然，他飞快地跑上了埋着老祖宗的土丘，大口喘着粗气，把坟顶那五颗谷种攥在手里。而后，他倒退着走下土丘，在坟前跪下来，重重地磕了三个响头，又一步一步地退着，朝另一个方向走去——背着一架木犁，揣着五颗谷种，跳着一颗恐惧而又好奇的心。

一个黑点渐渐地在天边消失了。

一连走了七天七夜，季和迷失方向了。

他像野兽一样往前瞎撞，拼命逃避那遮天蔽日的黄沙，却怎么也走不出黄沙的世界。烈日和狂风挤走了他身上的最后一点点气力，嘴上、脸上裂出了一道道的血痕，两只脚也磨得血淋淋的，他再也走不动了。

这时，他那颗跳兔般好奇的心经过苦难后渐渐冷却下来，开始结茧了。这颗年轻的心在痛苦的磨难中一点点走向成熟，孤独正一点点地吞噬着好奇。他立时感到离开族人是可怕的。他后悔了，无力地跪下来，抱头痛哭。此刻，他是真心愿意归顺，只要能让他回到族人的行列，他愿意承受最重的处罚。他一遍又一遍地祈求上苍，祈求死去的祖先，求那冥冥之中的神灵给他一个改过的机会……

风沙狂吼着，一个又一个巨大的烟柱从他身边旋过，荡起通天的狼烟，顷刻间把一个沙丘吃掉了，又把一座更高的堆起。太阳在灰蒙蒙的沙天上摇晃着，像血一样暗红。倏尔天黑下来，泼墨一般的乌云千军万马一般朝他压来，风吹着呜呜的长哨贴着地皮掠过，紧接着是一记霹雳般的闪电，瞬时在黑天上划出一道刺眼的亮线，大雨倾盆而下……一时又雨过天晴，太阳火辣辣地烤着，沙浪蒸发出灼人的湿热。

季和实在是走不动了，他就这样一步一步地在地上爬，爬出了一片血痕。干热的沙土很快吸干了他留下的血迹，给他以扎心的疼痛。他常常昏迷过去，醒来后又爬，一种求生的本能使他慢慢地往前挪动。当他爬不动的时候，他挣扎着摇摇晃晃站起身来，用最后一点气力往远处看，似乎想最后再看一眼什么——就在这时，他看到了绿色！看到了树！！

他栽倒了，他不相信这是真的。但终于有了一线希望，这希望迫使他鼓足最后的勇气往前爬，爬……

第二天，当他从昏迷中醒来的时候，太阳正冉冉升起，鸟儿在枝头叫着，哗哗的流水声十分悦耳。在他的眼前，出现了大片大片的河滩地，一条流淌的河。一股带有野果香味的小风正从河那边吹过来……

"天哪！"季和大叫一声，扑倒在河滩地里。

季和就在这里住下了。他用树枝和茅草给自己搭了个窝棚，又带足了水去把那扔在路上的木犁找了回来，连同谷种一起放在窝棚里。以后，便每日到树林里去采集野果。

过了些天，在一个晴朗的日子里，他在河滩里扎下了犁，小心翼翼地把那仅存的五颗谷种埋在新开的土地里……

他用木橛在地里做了记号，一日一日守护着这五颗埋在土地里的种子，急不可待地盼着它发芽。十天之后，只有一颗种子发芽了，地上拱出了两片幼小的嫩芽儿；十四天之后，渐渐长高的小芽儿又分出两片嫩叶；一个月之后，小苗儿已长有一尺多高了。这是唯一的希望了，季和更加小心地守护着它。

在一个月明星稀的夜晚，他呆呆地坐在地边上，静静地听着河水哗哗地流淌，听着树林子里发出的鸣虫儿的叫声，听那肥厚的土地里发出一种无名的蠢动……顿时，他心里朦朦胧胧地升起一种渴求，这渴求很快地燃成一腔蓬蓬的心火。他脱去了身上的一切，但身上的每一个部位都是火辣辣的。在他的身体的下部有一根棍子一样的东西来回打着两条腿，迫使他跳起来，身不由己地顺河向东跑去。他的一双亮眼在夜色中闪着野性的光。一根棍子一样的东西不停地抽打着他，那般不可遏制的蛮力推着他不停地向前跑，跑。他只觉得两耳呼呼生风……

不知过了多久，也不知走了多远，在一个敞亮幽静的河湾里，他突然听到了棒槌的声音。那带着水音的敲击声一下一下响着，脆而圆润，像是敲在他的心上。他趴在河坡处偷偷望去，朦胧中看见是一个女人在河边洗衣裳。那奇妙动听的棒槌声正是从她手下传来的。他呼呼地喘着粗气，在朦胧的月光下看女人那柔美的曲线一起一伏地在河水里映着，一头秀发像黑缎子一般在夜色中闪闪发光。过了一会儿，那动听的棒槌声消失了，女人幽幽地站了起来，脱去身上的衣裳，像软白的云朵一般扑进了水里，"哗啦、哗啦"的撩水声像打碎的细瓷儿一般好听。他看到了女人那白白的脸儿，白白的膀儿，忽悠悠的眼睛，还有胸脯上那两坨颤颤耸动着的软雪……

季和身上那股野性的力突然消失了……

就在这天夜里，季和在窝棚里做了一个梦。他在梦中走出了窝棚，走到了新开的地里……他突然发现那棵谷子神奇般地长高了。谷棵像大树一样粗壮，高高地直插云天。肥大的谷穗一嘟噜一嘟噜地倒垂着……他刚一贴近谷棵，便听到了棒槌的声音，离开谷棵，那神奇的声响就消失了。于是，他顺着谷棵爬上了天空……在天河边上，他看见了那个洗衣的棒槌女。棒槌女的棒槌漂到河里去了。季和跳进天河帮她捞出来。在递棒槌的时候，季和抓住了棒槌女的手，突然把她抱在怀里，顺着高耸入云的谷棵一步一步来到了人间……

第二天早上，当季和从梦中醒来的时候，他发现身边躺着一个女人（这女人是他从地上抢来的，还是从天上抱来的呢？没人知道）……

十个月之后，窝棚里传出来了新生命那响亮的哭声。棒槌女生下了第一个孩子。季和把那神秘的小红肉儿掮了起来。他清楚地看见，在小红肉儿那粉红的小脚丫上，嫩点儿一般的小脚趾分叉着两个米粒大小的指甲盖。

这是本族血脉的标记。他笑了，高高地，擎起小红肉儿，亲了亲孩子那嫩芽儿一般的小脚趾，像对待祖先一样。

　　从此，季和再也没有离开这块土地，直到死去。

○　●

羊（一）　·······································

儿时，他的记忆是从一株草开始的。

那时候，他还没有正经名字。

只知道，爷叫捆，爹叫绳，他叫辫儿。都是喉咙喊出来的。

记得，娘上地时常把他捆在一根绳子上，一头拴在娘身上，一头拴在他身上，娘在前边割豆子，他在后边的豆地里爬，活活一个土孩子。娘和他离得太远时，也会把绳子解开，让他带着一根绳子爬，绳长，也拉不太远，不会出事的。他就这么爬着爬着站起来了。他走路并不是人教的，而是在田埂上摔出来的。他在田野里爬来爬去，爬着爬着就走起来了，而后他栽倒在玉米地里，就摔在一株小草的跟前。他趴在那里，像气肚儿蛤蟆似的，很久很久站不起来，眼前晃着那么一株小草，整整一个上午，他就一直趴在那里望那株草，那草曾给他留下了强烈的记忆，以至于成人之后，他仍然记得那株小草的状态。那是一株很瘦很弱、细线一样的小草，秆是青色的，微微泛一点灰，泛一点点白，草节上还有一些麻麻淡淡的小黑点，让人看了心寒。他说不出为什么会害怕，可他就是怕，那么弱的一株小草，他怕。后来，也是到了后来，他慢慢地伸出小手，抓了那草，当他把草抓在手里时，他发现那草已经散了，草是自动散的，草散成了一节一节的，他抓在手里的只是一些碎了的小节节……为什么呢？为什么会散呢？这个疑问也许只是一个讯号，一个存留在他小小脑海里的讯号，完整在一刹那分解了，脑海里却存活了一个疑问。一直到很久，大些了，当他成为一个割草孩子的时候，他才知道那叫"败节草"。这时候"败节草"成了他生命中的第一个记忆信号，他就这样记住了"败节草"。

然而，记忆是延伸的，与"败节草"有关的是一段声音，如果没有这个声音，他也不会记得如此深刻。

那其实是一个字。

就在那片玉米地里，他还拾到了一个字，他听见有人说："脱！"

那个字像是突然从天上掉下来的，带一种不容置疑的果决，很突兀。那个字很干，很硬，是哑声迸出来的，就像是夹板一样，一下子夹住了什么，夹出了一片橘红色的恐怖。那个字还甩出了一股簌簌的声响，一股甜腻腻臭腥腥的气味……"脱"很生动，就这么"咚"一下打在了他的耳膜上！而后他的记忆曾不断地对这个字进行修饰，一次一次地增补删改。在以后的很多日子里，他曾无数次地重复过这个"脱"字，他曾经一个人偷偷地躲在麦秸垛里默念"脱、脱脱脱……脱"，那个字太生动了，他念了就笑，念出了很多愉悦，也念出了五光十色的韵味，于是就有了"白亮亮"的感觉。这个字跟"白亮亮"有机地联系在一起，联系出了更多的内涵。在时间中，"白亮亮"有了无限的扩展，直至定位。于是在一片青色的高粱地里，他看到了麻子六爷和幺婶。这是记忆的重复，还是那么一个"脱"字……这个"脱"字终于跟"白亮亮"勾在了一起。

就这样，"脱"字成了他儿时的第一个玩具。他是在心里玩的。

"二脱"和"一脱"是有差别的。一脱仅仅是一个字，是嘎嘣脆；二脱却是一组字，是阴阳声。在那片青色的高粱地里，高粱叶子哗啦哗啦响着，那些字就像是炸豆一样一个个迸落在他的头上：

"脱。"

"……桂生……"

"草。"

"红叶她爹……"

"草。"

"红叶她爹……"

"草！"

"……"

这些字是需要时光来翻译的。他看到的是情景，在情景中麻子六爷肩上搭着一件土色的汗褂，光脊梁站在那里，歪着一张汗津津的麻脸；幺婶身上背着一捆草，头上蒙着蓝花格格头巾，头深深勾下去，而后是草捆慢慢地坠落在了地上，接着，幺婶蓦地摘下蒙在头上的蓝花格格头巾，只见她半弯着腰，一双手"唰、唰、唰、唰……"，眨眼之间，在四周的高粱棵上刷出一抱叶子来，随手铺在了地上，接着，她一件件地脱去身上的衣服，赤条条地躺在了高粱叶子上，夕阳照着一片白亮亮的沉默……

后来，在时光中，经过一次次的咂摸，一次次的把玩，他隐隐约约地明白了那组字的含意。他先是在语气上感觉到了"脱"字的深刻。他觉得那不是一个字，那是一种不可抗拒的力量。为什么说脱就脱呢？为什么别的人就不能让幺婶脱呢？在村街上，他亲眼看见幺婶把一碗饭泼在了石头身上，因为石头趁她不备，在她屁股上轻轻拍了一下。石头那样壮，可石头还是吓跑了……当然，等他认了一些字之后，他首先懂的就是这个"脱"字，他认为"脱"的真实含意就是脱了衣服用肉体说话。很生动啊！接下来，他又逐渐明白了那组字的外延，在特定的环境里，他在那组字里品出了对抗的意味，"脱"是命令，"桂生"是抗拒，那抗拒是一步一步的。他在第一个"草"字里品出了低贱，在第二个"草"字里品出了不屑，在第三个"草"字里品出了带有威胁成分的鄙夷。他曾经有很长一段时间不明白"红叶她爹"是什么意思，不明白"红叶她爹"跟这件事的关系，慢慢，慢慢，他才品出了对抗的剧烈，在那片高粱地里，这是幺妮最为强烈的一次反抗！桂生是幺妮的男人，而对应的却是"草"，在万般无奈的情况下，幺妮抬出了"红叶她爹"，红叶肯定是一个女娃，却有这么一个好听的官名。红叶是谁？而红叶她爹又是谁呢？这是一个语码，是一个暗号，分解后他得出结论，这不是大李庄人……可是，他的力量仍不能抗拒麻子六爷，他的回应还是一个"草"字，看上去虽简简单单，可幺妮无奈了，她再次强调了"红叶她爹"，而麻子六爷最后喊出的那个"草"字的含意极为丰富，那里边包含着在平原上可以傲视一切的东西……可那又是什么呢？

在一个时期里，他看见幺妮的三个儿子在苗壮成长。幺妮的三个儿子大国、二国、三国全都长得虎头虎脑的，一个比一个壮实；而那时候他却像麻秆一样瘦小，他的碗也小，他只有一只小木瓯，他饿。

在村街里，幺妮的三国曾气势势地对他说：辫儿，你过来。可是，待他一走过去，小小的三国一下子就把他推倒了，摔他一个满脸花！

他反抗过。他曾经把幺妮家的三国引到一块埋了草蒺藜的地里，而后把他一下子推倒，让三国滚了一身草蒺藜……可是，大国、二国、三国一齐来了，他们把他按倒在地上，差一点就把他卡死了……大国说："让他喊爷！"他不喊，他实在是不想喊。二国说："不喊让他吃屎！"于是，三个国一个个褪下裤子来，坐在他的脸上一人放了一个响屁！屁很臭，一股子红薯味。他哭了。

后来，他把这次反抗的失败归咎于红薯。这是关于屁的总结，从三个国放出的屁里，他闻到了足量的红薯味，那就是说，幺妮家的红薯多！三个国有足够的红薯可以吃，而他，却从没吃过一块完整的红薯。

时间仅仅过了三年，在这三年里，他看到幺婶一次次地上地割草。而割草的幺婶却一次次地躺倒在田野里，像败节草一样分解开来，让麻子六爷用肉体说话……麻子六爷嘴里喊出的那个"脱"字已经失去了那旧有的霸气，而变成了一种温和的絮语。那字后边也常加上一个"吧"，那"吧"肉肉的，带一股黏黏糊糊的气味。每到最后，麻子六爷总要捏着一个地方，说：凉粉豆。

什么是凉粉豆呢？

当麻子六爷又一次说过"凉粉豆"之后，就再不见幺婶上地割草了……

突然有一天，他看见麻子六爷像死灰一样蹲在村街的一个墙角处，他像是眨眼之间老了。他蹲在那里，手哆哆嗦嗦地捧着一只老碗，正在"嗞嗞喽喽"地喝面条，这时候幺婶走了过来，幺婶挺身从麻子六爷身边走过，就在她将要走过去的时候，她却突然勾下头，"呸"一下，朝麻子六爷碗里吐了一口唾沫，而麻子六爷连头也没有抬，他只是缓慢地动着筷子，木然地望着那口吐在碗里的唾沫，久久，他像是终也舍不了那碗面条，竟然把那带有唾沫的饭吃下去了……

在那一刻，他简直是目瞪口呆！

于是，在他很小的时候，他就凭着那一株草和一个字的启示，在无意间接近了平原的精髓。

也就是在这一年里，他同时发现了一个真理：

他小脚趾的指甲盖竟是双的！

○　●

鼠　·······································

　　李满凤是一个人挎着小包袱到婆家去的。在有着五百户人家的大李庄村，她是第一个，也是最后一个。

　　出嫁那天，没有鞭炮、锣鼓，没有陪送的嫁妆，也没有吹吹打打的迎亲队伍。在天亮之前，她悄悄地离开了养育她二十一年的村庄。五更鸡的长鸣为她吹奏了送亲的喇叭……

　　没有人可怜她。

　　就连本村人提起她也捣脊梁骨。

　　人说，没有见过这么狠的女人，也没有见过这么能干的女人。她的出嫁给村里待嫁的姑娘定下了一个高不可攀的样板！以至于过了好久，媒人们还是不敢轻易上大李庄提亲，怕姑娘们都学李满凤。

　　李满凤家住在村西。家里人口并不多，一个老爹，两个兄弟。她老爹为人不坏，只有一点点小毛病，爱赌。就这一点点小毛病，活活气死了李满凤的老娘。所以，李满凤从十六岁起，就掌家主事了。从两个兄弟的吃喝穿戴，到家里的大小杂务，一切用项开支，全由她掌管着。她爹好赌，家里不免就穷。李满凤性子烈，常常为赌钱的事和她爹吵架，吵急了，爹就追着打她，可无论老爹怎么打她，她都一声不吭。老爹打她时，希望她跑掉，可她竟不跑，就那么挨死打，弄得老爹没有办法，竟也有些怕她了。十八岁那年，为了逼爹改了赌博的恶习，她曾当众剁去了一节小拇指头！她爹也就立誓不再赌了。然而，对于上了瘾的人，立誓也是没用的。要是很长时间不赌一次，他的手痒。有一天夜里，他进城卖烟回来又犯瘾了，没顾上回家，揣着钱就直接上了赌桌。赌到半夜的时候，他不但搭上了三百块钱烟款，还欠人家二百块。赢家是个无赖，一推牌说："这二百块钱你也还不起，我也不要了，叫你大闺女陪我一晚算兑账。"她这糊涂爹输昏了头，还蛮精明地瞅了对方一眼："你鳖儿想打俺闺女的主意？哼，没那么便宜，三百！"平心论，他没想兑上自家的亲闺女，可他想赢，他觉得他能赢，下一盘准赢！他想把赌输的钱再扳回来，家里还等着用钱呢。对方一愣，又逼上一句："当真？！"他说："当真就当真。"她爹急着想赢，也就应了这么一句。那人一捋袖子："好，大家都听着哩，不能后悔。我他娘的就再给你一百！"

可是，连着摸了几盘，他又输了。他再也没有话说，就默默地站起来，默默往家走。那人就在后边跟着他。他知道那人跟着呢，心里揪，不知道该往哪里去，走到河边的时候，他站住了，看了看河，河里的水明晃晃的，汪着一晕大月亮，他想死。心说，死了吧。可他既然没有改赌的勇气，也就没有死的勇气。站了一会儿，那人说："走吧。也不是麦，挖一瓢少一瓢。"他就这么昏头昏脑地走回了家。

一进院，李满凤金刚怒目一般在门口立着。她知道爹又去赌了，那人是来讨赌债的，可她没想到那人是来讨她的清白身子的，爹把她的身子也输给人家了。她咬着牙问："欠你多少？"

那人贪婪地瞅了她一眼，狎昵地笑笑："不多，三百。"

李满凤冲那人冷冷地一笑，回屋掂出一把菜刀，恶狠狠地说："来呀，你来呀！你姑奶奶等着你呢！"

那人结结巴巴地说："满、满凤，有、有人愿打，有有有人、愿挨，恁（河南方言，您的意思）爹愿、愿哩……"

李满凤"啪"地一下把菜刀砍在门框上，斜了她老爹一眼，说："俺爹愿了俺也愿！你来呀，你亲娘等着你哪！……"

那人的脸都吓白了，一步一步地往后退着："你不愿，那那钱……"

"谁说不愿了？你可来呀！你啥时来都行，你姑奶奶一条老命等着你哪！"

那人的声音越来越低，满凤的声音越来越高。就这样，她把那无赖吓走了。那人走后，她爹"扑通"一声跪倒在女儿跟前，用巴掌狠劲捆自己的脸……

她不理爹，"咣当"一声把门关上，趴在床上哭起来了。

从此，她爹那仅有的一点点做父亲的自尊也丢掉了。他也觉得自己不像个人，在女儿面前再也做不起人了，就整日里默默地干活，一切全凭满凤做主。

满凤十九岁那年，已经出落成水灵灵的大姑娘了。村里人说，夏天是满凤的。她那白白的脸儿怎么也晒不黑，那毒辣辣的太阳只能给她抹上一层淡淡的红晕，就像涂了胭脂一般好看。她衣裳不多，夏天也就那么两件短袖衫，一件月白的，一件蛋青的。穿了月白的出来，她那高挑的身子站在哪儿，哪儿就是凉荫；穿了蛋青的出来，她那浑圆的肩膀，饱饱的胸乳，还有那裸露着的嫩藕似的半截胳膊，叫人不由得想起村西小河里泛着浪花的清清泉眼，想撩。当她担水的时候，两只白胳膊轻轻甩起，即使是不经意地瞅你一眼，也像是六月天吃拌芥末的凉粉，凉丝丝地辣。她在地里干活的时候，常有路人停下来问："这是谁家的闺女呀？……"

媒人接踵而来。

在媒人介绍的数十个对象中，满凤选中的是一个有钱而又老实的煤矿工人。头次见面，那人就拿了一百元见面礼。当时，这在大李庄村已是很高的价码了。可是，当他把这个红纸包交给满凤的时候，她接过来用手捏了捏，又随手扔了过去，鼻子里哼了哼说："俺也太不值钱了！"当时就把那矿工闹了个红脸。但这矿工一见面就喜欢她，特别喜欢她那双水灵灵的眼睛，不敢看，又想看，那眼里有一种不可抗拒的魅力。于是，又赶忙托媒人来问她要多少，满凤却一点也不羞，张口就说："起码也得五百。"矿工又赶紧送来五百块，这才算见了面。

第二次见面，矿工狠狠心，提了十匣点心、四身衣服。这在乡下，已是十分的阔气了，可满凤背着脸坐在那儿，连看都没正眼看。那矿工是真的迷上她了，局促不安地站在那里，就像个偷儿一样……满凤竟然一句话也不跟他说。没有办法，那矿工临走时，把骑来的自行车撂下了。那是一辆新崭崭的"飞鸽"牌自行车，矿工是掉着泪走的。

第三次见面是八月十五，矿工整整挑了一挑月饼……当媒人问她到底愿意不愿意的时候，满凤说："俺也没啥意见。俺在家是老大，俺还得在家干几年。房子也该修了，两个兄弟慢慢也就大了，还得娶媳妇。这都得用钱。你要能等，就等俺几年，要不能等，俺把钱退给你……"矿工虽老实，也听出这话音了，问她修房子得多少钱。她在心里细细算了一遍，说："怕再少也得三千！"那矿工愣了，一句话也说不出来，就那么呆呆地坐了半天，过晌，他骑车回去了。不久送来了两千块，说那一千块过一段凑齐了再送来。

就这样，整整一年过去了，那人每逢过节都来送礼，送衣料，送钱……送来的衣服满凤一件也没穿过，全又转送到给兄弟说的媳妇那里去了。送来的礼物，她也让小兄弟重又提到集市上卖了……在这一年里，她翻盖了三间瓦房，重修了院落，还给弟弟们定下了两门亲事……

似乎再没什么可说了。双双去乡里登记那天，当满凤走到乡政府的门口时，却又不走了。天很热，太阳当头照着，她坐在台阶上，就那么一动也不动地坐着，任谁说也不站起来。男方的娘都急哭了，那汉子也红着脸在一边站着，一脸求告的神色。媒人是晓事的，悄悄地问她还要多少，她咬咬牙说："俺这么个大活人，不能就这么跟人去了。俺老二兄弟还没有房子呢，俺得给他置所房子再走……"

男人噙着泪答应了，说登了记就去给她凑。可她转过脸去，就是不站起来。她知道登了记就不由她了。

一直等到日落西山，乡政府快下班的时候，男人才满身大汗地跑回来。当他把借的三千块钱递到她手里，她才算进了乡政府的大门。

登记之后，她还迟迟不走，一日一日拖着，一直拖到她亲眼看着老二兄弟的三间瓦房盖起来……

这天，男人又来了。她给男人倒上茶，让他坐着，这才细细打量着男人：男人瘦了，眼窝深深地塌下去，脸黑黄黑黄的，身上穿得很破，连自行车也没骑。男人一句话也没说，捂着脸哭了。挺壮的汉子，呜呜地哭，哭得叫人心酸。他是煤矿工人，他有钱，可这钱也是用血汗挣的。他就是再能挣，也架不住这么一个劲儿地要哇！所有能借的地方，他都借遍了……

满凤默默地瞅着男人，这老实又可怜的男人，说："你回去吧，我明儿就嫁过去。"

男人不信，只低着头哭，泪水从沾满煤灰的指缝里一滴一滴落在地上。

满凤又说："回去吧，我明儿去。"说完，竟快步走出去了。

男人还是不信。哪有这么容易的事，光登记就花这么大的价，那结婚肯定还是要花钱的，他已经花不起了……可他一直坐到傍晚，见满凤还没回来，只好走了。

第二天，偏晌午的时候，满凤挎着小包袱来到了城东十里铺的婆家。她还是穿着家常衣服，虽然旧，但洗得很干净。她一进门，全家都愣住了。满凤却一点也不羞怯，先喊爹，后喊娘，然后款款地看了男人一眼，说："爹，娘，让恁受苦了。听说家里欠债不少，这钱是为俺塌的，由俺两口子还。兄弟们往下也有办事的时候，俺也不能坑家里。这喜事就免了吧。"说着，她大大方方地从兜里掏出三百块钱，"俺也知道不能叫村里人笑话，等晚上弄上几桌酒菜，让亲戚们热闹热闹，其他就省了吧。俺不嫌，恁也别嫌。"说得婆家一怔一怔的。

一个月之后，婆家人不得不对满凤刮目相看了。进门的第二天，她就下地干活了，而且是泼了命地干。她的精明、干练及持家的能力很快就显了出来。从早到晚，她的手从没闲过。做饭、喂鸡、喂猪、喂兔，走到哪里，哪里就会起一阵溜溜的风。凡是能挣钱的营生她都干，凡是能省钱的地方她都省。家里细粮差不多都卖了，剩下的大多是粗粮。她每顿都吃粗的，把细粮做给公公、婆婆吃。夜里十二点以前她没睡过觉，给公公补衣，给婆婆做鞋，还给小姑子、小叔子准备四时的衣裳……男人拿回来的钱她一分不少地交给公公，让他拿去还账。女人身上所有的潜力、耐力她都发挥出来了。那精明的算计，那治家的狠劲，让人看了发怵！极快，她就接管了全家人的收入支配权，里里外外的一切都由她来办。包括当初对她有敌意的小姑、小叔也都服服帖帖地听她吩咐。家里人很快就意识到，这个花大价钱娶来的媳妇，值！

干什么都是有极限的，可在满凤身上却没有极限。她在十里铺刮起了一阵女人的旋风。她喂的老母猪一年下两窝猪娃，她喂的长毛兔比谁家剪的毛都多。夏天在地里割麦，她赛倒了十里铺所有能干的女人。她一个人割，小叔小姑两个人捆都跟不上她。她就那么蹲在地里弯着腰割，能割一天都不抬头！到晚上还能挺挺地走回去。这女人的腰是弹簧做的吗？弹簧也有拉弯的时候，可她从没说过一句软话。一年之后，全村人都惊异地看着这个从大李庄走来的媳妇，她的漂亮，她的泼辣能干，她治家的狠劲得到了全村的公认。

她自打来到十里铺就再也没回过一趟家。没见她笑过，也没见她哭过，只见她终日像磨一样地转……

三年中，她说到做到，和男人一起还清了所有的债务，还替这家生了个白胖小子！她已坚坚实实地在婆家奠定了她的地位，即使她不再干活，也没人敢说闲话了。可就在这时候，她做了一件叫人永远不能理解的事情。

开始的时候，她也仅是隔三岔五地到矿上去看男人，后来就去得勤了。衣服也换勤了。儿子由奶奶带着，她常常一去两三天不回来。家里以为她想男人，也就由她去。渐渐，她时常添些新衣服，甚至还有人见她穿着连衣裙在县城里逛街。她打扮得叫人不敢认。这一切都变得太突然了，叫人连怀疑都来不及。再说，也没人敢怀疑她。她的名声太好了。如果不是出了那件事情，这将是永远不为人知的秘密……

终于有一天，县公安局来人把她叫走了。那是一个让人无法理解的上午，一辆警车驶进了十里铺。当时，满凤正在逗孩子玩，一个民警走进院来，看了她一眼，说："你就是李满凤？"满凤站起身来，把孩子递给了婆婆，说："我是。"那人冷冷地说："我是县公安局的，你跟我走一趟吧。"满凤说："你稍等等。"说着，就进屋去了。她进屋略略地收拾了一下，就跟人走了，什么也没有说……直到这时候，人们才知道，她没有去看男人，说看男人仅仅是个幌子。她在县城里有个"相好"，她打扮得漂漂亮亮的看"相好"去了。那人在县里开了一个公司，那公司不知为什么破产了，那人也因为经济问题被抓起来了。公安局来找她是查钱的，看她是不是放了那人的钱……

李满凤被叫去审查了三天，审查结果证明，她没花那人的钱，一分都没花过。这就更让人不可理解，不为钱，那又为着什么呢？向婆家要钱的时候，她曾是那样狠。现在，她竟然一分不要就和那人"相好"了。图什么呢？一个女人死干活干挣下的好名声，就这么轻易地丢掉了……为此，聪明的十里铺人整整议论了三天。

满凤被放回来的那天，整个十里铺都轰动了。小孩子一群一群地跟在她的屁股后看稀奇，大人们都躲在墙后指指点点……这到底是个啥样的女人呢？！

婆家觉得实在丢不起这份儿人，赶忙把她男人从矿上叫回来，逼他跟满凤离婚。男人一下子傻了。男人在屋子里坐着，久久不说一句话。她也在屋里坐着，也是一句话不说。婆婆哭着说："真丢人哪！真是丢人哪！"

男人的两只眼睛气得冒火：

"你说，你改不改？"

"不改。"

"你到底改不改？！"

"不改。"

院子里有人偷看呢，只听村人大声地吆喝："打她！你都不会打她？！"

男人忽地站了起来，闯到她跟前，气得手直哆嗦："你、你、改不改？！"

"不改。"

男人的大巴掌扬了起来，直直地看着她，忽然猛地跺了一下脚，蹲在地上呜呜哭了。男人老实，男人不愿离婚，男人说，只要你改了……

夜里，一家人都没睡。满凤说：丑事是我做的，我一个人担。爹娘都是实在人，我不能再给家里抹黑了。我还是走吧。

没人吭声。

满凤走回里间，把柜子里放的家底全拿了出来，一一交代，说这是为小姑子预备的，那是为小叔子预备的……

走的时候，满凤说："我走了。我也不欠家里什么了。孩子是你的，别亏了孩子。"

男人只是呜呜地哭。

满凤又挎着小包袱走了。她没有回家。听人说，她在县城东关的劳改场对门开了个小饭铺。每个星期，她都准时地在与犯人见面的地方去看那"相好"。"相好"判了七年，她得等他七年。七年之后，她才能再跟"相好"结婚。她就这么一直等着他……

○　●

奶奶的"瞎话儿"（二）

季和老祖宗八十二岁的那年夏天，在这个已有四代传人的小村落里，发生了一场毁灭性的灾难。

那年气候反常，天气特别热。太阳像火罐子一样当空照着，空气里蒸腾着灼人的热浪，天地之间仿佛顷刻就会燃烧起来。然而，庄稼的长势却特别好。田野里一片绿油油的，谷子正在孕穗儿，肥硕的谷穗竟有一尺来长！一个个倒勾着头，漫散着夹有醉人的泥土气息的清香。这是有史以来从未有过的好年景，丰收在望了。

季和老祖宗是由儿孙们抬着到地里看庄稼的。他已是熟透的瓜了，身边也已经有了四代传人，知道活下去的日子不多了，想最后一次到田里看看。这天，他的兴致特别高，一路上不停地给后代儿孙们讲述他创业的艰难历程，把他当年扎犁开垦的地方一处一处指给他们看。

就在这时，在北部的天际处出现了奇怪的嗡嗡声，这声响像魔怪的干风一样盘旋在人们的耳际，人们只觉得眼前一黑，眨眼的工夫，一群一群的蚂蚱从远处飞来。只见它们打着旋儿，"日儿、日儿"地落在地上，一个个头大、翅短、腿长，俨然训练有素的马队，大的驮着小的，小的背着更小的，呈宝塔形一摞四五个，一摞四五个……那锯齿一般的长腿一接触地面，仿佛接到了命令一般，立刻四下弹开去。顷刻间，谷地里响起了"嚓嚓嚓……"的咀嚼声。这可怕的吞噬声整齐而又尖厉，就像有无数把菜刀在同时切割！仅仅一会儿的工夫，一大片绿油油的谷地蓦然在人们眼前消失了，只剩下光光的谷秆像筷子一般直立……

族人们一个个目瞪口呆！

季和老祖宗的脸立时变成了黄土色，他只觉得脊梁沟隐隐发凉，两腿颤颤地想跪，口中喃喃念道："神虫！神虫！"

族人们全都吓坏了，没人见识过这样的东西，这样的场面，也没人听到过这能吞噬一切的声响，全都像傻了一般。这时，季和老祖宗突然叫道："快去取祖先的圣器！"

立时有人跑回去，把那架饱喂血汗的木犁抬了出来。只见老祖宗晃晃地走下来，把那架木犁顶在头上，又颤巍巍地重新跪下。在炎炎的日光下，他高擎着乌黑油亮的木犁，向祖先祷告，恳求祖先的庇护。

族人们也都跟着跪下，齐声祈唱……

一个时辰过后，蚂蚱飞走了。人们把季和老祖宗搀了起来，齐声欢呼"圣器"的灵验！

然而，季和却默默不语。一种沉重的负罪感从心底的深处涌出来。多少年过去了，他不敢回想过去。现在，那过去了的一切历历在目。他恍恍惚惚地看到了老祖宗那微微抬起的手，看到了那神秘的老槐树和黑压压的先人……立时，便有湿漉漉的东西顺腿流下来，地上黄黄的一片。他再也没有勇气想那反叛祖先的事情了。

一天过去了。

两天过去了。

三天过去了。

人们日出而作，日落而息，并没有再发生异常的事情。人们已确信这祖先的"圣器"是可以抵挡一切的。

然而，第十天头上，人们一大早便听到了可怕的嗡嗡声。这响声越来越近，越来越大，越来越尖厉刺耳，像骇人的飓风，又像大河决口。村里人都跑出来了，只见北部天空灰蒙蒙的，"神虫"又来了！

后代人再也没有见识过如此的奇观：

这是一支神的军队——

首先出现在人们眼前的是红头蚂蚱。阳光下亮着刺目的红头、红甲、红翅，一排排、一行行整齐如队，队宽三丈开外，红腾腾，齐刷刷，带着令人恐怖的呼啸。

接着是一队绿头蚂蚱。绿头，绿甲，绿翅，绿肚。前进中头挨头，翅搭翅，万绿如剪，整齐划一，仿佛是冥冥之中的神灵操演的绿色团队，绿晃晃、呼啦啦地压过来。

紧接着是黑头蚂蚱。一律的黑头、黑甲、黑翅、黑腿、黑牙。那贼亮的黑头一字排开，坚硬的门牙像倒挂的尖刀一样龇着。黑得耀眼，黑得瘆人，仿佛一团黑色的旋风泼墨一般袭来！

……前队刚落下去，后队又扑过来，从一队到多队，从多队到云集。太阳被遮住了！一时间从天上到地上，黑压压、灰蒙蒙、红腾腾、绿晃晃，分不清东西南北，看不见前后左右，只听得扑棱棱、咔嚓嚓、呼啦啦的声响铺天盖地，仿佛是世界的末日到了！

季和老祖宗眼里流下了两行老泪，他"扑通"一声跪下了，泪流满面地仰望苍天："报应啊，这是报应！"

族人们也跟着纷纷跪下来，万分恐惧地望着这一切，任"神虫"在身上跳来跳去，却一动也不敢动。

再也没有更为残酷的洗劫了！"神虫"所到之处，食尽了一切绿色……

季和老祖宗带着族人一直跪拜在村头。他再也没有站起来，这位当年的反叛者是跪着死的。

当灾难降临的时候，淼和贝两兄弟正在地里干活。那年淼刚刚十八岁，贝才十六岁，正是不知天高地厚的年龄。当他们看到铺天盖地的"神虫"一队队、一排排地落下来，很快把庄稼吞光的时候，两兄弟红眼了。他们哭叫着扑上去，提着木杈乱劈乱打，嘴里发出"死！死"的狂叫。

这是一场有限与无限的战斗，是可怜的黄口小儿与大自然的战斗，是蛮力与神灵的角逐。两支狂舞的木杈去对付那遮天蔽日的"神虫"！只见他们抡死一批又一批，打掉一群又一群……两兄弟就这么不停地来回跑着、打着、喊着，简直像疯了一般。最后，连他们的身上、脸上、杈上都爬满了"神虫"，奇痒难忍……

这时，淼长吼一声："弟，烧！"

两兄弟丢下木杈，飞快地往场里跑去。一会儿工夫，两人抱来了大堆的柴草，用火镰子打着，很快在地边拉起了一道用柴草堆起的火墙。火熊熊地燃烧着，"神虫"一批一批地掉进火里，又一批一批地拥过来。一片刺鼻的焦煳味在田野里弥漫开去……

此时，两兄弟已忘掉了一切，只这么发狂地来回跑着抱柴草添火，嘴里喊着：烧！烧！！烧！！！

这是何等壮观的毁灭呀！这里仿佛变成了"虫神"与"火神"的决战。只见一批批的"神虫"扑进火里化为灰烬，又一批批英勇地压过来。火长，虫多；虫多，火旺；火高举着红色的战旗，虫奔涌着黑压压的大军，"火神"妄图毁灭一切，"虫神"妄图冲破一切，火不后退，虫也不后退，只听得噼噼啪啪的燃烧声和嗡嗡不断的殉难声……

疯了！

虫疯了。

火疯了。

人也疯了。

"神虫"扑火更加助长了火势的燃烧，半个天空腾起了黑红色的烟雾。然而，"神虫"死了一批又一批，大火却仍然未能阻挡住这支神的队伍。大批大批的"神虫"飞过去了。放眼望去，一片灰蒙蒙……

突然，站在火边的贝闻见了一股诱人的焦香。他拼打了半天，又累又饿，禁不住蹲下来，好奇地拿起一只烧成焦黄色的"神虫"放到鼻子前闻了闻，真香啊！这香味引逗着他，肚里咕噜噜的响声催着他，使他不由得把"神虫"塞进了嘴里，狂喜地跳起来喊道："哥，香啊！"他一边嚼，一边飞快地往村里跑去……

"弟！……"淼愣住了。

"哥……"贝回头应了。

"弟，回来！"

"哥，我去告诉祖爷爷，让他们也尝尝香……"

贝狂舞着跑回去了，一路高喊着："香啊，香啊……"

季和老祖宗已经死了。但他还在那儿头拱着地跪着，仿佛仍在向上苍祷告，求上苍赦免他背叛祖先的罪过，饶恕他那无辜的后人。

族人们以为他还活着，也都跟着他跪在那儿，万分恐惧地祷告着。祭坛已经搭起来了，上面供奉着最珍贵的一坛谷种……

就在这时，贝跑回来了。他嘴里吃着"神虫"，手里抓着"神虫"，身上也爬满了"神虫"。这孩子一定是疯了。他的脸被烟灰涂得又黑又脏，像小鬼儿似的嘻嘻笑着，在跪拜的人群中窜来窜去，高喊着："香啊，香啊……"

忽然，人们不知所措地看着贝跑前边去了。他那脏黑的手里抓着一把烧焦的"神虫"，张张扬扬地伸到季和老祖宗跪着的地方，推着他说："祖爷爷，你尝尝，你尝尝……"

季和老祖宗却慢慢地躺倒了，眼里漫散着恐怖的死光……

贝怔住了。他爷爷一把抓住他："孽障，你……"

族人围上来了，默默地用目光逼视着贝。为了挽救全族人的安危，他爷爷把贝推倒在地上，抖抖地扬起手，说："拿绳！"

没人敢说一句话。贝被捆起来了。人们把他五花大绑地推上高高的祭坛，听候"神虫"的发落。

贝挣扎着高喊："爷爷，你尝尝，你尝尝啊！香啊，真香啊！"

没有人抬头。贝就这样被反绑在祭坛的木杆上，"神虫"一层一层地包围了他。开始的时候，贝忽然大笑起来，笑得浑身透不过气来。接着便是凄厉地哭叫，那惨叫声传得很远。他在木杆子上挣扎起来，浑身抽搐般地扭动着，令人目不忍睹。渐渐，他的哭声越来越小，越来越小……

森在地里看见了绑在祭坛上的弟弟，这时，他才知道闯下大祸了。他哭着大喊三声：

"弟！……"

"弟！……"

"弟呀！……"

此刻，暴躁的森抡起两支木杈，打着跑着，跑着打着，像一头疯狂的狮子……

这年，庄稼全部被"神虫"食尽，颗粒无收。饥荒和瘟疫再次袭击了这个村子。族人中只有森跑出去了。

○ ●

羊（二） ·····································

辫儿到了八岁才算有官名，那官名是一位当过私塾先生的小学老师起的，先是唤作李金斗，后又改成了李金魁。

关于这个官名，他们全家曾有过一次认真的讨论。

日光晃晃的，捆坐在门槛上眯缝着眼，一边捉虱一边摇着头说："怕是太贵了吧？草木之人，只怕压不住。"

绳是站着的，绳说："人家没收钱。"

捆说："驴性！我说钱了吗？我是说这名儿贵气了。"

绳说："那，弄个石碌轧轧？"

捆气了，说："……你下地去吧！下地去！……"接着，他看了儿媳妇一眼，说："我看，还是叫狗蛋吧。名贱人不贱。"

女人正在纳鞋底子。女人说："娃大了，狗蛋不好听，别叫狗蛋。"

捆说："还是叫狗蛋吧。"

女人很坚决地说："不叫狗蛋。"

这家一向是女人说了算的。捆就说："去吧，绳，再跑一趟，去领教领教。"

于是，绳颠颠地又去找了老师，而后拎着一张纸回来了，说："老师说，就加个鬼吧。"

捆有点疑惑地说："加个鬼？"

绳瓮声瓮气地说："老师说的，加了个鬼。"

捆说："我看看。"说着，就把那张纸拎过来，拿在手里，颠来倒去地看了好几遍，说："那'斗'还在呢。加个鬼就镇住了？"

绳说："人家说能镇住。"

于是就叫了李金魁。往下讨论的就是大事了。捆说："我看，就让金魁跟他舅去学木匠吧，孬好是门手艺。"

女人说："太小了吧？"

捆说："起根学是门里滚，大了就失灵气了。"

捆说："成一个张瓦刀也就十年的光景。"

捆又说："成一个张瓦刀就可以坐酒席了，净吃好菜。"

女人也没再说什么。女人只说："虽说是他舅，也得封刀礼吧？"

捆说："那是。礼不能缺，至少得封刀肉。"

女人说："一刀血脖也得五块钱，更别说后腿了……"

家里没钱，连五块钱也拿不出来。捆就说："这事我办了，我去办。"说着，就把手里的旱烟一拧，半弓着腰很大气地走出去了。

那时候，刚有了官名的李金魁正在地里捉蚂蚱。捉了蚂蚱可以用火烧着吃，很香。李金魁满地扑蚂蚱，捉一只，就用毛毛穗草穿起来，已穿两串了……这时才听见有人叫他："辫儿，辫儿。"他抬起头，看见爷一颠一颠地走过来，对他说："娃子，你有了大号了，记住，你叫个李金魁。"

李金魁说："爷！我有名了？"

捆说："有名了，俩鸡蛋换的。这名儿不赖吧？好好记着，你叫李金魁。"

听了这话，不知怎的，他的腰就有些直，一个小人硬硬地站着，说："知道了，我叫李金魁。"

于是，捆说："走，跟我进城去。"

李金魁从没进过城，眼一亮，说："爷，你真带我去？"

捆说："真带你去。"

李金魁说："是去我表姑奶家吧？"

捆说："城里人规矩多，去了也别动人家东西。"

李金魁说："我不动。"

到了城边，李金魁突然伸手一指，万分惊奇地说："爷，爷，你看那是啥？那是啥？"……只听"呜"的一声巨响，两条亮亮的铁轨上，游动着一间间绿色的小房子，眨眼之间，小绿房子一扭一扭地游走了……

捆说："火车，那是火车。"

李金魁呆呆地说："还会叫呢……"

到了城里，路就宽了，很宽。爷说，那是油路。油路两旁还立着一根一根的高杆，杆子用线连着，每根杆上都伸出一个草帽样的东西，看上去很光滑。爷说，那叫电灯，不喝油，喝电，电在线里裹着……城里楼很多，也很高，多是两层，也有三层五层的，人上去是一坎台一坎台走的……商店里摆满了一管一管的东西，爷得意地说，那是牙膏，城里人刷牙用的。所以城里人牙白。还有糖果点心，好像卖啥的都有，商店里的人都戴着蓝套袖，女人一个个都白……爷说，别看，你可别看，那东西勾人。李金魁的眼不够用了，迟迟地走，人傻了一样，像是满地在找眼珠子……

后来爷带着他七拐八拐来到了表姑奶家。表姑奶家住的是红瓦房，一排一排的，表姑奶家住在第三排。进门后，表姑奶就说了两句话，一句是："来了？坐吧。"爷嘿嘿地笑着，说："娃子要进城看看，我就带他来了，让他看看他姑奶家阔不阔……"停了一会儿，表姑奶又说："这是谁跟前的孩子？"爷说："绳家的，也不会说个话。"表姑奶轻轻地嗯了一声，就再也不说什么了。

　　而后是一片沉默，很久很久的沉默。那沉默像锁一样，一下子把爷的嘴锁住了，爷就干干地笑着，可他笑着笑着就笑不下去了，一个人也不能总笑呀，他在那儿坐着，手就像没地儿放似的，一会儿放在胸前，一会儿把他的旱烟杆拿在手里，烟锅一直在烟布袋里挖着，挖着……城里的表姑奶就那么高高在上地坐着，穿着很好的衣服，板着一张干干的柿饼脸，一句话也不说。有很长时间，李金魁望着爷，他发现爷就要哭了，爷的脸非常难看，爷脸上的血丝一条一条胀了出来，像是爬满了蚯蚓……一直到很久之后，李金魁每每想到他第一次去表姑奶家的情景，就深刻地体会到了两个字的含意，那就是"尴尬"。"尴尬"二字是他先有了体验，才有了认识的，那是一种叫人死不得又活不得的滋味。坐得太久了，坐得人都有些发木了，可那沉默却一直没有打破。这时，李金魁把小手伸进了裤腰，他是想抓痒的。可他的手刚一贴近裤腰处，立时就感觉到了什么，在那一刹那，他脑海里轰了一下，那也许是他生命中的第一次顿悟，立时有了醍醐灌顶之感！他慢慢、慢慢地从裤腰里掏出了小手，小手里高擎着那两串蚂蚱……他举着那两串蚂蚱，由于紧张用略显磕巴的童音说："姑、姑奶，也、没啥拿。"

　　立时，表姑奶那高昂着的头垂下来了，她吃惊地望着这个乡下小人儿，望着那一双黑黑的小眼睛，接着，她又望了望那两串穿在毛毛穗草上的蚂蚱，大张着嘴，好久说不出话来……

　　此刻，只见里屋跑出一个年龄跟他差不多大小、花蝴蝶一般的女孩，女孩一脸欣喜地跳出来，顿着脚高声说："我要！我要！……"

　　顿时，表姑奶笑了，表姑奶的脸像松紧带一样弹回了一抹笑意，也弹出了一抹慈祥，她笑着说："这孩子，你看这孩子……好，好。拿着吧。"

爷的脸也松下来了，他讪讪地笑着，说："你看，也没啥可拿的……"

表姑奶淡淡地说："来就来了，还拿啥？"接着又说："这孩子怪机灵的，叫啥名呀？"

爷慌忙说："小名叫个辫儿，大名叫李金魁。"

表姑奶看了他一眼，说："这名儿好哇。"

爷说："胡起的，草木之人，就是个口哨。"

表姑奶摆了摆手，说："孩子，你过来。"

爷赶忙推他一把，说："去吧，见见你姑奶。"

李金魁慢慢走上前去，站在那城里老太太的跟前，老太太把手伸进兜里，从兜里掏出三块钱来，放在了他的小手里，说："拿去吧。"李金魁勾着头一声不吭，就那么站着。爷又赶忙说："还不谢谢姑奶……"

出了门，李金魁默默地掉了两颗眼泪。

在回去的路上，爷默默的，他也默默的，谁也不说话。那仿佛不是人在走，是城市的街道在走，街面在眼前一闪一闪的，可他什么也看不见了……那两串蚂蚱一直在他的眼前晃着，而爷常挂在嘴上的"城里的表姑奶"却在他的眼前訇然倒下了，两串蚂蚱成了"城里表姑奶"的"祭品"。小小的两串蚂蚱成活了一个思想，那味道是许多个日日夜夜之后才咂摸出来的。

当爷俩路过一个集市的时候，爷才开始活泛了。他停住步子，突然小心翼翼地说："金魁，爷喝二两吧？"小人儿停下来，诧异地望着爷，他发现爷脸上竟有了一丝巴结的意味。爷说："要不，一两也行？"俗话说麦熟一响，人的成熟也是在一瞬间完成的。李金魁从兜里掏出钱来，默默地递给了爷，爷接过钱，拿在眼前看了，讪讪地说："我只喝二两。"

于是，爷俩在街边的小摊坐下来，爷要了二两散酒，一小碟花生，"嗞、嗞"地喝着，爷的脸红了一小块，那红像补丁一样，爷说："酒是人的胆哪。"而后又回过头来，看了他一眼，说："要盘煎包吧，我的孙子还没吃过水煎包呢。"说着，他站起身，要了两盘水煎包，一盘放在了自己跟前，另一盘放在了李金魁的跟前，他先伸出三个指头捏了一个塞进嘴里，嚼了，又咂了咂指头上沾的油，待咽下去后才说："吃吧，香着哩。"煎包太香，不顶吃，这么三下五除二地就吃完了，爷看了看他，他看了看爷，爷又说："罢了，一不做二不休，既吃就吃好它，我孙子还没喝过肉胡辣汤呢。"说完，他站起身，又一人盛了一碗胡辣汤……仍是爷先嘬了一口，说："尝尝，辣不辣？"他赶忙也尝一口说："辣。"而后，爷小声吩咐说："金魁，回去可别给你娘说。"

可是，一回到家，爷就像变了个人似的，进门就一蹿一蹿地嚷嚷着："他姑奶亲着哪，这回可让咱金魁见世面了！……"娘问："吃饭了吗？"爷就说："哪能不吃饭？不让走啊，他姑奶死拉活拉的，就是不让走。看看，都看看，吃一嘴油！"爷进屋后就像个小磨似的，转着身子吹嘘道："闻闻，都闻闻。叫咱娃说吧，叫娃自己说，他姑奶亲着呢！……"

爷仅喝了二两酒，却又一次生动地叙说着城里的见闻，滔滔不绝地讲述"他表姑奶"家的"神话"……这可以说是他们家的保留节目了，爷百说不厌。可是，当爷说出一嘴白沫子的时候，却见孙子独自一人在院子里站着。娘探头朝外看了说："这娃咋啦？"

爷说："轻易不进回城，他姑奶亲，怕是受不住了……临走时还塞给他两块钱呢。快拿来让你娘看看。"

可是，李金魁就是不进去。他站在空空荡荡的院子里，像个小木桩似的立着，一句话也不说。后来爷出来了，爹出来了，娘也出来了，三个人转着圈问他，问他是怎么了，可李金魁仍然一声不吭地在院子里站着，两眼呆呆地望着天空，人就像傻了一样……爷摸了摸他的头，说："不烧啊！"

最后，他慢慢地嘘了一口气，还是说话了。他说了一句让三个大人都莫名其妙的话。他站在院子里，望着眼前的茅屋，说："窗户太小了。"

○　●

牛　·······································

再过六个小时李志全就可以申请复员了。

从一九八三年七月十六日到一九八六年七月十五日，他整整为国服役了三年。

按规定，该尽的义务都尽了。仗打了，苦也吃了，虽说没立什么大功，可他毕竟从死人堆里爬出来过，这就够了。

他想复员。

他也没什么别的指望。

他不能和"将军"比。"将军"是城里人，干部家庭，各方面条件都比他好。"将军"想当将军，常教训他说："不想当将军的士兵不是好士兵。"他不和"将军"争，他说不过"将军"。虽然这会儿"将军"和他都在战壕的"猫耳洞"里蹲着，可他是城市兵，想当将军；李志全想的是复员。

在山上蹲着，云头显得很低。此时，正值中午，太阳火辣辣地烤着，"猫耳洞"里又闷又热。李志全全身黏糊糊地发痒，他忍了几忍，还是没敢挠，挠烂了更厉害。从阵地上望去，前方是一片郁郁葱葱的树林，那给人凉意的绿色是很馋人的。树林中那棵高大的椰子树他已观察三天了，树上有十二个熟透的大椰子，七个大些，五个小些，有一个好像被虫蚀了，仿佛正一滴一滴缓慢地往下滴水……可那是雷区，绿色的下边隐藏着死亡。再往前的山下边，是一条流淌的小溪，在太阳的照射下，那水显得很清、很亮。渴的时候望一望心里就会好受些。他知道在对面那连绵起伏的深绿中隐藏着暗堡呢。阵地右侧的空地上就躺着一条死牛，那牛是三天前被对面的冷枪击中的。现在它被一团苍蝇包围着，空气中散发着难闻的血腥气……

李志全可怜那牛。虽然那是一头水牛，跟家乡的牛不大一样……

现在，他敢断定他那远在河南的大李庄的乡亲们正在树下歇凉呢。八成是一手摇着大蒲扇，一手端着拌蒜汁的捞面，光脊梁盘大腿坐在大槐树下，任凭千里小南风一阵一阵吹……牛也歇了，在树下卧着，厚鼻头喘着粗气，不时还打个响鼻儿，安详悠然地倒着白沫，尾巴自然是一下一下地扫着牛蝇……对门的二嫂还会坐在树下奶孩子吗？真白呀，二嫂的奶子真白。他曾偷看过二嫂的奶子。那也是个晌午头，他坐在树下吃饭，用碗挡住脸，就那么一点点地顺着碗沿儿往外瞅。二嫂坐在他旁边奶孩子。他忍不住想看：二嫂的奶头是黑的，像一堆白雪上的黑葡萄。那娃儿不好好吃，噙一口，把那"黑葡萄"吐出来，又噙……村庄的周围是一眼望不到边的田野，那才是真正的绿色，带有泥土香味的绿色。园子里有桃树、杏树，那杏儿真酸哪。园子东头是条小河，那才是真正的河。河水清凌凌的，谁都可以下去洗一洗。没有死亡，也没有恐怖……

"李志全。"

"嗯。"

"李志全！"

"嗯……"

"你他妈的李志全，当了三年兵还不懂操令?!"

"……"

他想揍"将军"，揍这个傲气的城市兵！他比他劲大。啥个球操令？这小子动不动以将军的口气说话，做梦都想当将军。这小子要当了将军，得把人吃了！可他还是忍了，他嘴巴不行，同是一张嘴，人家嘴利。他不跟他一球样，这小娃子是憋急了想说话。

"李志全——"

"到。"——鳖儿！

"这还差不多。——你水壶里还有水吗？给弄口水喝。"

想这鳖儿也不会有啥好事。听那口气，倒像是欠他！李志全摇摇水壶，里边水不多了。他也渴，他不想给他，可还是给了。

咕咚，一大口；咕咚，又一大口。鳖儿一下子喝了两大口！鳖儿渴，鳖儿的水上午就喝光了。鳖儿还"将军"呢，不知道阵地上水的金贵。他都是一滴一滴喝的。

"李志全，你想什么呢？"

他想回家。但他说不出口，他还有六个小时的法定服役期呢。他得干够才能提出申请。他没文凭，他也没想过提干。娘老了，家里缺劳力……

"又想你娘啦?""将军"问。

他不吭。

"想女人啦?"

他想哭。觉得窝囊，还是忍住了。从大李庄走出来的娃子都是能忍的。他今年二十一了，他确实想女人。想女人也不算赖，他不信那小子就不想。可他不愿多说。这小子动不动就问："你最大的愿望是什么？"是啥？六岁的时候，他最喜欢夜里等星星出齐的时候搬个小板凳去场里听七奶奶讲"瞎话儿"；十二岁的时候，他想进城吃一盘水煎包；十七岁的时候，他想弄个城市户口、商品粮，这样，娶媳妇就不用花那么多钱了……这些都是说不出口的，说出来那小子准笑话他："李志全，你他妈这也叫愿望？你那愿望还没针鼻儿大！全是他妈的小农意识。你知道洛杉矶在哪儿？你知道拿破仑是谁？马六甲海峡多深多浅？摩天大楼一共有几层？你他妈没见过天！我敢说：我想当总理！你敢说吗？你他妈就狠狠心说一句，你要是敢说，你说成了，这叫气质。你他妈气质太差！"

差就差吧，他真不敢说他想当总理。当总理可不是玩的！虽然他在乡下念过中学，不至于连拿破仑都不知道，可他也不跟这小子辩。这小子说话一套一套的，还没当将军呢，上衣兜里就揣着三张姑娘的照片了，全是穿裙子的……

"你他妈准是想女人啦！""将军"笑着说。

这城里娃子享福享惯了，他不知道乡下娶个女人有多难。乡下人一生也就两件大事：盖房，娶女人。他光订婚就花了七百元彩礼，还有三百是借的。家里老娘一人领着两个正上学的小兄弟，地里活儿都忙不过来，上哪儿去弄钱呢？刚刚实行责任制，他就当兵来了。听说家乡的人这会儿正一把一把地挣钱呢，听说这会儿做生意的很多，二狗哥都坐上卧车了！还听说春生那娃子光贩猫就挣了几千块！可他还是个一月十二块钱的熊兵。当然，国家有事了，养兵千日，用兵一时，他不敢说孬话。欠人家的账也只能等到复员再还了。那时，他好好干，也承包点挣钱的活儿。他不怕下力。要娶媳妇，还要把两个兄弟养大，他的路还长呢。回去后得赶紧学一门手艺……但他还是不好意思跟"将军"说，这小子舌头带刺儿。

人跟人是不一样的。他知道人跟人没法比。同是在战壕里蹲着，那小子就可以挑着来。他是城里人，干部家庭，有女人让他挑；可你呢，乡下人，生来就是让女人挑的。人家是跨一步都到了，你得走一千一万步，还不一定摸着门呢。这就是人的差别。就是乡下人也不一样，娘说：全哪，你是老大，抬头大的，两个兄弟还小……这就意味着你要挣下三房媳妇。

班长猫着腰走过来了。他听得出是班长的脚步声，他在阵地上耳朵特别灵。

"有情况吗？"

"报告班长，无异常现象。""将军"抢先回答。

李志全张张嘴又合上了，他老是抢不到那小子前边。他本想说有情况，他看见对面山上有一片树叶晃了一下，只一下，可他吃不准，吃不准就不能瞎说。

"注意监视。"班长说。

"是！""将军"立即回答道。

李志全只好也随声应一声。和"将军"挨着，他老觉得窝囊。

这时，班长递过一封信来："李志全，你的信。"

他赶忙接过来。他有信了，终于有信了，在前线的人盼望的就是家信。他接过来的时候两手有点发抖。是娘来的信呢，还是"她"来的信呢？许是她来的。半月前娘来过信了，说端午节让弟弟给她家送了礼……他闭上眼睛，在怀里捂了一会儿，手轻轻地摩挲着，小心翼翼地拆开。他真希望信封里能掉下一张照片来，她说过要给寄照片的……

信看完了。他竭力平静地抬起头，望着前沿阵地上那头死牛，望着远处那郁郁葱葱的绿。他的目光一点一点地越过那隐藏着死亡的绿色……天是蓝的，云在飘，那一团火红的球正摇摇西坠。然后，他又去看那绿，想从那模模糊糊的绿叶中看出点什么。他记得是那个地方动了一下，就是那个地方，可他眼前一片模糊……"志全，俺啥也不图，就图个人，只要人好。"这话是她说的，在他穿上军装的那一天，她站在树下，亲口对他说的。那天她穿的是一件杏红色的棉衣，围着一条花格格方巾。她说她图的是人，她说只要人好……他平静地笑笑，第二次拿起信来看，信纸上也是一片模糊……

"李志全，你好有福气！家里来信了？""将军"问。

……他想起来了，不错，是那一片。三天前，就是从那一片绿色中射出来的冷枪。冷枪击中了那头牛，那牛躺在地上，瞪着一双大眼。李志全把枪伸出去，死死地盯着那一片绿色。

"李志全，有喜事可别独吞。让我看看。""将军"急不可耐地说。

……没有动静，仍然没有动静。可那头牛死了，死得可真惨！

"李志全，你他妈的不够意思，太不够意思了！你懂不懂阵地上的规矩？把信件公开——"

……也许是看错了。怎么会看错呢？他明明记得是那个地方，一片很浓很浓的绿，那绿里斜出一个枝条，有时它会晃。

"李志全，你让看不让看？我过去了啊！""将军"说着，猫着腰爬了过来。

"你再嚷一声我揍你！"李志全恶狠狠地说。

"将军"不管三七二十一，扑过来就抢信。但他一下子就被李志全的目光镇住了。他看到的是一张变歪了的脸，一双冒火的眼睛。两人的目光对峙着，久久，"将军"咬着牙说："你让看不让看吧?!"

他才十八岁。他还小呢。别跟他一样？别跟他一样吧——但是，那绿色……李志全还是一口咬定："不让！"

"你当我稀罕?！什么主贵东西……""将军"脖儿一拧，猛地站了起来。

李志全一愣，赶忙起身拉他，"注意——"就在这时，远处传来了一声带哨儿的枪声！是，就是那片绿色，那"绿色"终于开口了！李志全一句话还没说完，就倒下了，殷红的鲜血从后脑勺溢了出来……

"李志全，李志全！……""将军"扑在他身上，拼命喊起来。

阵地上传出了爆豆般的还击声。班长跑过来了，战士们也都围过来了。

李志全勉强睁开眼睛笑了笑，一只手抖抖地握着那封信："俺娘来信说，人，人家退婚了。人家找了个做生意的主儿，有钱……"

"将军"哇的一声哭了起来。

一九八六年七月十五日十八时，三年服役期满的李志全被"将军"背下了阵地。他的血星星点点地洒在西南边陲的国境线上……

○　●

奶奶的"瞎话儿"（三）　· ·

　　那是一个月明星稀的夜晚，在青龙潭那幽深的黑水边上，阴森森地停放着二十七口棺材。这是两天前本族与邻族人为争夺土地浴血奋战的结果。

　　远在六十年前，由于"神虫"的洗劫，森和张家的后人先后逃到了这里。在那艰难的日子里，他们同饮过一潭水，是和睦相处的。后来，经过一代一代的繁衍，当两族都发展到百余口人的时候，家族与家族之间的血战便开始了。最早是有一年大旱，张家首先在青龙潭上游的青龙河筑起了一道拦河坝，聚水浇灌潭西张家开垦的土地。于是，性情暴烈的森便带人在一天夜里毁掉了拦河坝……从此，两族的械斗十分频繁，死伤了许多人，冤仇也就越结越深，双方都定了决不与仇家通婚的族规。

　　两天前，两家族为夺一块地，又在新开垦的土地上展开了一场血战。由于措手不及，在毫无准备的情况下，本族人竟被张家杀掉了二十七口！鲜血染红了两族人的地界……

　　现在该是讨还血债的时候了。整个青龙潭前杀气腾腾，身背钢刀的老森祖爷被手执火把的族人簇拥着站在潭边。他神色肃然地立在那儿，虽已是八十二岁高龄了，但高大的身躯仍然十分魁梧。他那老脸上整整布满了十四道刀痕，每一处都是一次血战的记录，带着狰狞的杀气。

族人们肃穆地望着老森祖爷，等待他的钢刀砍下去，那将是进攻的号令。

老森祖爷那阴沉沉的目光扫过停在潭边的二十七口棺材，注视良久，才缓缓地说："带过来。"

即刻，族人们手执火把把一对捆绑着的青年男女推到了潭边。火光下，映出了两张年轻的脸和两双惊恐的眼睛。那男的是张家的后生，那女的却是本族姑娘。两人竟然在仇杀的间隙中私通了。这是违背族规的。

血仇已使两族人变成了死敌，张家跟李家根本就没有接触的机会，可就在这样的情形下，两个孽障竟还是"好"上了。他们是怎么"好"上的呢？这成了一个不解之谜……

老森祖爷转过脸去，背对着这一对男女，狠狠地跺了一脚！立时有人推来了两扇大碾盘。

在刀光和血痕映照下，只见那张家的后生猛地抬起头来，高声叫道："让我们一块儿死！"

那姑娘也哭着求道："让我们一块儿死吧……"

老森祖爷一声不吭。

族人没让再吩咐，便强行把这紧紧抱在一起的一对情人分开，一南一北地拴在两个大碾盘上，然后用力地推下潭去！一声巨响过后，只见深深的潭水里一南一北伸着两只手，一只男人的，一只女人的。男人的手拼命地向上抓挠着，像是在呼救中追寻什么，女人的小手却是伸向南的，那手在极力伸向南方，有两次沉没后，那只小手却又顽强地伸了出来，再次抓向南方，而后很快地在潭水里消失了……只是一圈圈的涟漪在慢慢扩展开去，终于合二为一。

水潭边上一片默然。

老森祖爷唰地从背上抽出了刀，族人们也都齐齐举起刀来，与邻族人的最后一次生死决战就要开始了。

就在这时，放哨的族人跑来报告说，族中的后生嬴又和邻族姑娘一起逃跑了。那女人是怀了孕的！

老森祖爷高举着刀，可那刀迟迟没有砍下去。他眼里出现了一丝游移不定的目光……嬴是他最喜欢的小孙子。他沉思良久，抬起头来，族人都在等待着他。时间不容许他再迟疑了，他终于把刀劈了下来！

然而，仅仅一会儿工夫，却给了他们一个喘息的机会。当族人飞快地去追捕这对叛逆时，嬴已经带着那邻族女人逃走了……

这天夜里，老森祖爷带领全族人冲进了邻族人的村子。一场殊死的血战之后，杀掉张家大小七十六口。血洗了整个村庄。可是，老森祖爷却被砍倒了。这一刀是从背后砍的，他眼里冒出了从未有过的惊诧的目光……他是在被人抬回的路上死去的，临死前，他嘴里反复念叨着两个字："神虫……神虫……神虫……"

在为他沐浴更衣的时候，族人们从他胸口处发现了一只蚂蚱。祖先又一次显灵了。族人们把蚂蚱当作"圣物"，随他一起埋进了坟墓。

七年后，在一个月黑风骤的夜晚，当年带着女人逃走的嬴突然回来了。这个叛徒领着外族逃出去的后人悄悄地摸进了村子。一夜之间，他们杀掉了二十四位老人！强壮的汉子纷纷逃走了，剩下的全部跪倒在他的脚下。于是，他废除了所有的族规，却在外族女人的怂恿下又定下了一条残酷得令人发指的新规矩：凡是活过六十岁的老人，一律活埋！

嬴是回来报仇的。

虽然他充当了叛徒的角色，但他是他们当中最强壮的一个，弑杀老人就是他提出来的，他仇视一切成熟的东西。他杀人杀红了眼，已经丧失了人的理智。可他的大脑却又异乎寻常地清醒：他不要老人。老人的经验对他是有害的，老人的权威也是有害的，老人的智慧更有害。经验、权威、智慧一旦结合起来，就格外的可怕！他只要年轻人活着，年轻人有的是耕田的蛮力，有的是强大的繁衍能力。野蛮的赢妄图创造出一个年轻的、充满创造力的世界。为此，他拆散了整个家族，让男人和女人单独生活，把叔伯兄弟一个个分开，连孩子到了一定的年龄也必须独立谋生……

这是本族最为黑暗的一页。从此，村里没有了老人，一切都失去了控制：

到处是年轻的、火爆爆的力，到处是阴性的阳性的冲撞，到处是创造和野蛮的结合。人的繁衍速度加快了。在两族杂居的村子里，天天都有强夺女人的厮杀声。蛮力的印痕在田野里、大路边、小溪旁及屋后和女人床铺上随处可见……

这年夏天，天气发生了从未有过的奇异景象，天潦热难耐，同时又淫雨不断，湿和热紧紧地缠在了一起，下了就晴，晴了又下，让人的心一时泡在水里，一时又烤在火里；田野里也出现了奇特的景象，各种花草都像疯了一样生长，有的竟盖过了庄稼，而且叶子都极其肥大，油亮水滑，柔软弹韧，到处泛滥着阴性的腐烂气味。

村里，家里养的畜生出现了各种奇怪的、令人不解的骚动：在光天化日里，公鸡和母鸡，公猪和母猪，公驴和母驴，公牛和母牛，都像是疯了一样交配；各种各样的叫声充斥着整个村庄……更叫人吃惊的是，就在这样一个湿热难耐的季节里，各样畜生都达了繁殖的高潮：母鸡不停地下蛋；猪一连下十二窝；羊下的羔儿，一落地就会长一声短一声地乱叫；连河里也现了"娃娃鱼"……村子上空到处回荡着雄性与雌性那怪异的呼唤声。

人一旦失去控制，就更可怕了。

为了引逗人们作恶，嬴竟然把"阳物"裸露在光天化日之下，一甩一甩在村里荡荡地走。那时他正值盛年，长得高大健美，肉体上集中了家族所有的优点：头方、眼暴、鼻挺、嘴大、耳厚。那古铜色的皮肤像缎子一般油亮，宽宽的胸脯像门板一般挺括，两只浑实有力的胳膊长满了像钢针一般挺立的黑毛，身上一坨一坨的肌肉像瓦块一般紧绷绷地扣着，两条大腿似锻打一般浑圆。他身上的每一条血管都饱胀胀地隆起，仿佛那过剩精力随时都可以溢出来，处处勃发着原始的野蛮的雄力，就连那"阳物"也出奇的大。每当他从街上走过，连母羊也会跟在后边……在这个时期里，族人的耻辱感被彻底地打掉了，取而代之的是一种雄性的暴露，一种对淫荡的宣扬，一种力的赤裸裸的展示。

嬴的创造性还在于乱伦。他抛弃了跟他逃过难的女人，强行霸占了他那漂亮的堂姑。他走到哪里，就让她跟到哪里，像公狼和母狼一样随处交欢……于是，村子成了乱伦的世界。哥哥与妹妹，叔子与嫂子，母亲和儿子……可这"幸福"是短暂的，痛苦却是长久的。那由于乱伦而生育的孩子竟是没有脑袋的怪物，一次又一次，怪物给人们心灵上播下了恐怖的阴影。随着这阴影的出现，那似乎永远发泄不完的精力和性欲渐渐消失了，一个个像中了邪似的昏昏沉沉……

第二年，却成了一个疲软之年。那繁衍之力陡然间消失了，从植物到动物以至于人，都出现了从未有过的"无籽"状，连嫁出去的姑娘竟也有被退回来的——因为不孕。

只有嬴例外，他的精力永远是那样充沛。他随处播下情欲的种子，连续享乐而无一丝疲倦之色。可他却像逃避猎犬一样，逃避那跟他逃过难的女人。这女人一日一日地跟踪他，这跟踪是漫长而持久的。无论他走到哪里，她都跟到哪里。无论是白天还是夜晚，无论他在何处交欢，都能看到她的影子。这可怕的影子交织着爱与恨的火焰，默默无声而又无处不在。

终于有一天，她在路上截住了他。她扑上去的时候，嬴傲慢地把她推开了，她再次扑上去。母狼也比不了她更勇敢。她一次一次地扑到他跟前，直把他拽进她的茅屋。在茅屋里，她顺从地躺下了……

一个时辰之后，他号叫着从茅屋里冲了出来，下部血淋淋的，他的"阳物"被那女人割掉了！

从此，他身上失去了那种永不疲倦的神力……

在一个晴朗的日子里，在光天化日之下，嬴，这个背叛祖先、弑父杀母、残忍至极的人，身上被插上了二十四把明晃晃的钢刀……

他是哈哈大笑着死去的。他立在村口的大路上，仰天大笑！胸口上喷溅着一朵朵红色的血花，那血花在阳光下播散着七彩的虹光；那笑声荡漾在朗朗晴空下，经久不散。

嬴死了，他得到了应有的惩罚。

然而，嬴的女人却一直珍藏着他的"阳物"。有这个"阳物"在，她心里仿佛就有了支柱。她默默地生活，静心地抚养孩子，再也没有管过村里的事情。她的儿子衡已经九岁了，每到嬴的忌日，她就把珍藏的"阳物"请出来，摆在供桌前恭恭敬敬地磕头。

这个在逃难路上出生，在血腥和恐怖中成长的孩子异常聪明，他的好奇心是父亲给予的，忍不住问：

"娘，那是什么？"

"那是你父亲。"

衡不再问了。他再也没有问过。就这么一年一年地供着……

（许久许久，一代一代的族人继承了供奉的习俗。他们把"阳物"换成了木制的牌位，牌位上写着先人的名讳，这就成了供奉祖先的牌位。）

在衡长到十六岁那年，这个与嬴同样有创造性的女人害怕儿子也沾上父亲的恶习，悄悄地打发儿子到远方求教。嬴虽然死去了，但一切都延续下来了。她知道她躲不过六十岁被活埋的规矩，便在儿子上路后的第二天，一头扎进了幽深的青龙潭。她带走了那"阳物"……

○　●

羊（三）　··································

只有两块钱。

也正是那两块钱改变了李金魁的命运。

两块钱不够封一刀礼，所以，李金魁最终也没有成为"李瓦刀"。然而，就是这两块钱加上六个鸡蛋，使李金魁成了大李庄小学的一名学生。

那时上学便宜，学费才一块六毛钱，书费五毛，加起来一共两块一，还是不够，爷去代销点里卖了六个鸡蛋，三个鸡蛋一毛，算是交上了书费；剩下的三个鸡蛋，爷死缠活缠的，跟代销点的洪昌磨了半天嘴，才换了五支铅笔和一块橡皮，橡皮是饶头。洪昌不愿意了，洪昌骂道："舅，俺舅，你又来了？把账清了吧。你欠的账还没清哩。"爷说："鳖儿，不救你你死牛肚里了！……这是这，那是那，两码子事。"爷又说："饶一块吧，饶一块。"洪昌板着脸说："你今儿赊一两，明儿赊一两，一两一两可都在账上记着呢……"说着，他又骂起来："嗑瓜子嗑出个臭虫，你算个啥球仁儿？也敢来一回回蹭?!"爷脸上红了一小块，爷说："饶一块吧。洪昌，将来你侄瓜子不定结个啥果，要是……"洪昌哈哈大笑。洪昌说："三岁看大，就这两筒鼻涕？……"爷趁他说话的当儿，伸手抓了一块橡皮。洪昌赶忙去夺，见夺不过来，就在爷的头上狠狠地捋了三下，爷仍然笑着说："又跟你叔乱哩？"说着扭头就跑，到底把橡皮赖下了。

就要开学了，他还没有书包。上学的书包是娘连夜用碎布头缝的，作业本是他自己用捡来的烟盒纸订的。烟盒纸有的太皱，娘就在石头下压了一夜，总算平展了。第二天背上书包去上学，老师点到李金魁时，他愣了片刻，在众人的哄笑声中匆忙站起身来说：我、是我。老师为此多看了他两眼，说：你就是李金魁？他小声说：是。老师"哦"了一声说：李金魁同学，你坐下吧。

上学了，知识是可以出思想的。在以后的日子里，李金魁总是想起爷逃跑时的情景。为了二分钱一块的橡皮，爷拧着身子一蹿一蹿的，跑起来像夹了尾巴的狗一样，那样子引得村人们哈哈大笑。代销点的洪昌没有真去追赶，洪昌只是做出一种要追赶的样子，那得意扬扬的神情使他刻骨铭心。以后爷每次撞见洪昌，那眼神总是躲躲闪闪的，像偷了他什么一样。这种感觉是从物质渗到精神的，是一种时间中的升华，是从一次次的咀嚼和品味中得来的，在时光中他发现了给予和索取的奥秘。那就是无论多么小的事物，给予都是高高在上的，就像洪昌的那张脸；而索取是低贱的，索取在心理上永远处于劣势，你给了人家一点什么和拿了人家什么，那感觉是绝对不一样的，这种关系有一种本质上的区别。这个烙印伴着他读完了六年小学，在这六年里他一边认字一边用那些字来体味和丰富感觉。他是蘸着感觉来认字的，所以他认字认得很快，学字的能力也是超常的。

在这六年时间里，他一共用了一万八千三百四十六张烟盒纸。香烟的气味伴着他度过了许多个日日夜夜。他的烟盒纸作业本在大李庄小学是独树一帜的，他的绰号在大李庄小学也几经变换，有一段时间，学生们都叫他"红锡包"，又有一段，又叫他"白锡包"，还有人叫他"白河桥"，也有人叫他"哈德门"，还有人称他"飞马"，都是香烟的牌子。因此所有的老师都认识他，都知道本村有一个叫李金魁的学生。他的烟盒纸作业本因为不合尺寸常常摆在一摞作业本的上边，每个老师批改作业的时候，都忍不住要多看两眼，先是翻过来看一看烟盒纸上的图案，然后才去批改写在烟盒纸上的作业，改的时候也格外地细致。如有错处，老师第二天是一定要在课堂上讲一讲的，每到这时，老师就显得格外的兴奋，站在讲台上"哗、哗"地扬着那由烟盒纸订的作业本，高声说："同学们，看看这道题是怎么错的？为什么会错呢？一个小数点啊！……"同学们望着那些在讲台上空飞舞的花花绿绿的烟盒纸，不由得又一次哄堂大笑！就这样，烟盒纸使他在大李庄小学成了学生们的笑料，烟盒纸也使他在大李庄小学出了大名。毕业的时候，整个大李庄小学独有李金魁一人考上了县一中。

这是烟盒纸的胜利。

那一年的夏天，发通知的时候，李金魁正在田里割草。捆一蹿一蹿地走来说："娃子，中了，咱考中了。"李金魁正赤条条地在玉米地里蹲着，手里握着一把小铲，一身的汗水，他抬起头看了看站在田边上的爷，而后才从玉米棵上取下那条烂裤子，匆匆穿在身上，腰一拧，欢欢地跳出来说："爷，是县一中吧？"捆扬着手里的那张纸说："是。光彩呀！就你一个。走，进城给你表姑奶报喜去！"

李金魁愣了片刻，却又慢慢把那裤子脱下了，依然挂在玉米棵子上，往地里一蹲，说："爷，我不去。"

捆手搭凉棚看了看孙子的下身，笑着说："咋？鸭娃儿大了？"

李金魁脸一红，不由又磕巴起来，说："不、不去。"

捆说："你看这娃，你看你这娃……"捆只说了两句，就再也不说了。孙子正望着他呢，阳光下，地边上，一个黑黑的小泥人，眼很毒，那光蜜人，看着看着就把爷看小了。捆挠了挠头，讪讪地说："不去就不去吧。"

过了一会儿，他又说：　"头前队上出了咱两棵树，作价八十，还没给呢……"

在那个夏天里，捆一直跟在新任队长李大牙的后边，絮絮叨叨地说："队长，那树、那树可是好树，还不该给哩？"

李大牙最喜欢的事就是敲钟，他每天都站在村头那棵挂有一口旧钟的老槐树下，用力敲响那口锈迹斑斑的大钟，让人们下地干活。李大牙敲完钟只给了他一个字，李大牙说："虫！"

捆说："结了吧，那树，你给结了吧。"

李大牙还是一个字："虫！"

捆巴结地笑着，磨着身子给队长说好话，再敬上一支烟，说："明明说好的，说是麦罢给，那树……"

说急了，李大牙就龇着一口黄牙说："虫！闹什么？队里没钱。"

捆急了，说："不是有烟款嘛。说过要给钱哩，咋就不给呢？"

李大牙扔下一句话："你告我去吧！"说完，扭头就走。

捆仍笑着跟在队长的屁股后……

就在那个暑假里，割草娃子李金魁一直不敢在村街里走。他背上草捆回家时总要绕一个很大的弯。他是怕在村街上跟爷爷碰面。他自从碰上了几次之后，就再也不从村街里过了。他不止一次看到队长李大牙在将爷的头，爷总是像孩子一样弓身站在身材高大的李大牙跟前。而队长一次一次地将爷的头，一边将一边说："捆，你个老虫！你个酒迷瞪。我还不知你吗？你欠洪昌的酒账结了吗？"爷个小，爷被他将得像陀螺一样在他身前转着，可爷仍然笑着，爷总笑着说："别乱，别跟你叔乱……那树，还是结了吧。"

后来他才知道，爷的确欠着洪昌代销点里的酒账。他总是偷偷地在洪昌那里赊酒喝，是那种五分钱一两的红薯干酒，他一两一两地赊着喝，喝出了脸上的那一小块红，也欠下了一笔一笔的酒债。洪昌跟李大牙是儿女亲家，洪昌不说话，李大牙是不会给的。

在夏日的村街里，李金魁眼前一片刺痛。他眼前总是出现爷那白苍苍的头，爷的头一垂一垂的，就像是一蓬乱草……他觉得李大牙捋的不仅仅是爷的头，李大牙捋的更是他的眼泡。他眼疼。他不敢去看。可为了那八十块钱，爷仍然不屈不挠地跟在李大牙的身后，爷总是不厌其烦地说："这是两码事，洪昌是洪昌，队里是队里……"

于是，李金魁哭了。一个小人儿因为没有办法在偷偷地哭泣。他躲在麦场上默默地想了一个晚上，满脸都是伤心的泪水。头上有月亮，水一样的月亮，月亮很大很圆，可月亮一点儿也帮不了他，月亮离他太远了。一直到了后半夜，他悄悄地摸到了爷住的牲口棚里，对正起夜撒尿的捆说："爷，那钱，你别再去要了。咱不要了。"

捆背对着孙子，一边撒尿一边说："咋不要？树是咱的，咱凭啥不要？"说着，他系上腰带，转过身来，很自信地说："金魁，你放心，爷能要回来，误不了你开学。鳖儿答应过的，就是拖拖……"

李金魁轻轻地吐了口气，默默地说："爷，我去要吧。"

捆诧异地看了看孙子："你？"

李金魁说："我去。"

捆怔了怔，说："要不让你娘出面？娘儿们家好说话。"

李金魁重复说："我去吧。"

捆说："你想试试？试试也成，你已是县一中的学生了，对不对？"

捆又说："他要骂，就让他骂两句，骂骂也长不身上。他要打你就哭，打滚哭……"

李金魁不语，垂下眼皮，像个小鬼魂似的飘出去了。

三天后的一个早晨，风凉凉的，当队长李大牙趿拉着鞋，大声地咳嗽着，匆匆赶到村口敲钟时，却见老槐树上绑着一根绳子，绳子上吊着一个小人儿，垂着一双脚，脚尖点着一摞碎砖头，那砖头摇摇晃晃的，眼看就要倒了……李大牙吓了一跳，定睛一看，那人竟是捆家的孙子——李金魁！

李大牙吓坏了，忙说："金魁，娃子，你、你你你……这是干啥呢?!下来，快下来吧。"

李金魁苍白着一张小脸，轻轻地吐一口气，说："给我树钱。"

李大牙说："娃子，有话好说，你先下来……队里确实没钱。"

吊着的李金魁喉咙里"咕噜"了一下，两手拽着绳套。再吐一口气，默默地说："我知道你不想给……"说着，只见他脚尖一踢，脚下那摞碎砖头"呼啦"一下倒下去了，一个人整个吊在了树上……

这时，李大牙的脸都白了！眼看就到上工的时候了，村人们马上就要拥出来了，到了那时候，一村人都会说，是他在逼一个小娃上吊！真到了那时候，他就是浑身是嘴也说不清楚了。他忙扑上去抱住了李金魁的两条腿，连声说："我给我给我给……我立马给！"

李金魁身下有了依托，又吐一口气，喃喃说："你真给?"

不料，李大牙竟哭起来了，他张着大嘴，一把鼻涕一把泪地说："我真给。我不给我是孙子，你是爷，你下来吧！"

李金魁又说："你别将我爷的头……"

李大牙说："我不将，我再也不将了，你只要下来……"

李金魁说："你要再将我爷的头，我就死在你家大门口。你信不信?"

李大牙忙说："我信。我信了。"

此刻，李金魁呆住了。连他自己都不相信，事情竟然解决了，就这么简简单单地解决了。……

事后，使他感到惊讶的是，一根绳子竟然有这么大的力量。爷跑了整整一个夏天都没把钱要回来，眼看着没有办法了，他没有任何办法。天不能帮他，地也不能帮他，爹、娘、爷，谁也帮不了他，他已无路可走了。其实，他是非常怕李大牙的，他怕李大牙已经怕到了极限，他的心也已经抖到了极限，李大牙野得就像是头红牛，在村里没有人是他不敢骂的，没有人是他不敢收拾的。在大李庄所属的十个队里，他是最厉害的一个队长啊！可是，可是呢，一根绳子就产生了一个办法。那只是一根草绳，是捆草用的绳，绳在这里好像是没有一点用处，绳是无势的，绳也仅仅是圈成了一个套，挂在了树上……于是，没有办法也就成了办法。这个梦幻一般的过程是他一生都受用不尽的，只是事情过去之后，他才发现，一根绳子可以产生一种正力，一根绳子也可以产生一种办法，这是一种从无到有的认识，也是一种从死到生的体验。于是，十三年的时光，十三年的感觉在这一刹那串了起来，串出了一种对人对自然的再认识，串出了一种生的顿悟。那时，他一口气跑到田野里，躺在草地上，眼望蓝天，满含热泪地高声喊道：草啊，那生生不灭的草啊！

夏天过后，当李金魁背着铺盖卷，兜里揣着他自己要来的八十块钱，兴冲冲地到县城中学上学去的时候，他也背走了一种无畏的豪气。

一路上，捆唠唠叨叨地对孙子说："到城里要小心些，城里人悭哪！要是有难处，就去找你表姑奶，你表姑奶家阔着呢……"

李金魁一声不吭，只默默地走着。来到了城里的集市上，李金魁突然说："爷，你坐下歇歇脚吧。"

捆说："算了。我闻不得香味，那味烧眼。"

李金魁拽了他一下，说："爷，你坐。"

捆说："歇歇也干歇歇。"说着，就在一个饭铺前坐下了。

只见孙子噔噔地走过去，片刻时光，就端来了两盘水煎包，两碗肉胡辣汤，四两烧酒，一碟花生米。捆愣愣地望着孙子，正要说什么，只见孙子重新背上铺盖卷，说："爷，你慢慢吃吧，我去了。"

捆呆呆地望着孙子，眼里泪汪汪地叫道："金魁呀……"

李金魁回过头来，说："爷，钱我给过了，你吃吧。"

○　●

虎　·······························

　　一九八六年阴历八月十五这天早上，一辆红色的嘉陵摩托车箭一般地飞出了大李庄。骑在摩托车上的年轻人是村里赫赫有名的窑主——李春生。

　　此刻，他正以每小时八十公里的速度在公路上奔驰着。在那摩托后架上，结结实实地捆着四盒高级月饼。

　　他是去省城看未婚妻的，他的未婚妻在省城上大学。

　　早在四年前，当他们一同在县高中上学的时候，两人就好上了。他的未婚妻刘小霞是邻村刘老善家的女儿。那时，春生是班上的班长；小霞呢，也算是班里的人尖子，不但学习好，人长得也漂亮。两人同班，两个庄又离得很近，常常一同来一同走，虽然没有明说，但各自心里都有些意思了。临毕业的时候，小霞突然哭起来了。春生问她出什么事了，她也不说，只是哭。问急了，她才抽抽搭搭地说：“春生，大学俺不考了。”

　　春生愣了：“不是说好一块儿考吗？怎么两天就变了……”

　　“俺、俺爹捎信来了，让俺回去割麦哩。家里爹娘都老了，没劳力。再说，就是考上了，俺也上不起。你考吧，怕这辈子俺再也见不着你了……”

说着说着，小霞又哭了。

春生正值血气方刚，咬了咬牙说："要考一块儿考。你不考，我也不想考啦。"

小霞睁开蒙眬的泪眼望着春生："你考，俺不耽误你……"说完，扭头跑去了。

这天，小霞没去上课。

春生也没去上课。

春生思前想后，在床上整整躺了一天……

天黑之后，他把小霞从女生宿舍里叫了出来。半天工夫，小霞的眼已经哭肿了，两只眼肿得明晃晃的，烂桃儿一般，让人看了心酸。春生说："霞，我反复考虑了，你说的的确是个问题。你是家里的老大，不能不顾家。我家里条件稍好一些，要是咱能一块儿考上，家里也确实供不起两个。这样吧，我不考，你考。家里你就不用管了，我担起来。"

"不。你考，俺不考。"小霞低着头说。

"别争了。"春生烦躁地说，"就是你不考，你也撑不起两个家。反正得有一个豁出去，我豁出去了！但有一条，你得好好复习，争取考上。还有，别把我忘了……"

"春生……"

"霞……"

"春生，别让我考。那就太苦了你啦！俺不忍，俺……"

"苦，我不怕。只要你能考上，你一定得考上。"

小霞一下子扑到他怀里了。春生轻轻地抚摸着她的头发："霞，我要悄悄地走。我怕老师会拦我……"

"春生，你再想想，你再想想吧。难道就没有别的办法了吗？俺、俺怕亏了你……"

"没有两全其美的法子。我拿定主意了，明天就走，不能再犹豫了……"

春生离开学校的时候，小霞一个人悄悄地出来送他。两人在路上默默地走着，送一程，哭一程；哭一程，送一程，只是没有说话。

春生回家的第二天，就到刘庄帮小霞家割麦去了。一连三天，他五更起，夜半回，常常是一个人在地里割割，捆捆，拉拉……刘庄的人谁见了谁夸，说："瞅瞅，刘家这没过门的小女婿多能干哪！都像这，养个好闺女也值呀！"

刘老善两口子看春生干得太猛，心里实在过意不去，一个劲地劝他："娃子，歇歇。悠着劲，别伤了身子。"

春生不听。他想：既然挑了这两家的担子，就得硬撑。要是一开始就撑不住，往下劲就散了。就这样，整整半个月，他像走马灯似的在两庄来回串。割了刘家的，又回去割他家的。割了麦又去帮着种秋……他是家里的独生子，拦也拦不住。人一下子就瘦下来了，身上晒脱了一层皮。

过了麦罢，小霞考完回来了。也是到家的第二天，就到春生家来了，一进门就端上盆给春生洗衣裳去了，惹得一街两行人都跑来看她。村里人都说："春生妈八成是烧高香了！"

夜里，两人坐在村东的小河边上，听蝉儿长一声短一声叫。小霞说："春生，你瘦了，也黑了。"

春生说："我熬过来了。瘦些结实。你考得咋样？"

小霞低着头，半天不语，她两手摆弄着胸前的秀发，久久之后，才说："谁知道哪。"

"你心里就没有一点底？"

"差不多吧。"说着，小霞就势躺在了春生的怀里，两人就这样坐了很久。春生搂着她，心里"咚咚"跳着，动也不敢动。

八月份，通知下来了。刘小霞考取了省城的一所大学。接到通知后，她激动地扑在春生怀里哭起来。春生心里千头万绪终又化成一句话："放心走吧，家里有我担着，你别管了。到了学校可得注意身体，别省，我会按时给你寄钱……"小霞仰起头问："你上哪儿去弄钱呢？"春生说："你别管，我不会去偷。"说得小霞又咯咯地笑起来。

临走的那天夜里，小霞又来了。她将开袖子，露出白藕似的嫩胳膊，羞着脸对春生说："春生哥，你咬一口吧。狠劲咬，咬得我记你一辈子。"

春生却抓住她的胳膊亲了一下，没舍得咬……

小霞上学走的第二天，春生便开始一心奔钱了。为了钱，他背上铺盖，下过禹县官山的煤窑，只不过干了一个月就回来了，他心里挂念着地里的活计，也不放心两方的老人，不敢长干。乡下老鼠多的时候，他跑到南京贩过猫。也曾经搞过人工养殖蘑菇，喂过蚯蚓……顶顶困难的时候，为了挣一块钱，他曾跟邻村的"国乐队"配班去给办丧事的人家出殡——敲梆。也曾掂着秤杆蹲在县城街头卖菜。卖菜时，他的第一声吆喝是闭着眼、淌着泪喊出来的……

他每月按时往省城寄钱。多的时候寄过五十块，少的时候寄过七块。他高中毕业，人也精明。每日里切记着外边有一个心上人要他供养上大学呢！所以，干每件事他都是经过周密思考的，他知道赚得起赔不起。他寄往省城的钱上沾有煤灰、猫屎、人汗和蚯蚓的腥味。他想，不知小霞能不能闻出来。

小霞刚去省城的时候，每隔三天给他写一封信。慢慢地一星期一封，半月一封，顶长的是一月一封。她怕他不放心，怕他挂念，怕他累坏了身子。她在信上说，她闻见了钱上的猫味、蘑菇味、蚯蚓味……还有他的汗味。她说，她闻见了他的心，恨不得立刻回去亲他一万次！……

为了更多更稳固地挣钱，春生决定在村西的洼地上建一座烧砖的轮窑。就为这座轮窑，春生把人间所有求人的屈辱全都尝遍了，也把所有能用的智慧全都用尽了。为了让县农行的行长盖上那个章，他曾像乞儿一样一连七天站在行长的家门口，最后终于等到了一个机会，为行长家送礼的机会，他送的是一个花圈，他用那个花圈和手里仅有的三百块钱换了一顶"孝帽"，正是那顶"孝帽"给了他一个出卖自尊的机会。农行行长的老爹死了，有很多人前来送葬，他混在送花圈的人群中才得以走进农行行长的家门（那门真难进哪！），而后他在那里无偿地服务了一天，他戴着那顶"孝帽"就像是顶着一种坚忍的精神，在那家一直干到深夜，一直干到人们全都走完之后，行长终于发现还有一个戴"孝帽"的小伙子仍蹲在厨房里刷碗……行长终于明白了，这小伙并不是他家的亲戚，可他在这里整整干了一天，从早到晚，连一口水都没有喝，他为着什么？行长把他叫过来，默默地对他说："你是哪儿来的？"春生说："大李庄的。"行长说："你不是我家的亲戚。"春生说："不是。"行长说："小伙子，你在这儿干了一天，为什么？"春生"扑通"一声跪下了。行长冷眼看着他，说："那你一定是有所图……说吧。"春生默默地说："我在你家门口站了七天了，我想贷款。"行长久久地望着他，说："小伙子，你再不要这样了……起来吧。起来说，你贷多少？"春生说："一万，我只贷一万。"行长说："你就为贷这一万块钱？"春生说："是。"行长长叹一声，再一次看了看他，说："下不为例，我签字。"然而，就在行长签字之后，拿钱时，他咬着牙、含着泪又让乡里的农贷员"黑"去了一千！不然，人家就是压着不办……

匠窑的时候，为了尽快把窑建起，春生光着身子一连打了八天土坯之后，又绞尽脑汁想出了一个"有奖脱坯比赛"的主意，他也学城里人那样在四乡贴出广告：定于×年×月×日在大李庄村举行有奖脱坯比赛，时间一天。获一等奖者，奖励机砖一万块（待砖烧成后第一批奉送）！获末等奖者，按数计酬云云……于是，四乡十八村一百多个小伙子参加了他举行的"有奖脱坯比赛"……这一下子使他获得了惊人的成功！

待窑匠成之后，他却累倒了。他一连发了七天高烧！昏迷中，他口中念叨的还是钱，给小霞寄钱……连来看望他的小霞娘都忍不住掉泪了。

世界上任何一种信念都能给人以巨大的能量，只要他怀着切近的希望。

而小霞就是春生心中的希望。

在想象中，小霞成了他精神上的唯一支柱。

小霞第一年放假回来，春生像疯了一样扑上去抱住了她，亲了她的脸，亲她的嘴，亲她的鼻子……小霞像瘫了似的躺在他的怀里，喃喃地说："春生，我不想上学了。我这会儿把身子给了你吧。这样你就放心了……"

春生一边亲她，一边说："我放心，等你毕业吧。我想你，可我还能忍。"

…………

第二年放假回来，小霞打扮得像城里姑娘一样漂亮。伏天里，她穿着白色的连衣裙，肉色的长筒丝袜，白色的高跟皮凉鞋，在乡村的土路上跳荡着走，招引了许多人看。她说话的口音也变了，言语中夹杂着北京的标准口音，浑身上下从风度到气质都发生了显著的变化。她还给春生买了两件新式的衬衣，逼着他当面穿上。当春生亲她的时候，她不轻不重地拍了他一掌，笑着说："看你，馋猫儿似的！急啥？早晚还不是你的人。"

春生把她抱起来，贴着她的脸说："快点毕业吧，快点毕业吧，我怕要熬不住了……"

小霞笑着依在他怀里，羞涩地说："你不是说你能……"可小霞在他身上闻到了一股味，一股让人作呕的气味……小霞忍了。

以后的一年里，轮窑见效益后，钱挣得多了，春生就更多地给她往城里寄。一次寄二百、三百的，也不认为多。他每日里扑在轮窑上，烧砖、卖砖、出外联系业务，也就顾不上多写信了，只按时寄钱去。晓霞（她来信说，她的名字改了一个字，只一个字）常写信告诫他不要再寄了，不要再寄了，她欠他的情太多，怕是一辈子也还不起的……他看着信笑了，一家人还说啥欠情不欠情呢？他还是按时寄钱。

到了第四年头上，晓霞来信渐渐稀了。她信上说，她要应付毕业考试，要写毕业论文，忙。这年的假期她也没有回来。春生正在忙一件大事情，也没多想，好在快毕业了，她会回来的。

春生在全力筹钱呢。晓霞快毕业了，他准备自筹资金在村里给他的妻子盖一所漂亮的教学楼，让妻子坐在漂亮的教学楼里给孩子们上课，这样才不屈她。他已经给县里说好了，晓霞将是这所小学的校长……

可是，突然有一天，刘老善两口子来了。一进门，老两口话没说，就先掉下泪来了："春生，俺真没脸再见你了！晓霞这闺女，嗨，她咋不死呀！……"

这犹如晴天霹雳，一股蘑菇云冲天而起……春生被打蒙了！眼前天塌地陷般旋转起来。他仿佛觉得什么断了，"咔嚓"一声断了！他不知是什么断了，只觉得断了。他怔怔地望着两位老人，一把把信夺过来，看着，看着，泪扑簌扑簌地掉下来……

"……临近毕业了，我有可能留在省城，我也想留在省城……不要再收春生哥的东西了，咱们一家欠他的太多太多了，只好慢慢还……要是春生哥家还穷，打死我我也不敢断的。可他现在富了，肯定能找来比我更好的姑娘。我愿跪在他跟前一千次一万次地求他原谅……"

娘怯怯地望着他："春生，你可别想不开呀！"

爹也劝他："春生，别理这没良心的东西！咱再找，找个好哩……"

当着老人的面，他还想撑着说，这没啥，不愿意就不愿意吧。可他一句话也说不出来，只觉得身上什么地方断了，这断口子一下子戳到了心里！他想找断口，可他找不到……

他一连在床上躺了三天。三天来他一句话也不说，脑海里像有一匹野马在奔驰。那奔驰的野马在追逐着一朵冲天而起的蘑菇云……

第四天，他起来了。洗了脸，换了衣服，然后平静地对娘说："明儿是八月十五，我想去看看晓霞。"

娘说："不中了，你还去看个啥？咱不去看她！"

春生仍旧很平静地说："我去看看她，再见她一面。"

当天下午他进城买了最好的月饼……

经过一天的奔波，李春生来到省城大学门口的时候，天已经擦黑了。他把冒着热气的摩托车支在门口，把月饼盒子从车上拿下来。此时，一轮满月正遥遥升起。他望望月儿，又看看手里的月饼，笑了笑，把月饼盒子挂在了脖子上，直着头朝大门口走去。

"你找谁？"传达室有人问。

"刘晓霞。"

"哪班的？"

"八二级中文系的。"

"你是她什么人？"

他迟疑了一下，才说："未婚夫。"

"你，你等等……"

老传达瞥了他一眼，拿起了电话。

一会儿工夫，从大门里匆匆走来了两个戴眼镜的大学生。两人用奇怪的目光打量着他："你找刘晓霞？"

春生点点头。

两人互相看了一眼，一个说："刘晓霞不在。"另一个却说："你找刘晓霞有啥事？"

"没啥事。"春生说，"今天是八月十五，我想见见她。"

"刘晓霞说了，她不愿见你，你走吧。"

春生固执地说："我不走，我要见她。"

于是，一个高些的"眼镜"说："刘晓霞既然不愿见你，见也没用，你还是走吧。朋友，听说你现在很有钱，为啥非在一棵树上吊死呢？你可以再找一个嘛。现在你们不属于一个层次了。层次，你懂吗？层次不同，观念也不同，没有共同的语言。假如一个分在省城，一个待在乡下，长期分居，你们都会痛苦的。你想想，一个在省城当干部，一个在乡下当农民，这日子怎么过呢？也不会有幸福啊！"

另一个也精辟地说："你把金丝鸟放出了笼子，还能收回去吗？你想想，假如刘晓霞穿得破破烂烂，每日里只吃二分钱的咸菜，没有社交活动的条件和物质基础，她能离开你吗？你给了她钱，给了她条件和机会，让她见识了世界。现在，在她的观念发生变化之后，你又想重新把她拉回去，这不是折磨她吗？你为什么要给她条件呢？既然给了，也就给她自由吧。让她飞吧。感情是相互的，是不欠账的。八十年代了，你不应该再有这种思想。走吧，兄弟，你就是闹一闹，也不解决问题呀！"

春生听了这些精辟的见解，却仍然固执而又平静地说："我不闹。我只想见她一面。见见她，我就走。"

两人互相看了一眼，又瞅了瞅他挂在脖子上的月饼，说："好吧，你等着。"说完，两人走进去了。

老传达看看他，叹口气说："嗨，年轻人，想开点儿。我天天在这门口，老有人来闹，我见得多了……"

又过了一会儿，他盼望已久的晓霞走出来了。她打扮得更漂亮了，只是哭着，还有两个姑娘陪着她。走进传达室的门，她默默地站住了。两个陪伴的姑娘也用戒备的目光看着他。

春生低头看了看挂在脖子上的月饼，笑笑说："霞，八月十五了，我给你拿了二斤月饼。"

刘晓霞眼里的泪扑簌扑簌地掉着，欲言又止，头勾得更低了。两位女同学看他没啥恶意，紧张的心也就跟着松弛下来，和气地说："你有啥话就说吧。"

春生又望了望挂在脖上的月饼盒子："俺俩也是好了一场，能不能叫俺跟她单独说几句话？大姐，恁放心，不会有啥，恁在窗外瞅着也行。"

两个姑娘你瞅瞅我，我瞅瞅你，又看看低着头的晓霞，迟疑地走出去了。

春生又对老传达说："老伯，就成全俺这一回吧！"

老传达想想，也跟着站了起来。

屋里就剩下两个人了。春生说："霞，八月十五了，月亮可真圆啊。"

"春生哥，"晓霞胆怯地说，"我、我对不起你……"

"别说了，霞。吃月饼吧，咱们吃月饼吧。我最后一次……给你送月饼来了。"春生说着，慢慢地站了起来，一步一步地往晓霞跟前走。

"春生哥……"

"霞……"

突然之间，春生已经抱住了晓霞，紧紧地抱着……

外边的两位姑娘一看不好，想闯进来拉晓霞，只听李春生高声说：

"谁也别进来。我这月饼盒里有十二个雷管！"

晓霞惊恐地叫起来，拼命挣扎着。可是，已经晚了。李春生像铁箍一样搂着她，脸贴着她的脸，两只铁钳一样的大手一点一点地拽着接了电池的线头往一块儿碰……

一时，窗外的人全都闭上了眼睛，惊惧地等待着那一声天崩地裂的巨响……

○ ●

奶奶的"瞎话儿"（四）

衡已经被活埋了一年零七个月。

他遵从母命自十六岁出外求教，周游了许多地方，走过了漫长的路，也学到了极丰富的经验。然而，当他带着散播在各处的儿孙回到家乡的时候，也就到了该活埋的年龄……

这是个极温和的老人，慈眉善目，脸上总是带着微微的笑意。他远道归来，一行一动彬彬有礼，使族人们不肯对他下狠手。可他的确被活埋了。在一个漆黑的夜里，趁他熟睡之际，人们依照规矩把他装进了棺材，抬到西岗的老坟地埋葬了。他的坟头比一般的先人高了一些，是他带回的子孙用三天三夜的时间打起的。为了使他的魂灵安息，族人们为他祈唱了三天。

然而，他还活着。

这个秘密只有他的家人知道。

那的确是一座活坟墓。儿孙们出于对他的爱戴，偷偷地在坟下挖了一个地穴，棺材下边的底板做成了活的。地穴隐藏在棺材的后边，上边用木头搭了个拱顶，然后用土盖好，里边用谷草给他铺了一张小床，外边又用树枝和茅草给他做了一个隐蔽的活门……他就在这个没日没夜、阴暗而又潮湿的活坟墓里悄悄打发着余下的日月。只有夜静之后，他才能走出来，以他学到的经验观星转月移，与死去的先人长久对话；或是独自一人演习从外边学来的三拜九叩的礼仪和操行，像是一个活的鬼魂在黑黢黢的坟地里飘移。

那是个远离村落的死人的世界，极少有活人到那里去。他的小孙子子顺一天一次提着瓦罐来给他送饭。这孩子很聪明，总是趁无人的时候偷偷地来，又偷偷地去，是老人寂寞而又孤独的坟墓生活里的唯一慰藉。小子顺每次来，他都让孙子给他学说一些村里的事情，老人闭目思索推演之后，定要让孙子捎回去几句话。这寥寥几句，必然是他多年思考和阅历的结晶，是给家人参考使用的。假如夜观天象有雨，第二天，小孙子来送饭的时候，他一准会让他告诉家人，这天不宜出门。他知道得太多，他的经验也太丰富了，六十年来漫长的生活积累使他通晓一切人世的事情。可是，他与村落中族人的唯一联系的纽带是这个幼小的孩子。这使他仅能提供参考的经验，而不能直接去做。对孙子他不能说得太多，又不能讲得太深奥。要孙子能记住并能带给家人那几句话，常常是他苦思冥想得来的，是浅白中透出智慧的隐语。他生怕小孙子传错了话，常常在语言的表达上苦苦思索。这煞费神力的苦思和长久的孤独，很快使他的鬓发和胡须全都变白了，清癯苍白的脸上透着病态的红光，那一头像雪一样的白发和长长的胡须，使他更有超凡出世般的飘逸。

经过小子顺传话，家里人悄悄接受了他那来自坟墓中的经验指导。然而，在生活中，经验是有用的，却又是永远不够用的。那由孩子传过来的寥寥数语，虽是他的智慧结晶，但又是很费人猜测的。这给后人带来了极大的想象空间，反而使后人在猜测中有了创造性的发挥。在短短的几年中，他这一门迅速地发展起来，很快地受到了族人的拥戴。他的后人所做的每一件事情都使族人们羡慕不已，而后很快地跟着效法。于是，村落里的族人开始学会使用智慧而不仅仅用蛮力去征服自然。

族人们惊疑这家人的聪明，而没有人知道这家人的聪明来自何处。假如不是村里发生了一件奇怪的事情，这个秘密将永远不会被外人所知。那么，被活埋的老人，也将永世在黑暗的坟墓中度过他那孤独可怕的余年，默默无闻，直到死去⋯⋯

有一天，小子顺提着饭罐来送饭的时候，告诉爷爷，村里出了一个怪物。这怪物的叫声尖利刺耳，听着非常吓人。它趴在屋梁上，使家里人一夜都没敢睡觉。天亮以后，家家户户都出来说，他们也看见了怪物！怪物卧在供奉先人的供桌上，两只眼像灯一样明⋯⋯这怪物的突然出现，使全村人一时沸沸扬扬，族里人已经准备商量搬迁的事情了。

老人低下头去，捋着他那飘然的长髯，久久没说一句话。当子顺唤他吃饭的时候，他仿佛是刚从梦中醒来，沉吟着说："让我想想。"

这天的饭老人一口也没吃，又让小子顺提回去了。子顺临走时对爷爷说，家里交代了，这几天人心惶惶，都被那怪物吓坏了，村里十分慌乱，怕被人发现了会坏事。今后只能两天送一次饭了。

老人没有吭声，就那么闭眼呆坐着，那飘然的长须紧攥在他的手里⋯⋯

第三天，当小子顺又提着饭罐来送饭的时候，老人目光呆滞而又迫不及待地问："那怪物的嘴尖吗？"

"尖尖的，长长的，很吓人！"

"露两排牙吗？"

"两排，刀子一样亮！"

"那牙是不是又细又碎？有两颗特别长？"

"又细又碎，前边的最怕人！"

"那眼小而圆，贼亮贼亮？"

"像两盏灯，绿莹莹的，冒火……"子顺学着，小脸儿都吓白了。

"唔，唔……"老人沉吟着，点点头，又点点头，两只深邃的老眼出现了一丝亮光。

他接下去又问："那怪物是不是肚儿大头小，身上长着灰毛？"

"身子一耸一耸的，肚子可大了！头才那么一点点儿。对了，屁股上还有一条很长的鞭子……"

"唔。"老人慢慢地吐出一口气来，疲倦地抬起头，那苦苦思索后的老脸上露出了一线喜色。他微微一笑，说："孩子，那是老鼠精。"

"老鼠精？！"小子顺瞪圆了眼睛，问，"爷爷，你见过？"

"没有。"老人摇了摇头，瞪着双眼，直直地望着前方，神色飘忽不定地说，"我也只是听人说过。不过，这怪物它怕一种东西，可那东西……"

"啥东西？爷爷。"

老人捋了捋胡须，又是半晌没吭声。过了一会儿，只见他神色一动："九曲狸猫。只有这九道龙须的狸猫才能制住它！"

"哪儿有九曲狸猫？爷爷。"

"这九曲狸猫是印度国进贡进来的。我出外周游的时候，听一位朋友讲过，南蛮人那里有……"

当天夜里，老人修书一封，又让孙子给家人带回一个口信儿，让儿子带着他的信，火速去托他那远方朋友借九曲狸猫……

村里人已经五天五夜没有合眼了，怪物尖叫的声音越来越瘆人，一场大规模的迁徙已经准备就绪，族人惶惶不可终日，一片恐怖的阴云笼罩了整个村落。

　　终于，在第六天头上，子顺爹风尘仆仆地从外边回来了。他背着个大包袱，一进村就高声扬言说，他带回了一件"宝器"，要斗斗那怪物！村里人听说后全都拥了出来，半信半疑地跟着他走进卧有怪物的院子。只见他解开大包袱，包袱里有一个笼子，笼子里装的就是借来的九曲狸猫。他打开笼子，那九曲狸猫纵身跳了出来，落地竟然一无声息！族人们里三层外三层把屋子围住，屏声静气地盯着那九曲狸猫，一个个心惊胆战地等待着它与怪物的一场恶战……

　　只见那九曲狸猫晃晃头，长长地伸了一个懒腰，安然地走了两步，突然，两只耳朵陡地耸了起来，接着，"喵"地叫了一声，这一声犹如撕锦裂帛！只看那房梁上的怪物浑身颤动，一缩一缩地抖……

　　紧接着这九曲狸猫两眼圆睁，又"喵"地叫了一声，这一声仿佛飓风灌耳，震得整个屋子发出嗡嗡的回声。那房梁上的怪物抖得更厉害了，身子瑟瑟地抽搐着，越缩越小，越缩越小……

　　再看那九曲狸猫两爪扑地，身子回缩，做出怒扑的姿势，九道神须一根根钢针一般竖了起来，"喵"地怒吼一声，这一声又仿佛有勾魂摄魄的力量！那怪物竟"扑通"一声掉了下来，眨眼的工夫，被那九曲狸猫吼叫着叼去了……

　　在余音中，族人们还傻傻地愣着，仿佛在梦中一般。小子顺却欢喜地蹦着喊："老鼠精被叼走了！老鼠精被叼走了！"

　　族人们眨眨眼睛，忽地一下围上来，又惊又喜地问："你说这怪物是啥？"

　　子顺说："老鼠精。"

　　"你怎么知道是老鼠精？"

　　小子顺一下子怔住了，他不敢再说了，只好吞吞吐吐地说："我、我听人说的。"

这么一个小小孩儿，怎么会知道是老鼠精呢？人们更惊疑，紧逼着问："你听谁说的？"

子顺看大人们逼得紧，只好说："听俺爷爷说的。"

人们越加不信了。爷爷已经死了那么久，怎么会给他说呢？又紧着追下去："你爷爷在哪儿给你说的？"

"在、在老坟里。"子顺怯怯地说。

子顺爹知道再也瞒不过众人，只好如实招了出来……

这场大难，使族人们如梦方醒，终于知道了老人的用处。于是，全族上下集体决定把老人从活坟墓里接回来。从此，六十岁活埋的族规被取消了。

接老人回来这天，整个村落里喜气洋洋。全族人恭恭敬敬地来到墓地，把老人从地穴里迎了出来。一看见他那像雪一样的白发和足足有三尺长的飘然长须，人们仿佛见了仙人一般，纷纷跪倒在地。老人仰望苍天，喟然长叹：我还有今日吗?!……

二十四条大汉吹着鼓角，二十四条大汉抬着老人，在族人的欢呼声中，以最尊贵的仪式把他接回了村子。回到村里，在祭祀祖先的时候，老人在全族的注视下，郑重地为后人演习了"三拜九叩"的大礼。这是他出外四十多年学到的最重要的礼仪。

他详细地讲解了每一跪的步法和弯腰行礼的姿势，一行一动都有规有矩；前后左右、抬腿领首、方寸丝毫不乱，使族人大开了眼界。

老人被请回来后，一直被全族人作为智慧的先知供奉着，诸事都向他请教。他使村中的老年人再次获得了应有的地位和尊重，把从外学来的礼仪一一传给后人……然而，一年零七个月的地穴生活使他的两腿很快瘫痪了，他再也没有取得像先祖那样的权力和威望。他不能行动，只有思想而没有力量，只有丰富的经验而无具体的实践。威望和权力的建立除了智慧之外还需要蛮力……他仅仅博得了后人至高无上的尊重。

在以后的日子里，他靠给孩子们讲故事打发时光，听他讲故事的孩子长大后都变得异常聪明……

终于，在一个无风的日子里，当老人半闭着眼睛坐在屋檐下晒暖儿的时候，他打了一个盹儿，而后就面色红润、神色安详地死去了。他死的那一刻，嘴上正滴着长长的口涎……

那年，他刚刚过了八十二岁的生日。

○　●

羊（四） ·····································

李金魁略显口吃的毛病，是上中学时才开始明朗化的。

那是因为一个叫作李红叶的女同学。

在记忆里，红叶首先是一种声音——童年里的声音。那声音是从三国的娘幺婶嘴里吐出来的，带有一股高粱叶的气味。在夕阳的红烧里，高粱地像一蓬铺天盖地的火焰，火焰在风中"哗哗"响着，忽红忽绿，飞舞着一个橘红底镶金边的声音……尔后，在漫长的时光里，"红叶"逐渐地幻化成了一个符号，一个淡化了的印象。

印象的重叠是在县城中学里完成的。开学的第一天，李金魁坐在教室里的第五排第四个位置上，听到手拿花名册的老师高声喊道："……李红叶。"只见坐在他前边位置上的一位穿橘红短袖衫的女同学应声站了起来："到。"

"到"字像珠儿一样打在了他记忆的神经上，那声音脆生生地敲开了岁月的闸门，有一种东西像水一样漫出来了。于是记忆中童年里的"红叶"与坐在教室里的红叶重合了，重合产生了猜测，那么，那个"红叶"与这么一个红叶是不是一个人呢？

红叶就坐在他的前边。李金魁不由想看一看她的脸，想看一看她长什么样子，可他看不到。他看到的只是乌黑的剪发和脖子上的一小块白，那一小块白上还长着一颗紫红的小瘊子，那个小瘊子在她的衣领处时隐时现，她每一次勾动脖颈，那小瘊子就醒目地跳了出来，倏忽就又不见了。在一段时间里，这个诱人的小瘊子弄得李金魁心烦意乱，它就像虱子一样在他的眼前晃来晃去，叫人忍不住想去捏一下，一下子给捏下来！李金魁自然不敢。

后来，李金魁为此骂过自己，他说，你他妈的是来上学的，还是来看人家脖子的？你也不想想你是个啥东西？！看黑板！

此后，他就再也不看她的脖子了。

然而，在李金魁的内心里，仍然存着这样一个念头，他很想知道这个红叶与童年里听到的那个"红叶"是不是一回事。可是，开学很长时间了，他一次也没有跟她照过面，他甚至不知道她到底长什么样。这个叫李红叶的女同学并不住校（那么，她一定是城里人了），她一下课背上书包就走了。按说平日里也是有机会的，可他坚持着不去主动看她，这样一来，机会也就失去了。这似乎是一个漫长的等待，也是一个深藏在内心里的向往。

有一段时间，李金魁经常到学校附近的一家废品收购站去。他偶然发现那家废品收购站里有许多收来的旧作业本，那些写过的作业本是论斤卖的。上中学了，作业太多，不能再用那种烟盒纸当作业本了，再说他也没时间去捡烟盒了。于是这些很便宜的旧本纸就成了他的作业本。那个管废品收购站的人是个歪脖，人家都叫他"歪叔"。他也跟着叫"歪叔"。开始的时候，歪脖收二分钱一斤的废本纸，卖给他五分钱一斤，待买过两次后，有些熟识了，他知道这个歪脖也爱喝两口，就给他买了两瓶散酒掂去了，说："歪叔，你看，整天来麻烦你。"歪脖非常高兴，就说："学生，你说哪儿去了，你叔是一个收废品的，哪值得你这样。这、这、太不像话了……"可此后，待李金魁再去废品站时，歪脖就说："学生，你进来挑吧，随便挑，你叔一分钱都不收你的。"就这样，一来二去的，他跟歪脖成了忘年交。有一天，他刚从废品站里出来，迎面碰上了三国。于是，一个久远的谜就此解开了。

那天，三国肩上扛着一布袋红薯叶，胳膊上还挎一篮子红薯，像逃荒似的在路上走着，一边走一边四下看，一下子撞在了李金魁的身上。看见李金魁时，他愣了，想说话又有点不好意思。李金魁说："三国，你干啥呢？"三国见李金魁不记仇，就咧嘴笑了笑说："我娘让我给我大伯送点红薯叶。我大伯爱吃红薯叶。"李金魁见他累出了一头汗，就说："三国，我帮你拿点。"说着，他走上前去，从三国手上取下了那篮红薯。这样一来，三国轻松了许多，三国甩着手说："你知道我大伯是干啥的？"李金魁说："不知道。你大伯干啥？"三国说："我大伯是校长，我大伯是县一中的校长啊！"李金魁"噢"了一声，再没说什么。三国说："我大伯戴的眼镜一圈一圈的！"李金魁笑了，三国忙说："真的，真的，骗你是孙子！"校长家就在县一中的后边，是一个小院。来到小院门前时，李金魁站住了，他对三国说："三国，到地方了，你去吧。"三国说："走吧，你帮我拿了这么远，一块儿去吧，也认识认识我大伯！"李金魁本也想去，看三国那语气，就把红薯篮往地上一放，说："你自己去吧，我还有一节课呢。"

过了大约有一个星期，有一天，轮到李金魁值日打扫卫生，他正在教室扫地时，突然发现门口一黑，有一个女同学匆匆走了进来。这位女同学在门口处站了一下，而后快步走到他跟前，突然说："李金魁，你为什么不理我？咱们是老乡啊！"李金魁一怔，慢慢直起身来，他先是闻到了一股香丝丝的气味，看见站在他面前的是一个秀气的椭圆脸姑娘，穿一身米黄的格格衫，脸儿白白的，两眼大大的，嘴角处汪着两个浅浅的酒窝……片刻之间，他脑袋里"轰"地一下，像有什么东西炸了个洞似的，积存了很久的东西重新漫了上来……他的心咚咚跳着，人却一下子被激住了！他干瞪着两只眼睛，就是说不出话来，那句话在喉咙里卡了很久很久，最后才勉强地、结结巴巴地说出来："你、你、你……你就是、是红、红叶？"

李红叶有点吃惊地笑着说："是啊，我就是李红叶。怎么了？你不知道？在一个教室里坐这么久了，你是真不知道还是假不知道？"

李金魁心里积存的东西太多了，那旧有的印象也太深刻了，他仍然没有转过弯来："你、你你……就是、是……红叶？"

李红叶当然不明白他心里曾经有过两个"红叶"，看他急得说不出话来，脸都憋红了，就转了话题说："那天你不是跟三国一块儿到我家去了吗？你为什么不进去呢？"

李金魁这时才有点缓过劲来，他说："三国？……"

李红叶说："三国是我二叔家的孩子。"

李金魁说："噢，噢。也、也没什么事……"

李红叶说："没事就不能坐一坐了？我早就听同学们说，有个人整天不说话，光啃干饼子，菜也不舍得吃，竟考了第一，原来是我的老乡啊！"

李金魁脸红了……

李红叶忙说："好，好，你扫吧。我爸说，让你有工夫到家去玩。"说完，就快步走出去了。

李红叶走后，李金魁仍然呆呆地立在那里，手里拿着那把笤帚，一直愣了很久很久……他在心里一遍一遍地重复说：她就是红叶，原来她就是"红叶"呀！

"红叶"由声音还原成了一个鲜活的人，这是他始料不及的。那童年里的印象在无限地扩大，织出了一个稠密的联系，在高粱地里飞出的两个字，竟然在现实中化成了校长的女儿，这是多么大的惊喜呀！这对他的刺激实在是太大了，从这天起，他居然变得口吃起来，他总也说不好第一句话，越是激动越是说不出话来，一到说话的时候，他就不由得紧张，一张嘴就卡壳，非得过上一会儿，才会逐渐地缓过劲来。他为此非常沮丧，说话时就更加注意，谁知越是注意越坏事，磕巴得就更厉害了。于是，从这天起，他又成了同学们的笑料。

红叶就在他的前边坐着。每当同学们哄堂大笑的时候，她总是不由得要转过脸来，朝他投来同情的一瞥。怎么说呢？人在人眼中是会变的。红叶初看他时，他不过是一个又黑又瘦的家伙，穿得破破烂烂的，脖子脏得像车轴一样，也不知道洗，身上还有一种很难闻的气味。可是，看着看着，他在她的眼里就发生了一种说不出来的变化。也许是可怜他的处境，也许是熟悉产生了一种亲情，她总是越来越多地注意到了他的眼神。她在他的眼神里看到了一种光，那光是别的男孩身上所没有的。每当他的口吃引得同学们哄堂大笑时，他总是默默地、孤孤零零地站在那里，一声不吭。这沉默又激起了她更多的同情。不知从什么时候起，她陡然产生了要帮他一把的愿望。

一天，临上课时，有个绰号叫"大嘴"的同学突兀地把他拽住了。"大嘴"是县公安局局长的儿子，平时就有些霸道，说话横横的。他一把拽住李金魁说："结子，我那支蓝杆笔找不到了，是不是你拿了？"

李金魁一怔，说："啥、啥、啥……笔？"

"大嘴"学着他的结巴语气说："你说啥……啥……啥笔？钢笔！"

"哄"一下，同学们笑了，立时都围了上来，他们都望着他，那眼光很复杂。于是，李金魁沉默了片刻，说："是，是我拿了。"

"大嘴"得意扬扬地说："哼，我想着就是你！操，下课给我拿回来！"

人们的目光像箭一样在李金魁的身上射来射去，可他却一声不吭，他再没说什么……

　　第二天上午，李金魁迟到了。在众目睽睽之下，他匆匆走进教室，把一支蓝杆钢笔放在了"大嘴"的课桌上。"大嘴"拿起笔看了看，有点诧异地说："我的笔好像……是这一支吗？"

　　李金魁说："是、是。"

　　不料，刚刚上了两节课，坐在前边座位上的李红叶"呀"了一声，说："我这儿多了一支笔。这支笔是谁的？"说着，她高高举起那支笔，那正是一支蓝杆钢笔！

　　同学们全都看着那支笔，而后又齐刷刷地回过头去看"大嘴"。"大嘴"大张着嘴愣了一会儿，才说："我的我的，是我丢的。操！"

　　此刻，李红叶拍案而起，厉声说："冯相义，你怎么能这样？！你太不像话了！你怎么能乱怀疑人？！"

　　"大嘴"看了看李红叶，又望望李金魁，嬉皮笑脸地说："这关你什么事？我又没逼他。是他自己承认的……"

　　这时，李金魁冷冷地看了"大嘴"一眼，看得"大嘴"身上一寒，竟乖乖地把那支笔给李金魁送过来了……

　　这天晚上，李红叶突然来到李金魁的寝室门前，有点激动地高声叫道："李金魁，你出来一下。"

　　已是秋末了，风寡寡的，带些微的寒意。可人的心却很热。两人一前一后来到了校园后边的操场上。天很高很远，星星碎碎地亮着，月光洒下一地银白，周围汪着一片晦晦暗暗的黑，不远处校舍里的灯火亮着一盏一盏红，显得很温馨。李红叶默默地说："你为什么要承认呢？你不该承认的。"

　　李金魁一张嘴就噎住了，话一直在喉咙里卡着，他过了一会儿才说："人、人家、怀怀……疑咱咱咱……"

　　李红叶说："他怀疑你，你就承认吗？他要怀疑你杀了人，你也敢承认？"

李金魁不语……

李红叶说："那支笔是你在商店里买的，对吧？"

李金魁说："是。"

李红叶望着他说："你怎么能这样呢？要是那支笔找不到怎么办？你不就成……偷了吗？"

李金魁说："偷偷、偷就偷吧。人家已、已经怀疑了。我、我就是、是不承认，他也照、照样怀、怀疑……一、一个穷字在我脸上写着，他能……不怀疑吗？"

李红叶很惊讶地望着他："你这人真奇怪，人家一怀疑，你就认了，也不解释。"

李金魁说："他怎么就不怀疑你……你呢？他怎么就不怀疑别、别人呢？他怀疑就说明他认定是我了，解释有什么用？"

李红叶说："你怎么能这样想呢？"

李金魁说："这就是穷人的逻辑。"

李红叶嗔道："你再这样说，我不理你了。"

李金魁说："对。你别理我。理我沾你一身穷气，划不来。"

李红叶说："你再说……"

李金魁说："我不说了，我走了。"说着，扭头就要走。

李红叶一顿脚说："你站住。"

李金魁扭过脸来，说："有话你说吧。别说你让我站住，是个人都能让我站住……"

李红叶气得直跺脚，说："你你……怎么这么犟啊！"

夜里，李金魁睡不着觉了。他眼前总是晃动着红叶的影子，红叶的发辫，红叶的脖子，红叶的脸，红叶的眉，红叶的眼……那影像是一帧一帧地、一片一片地在他眼前出现，而后又是一段一段地放大。一个姑娘在他的脑海里翻来覆去地搅动，整体上看是模糊的，那仅是一个亭亭的白色剪影；局部又是清晰的，逼真的……那颗痦子叫人多想摸一摸呀！往下就出现了"白亮亮"的感觉，不管他怎么想，最后总要落到"白亮亮"上，一片"白亮亮"！接下去又叫他有点后怕。他对自己说，金魁呀，可不敢瞎想啊！你是谁呀？人家又是谁呀？人家可是校长的女儿，人家是金枝玉叶呀！再说，你不能让人家可怜你，她是看不起你才可怜你，你可不能让她可怜哪！收心吧你，收心吧。还是好好退回来，读你的书吧，前程要紧哪！……这么思来想去的，他怎么也睡不着。于是，他咬着牙一骨碌从床上爬起来，独自一人在校园里的操场上跑了二十圈，跑出了一身的大汗！

紧接着，期中段考时，李金魁仅考了第七名，还是班里的。于是，他一下子蒙了！他悄悄地跑到校外的一片杨树林里，狠狠地扇了自己三个耳光！他说：金魁呀金魁，你完了！

此后，李金魁才开始真正退却了。他不再看她了，也不再想她了，一门心思钻到了书本里。夜里，为了避开她，他常常到那个邻近的废品收购站去，在那里一边为歪叔看门，一边读书。

然而，李金魁越冷，李红叶却越热，她越来越感到李金魁的与众不同。那寒寒的目光总让她忍不住地牵挂。校长的女儿，长得又漂亮，学校里有多少小伙想跟她说话呀！可是，却有这么一个黑小子，连看都不看她一眼，这是她无法忍受的！她总想骂他一顿，可一走到他跟前，她身上的力量就消失了，剩下的只有猜测和柔情。有一段时间，她总是悄悄地给李金魁送吃的，有时候是两个白馍，有时候是一个鸡蛋，偷偷地塞到李金魁的课桌抽屉里，不让任何人知道。而李金魁却总是不动声色地给她退回去。这在两人中间成了一种较量，一种意志的较量：你送，我就退；你越退，我越送。终于有一天，李金魁烦了，他找到李红叶，说："李、李红叶，你你你……别再送了。你你……也别可怜我。我一个乡下人，你可怜我耽误事。"李红叶也冷着脸说："我为啥要可怜你？谁给你送？你怎么知道是我给你送的？是你自己心里有鬼吧？"李金魁说："那那、那好。我给你说，你要再送，我就吃了。我吃也白吃，吃了也不感谢你！"李红叶说："你吃不吃关我什么事？谁让你感谢我了！"说完，她扭头就走，走了几步后，她在心里忍不住笑了。

此后，李金魁对自己说，反正我也说过了，贱就贱到底！我就白吃你，谁让你送的?！于是，李红叶再送什么，李金魁就吃，吃了也不理她。他就是要让她知道，我这人说到做到，吃也白吃！他想，我就这样，"肉包子打狗"，她就不会再送了。谁知，这倒给了李红叶一个具有隐秘性的喜悦，一个姑娘深藏在内心里的小秘密。人一有了小秘密，那心气就不一样了，李红叶像是浑身都长了眼睛，时刻关注着他，这反而造成了无形的贴近。她送得欢了，隔三岔五的，她都要给李金魁送点什么。有时，她实在没什么送了，就上街去买几块糖，她甚至动员当校长的父亲给李金魁申请到了每月可以补贴六块钱的助学金。可是，在教室里，两个人都是冷冷的，一句话也不说，形同陌生人。

寒假快到了，放假的前一天，李红叶在收拾书包的时候，突然在书包里发现了一包软绵绵的东西。她悄悄地打开一看，竟是整整一打手绢！那时候，她虽然是校长的女儿，一次也从没见过这么多手绢。十二条啊，整整十二条！她的脸一下就红了，红得发烧发烫，她的心都快要蹦出来了！那种感觉是她从未有过的，她真想大喊一声……可是，她仅是匆匆地背上书包，快步走出了教室，她觉得要是再晚一会儿，她就疯了！

李红叶背着书包像游魂似的在街上走着，她不知道自己要干什么，只是走，不停地走……也许是等待太久了，祈盼太久了，她虽然并不期望有回报，可在她的内心深处，还是有那么一点点怨气的，她也替自己不平。

可是，突然来这么一下子，这几乎是给她以摧毁性的打击！她简直不知道自己该怎么办了。走着，走着，她来到了县城最大的一家百货商店。在商店的柜台前，她忍不住问了手绢的价格，她平时买的是两毛五一条的，那已是较好的了，而这种有各种图案的手绢却是五毛钱一条的，是商店里最贵的一种……她喃喃地说：他真敢哪，他真敢！

傍晚，在县城边的小桥上，她截住了背着铺盖卷准备回家的李金魁。她一见他，就激动地说："李金魁，你呀你呀……你怎么能这样呢？谁让你给我送手绢了？"李金魁站在那里，连头都没抬，说："你，你……弄错了吧？我、我、连饭都吃、吃不饱，我会给你送手绢？！"李红叶一怔，说："不是你是谁，你还不承认？"李金魁说："我早就给你说过了，我、我是个吃白食的，我会干那种事？"说着，他把铺盖卷往肩头上一摞，径直走了。李红叶没有办法了，喊道："你真无赖呀，李金魁！"李金魁立时勾回头说："城里人，你这话说对了，我就是一个十足的乡下无赖！"

整整一个寒假，李红叶都是在心急火燎中度过的。她脑海里驱之不去的是那一双寒寒的目光，那目光就像刀子一样刻在了她的心上。她一天到晚都心神不宁的，人像垮了一样。过年的时候，她实在是熬不下去了，就以看二叔的名义骑车跑到乡下去了。可她仅在二婶家待了不到一个时辰，就让三国领他去了李金魁家。进了门，就见一个弓腰老头半仰着身子，扛着一把扫帚，嘴里淌着长长的口涎，痴痴地看她，一边看一边喃喃说："这是谁家的闺女？跟画儿一样！"三国忙说："这是老捆，金魁他爷，你别理他！"可李红叶却迎上去说："爷爷，我是李志尧家的女儿，跟金魁是同学……"老捆听了，凑得更近些，看了又看，说："噢，志尧家的，咋跟画儿一样？听说你爹当大官了？"三国抢先大声说："我大伯是校长！县一中的校长！"于是，老捆喊道："快，金魁，来客人了！"李金魁从屋里走出来，倚在门旁站了，说："来、来了？是、是串亲戚的吧？"李红叶看了他一眼，说："是，串亲戚的，顺便来看看……"此时，家人们都围上来了，老捆兴奋得一蹿一蹿地说："看看，志尧家的，真是跟画儿一样啊！是咱金魁的同学。他娘，还不烧火打鸡蛋？快烧火！"李红叶忙拦住说："别麻烦了，别麻烦了，我是顺便来看看，一会儿就走……"李金魁也说："算了算了，咱家这样，人家也不会在这儿吃……"老捆转着圈说："就是，也没啥好吃的……有红柿呀，咱有红柿呀！"坐了片刻，老捆那一喷一喷的唾沫星子让李红叶受不了了，她终于说："我走了，我得走了。"李金魁说："我送送你吧？"李红叶就等这句话呢，她站起就走。一家人送出门，老捆说："让金魁送，让金魁送吧。"可是，李金魁刚出家门，却又被老捆叫住了，老捆一把把他拽到屋里，瞪着眼压低声音说："金魁，娃子呀，长胆了没有?!"李金魁怔怔地望着爷。只见老捆喘着粗气咬牙切齿地说："……你把她日了！你要敢把她日了，她就是你的媳妇！"听了这话，李金魁身上的火苗"噌"一下蹿起来了！

○　●

兔　⋯⋯⋯⋯⋯⋯⋯⋯⋯⋯⋯⋯⋯⋯⋯⋯⋯⋯⋯⋯

一九八五年九月三十日那天早上，天晴得很好。

日光斜斜照在院子里的榆树上，披着霞光的雀儿荡荡地在枝头上跳着，啾啾地叫。猪也叫了，羊也跟着"咩咩"，鸡刚从笼子里放出来，懒懒地扑棱着翅膀寻食儿吃。一时，院子里弥漫着猪屎、羊屎、鸡屎的气味，湿热热的，很腥。这当儿，李家福把擦得锃亮的"飞鸽"自行车推出来了。他站在当院，皱着眉头看了院里的一切，又瞅了瞅戴在手腕上的表，说："走吧。"

女人正忙着喂猪。她的脸黄黄的，木木的，很瘦。听到叫声，她默默地转过脸来，怯怯地问："叫俺上哪儿呀？"

"走吧。"他不耐烦了。

女人很听话。她放下喂猪的瓢儿，解下溅满猪食的围裙，进屋跟两个孩子交代了一声，便提着小手巾兜出来了。那手巾兜很脏，她怕他见了烦，怯怯地藏在身后，出得屋门，也没敢往他跟前硬凑，离他还有三四步远，就站住了，迟疑疑的。

李家福瞟了女人一眼，推着自行车走出去，大步向前，也不等她。她就在后边跟着，踉踉跄跄地碎着步子撵。村街里有人搭腔说："哟，两口子进城去呀？"李家福闷头"嗯"了一声，她又慌慌抬起头，笑笑，凑出很难为情的样子，只是紧走。

出了村，便是广阔的田野。秋庄稼熟了，一片老辣的油绿，一片乏力的灰黄，秆儿都枯籁籁地干，果儿倒盈实。庄稼长到该收的份儿上，地也很累……

走着，走着，李家福站住了。

她也站住了。

李家福看都不看她，只说："坐吧。"

她怯怯地望他："要不，你头前走？"

"坐吧！"李家福更不耐烦，话很懒。

她不敢再说什么，慌忙扒住车子，欠身坐了上去，也就欠住了半个屁股。于是李家福骑车带着她走。乡下土路不平，很颠，颠得她心跳。她想抓住男人的衣裳角，可又怕脏了他的衣服，也怕他烦，不敢。

村西大路沿上，有她家的一块红薯地，不知谁家的猪跑到地里去了，拱翻了一片红薯秧。她看见了，猛地一蹿，从车上跳下来，抓起一块土坷垃扔了过去！白猪咬着一嘴红薯秧跑到人家地里去了，她也慌慌撵着车子跑，好不容易才歪歪斜斜地坐上，还差点把车带翻！她以为男人一准会骂她，心里怦怦直跳，可男人无话，她也无话，就这么默默地带着她走。

过了小桥便是公路了，公路很平展。路两旁立着高高的白杨树，小风溜溜的，杨叶儿哗啦啦地拍着小手，碎碎地欢。不知怎的，她心里突然涌上一阵喜悦。从过门之后，这是男人第一次带她出来。男人这会儿在县上工作，是很体面的人。有这么一个体面的男人带她在公路上走，她便也觉得很体面。路宽，仿佛人心也宽了。她小心地移动了一下，更稳地在车上坐着，竟然也抬起了头。

"月娥——月娥！"

"嗯。"听见男人叫，她下意识地应了一声，只是很久了，才慢慢地忆起她叫王月娥，娘家是王洛村的……

"昨天晚上我说的话，你记住了吗？"

"嗯。"她又下意识地应了一声。

"要是乡里人问你，你就说夫妻感情不和。"

"……"

"听见了吗？"男人又不耐烦了，口气很冲。

"嗯。"她又低低地应了一声。

"人家问你同意不同意，你就说同意。听清了吗？"

"……"

"月娥……"

"听清了。"她小声说。

"你都记住了？"

"嗯。"

"可不能胡说。"

"嗯……"

"月娥，你听话，月娥。"男人的声音温和些了，"我不会亏待你，也不会亏孩子。我按月给你们寄钱……"

"你别寄。"她说，"咱那猪快长成了，长成就能卖钱。家里也不缺钱。你别寄。"

"好，那我就不寄。只是昨天晚上说的话你别忘了……"

"春上小吴庄的老八，赊给我二十个鸡娃儿，被黄鼠狼咬了俩，死了八只，成了六个母儿、四个公儿。鸡蛋没卖，我都给你攒住了。真可惜，黄茸茸的，怎么就死了呢?"她很有兴致地叙说着。

"你可记住了?"男人总也不放心，又问。

"嗯。"她自言自语地说，"黄茸茸的，怎么就死了呢……"

"月娥，你千万不能胡说呀!"男人一遍又一遍地叮嘱她，一门心思全"钻"在这上边了。

"嗯，我不胡说。明珠她爹，你放心，我不胡说。"

风紧了，男人蹬得越发快了，一排排杨树飞一般地从眼前闪过，晃得她头晕。男人却不管她，只是越蹬越快，轮子"日儿、日儿"地擦着柏油路面飞，像是一匹撒了欢的马驹子，很野气。她想不到男人还这么有劲。看他平日斯斯文文的，连话也不想说，偶然回趟家便是倒头闷睡，可他居然很有劲，甩下了许多骑车的汉子!她不希图男人干活，只要男人不生啥病，不再愁，也不再给她脸子看，她还是很高兴的。

快到镇上的时候，男人再次交代她说:"月娥……"

"嗯嗯。"她很快地应了，她不想让男人再愁，他会愁出病来的……

"人家问你……"

"嗯嗯。"

"我咋说你咋说。"

"嗯嗯。"

乡政府大院里很静，干部们大都回家收秋去了。问了，知道还有一位守电话的秘书在，李家福松了一口气，便领着女人去了。

乡政府的秘书姓徐，四排大脸，红胖。他挺有气魄地在办公桌前面坐着，耳朵上挂着一只电话机子，大嗓门不停地吆喝:"喂喂，芳村，芳村……"终是不通，干咳了两声，又把电话机子放下了。明见有人来了，也不理。

男人一掀帘子进来了，她也大着胆子跟进来，偎在男人身后站着。

"咳咳，哪庄的？"徐秘书很威严地问。

"大李庄的。"李家福掏出烟来，敬过去一支。

"不吸。有啥事？"徐秘书问着，不在意地瞥了一眼，烟搁在桌上了，好烟，带嘴儿的。于是不再看，脸色也温和些了。

"离婚。"李家福说。

"离婚？"徐秘书抬起头来，细细地打量着李家福，目光像机枪一般在他脸上扫射着，十分地疑惑。

"双方同意。"李家福赶忙说。

"唔，坐下吧。"徐秘书很严肃地点点头。

男人坐下了，她也就挨着男人坐下，只是心里怦怦跳着，不敢抬头。

"姓名，男方姓名？"徐秘书郑重其事地开始问了。

"李家福。"

"住址？"

"大李庄村，不不，县教育局。"

"年龄？"

"三十一岁。"

"职业？"

"在县教育局工作，国家干部。"

"噢，"徐秘书抬起头来，看了看李家福，目光很柔和，"为啥要离婚呢？"

"夫妻感情不和，常闹矛盾……"李家福苦着脸说。

"唔唔。"徐秘书点点头，又接着问，"女方姓名？"

"王月娥。"李家福抢先答道。

"年龄？"

"三十三岁。"又是李家福说。

"家住哪里呀?"

"现住大李庄。"还是李家福替女人说。

"噢,职业呢?"

"农民,在家种地。"

"王月娥,你同意离婚吗?"

"月娥,你说,你说。"李家福拉拉她,脸很紧,目光也像刀子似的,很利。

"同……同意。"她小声说。

徐秘书直直身子,又细看王月娥,看了一会儿,又问:"王月娥,你们吵过架吗?"

"月娥,你……"李家福又想替她说,被徐秘书的目光截住了。

"让王月娥自己说嘛。"徐秘书的眉头皱起来了。

李家福不好再插言,赶忙又推推她:"月娥,你说,你说……"

她低着头,迟迟疑疑地说:"俺、俺明亮他爹没打过俺,也没骂过俺……"说着,见男人的眼狠狠地剜过来了,慌忙改口,"俺、俺也说不好……"

"噢。"徐秘书说着,又瞥了李家福一眼,"几个孩子呀?"

"俩。"她说。

"男孩女孩?"

"妞大,九岁了,叫明珠;孩小,六岁了,叫明亮。还'刮'了一个哪,要不'刮',都仨啦。俺明珠她爹……"一说起孩子,她不由来了兴致,话也就多了,嘟嘟哝哝地说了一大串。

李家福唰地扭过脸来,怔怔地看着她,脸都青了,眼里似要蹿出火来……

徐秘书"啪"地把记录本合上了，很严肃地说："这不行。都两个孩子啦，怎么说没感情？嗯？要不'刮'都三个了嘛，嗯？这能说是没感情吗？不行，这不行啊……有些人，啊，动不动跟美国学，那美国是啥东西？！资本主义放个屁都是香的？胡闹！"徐秘书独自一人值班，很无聊，好不容易逮住一个训人的机会，就长篇大论地发挥起来了。

徐秘书正说到兴头上，李家福却忽地站了起来，一句话也不说，铁着脸走出去了。女人也赶忙站起，碎步小跑着跟了出去，慌慌地喊道："明珠她爹，你别气，你别气呀！看你脸都青了……"

李家福恨恨地咬着牙，咣咣当当地推着车子往外走，眉头死锁着，样子很凶，也很苦。她惴惴不安地跟在后面，男人走，她也走。

日错午了，太阳高高地照着，街面上人影儿拉得很长。她不由得想踩着男人的影儿走，只是跟不上。男人走得很急，横横地，仿佛脊背上也长着吃人的"眼"。男人气坏了！

镇上人来人往，一片花花绿绿的世界。这世界使她自惭形秽，更不敢往男人跟前靠。男人穿得很挺括，上身是雪白的确良衫，下身是笔挺的裤子，洗得很干净，很展，是男人自己洗的。他的脸也白些，三十多的人了，还很俊气。可她，匆匆忙忙的，连衣裳也没有换，头发乱蓬蓬的，很脏。她就跟男人出来这么一次，很想靠近些，也很想随他四处看看，只是心里苦。男人不想要她了，她知道男人是不想要她了。

街面上的铺子很多，卖什么的都有，扑鼻的香气从各家小店里飘出来，油锅剌啦啦地响着，很诱人。走着走着，男人慢下来了。男人在一家饭店门前停下，她也远远地停下，只是不敢往近处靠。男人扎好车子进了饭店，她却没敢跟着进，就在饭店门口站着，怯怯的。

一会儿工夫，男人端着两碗香喷喷的肉面走过来，"砰"的一声放在桌上，抬起头，恶狠狠地剜了她一眼，说："吃吧！"

她慢慢地挪过去，凑着桌边站了，低声说："花那钱干啥？你吃吧，明珠她爹，俺带着馍哩。"说着，怯怯地把馍兜从身后拿了出来，慢慢地解开那系着的结儿。那兜太脏了，灰皱皱的，里边是两块很干很硬的烙饼。男人是做公事的，她怕丢男人的面子，没敢贸然拿出来，手小心翼翼地在馍兜里摸索着……

李家福瞭了她一眼，眉结死皱着，半天没有说话。好一会儿，他才咬着牙说："我真想掐死你！"说着，把面条碗一蹾，推到她跟前："吃吧。"

她便顺从地端起那碗面条……面很香，油花儿漂着，碗里的肉也很多。她把肉一块一块地挑出来，放在碗边，很想给男人挑过去，可动了动筷，却又不敢。

李家福吃了两口，"啪"地放下筷子，压低声音，气冲冲地说："我怎么给你说的？你说记住了，记住了，你记住个屁！你想拖死我呀？！"

"明珠她爹，"她慌慌地抬起头，小心翼翼地说，"我记着你的话呢，我记着呢，没忘……"

"我怎么说的？嗯，我是怎么给你说的？！"李家福直直地看着她，恨得牙痒。

她低着头，十分小心地回道："你、你不是说，人家要问……要问愿不愿意，我说愿意；人家要问夫妻感情和不和，我该说……不和。人家要问孩子跟谁，我就说、跟、跟我……"

"当人家的面你又是怎么说的？！"

"明珠她爹，人家没问这些话，人家没问哪……"

"你呀！"李家福气得七窍生烟，哭笑不得，"你等着吧，早晚也是离。你一天不离，我一天不回来；两天不离，我两天不回来……你就熬吧，看谁熬过谁！县上、县上大闺女有的是！"

"明珠她爹……"

男人不听她说。男人把筷子一摔，起身就走。她也赶忙站起，心疼地看看刚吃了几口的肉面，急急地跟了出去。

"明珠她爹……"

男人骑车子走了，她只看到了男人的背影。男人上县城去了。男人说，他不回来了。

她木然地站着。

她把绳子套在屋梁上，搬来一只小凳，站在凳子上把绳子系好，结成一个圆圆的绳套。她踮起脚把细脖子放在绳套里试了试，很好，很结实。然后，她下了小凳，轻轻地把屋门掩上。屋里很静，明珠领着她弟弟到四婶家去了。她打发他们去的，让明珠领着弟弟好好玩。孩子一走就没什么挂头了。这工夫，她听到了老鼠"吱吱"的叫声，一只小老鼠在屋角的暗处探出头来，一双溜溜的小眼睛。她身不由己地跺了一脚，小老鼠"刺溜"缩回去了。她就这么站了一会儿，又重新上了小凳，把细脖子套在圆圆的绳套里。院子里的猪又叫了，"哼哼"地拱着圈门。这一次她没动，她不想动了。

男人不要她了。男人跟她没话说。她长得很丑，她知道自己长得很丑。可她原本不太丑，当姑娘的时候还顺眼。那时候，明珠她爹还在村里当耕读教师，家里穷得叮当响，姐们一个个都嫁出去了，就剩他一个人过日子，很孤。见面时他虽不乐意，可也认了。乡下人娶媳妇是很难的。娶她的时候花钱很少，她也没多要彩礼……过门后她就越来越丑了，生娃加上地里的活计，一天到晚灰头土脸的，又怎能不丑呢？可明珠她爹却步步高升，他先是考上了县里的师范，毕业后托了人，就留在县教育局了。在县上工作，不晒太阳，人也越加体面。于是，他就不想要她了。他跟她没话说，也站不到人前去，她太丑了，很丢人的。她知道男人心里很苦。她心里也很苦。一个很丑的女人，到了这份儿上，又能嫁给谁呢？

她已没什么盼头了。男人便是她的念想。有个男人隔些时回来看看，哪怕骂一顿呢，她总还有点什么。可男人连骂也不愿骂了。他熬不下去了，他想过崭新的日子，他有机会，也有条件。那么，她就能熬下去吗？日子还很长呢，没有男人，连一点点的盼头都没有了呀！她很想跪下来给男人说：明珠她爹，你就在外边混吧，凭你咋都行，只要过一段回来看看，让俺知道外面有个人，有个可念诵的地方，就行了。这样我就可以提着心过，把你的两个孩子拉扯大。可男人不愿听这些，男人的心已飞到外边的大世面里去了。她是男人的拖车，男人想撇下这拖车了。他要一个人往前奔，过体面的日子。那叫她怎么办呢？死吧，只有死。活是很难的，死倒容易些。那日月像山一样的，得一步一步地走，一架一架地翻，何时是个头呢？

死吧。

她用手拽住绳套又试了试，不要紧，绳子很结实，不会掉下去的，只要把小凳一踢，两眼一闭就行了。她很想说：明珠她爹，我不拖累你了。你心里苦，俺也苦呀。没有念想，日子太难过了。俺也松快松快吧。也真对不住你呀，孩子给你撇下了。等来世吧，来世我托生得俊一些，也干点公事，好伴你说说话，不叫你苦……于是，她闭上眼，两手松开，踮起脚去寻那小凳……

这当儿，忽然听见院里有人大声喊："明珠她娘，起黄风了。还不快去地里收玉米呀?!"

是四婶的声音。她的脚一点一点地缩回来，在小凳上站稳了。于是，她失去了一个光辉灿烂的瞬间……

起风了。

她知道起风了。

……院子里一片呼呼啦啦的响声。起黄风是要下连阴雨的，可她的玉米还在地里撂着。一季的收成，不能就这么淋在地里。死倒容易些，一伸脖子就行了。可一地玉米不收回来，孩子们吃什么呀？她的心动了，那就缓一缓吧，你说呢？这么想着，腿一软，"扑通"一声，她蹾坐在地上了。

随即，她一瘸一拐地站起来，慌乱中寻一条破手巾包上头，急急地开了门，拉上架子车就走。

风很大。四婶在院门外扶着墙站着，见她慌慌张张地出来了，说："赶紧吧，人家都快收完了。明珠她爹不是回来了吗？俩人不快些？"

"又走了，县上忙。"她应了一声，没抬头。

"哎呀，大忙天，再忙也得收了庄稼再走哇！真是！你一个女人家……"

她不再应了，拉着车子叮叮咣咣地往村外走，走得很急，风顶头刮着，一个天都是黄腾腾的，漫天黄尘刮得人睁不开眼，天地间一片混沌。远远的似有人声，只是看不见，就这么顶着风走。在风里走，人就像在一口大锅里扣着，前后都不见路眼，晕乎乎的，凭怎样也走不出那昏暗。知道走不出，还是走，也就有了些眉眼……

到了地里，她把架子车往地里头一撂，一头钻到田里去了，很是利索。外面干风刮着，玉米田里却是湿热难耐，像蒸笼一样，蒸得人喘不过气来。一会儿工夫，她的汗便下来了，湿湿的，腻腻的。溻湿了的布衫不时地挂在像锯齿一般的玉米叶上，涩拉拉的，很费劲。于是，她索性脱了布衫，就那么穿着汗衣光膀子干，胳膊上挂出一条条红道来，沁着血，很疼。可她顾不上这些了，只是紧掰。掰一堆，撂在地上；掰一堆，撂在地上……人在田垄里猫着，风小了，世界也小了。活儿像陀螺一样追着人，人就得像陀螺一样跟着转。一棵一棵地掰，一垄一垄地掰，人很机械，脑子也很机械，没有苦没有愁也没有欲，一切都木木的。

估摸着够一车了，她又赶紧把架子车拉进地里，一堆一堆地装。玉米秆还没砍，齐着一人高的玉米秆走，一点一点地挪，连喘口气的工夫都没有。土地拽着她，玉米棵子拽着她，一车玉米棒子拽着她。可她还是咬着牙走，那样子很恶。她的牙暴出来了，狠狠地龇着；头发乱蓬蓬的，像老鸹窝；一张脸本就被汗水腌得不成样子，这会儿又被那死命的狠劲拉斜了，一条条皱纹歪着，把两只细眼也拉得吊起来，十分难看。那倾斜的身子被玉米叶挂得青一块、黄一块；两条挽着裤角的细麻秆腿像男人一样地暴出一条条青筋来，使人不再觉得那是女人的两条腿，而是支撑在地上的两根棍儿，那棍快要断了，却还撑着，死撑。那车袢更是紧扣在肩头的肉里，把她的腰死命地往弯处压，压断，可她还是不舍那车，一点一点地走，一步一步地挪，到底还是从地里走出来了……

多么丑的一个女人呀！

土尘灰了她的脸，汗水腌着她的脸，玉米叶拉着她的脸，那已不再是女人的脸了，那活活的就是一个"残酷"！她就这么一趟一趟的，拉了，掰；掰了，又拉。这时刻，没有天地，没有日月。只是走，在黄土里走。路很短，却又很长，只一口气顶着。人走着，没有希望也就有了希望，走就是希望。天黄黄，地黄黄，看不见什么的时候，也就索性不看。她很想歇一歇，这会儿能歇一歇就是福。可她不能歇。天不好，活儿还有那么多，她得赶紧，赶紧。

拉到最后一车的时候，雨下来了。凉飕飕的秋雨打在她身上、脸上，心里也就不那么热燥了，只是冷，牙关咯嗒嗒地颤。她强撑着把最后一车玉米拉到了家，卸到屋里，却又见两个孩子可怜巴巴地望着她，孩子饿了，天已到了这般时候，孩子能不饿吗？她看了孩子一眼，扶着门框站了一会儿，又慢慢地挪到厨房，去给孩子做饭吃。

吃过饭，又去喂猪。喂了猪，又去喂羊。刚回到屋里，却见一大堆玉米棒堆着，还等她去剥呢。剥出来还得挂起来晾。下雨天，要是堆在屋里捂一夜，会生芽儿的！于是，她又赶忙唤孩子："明珠，明亮，来剥玉米。"

孩子太小，不顶事，剥着剥着就困了，低着头打盹儿。她狠着心把孩子唤醒。刚剥了几个，小明亮又栽头了。她看了，可怜孩子，叹口气说："明珠，你领着明亮睡去吧。"明珠晓些事，说："妈，你也睡吧。"她说："你们先睡吧，妈一会儿就睡。"

两个孩子去睡了，只有她一个人剥，抬起头来，看了挂在屋梁上的绳套，很圆的一个环，也就很苦地笑笑，又剥……

雨淅淅沥沥地下了一夜，她就这么坐着剥了一夜，天快明的时候，总算剥完了。可剥完了又怎样，还要挂起来晾呢。手木了，甩甩。也就打了一个盹儿。鸡叫三遍，她又站起来挂。依旧是那么一只小凳，她站在凳上，挂一串，看看那绳套；挂一串，看看那绳套，很圆的一个环……

把脖子挂上就可以歇一歇了。她想。

她还不能歇。

她要歇了，地里的红薯谁去收呢？

○　●

奶奶的"瞎话儿"（五）　· ·

　　光阴似箭，日月如梭。到了子顺做爷爷的时候，一连三年风调雨顺，五谷丰登，年景特别的好。更为喜人的是小麦的长势，竟然一个叶儿结一个穗儿，一个叶儿结一个穗儿，满头开花。粮食吃不完了，繁衍几乎成了人们首要的劳作方式。尤其是子顺一门，开垦的土地最多，粮食最多，人口发展也最为迅速。他有五个儿子，五个儿子娶了五房媳妇，五房媳妇又各自生了七个孙子，一跃而成为家族中的首户。族中假若有了什么事情，常请德高望重的子顺出来公断，他的威望慢慢地就立起来了。

　　突然有一天，一位县官坐着一乘小轿子来了。他坐的是一乘四人抬的官轿，后边还跟着四个皂隶。县官风尘仆仆地来到这个偏远的村落，引起了族人的很大兴趣，孩儿们纷纷跑来围着那乘小轿子看，还有些好奇大胆的孩子上前用手摸一下轿帘。大人们远远地站着，不知道这人是干什么的。可这位县官首先得到了子顺的承认，他根据那死去的爷爷的教诲，恭恭敬敬地把他迎进家门，请县官和皂隶、轿夫吃了饭，又陪他巡视了已开垦耕种多年的地亩、田土、河流和树木。最后，这位县官宣布：普天之下，皆为王土。土民们必须按田亩、人口交赋纳税，为京城的天子提供皇粮，还要接受朝廷的管辖……

子顺朦朦胧胧地忆起，他那曾外出周游几十年的爷爷每每提到"天子"这个字眼，都十分的恭敬。于是，他也慌忙跪下磕头，当场给县官表演了从爷爷那里学来的三拜九叩的礼仪，答应交赋纳税。

县官在这偏远闭塞的小村落里看到了三拜九叩的大礼，不禁大喜过望，眉开眼笑，竖起大拇指，一连声地夸赞，说这村落虽偏僻，竟还有礼仪在，实属蛮荒之地所罕见，佩服，佩服！

子顺听了心里十分受用。

县官坐着那乘小轿走了，以后再也没有来过。从此，村里有了第一张"告示"。

那告示是一个皂隶骑着快马送来的。子顺领受后，拜了三拜，才在族人的簇拥下贴在了村中的土墙上。每日里都有族人围着看，只是不晓得上面说了些什么。时间长了，人们也就不足为奇了，仅路过时望一望，看那盖了红印的纸一日日发黄。五年之后，有一位私塾先生路过村子的时候，告示上的字迹已模糊不清了，仅有"圣谕"二字他还认得。这位私塾先生由于认得告示而受到了子顺的款待。饭毕，子顺自然又为私塾先生演习了三拜九叩大礼，私塾先生看了又是连声夸赞，而后私塾先生回拜了二十四叩大礼！子顺看了十分惊奇，赶忙向私塾先生讨教，一连留他住了三日，终日在堂上操演，惹得孙儿们也跟着左一跪、右一跪、上三步、下三步地学……

半月之后，子顺终于学会了这二十四叩大礼。他在祖先忌日那天特意地做给族人看，族人也都纷纷跟着学，连下地干活歇息的时候也对着脸儿练作揖打躬。很快，这里便成了礼仪之乡。

渐渐，人们知道在遥远的地方，有一个需要终年交粮纳税的京城，京城里有一位至高无上的皇帝，皇帝之下还有文武百官……京城离这很远，皇帝是模糊的，赋税却是最现实的。

虽然要年年交粮，但由于年景好，多年积存的粮食仍是吃不完。家家的库房都很满，晒粮的日子像过节一样热闹。人们再也不发愁吃的问题了。

这年夏天，年迈的子顺拄着拐杖出来晒暖儿的时候，发现他的一个孙媳妇正用一卷白面烙馍给他那拉屎的重孙子擦屁股！按照上辈爷爷定下的规矩，老公公是不能与孙媳妇说话的。子顺就这么远远地看着孙媳妇把白面烙馍扔掉，唤狗来吃，气得他一屁股蹲在地上，好久都没有站起来。因为不能当面责骂孙媳，他只好眼睁睁地看她扯着重孙离去……

第二天，子顺在院子里又发现了一坨白白的面团。他弯腰捡起来凑到眼前一看，竟闻见了黄粑粑的臭屎味！

宽厚和善的子顺再也容忍不下，立时把五个儿子叫到跟前，责问是哪一房的媳妇干下了这作孽的事。五个儿子又分别唤来了自己的儿子，严厉地追问究竟是谁的媳妇干下了让太爷生气的事。三十五个孙男再分别回房问自己的媳妇。孙媳妇则一一分别向婆母禀告；婆母再分别向婆婆禀报……

结果，查来查去，竟没有一个孙媳妇承认，谁也不承认有这回事。年迈的太爷既不能当面指认媳妇，私下里又在众多的媳妇里认不出来，也只好作罢。

然而，太爷的这次盘查却引起了媳妇之间的猜疑。由于是婆婆出面盘问的，婆婆原本就对三房的孙媳妇印象不太好，言语上自然重了一些。再加上三房的孙媳妇与二房的孙媳妇平时不大和睦，于是，三房的孙媳妇觉得二房的孙媳妇一定没少说她的坏话，心中不免记恨。有一天，三房的孙媳妇在灶房刷碗时故意敲敲打打，指桑骂槐，很快招致了二房孙媳妇的不满，双方便对骂起来，被婆婆出来喝住了。第二天，在地里干活的时候，二房的孙媳妇从三房的孙媳妇身边走过时朝地上"呸"了一口，三房的孙媳妇马上对着地上吐唾沫。双方竟然又撕又打，脸都被抓破了……

从地里回来，双方又接着挑帘大骂，你说是我，我说是你，你说是她……把前前后后、筋筋秧秧的陈年旧事全都扒了出来……

太爷是十分注重礼仪的。太爷认为有了礼仪就有了一切，有了礼仪就可以治理一切。然而，礼仪却不能约束这些蛮横的孙媳妇，气得太爷在上房屋里连连摇头顿足，却又不能当面去给孙媳妇们讲讲礼仪。

此后，这种帘子后边的争端竟然愈演愈烈。婆婆与婆母，婆母与媳妇，媳妇与婆母；长房、次房、三房、四房、五房……全都卷了进去，开始了旷日持久的争吵。在这场大混战中，连男人的拳头、严厉的族规竟也不能平息这后房里的争端。女人之间的战斗往往比男人隐蔽得多。在耳房里，在灶屋里，在床头上，在眼神里，在嘴角上，时时处处进行着厮杀，继而扩展到对家务分工，对孩子的不同待遇，对亲戚的远近亲疏……一连串的问题掺和进去了。直到第二年的五月，一场暴雨才使矛盾得到了暂时的缓解。

那场暴雨来得猛而激烈。午时，还是朗朗晴空，骄阳似火，一碧如洗。一顿饭工夫，便狂风四起，乌云密布，黄尘遮天。村口一棵老槐树竟被连根拔去，抛在了半里地以外的路上。乌云浓墨般地黑上来了，一时间盖住了整个村落，只听得半空中"咔嚓"一声巨响，天仿佛被劈开了似的，乌黑的天空中划开了一道极亮极亮的曲线，接着又是"咔嚓"一声，下起了倾盆大雨。在黑压压的天空中，那刺眼的亮线一闪接着一闪，一闪连着一闪，巨雷也仿佛把村子罩住了，一雷紧似一雷，一雷快似一雷，那炸耳的雷声震得人耳朵发麻，像是一阵阵往村里逼……

在闪电中，有人清清楚楚地看见，一条张牙舞爪的巨龙在村子的上空窥探……（一直到多年之后，仍有人确信不疑地说，那龙就趴在屋檐上，张着血盆大口，瞪着两只铜铃般的眼睛，在一家一家地看呢！）

待雨过天晴之后，人们突然发现，一个坐在屋门口纳鞋底的媳妇被巨雷劈死了。她是趴着死的，背上留下了三道清晰的痕印。她脸上那变形的样子使媳妇们好多天夜里不敢闭眼。

…………

她是太爷门下四房里的孙媳妇，她是被龙抓了。全族人看了她背上的痕印后都这样说。那是龙抓的痕迹，龙有三个最厉害的爪……

似乎一切都真相大白了。毫无疑问，正是这个作孽的孙媳妇用白生生的面团给孩子擦屁股的，老天爷给了她应有的惩罚。

太爷拄着拐杖走出来了。

太爷很难过。太爷的礼仪竟不能约束后人，以致闹出了触犯老天爷的事情，这使太爷非常伤心。太爷把全族人召集在一起，流着泪对老天爷拜了二十四拜，以谢上苍的儆戒。太爷嘱咐后人，要他们千万用礼仪约束好自己家里的女人，千万不要再出这样的事情了。人是不能放肆胡为的，尤其是女人更不能放肆胡为。你做了什么恶事善事，上天都看着呢！恶有恶报，善有善报，不是不报，时辰不到；时辰一到，一定要报。人没有管教怎么成哪？礼仪呀，礼仪呀，不能没有礼仪！千万，千万……太爷说得声泪俱下，顿足捶胸。族人们默默地看着他，无不为之所动。

太爷叹着气走回堂屋去了。留下来的族人们经过商量，决定不让这作孽的女人进老坟。这个可怜的女人被埋在了路边的洼地里，她的魂灵将永远不能安息。每一个路过的人都能看见她那孤零零的坟头，每一个后人都会知道她作过的孽，她将被一代一代的后人耻笑，也将被一代一代的后人遗弃……

也许老天爷觉得对人的惩罚还远远不够，第二天又刮起了恶风。风把天刮得灰蒙蒙的，天地间一片混沌。那风扬起了遮天的黄尘，刮得人几乎睁不开眼睛。当风从田里掠过的时候，仿佛神差鬼使一般把快要成熟的麦子一穗一穗地摘去，打着旋儿卷到了半空中……

地里干活的人慌慌张张地跑回来告诉太爷，太爷站起来，喃喃自语地说："看来，老天爷要收去人的口粮了。"说着，他的泪又流下来了。太爷觉得再也不能对恶女人宽容了，马上吩咐家人把女人全部从屋里叫出来，命她们跪在院子里，然后对她们说："假如还有作孽的女人不招，就让龙来抓吧！"

女人们心惊胆战地跪在院子里，没有一个人敢抬头看天。眼看着天又渐渐黑下来了，女人中哭声四起。终于，有一个孙媳妇披头散发地哭泣着跪在婆婆跟前，承认她扔过白馍，求婆婆央告老天爷给她一个改过的机会。接着，又两个媳妇跪爬到婆婆跟前，招出了用白面团给孩子擦屁股的恶事……

恶风仍然不停地刮着，连猫狗都趴跪下来，发出凄厉的呼号："留一穗吧——留一穗吧——留一穗吧——"（那是猫狗发出的语言吗？可一代一代的后人都是这样说的。）

女人们头顶上的雷声终于没有再炸响。风也渐渐地止了。当太爷领人去地里看庄稼的时候，发现每一棵麦上仅剩下一个穗儿了……

（七奶奶说，人不该忘怀猫和狗的恩德。那麦棵上仅剩下的一穗麦子，是猫狗求来的。人心太恶，老天爷原本打算一穗也不留的……）

从此，这种惊人的浪费再也没有出现过。媳妇们都一个个低眉顺眼、屏声敛气、小心翼翼地做事，再也不敢多说一句话，多走半步路了。族规进一步立起来。为了镇压女人的凶气，又特别定下一条新的族规：

今后，凡是生下来的女子，从十二岁起必须裹脚，足长不得超过三寸！

媳妇们做梦也没想到，一个芥粒之微的小事，竟然酿成了这样的大祸，着实收敛了一段时间。然而，妯娌间的摩擦却没有完全消去，只是暗地里更用些心机罢了。这就使女人的气度越来越小，而越发工于心计。

那心与心之间的裂缝是无法弥补的。于是，"私房"的概念由此产生了……

○ ●

羊（五）

那个字是从他心里长出来的。

那个字在开始时仅是一个小芽儿，是个模糊不清的概念，是一种颜色和声音，而后经过了时光的浸染，它逐渐长成了一棵树。

当那个字脱唇而出时，连他自己都吓了一跳。他没想到那个字竟然一直在他心里长着……

本来，李金魁送红叶出来，在村路上，两人都默默地走着，谁也不说话。等出了村，李红叶说："我知道你不想送我。"李金魁笑了笑，不语。李红叶说："你要不想送我，你就回去吧。"说着，就独自一人推着车子往前走，李金魁也跟着走。李红叶回头看了他一眼，嗔道："你呀，你呀！"天很冷，路上一个人也没有，当她看到路边的一个草庵时，就红着脸说："坐一会儿吧？"说着，便朝着那个孤零零的草庵走去。草庵还是夏天里遗留下的，地上还铺有发黄的麦草。李红叶大着胆进了草庵，先从衣兜里掏出一只手绢铺在了麦草上，坐下来，而后又掏出了一只手绢铺在了身边处，说："坐吧。"李金魁站在那里，呆痴痴地望着她。李红叶的脸腾地就红了，说："你坐呀，老看着我干什么？"就在这时，李金魁心里陡然起了一股狼烟，那个字像子弹一样突然射出。

"脱！"

"脱"字来得太猛太快，也太突然了，它在李红叶的心上射出了一片红雾！她不由得颤了一下，一时浑身发软，愕然地惊叫道："你，你……?!"

李金魁也愣住了。他的头"轰"地一下，像是炸了一样！话已出唇，他不知道该怎么办了，他只是愣愣地站在那里……

片刻，还是李红叶先醒过神儿来，她红着脸，用蚊子样的声音呢喃说："李金魁，你真无赖呀……"

李金魁站在那里，默然不语。

李红叶脸红得像绽开的花一样，她望着他，柔声说："怎么？你生气了？你呀你呀……"说着，她微微闭上眼睛，开始解扣子了，她一边解着扣子，一边呢呢喃喃地说："你真想看吗？你要真想看你就看吧……"说着，她脱去了穿在身上的外衣，勇敢地把贴身衣服一层一层撩起来，顿时，两只白兔一样的乳房扑棱一下露了出来，那是多么白呀！在那一团白的尖尖儿上，弹着两颗晶莹的紫葡萄。

李金魁眼前一片"白亮亮"。他猛地扑了上去，先是用两只手捏住了她的两只乳房，那滑软像热油一样一下子溅到他心里去了，他急切地埋下头去，下意识用嘴叼住了那弹弹软软的紫葡萄，叼了这只，又去叼那只……两人立时烧成了一团火焰。李红叶紧紧地搂着他，嘴里吐着一串断断续续的燕语："你呀你呀你呀呀……"到了这时，李金魁已是昏头昏脑了，他又下意识地去解她的腰带，他从小到大从没束过腰带，不知道怎样才能解开，他只是用力去拽……当他终于把皮带扣弄开的时候，却见李红叶满脸都是泪水。李金魁怔了一下，手慢慢松开了。片刻，李红叶睁开眼来，流着泪说："你要是真想要，我就给你吧，我什么都可以给你……"说着，她伸手把下身的衣服也褪去了，把整个身子都裸露在他的眼前……可她这样做的时候，身子却开始抖了，她整个身子都瑟瑟地抖着，抖得像寒风中的树叶，此时此刻，她的身上一片冰凉。

李金魁说："你抖了。"

李红叶说："我，没抖……"

李金魁定定地望着她，说："你抖了。"

李红叶垂下头喃喃说："我……有点害怕。"

李金魁站起身来，咬着牙说："我穷，我野。可我不会坏你。你要不愿意，我决不坏你。"

李红叶望着他，小声说："我只是有一点点怕……"

李金魁把衣服往她身上一扔，说："穿上衣裳吧。"

李红叶坐在那里，一边穿着衣服一边流着泪说："你坏，你太坏了……"

李金魁朝草庵外边看了一眼，说："走吧。"

李红叶仍坐在那里，喃喃说："我起不来，我起不来了……"

李金魁吓了一跳，忙回过头来，说："你……病了?!"

李红叶软软地伸出一只手，说："我软，我身上软。"

李金魁又问："你是不是病了?"

李红叶说："抱我吧，把我抱起来……"

在回城的路上，李红叶一直在默默地淌眼泪。李金魁说："你哭什么？我又没咋你。"可她一声不吭，只是默默地掉泪。到了城边上，李金魁站住了，说："我不送了，你回吧。"他这样一说，李红叶也站住了。李金魁又说："天不早了，回吧。"说着，扭头就走。不料，李红叶却返回来跟着他走……又走了一段，李金魁站住了，说："好，我再送你一段。"两人重又折了回来。就这么来来回回地你送我，我送你，天很快就黑了。最后，在县城里的一盏路灯下，他说："我就站在这儿，看着你走。"进了城，李红叶不再流泪了。她站在那里，望着他说："我看着你走。"李金魁说："你走。你要不走，我就一直在这儿站着，我在这儿站一夜！"李红叶低下头去，一声也不吭。过了一会儿，她说："我问你，你为什么要送我那么多手绢？"李金魁说："我不知道该送什么。我只是不想欠你太多。"李红叶说："你已经欠我了，我让你欠我一辈子！"说完，她扭头跑走了。

在那个寒假里，那个字在李金魁的眼里成了一颗金豆。那只是一个字唯，一个字的使用竟产生了如此巨大的征服力！那是校长的女儿呀，那是多么的……！有时候，他会兴奋地跳起来，对着一棵树说："脱！"那个字真是余味无穷啊。他在那个字里读出了一种新的东西，那是他还从未体验过的东西。他像重放电影一样回味着草庵里发生的故事，他一点一点地倒着读，在脑海里，那画面一个扣子一个扣子地动着，叫人激动万分。油灯下，在爷住的牲口棚里，当老捆提着裤子问他："花儿掐了没有？"他觉得他一下子就成熟了，他读懂了爷的这句话。他什么也没有说，只是笑了笑，很自信地笑了。

后怕是见了那个红×之后。开学不久，他在学校门口看到了一张布告。在那张布告上，他看到了一串醒目的红×。那红×像炸弹一样矗立在他的眼前。那上边写的某某某的名字，名字上打着一串红×。那是一个被枪毙了的强奸犯……他在那张布告前站了很久很久，整个人就像傻了一样，他不知道自己是怎么走回去的，只觉得脊梁骨一阵发凉。他心里说：李金魁呀李金魁，你毁了，你差一点就毁了呀！！

在一个时期里，李红叶和李金魁又成了陌路人。两人仍坐在一个教室里，还像往常那样，谁也不理谁。可在两人的内心里，却有了微妙的变化。李红叶更多的是一种羞涩，她甚至不敢正眼看他，一看他就脸红，一看他就不由得咬一下嘴唇，可她的衣服却换得很勤，她身上开始透出一种成长中的女性姿态……而李金魁却是有意地躲避，那躲闪是由后怕而产生的恐惧。那目光仍是寒寒的，但寒意中多了一点"贼"色，多了一点防范。话是更少了，但出人意料的是，他说话结巴的毛病却好了一些，他只是说第一句话时有点磕巴，往下就自然了。后来，他开始更多地出现在操场上，出现在一群学生的中间，自从他击败了"冯大嘴"之后，他已成为乡下学生的主心骨了。

天说热就热了。这年夏天，天热得有些异常，空气里弥漫着一股说不出来的气味。突然有一天，睡了一夜之后，早上起来，李金魁发现校园里到处都是大字报，整墙整墙的大字报……更让人吃惊的是，校长李志尧的名字是倒着写的，上面还打着三个刺目的红×。一切都来得十分突兀，叫人来不及想。这天上午，倒也照常上课了，铃声响过后，校园里出奇地静，老师一个个都绷着脸，很紧张的样子。在教室里，李金魁又发现李红叶是趴在桌子上的，她一直不抬头，就那么无声地趴着……到了第二节课的时候，只听校园里一片"哄"声，同学们纷纷探头往外看，有的甚至跑出了教室。这时，只见一群年轻教师高喊着什么把校长李志尧揪到了教室前边的空地上，校长挣着身子，仍是很严肃地说："干什么？你们想干什么？！"可陡然之间，他的眼镜被打掉了，紧接着一桶糨糊兜头浇了下来！一向高高在上的校长，顿时一脸惨白，他就这么一下子像落汤鸡一样地低下了头……就此，校园里的铃声再没有响过。

那是一些既让人激动又叫人不安的日子。学校不上课了，城里的学生一个个兴奋异常，乡下来的学生却一个个沮丧万分。李金魁心里说：完了完了，前程完了！在一片混乱中，有的乡下学生打起铺盖回家去了，留下的也仅是跟着城里的学生瞎起哄。"冯大嘴"在一夜之间竟然成了学生的司令……于是，李金魁毅然卷起铺盖，搬到废品站去住了。

这个决定对李金魁来说，是十分痛苦的。这是他人生的又一次选择。这就是说，他要切断与家乡的联系了，在前程无望之后，他也决不回去了。

这是一次精神上的放逐，也是情感上的背叛，他的心与昔日的大李庄村越来越远，前程无望，回头也无望啊！从此以后，他要自我漂流了。他把两瓶好酒摆在了歪叔的面前，说："歪叔，你说句话吧。"歪叔乜斜着眼，看了看他，说："学生，你愿意当一个收破烂的？"李金魁说："只要你要我。"歪叔把酒瓶盖用牙咬开，一人倒了半碗酒，很爽快地说："喝了这碗酒，我就收下你！"于是，李金魁端起那酒，一下子倒进喉咙里去了。喝了酒，他泪流满面，泣不成声地说："我亏呀，我太亏呀！我是第一名啊！"

　　在城里收破烂，在他看来也是没有办法的办法，是破罐破摔。心是痛的，那疼痛烧出了满腔的仇恨。可究竟恨什么，却又是说不清的。每当他走在大街上的时候，就不由得咬着牙，尽量躲着熟人走，一句话也不说。他把仇恨憋得足足的，他几乎把自己憋成了一个沉默的火药罐。与白日相比，他的夜晚却日渐丰富。废品站收的书越来越多了，那大多是"四旧"，他就整夜整夜地在这些"四旧"里泡着……正是这些夜晚，使他那备受压抑的情绪得到了宣泄。

　　在以后的日子里，李金魁总是想起那些个晚上。那些夜晚对他来说是战栗中享乐，是蜗牛一样的伸展，又像是生命中的一次小憩，没有目的，也无须特意地记住什么。这是一种精神上的偷窃，是随意地采摘禁果，他就滚在那些收来的"四旧"堆里，蜷着身子，一本一本地翻，那偷来的喜悦不是用言语可以表达的。直到有一天，那上着的门板突然被拍响了，那是个细雨蒙蒙的夜晚，门板"咚咚"响了两下，而后又是两下，在这一刻，他的心已跳到了喉咙眼，他惊惧地叫道："谁?!"门外没有回答。匆忙之中，他随手把那本正在看的书"嚓"一下扔在了废纸堆里，然后跳起来，几步走到门板后，再次叫道："谁呀?"仍是没人应声。于是，他疑疑惑惑地开了门，就在这时，一个黑影飞快地挤了进来，那影儿哆哆嗦嗦的，带着一股嗖嗖的寒气。他很快就明白了，是李红叶！李红叶就像变了个人似的，她的头包着，一脸憔悴，哆嗦着嘴唇说："李金魁，你救救我爸吧，他快要被人打死了！"说着，她呜呜地哭了起来。李金魁站在那里，身子一下子凉了半截。他木然地说："怎么……救？"李红叶呜咽着说："他就关在学校的小楼里……"往下就无话了，只有目光一点点地往前探，而后又缩回来。片刻，李金魁说："你让我想一想，我得想想。"李红叶看了他一眼，说："你要是怕受牵连……"没等她把话说完，李金魁生硬地打断说："你……得让我想想！"

李红叶走后，李金魁顺手从地上拾起了一根捆废品用的麻绳。他把那根麻绳拿在手里，翻来覆去地看着，绳子一扣一扣地从他的手上捋过，那感觉麻丝丝的。后来，他把麻绳缩成了一个活扣套在了脖子上，心里说：操，我欠她吗？这是把我往火坑里推呢！

第二天夜里，李红叶又来了。她默默地问："你想好了吗？"

李金魁说："想、想好了。我想了想，我确实欠你。"

李红叶说："你也别这样说。你说吧，你想要什么，我什么都可以给你。"

李金魁笑了笑，说："我、我可是个收破烂的……"

李红叶流着泪说："你是想污辱我？到这种时候了，你还要污辱我？"

李金魁说："我不是这意思，你也知道，我不是这意思。"

李红叶说："那你是啥意思？你到底去不去？"

他说："你看，你这是把我往火坑里推呢。"

她就那么直直地看着他，很久之后，她说："我看错人了，我真是看错人了。"说着，她泪流满面，扭头就要走。

李金魁上前一把拽住她，就往后边拉。李红叶用力地挣着身子："你、又想干什么？！"

他仍是紧拽着她不放，一边走一边说："我是个兔。你也知道，我是个兔……"拐过了废纸堆，在一垛一垛的旧麻袋的缝隙里，李红叶蓦然发现，她爸爸就在一堆旧麻袋片里躺着！李红叶的嘴立时张大了，她悲喜交加地说："你呀！怎么……"紧接着，李红叶刚叫了一声"爸爸"，李金魁马上说："他已经睡着了。你就让他睡吧，他说他已经半个月没睡一个囫囵觉了。"李红叶默默地望了望父亲，而后悄没声儿地退了出来，她望着他，激动地说："你是怎么……"李金魁把身上的衣服脱下一半，露出了脊梁上勒出的那一道道带血丝的绳痕，说："我把你爹背出来了。我不欠你了吧？"

李红叶默默地看了他一会儿，细声说："就在这儿吗？"

李金魁说："啥？你说啥？"

李红叶不语，她开始解扣子了，她把衣服上的扣子一个一个都解开……

这时，金魁走上前去，一把抓住她，定定地说："现在是你欠我了。"

李红叶说："是。我欠你。"说着，就要往下脱……

李金魁果决地说："别，你可别。我就愿意让你欠着。"

李红叶说："你……怎么这样？"

李金魁说："我就这样。你欠着吧。"

○ ●

龙 ....

　　一九八四年秋天，在麦收以后的这段空闲日子里，李宝成第四次开始了以当村长为目标的"竞选"活动。

　　李宝成是三年前高中毕业后回乡的。他回村后也曾老老实实种了一年地，博得了村里老少爷儿们的好评。接下去便当了村里的团支部书记，也常去乡里开个青年会议什么的，回来传达传达。人们并没有把他当回事，可他自己却十分高看自己，又常常对村里的事体发表见解，老跟村长"顶牛"。于是，这团支书也给撸了。撸了也就撸了，这本就不是个什么官儿。村长、支书、会计、妇女主任都有补贴款，唯独这团支书没有。看来，上头也不多高看这团支书。可这娃子偏偏很当回事，先后一趟趟地找村长"理论"，问为什么撸他的团支书。村长李海昌按辈分应是他五叔。五叔不理他的茬儿，五叔根本没把这娃子放在心上，五叔二十年来一直管理着这个有五百多户人家的大李庄，五叔的关系遍布全县。五叔家的门楼也不是纸扎的，而是钢筋水泥加红砖一层层垒起来的，五叔能怕他吗？

　　五叔说："你娃子有本事告去吧！"

　　按说这娃子应该知趣了。不让干就不干，这又不当吃不当喝，干也球，不干也球。他爹就这样劝过他。可李宝成不听，偏要去纠缠五叔！这娃子站在当街里，手点着五叔的鼻子喊：

　　"五叔，咱明人不做暗事，我可是告你了！你记着，我一条道跑到黑。是坑是井我跳跳，是江是海我蹚蹚，我不信就没个公理！"

　　五叔的鼻子是好点的吗？人家五叔不跟这娃子一个样儿。五叔也仅是笑笑："娃子，去吧。跑快些，我候着你哩。"

　　于是，李宝成便三番五次地往乡政府跑。乡党委书记，乡长，各位党委委员，他一个一个找着"理论"。跑的趟数是不少了，乡党委书记也算是来过一趟，可人家进的是村长的门，吃的是村长的饭，人家酒足饭饱和村长笑着说话。据说乡党委书记也替这娃子说了话，然而五叔也说了话：他干我不干。这一句话就把乡党委书记堵住了。一位干了二十年的村长，一个年轻娃子，哪轻哪重不是很明白的事情吗？就这样，说说白说说。

　　告状不赢，这回可趴那儿好好种地吧。责任田，一分汗水一分收成，又饿不了肚子。要不，闹俩本钱出外做生意去，也扑腾个万元户当当！！

　　不然。

　　李宝成哪儿也不去。他仗着自己高中毕业，年轻有文化，嘴巴也利，趁整党的工夫，回马一枪！曾先后三次对老村长裤腰带上拴的"木头橛子"——公章，发起猛烈的进攻。他说，他就是要争争这村长的位置。他觉得五叔早该下台，他甚至说五叔没给村民们办过一件好事。他觉得要是他当村长，肯定比五叔干得好！他还经常在饭场里宣传他的"施政纲领"：三年把大李庄变成啥啥样，五年又变成啥啥样……

　　可是，由于年轻，也许是准备不足吧，他每次"竞选"都以彻底失败而告终。首先，大李庄的庄稼人就不买他的账。第一次选举他得了七票，第二次他得了十一票，第三次算是得票最多，也仅仅得了一百零四票。大李庄是个大村子，五百多户人家，两三千口人，这票数也就显得太可怜了。

再说，庄稼人哪个也不傻，各自心里都有一本账呢。老村长已盖起三所瓦房（整整十五间呢），两房媳妇也均已娶到家中，"肚皮"委实已吃得差不多了。要再换个年轻的"饿皮虱"，那又得多少年才能"喂"起来呀（不管是谁，不管这会儿他人多好，时间长了总要偏一点、沾一点的）！所以，哪怕李宝成说得天花乱坠，他们争一差二地也不想换人。该忍的他们能忍。

这下子，反而使李宝成的"野心"暴露出来了。村里男男女女、大人小孩，谁都知道李宝成有野心。

李宝成也确有野心。他高中毕业没考上大学曾经丧过一阵子气，后来也就心定了。但他潜意识里仍然不甘心，他不想仅仅做一个会抢锄头的农民，那就太没意思了。他更不愿日子就这么平淡无味地一天天过下去，他需要刺激，他需要奔点什么，这目标还应该是宏大而久远的、是神圣的。有时候他的思绪会像野马一样奔出去，久久收不回来，使任何一个伟大的空想家都在他的思考面前相形见绌。比如，他想（假如可能的话）先在村子里干上三五年，干出个样子来，那么，他这个全国第一流的村长将到乡里再干上三五年，干出成绩来，上边肯定会发现他这个人才的！那时他就会到县里去，到省里去，甚至到中央去！当团中央书记也行啊，他会做好工作的，他敢起誓他决不为个人谋私利！他能吃苦，他可以连续三天三夜不合眼……然而，这时他还躺在大李庄西坡地那一亩半玉米田里，双手交叉枕在脑袋下面，嘴里嚼着一片苦涩的玉米叶子，愣愣地发呆呢。

李宝成常看"闲书"（乡下人把与吃饭无关的书，统统称为闲书），他觉得他对社会是有研究的。可他百思不得其解：为什么一个整日为自己谋私利、不为大家办事、大字不识一升的村长，竟还有那么多人投他的赞成票？而他年轻，有文化，愿意为大家办事，一颗心都想挖出来叫大家看看，却没有人投他的赞成票？这是为什么?!

他不死心。

机会终于来了。这年夏天，老村长李海昌家里出了两件倒霉的事。先是李海昌和他相好的女人在西地玉米棵里干事，让骑车路过、警惕性又非常高的乡公安特派员按住了屁股！这位公安特派员是新调来的年轻人，自然不认识他，硬把他弄到乡政府审了审。要不是乡长撞上，说不定还绑他一绳哩！这一次算是在乡里丢了人。乡长说："老同志了，走吧，让他走吧。"年轻的公安特派员不解其意，说："老同志就更应该……"乡长再次说："走吧走吧……"公安特派员说："乡长，这、这是为啥呢?!"乡长火了，说："为啥？你说为啥?! 你按住他屁股了？"公安特派员很认真地说："我就是按住他屁股了，我真的按住他屁股了。"乡长不耐烦了，说："你让他走，走了我再给你说！"就为这件事，一时闹得全乡沸沸扬扬，全乡都知道了。再就是李海昌为了把自己的小儿媳妇安排到学校里教学，趁放暑假的工夫，硬把一位有三年教龄的耕读教师的名额给顶了下来。这位耕读教师在李宝成的鼓动下，曾六次跑到乡政府告状。村里一时也议论纷纷……这么一弄，连乡政府护着他的人也看不过去了，只好派工作组来重新主持选举。

这一回，李宝成吸取了上几次的教训，他关在屋里周密地思考了三天，搞了个详尽的"竞选"计划。他决定把工作做在前面，不惜一家一家地去做，而且准备采用新方法去做工作。他不信就扳不倒五叔。

白天，他照旧扛着锄头下地。为了给人一个好印象，他特意剃了一个小平头，身上穿的衣服也是精心考虑调换的：既不新也不旧，既不时髦也不窝囊；上衣兜里本来插了两支笔，这会儿为了不显得太傲，他放起来一支，只插一支圆珠笔。在村里，在地里，他见人就打招呼；就是迎面碰上五叔，他也只是默默地走过去，不再那么横眉竖眼了。他要给人一个干净利索、朴实能干的印象……

夜里，他便悄悄地开始活动了。

他先找了五斗。为请五斗来，他特意买了瓶酒做了几个菜。五斗好喝酒。五斗是村里的电工。打从村里接上了电之后，五斗就成了管电的五爷，特别是责任制之后，浇地、打场、磨面、吃水全得看五斗的脸色。五斗说能浇就能浇，五斗说拉闸就拉闸。所以，全村人用五斗的机会最多，五斗要说点什么大伙还是肯听的。他想让五斗帮他做做工作，造点舆论。

五斗来了。五斗有请必到。酒过三巡、西月当窗的时候，五斗解下了随时随地拴在他腰上的电工包，两眼一眯缝，大咧咧地说："兄弟，有用着你斗哥的地方隽说了。你请咱来是看得起咱。说吧，用怎斗哥还不是一句话！"

行，有门儿！李宝成心里很高兴，赶忙又给五斗倒上一杯酒，这才把他的打算给五斗说了……

五斗听了，"嗞儿、嗞儿、嗞儿"一连喝了三杯，抹一下大嘴巴，这才慢慢地说："兄弟，这可是得罪人的事。怎斗哥这电工是五叔叫当的。虽说咱有技术，有技术人家不用你也白搭。人家五叔想叫咱干咱干，不想叫咱干，咱就干不成。可你既然说出来了，怎斗哥愿意帮你这个忙。兄弟，你能不能也帮怎哥一个小忙？"

李宝成愣了愣，忙应承道："说吧，斗哥。"

"二妞，你认得？"五斗吞吞吐吐地说。

"二、二妞？哪村的二妞？"

"小吴庄的，离这儿五里地……"

"认……认得。"李宝成心里"嗡"地一下，像是有蜜蜂蜇。

"听说……你们同过学？"

"同……同学。"

"兄弟，不瞒你说，咱相中她了。咱不愁吃不愁穿，就这一件发愁的事。为这姑娘，也不怕你笑话，恁斗哥夜夜睡不着觉。你，能不能去给说合说合？你要是……"

二妞，他偏偏相中二妞了。二妞是他的同班同学，在高中上学的时候还同坐过一个位儿。他也喜欢二妞，他也喜欢……这是他从来不告诉人的秘密。

"怎么样？兄弟，你要能把这事给恁哥说合成，别管了，恁哥起码给你拉一半选票！"

"斗哥……"

"兄弟……"

李宝成迟疑着，他想先应承下来，应承下来再说。但他还不是成熟的政治家，叫他拿自己心爱的姑娘去做交换，去换他求之不得的选票，他还做不到，哪怕是说一说他也做不到。世上的好姑娘不还很多吗，很多，将来还愁找不来更好的姑娘吗，能找来的。可他还是迟迟地不开口……

"兄弟，既然你不愿意帮这个忙，那就算了，算恁哥白说……"五斗很丧气地说。

……这不行，这太卑鄙，太卑鄙了！怎么偏偏是二妞，离这儿五里地的二妞，怎么偏偏让他看中了呢？为什么不是别的姑娘？！难道世上的好姑娘还少吗？……

李宝成站起来了，很勉强也很激动地说："斗哥，我什么忙都愿帮，可这件事不行。斗哥，掏心窝子说，这个忙我不能帮。我和二妞私下里已经好三年了。这事我没有告诉过任何人，没有一个人知道。我是不得已才说出来的，我不想让任何人知道……"

这下该五斗傻眼了，不知怎的，眼里就露出了一丝妒火："你他妈的也太……"

李宝成坦诚地说："这样吧，斗哥，你喜欢她我不反对，但是我不能让。拿出你男子汉的气魄，咱们争一争吧！让二妞决定好了。你可以不帮我的忙，你也可以……"

话似乎已经说尽了。五斗慢慢地站起来，抓起电工包束在腰里，趿拉着鞋走出去了。临出门的时候，他又回头看了宝成一眼，那目光里有失望，有妒恨，也有……

五斗走后，李宝成抓住酒瓶子扔了出去。他更失望。但他很快便镇定下来，他不再指望五斗帮忙了。他要亲自出马，一家一家去活动。这原本是他的第二步打算，现在不得不提前了。此时，他想二妞又恨二妞，为了二妞，他失掉了一支最重要的力量。他只有靠他自己了……

第二天夜里，他又出来活动了。这次他买了包好烟装在上衣兜里，心里头把五百户人家分了分类，专找那些在家里管事的人谈。

进了李石磙家，他先给石磙爷敬上一支烟，然后，把笔记本从兜里掏出来，开门见山地说："石磙爷，我要是能选上村长，你叫我给你干点啥事？"

石磙爷翻开眼看看他，默默地吸了两口烟，忽然笑眯眯地说："宝成，咱近人不说远话。你二娃哥就这一个妞，老单。你要是能叫俺再生一胎，俺全家一准投你的票！"

李宝成啥都想了，唯独没想这生娃子的事。他怔了半响，真想先答应下来，又怕将来石磙爷紧追着屁股要娃儿，叫他弄得下不了台。想来想去，只好老老实实地说："石磙爷，我要当村长，只能保证三年叫咱村富起来。做事一碗水端平，绝不谋私利。关于你说生娃的事，那是国策，我实在是不敢应承。你还是别投我的票吧。"

石磙爷望着他叹一口气。他说的是实话，并没有骗人，石磙爷也只好叹口气，说："娃子呀……"

来到李双成家，他坐下来就帮着双成媳妇择菜，择着菜对双成媳妇说："二嫂，我要是能选上村长，你叫我给你办点啥事？"

"真哩？"双成媳妇眼都瞪大了，她从没听说过还有这样当村长的。

"真的。我说到办到。你说吧，我记下来，到时一定兑现。"李宝成又从兜里掏出了笔记本，准备记了。

双成媳妇"扑哧"笑了："那中，宝成，俺分那块地可是老赖！还浇不上水……你双成哥是个鳖孙老实蛋，你要是能给俺调调地，俺一家七口都投你的票！"

李宝成长叹口气，捏笔的手写不下去了。地是全村人捏蛋儿分的，好坏搭配，都种几年了，再调调给谁呢？把自家的好地调给她？那再有人要求调咋办呢？他只好老老实实地说了："二嫂，我要当村长，只能保证一碗水端平，集大家的智慧搞好副业，保证叫咱村三年之后家家都看上电视，你说这调地的事，我实在办不到。你还是别投我的票吧。"

双成媳妇眨眨眼，再也不吭声了。

进了第三家，人家叫他给才五岁的小娃儿再划一块宅基地……

进了第四家，人家叫他把已承包出去的苹果园再转包给他家……

进了第五家，人家想多要些化肥指标……

进了第六家，人家说，只要他能把欠款给免了……

…………

五百户人家，李宝成一家一家都走遍了，烟也散了好几盒，结果大多数人家提的要求他都办不到。他那一腔热血顿时冷了下来，他的抱负，他的愿望，统统化成了泡影。他翻来覆去地想，觉得村长是当不成了，在这个村子里啥事也干不成了。人人都为自己打算，就是他当了村长，又会怎样呢？想着想着，心里一酸，扑簌簌掉了两滴眼泪……

选举那天，李宝成破例没有参加选举。他已经收拾好东西，准备悄悄地离开大李庄村，永远离开这里，纵是下煤窑，跑新疆打小工，他也不回来了。

就在这时，五斗高举着双手跑来了，大老远地就喊："宝成，宝成！选上了，你被选上了！真不简单呢，一千七百六十五票……"

李宝成怔住了。庄稼人想是想，说是说，心底还不是那么坏，那么自私……那么，他要当村长了，他能干好吗？他还是太年轻了！这时候，他才感到他并不是那么有力量，那么有智慧，他甚至觉得自己很蠢。他必须干出个样子给大家看看了。他从想象的空中一下子回到了坚实的地面上，他感到了担子的沉重……

李宝成哭了。

○　●

奶奶的"瞎话儿"（六）

这年的腊月二十三，眼看到了灶王爷上天的时候，一个五世同堂的大家却还没有置办年货。由于连年亏空，身为太爷掌管全家的子顺，手里竟拿不出一文钱来支。家道败落到如此地步，使一向注重礼仪的太爷深感愧疚。儿孙不才，媳妇们怨声四起，更使太爷难有片刻的安宁。眼看就要过年了，万般无奈，太爷只好厚着脸皮，冒漫天飞雪，让人拉着到未过门的重孙媳妇家里去借钱。借债本就出于无奈，踏进亲戚家门的时候，太爷实已觉得老脸没处放了。太爷是讲礼仪的呀！他犹豫再三，真真难以启齿。还好，亲戚倒还看了他的老脸气，总算把钱借出来了。不料，在太爷借得钱来，步出堂门之后，忽听见耳房里的窗帘后传出一声娇野的怒嗔：

"多有本事?！大年下，跑到没过门的重孙媳妇家借钱来了……"

虽然隔着窗帘，那未过门、又未见面的重孙媳妇的埋怨，犹如一记耳光重重地扇在太爷的脸上。霎时，他脸上的老羞一直红到脖颈处，只觉得天旋地转，无地自容。这会儿，年迈老朽的太爷直恨上天无路，入地无门，拐杖在地上点了两点，万般滋味在百结愁肠里化作一声长叹，缩着脖灰溜溜地走了。

回到家，太爷把借来的钱交给下人，进屋便翻倒在床上，一句话都没说。整整一个年节，太爷都没下床。族人，家人，无论是媳妇还是他所喜爱的五世孙，谁来拜年太爷都一概不理。直到儿子、孙子、重孙……黑压压跪下一片，太爷才勉强睁眼看了看，仍旧一句话不说。

一直到过了正月十六，太爷才起身下床，梳洗宽衣。他出得堂屋门，便立马吩咐人套车，他要给重孙子搬亲，迎重孙媳妇过门了！太爷的口气非常坚决，是没有人能够阻拦的。

这位重孙媳妇是邻村齐氏之女，年方十七，名唤银莲，是大户人家的掌上明珠。据说早年很得她祖上的喜爱，自幼是在掌家爷爷怀里长大的，见多识广、面温眼利，语快手巧，启唇之瞬息，笑中带三分甜、三分野、三分辣，是当年太爷在齐家指腹为婚定下的媒。

这小小的银莲过门刚三天，太爷便召集全家老小，当面把账目、田契及库房的钥匙交给了她。太爷声称，从此以后，家中大小事一概不问，全凭银莲发落。而这小媳妇竟无半点推辞之意，款款接下，不怯不颤。

家境败落到如此地步，负债累累，自然也无人敢接，众位家人、媳妇沉吟不语，也就算默认了。

两天后，银莲竟无视族规，强拉太爷一起到地里去了。她让太爷领她辨认了所有的田亩、地块，看着大块的田园荒芜，这小女子不动声色，一一记下了地块的标记。

回来后，银莲又让太爷领她查看了空空如也的库房、灶房，走至二门前的时候，太爷叹口气说："家里只剩这道影壁墙了！"

银莲看了看二门前那高大完好的影壁，问明太爷，知是家兴时特请远方的匠人修建的，也就没再说什么。待把太爷搀回堂屋，银莲叉腰站在二门，亮嗓吩咐说："去，那影壁墙碍事，给我扒了！"

家人面面相觑，谁也没料到这小媳妇竟然这样泼！那好好的影壁，扒它作甚呢?！但既然太爷让她管事，也就只好扒了。一时间，"铿铿锵锵"，一个完好的影壁成了一堆破土碎砖。

待家人扒完影壁，只见银莲又手叉细腰，柳眉倒竖，高声吩咐："去！把西边那二亩谷子给我犁了！"

这一声不当紧，只见一家老小男男女女忽腾腾全跑出来了。扒个影壁也就罢了，可此时正是青黄不接的时候，唯有那二亩谷子长势好些，是全家仅有的一点指望，她竟然吩咐人去犁，难道这小媳妇疯了不成?！

银莲面对惊诧愤怒的伯仲叔季、婆母妯娌，像是视而未见，仍从容地扇动着罗帕……

"这、这……"

家人们慌了，又呼啦啦跑入后堂，齐声向太爷诉说。可太爷在椅子上坐着，二目紧闭，悠悠地在打瞌睡。任人千呼万唤，百般叙说，只是不语……

众人你看看我，我看看你，觉得既然太爷都不心痛，可见这个家是没指望了。家要破了，那就破罐破摔吧，也只好任这个小媳妇撒野了。权力既交给了她，就让她犁去，反正上上下下都眼睁睁看着呢，到年底再算账！人们又各自嘟着嘴回房去了。

银莲站在二门口，估摸犁有两沟的工夫，这才粉脸儿一嗔，朗声吩咐说："去，把牲口牵回来吧，不犁了！"

说完，银莲挺立在二门处，支耳静听四下院里的反应。却见院里静悄悄的，这一次倒没人再吭声了。

银莲款款地走回堂屋，走时，上身并不曾见动，却也碎步如风。待进了太爷的堂屋，瞅四下无人，手掩嘴，"吞儿"一声笑了。

太爷端坐在椅子上，慢慢睁开眼，问："小丫头，你玩的啥把戏?"

银莲头一歪，娇声野气地说："我得试试太公公给我的权力管用不管用呀！"

太爷听了，缓缓站起，扭身回里屋去了。

三天之后的一个晴朗的日子里，银莲又把太爷请了出来。她扶太爷坐在院中的椅子上，又叫人搬了一张桌子放在太爷面前，桌上摆着她过门时当陪嫁的十串钱。然后，她把婆母、众位婶娘、众位姑嫂妯娌一一请出来。待人聚齐后，她先给众人深施一礼，道个万福，方才笑吟吟地说："今儿个天气好，刚好八里桥有会。太爷发下话了，让各位长辈痛痛快快地去玩一天！除了外人（男人），不分大人小孩，每人一百钱，钱不花完不准回来……"

由于家境不好，女人们已有好多日子没有赶过庙会了，一听这般吩咐，一个个喜滋滋的，齐夸小银莲会办事。于是，人人喜笑颜开地领得钱来，各自回房梳洗打扮一番，纷纷带孩子上路了……

待各房女人走完之后，银莲吩咐说："前门杠死！"

有太爷当院坐着，男人们只好照办。两扇大门关上之后，又加上了两根大杠，杠得死死的。

"后门锁上！"银莲又发话说。

这下，后门又给锁死了。

此时，银莲款步轻移，又前前后后左左右右地检查了一遍，待一切都安排妥当，这才当院站了，沉着脸吩咐说："没有太公公的话，任谁也不能开门！"

往下，她又叫人拿来笔墨纸砚摆在当院的桌上，便带领全家青壮男儿，一房一房地挨屋搜起来。进得屋来，不分尊、长、幼及名分高低，箱锁了，撬箱；柜锁了，砸柜，里里外外、上上下下全翻个遍……无论金银、首饰，还是绸缎、布匹、粮食，凡属"私房"搜出来一律抬到当院，过目后当众点清。一时间，整个院里咕咚咚、咣当当一片翻箱倒柜的声音。男人们互相监督，搜的搜，抬的抬，搬的搬……

搜到午时，院里已摆满一片。有金器银器、珍珠玛瑙、绸缎布匹、粮食棉花及各样点心吃食儿……一锭锭、一盒盒、一包包、一匹匹、一袋袋琳琅满目，连祖上祭祀用的酒器都搜出来了……

太爷坐在椅上，直看得目瞪口呆，不禁连声长叹。他身为掌家太爷，大年下连一文钱都支不出，而媳妇们的"私房"如此之多，竟没有一个人肯拿出来，却让他舍下老脸去借债，实是家门不幸的根源。接着又想起儿孙们不成器，致使家业败落到如此地步，却又无人支撑，不禁连连顿足。再想起重孙媳妇的精明，而自己又老朽不堪，两行老泪扑簌簌落下来了……

一直到日落西山的时候，各屋的"私房"才全部搜尽。银莲又吩咐人按伯、仲、叔、季和尊、长、次、幼，各样东西的多少，分门别类摆开，由她一笔笔核对记账。粮食也都斤斤两两过秤，一点也不马虎。全都记清之后，她命人全部抬到太爷上房屋的耳房里，门上还加了双锁。

而后，她先扶太公公回屋里歇息，次又回房细细地梳洗打扮一番，这才干净利落地走出来，笑吟吟地叫人卸去门闩、木杠，大开院门……

银莲则立在二门处，轻轻地摇着罗帕，专门恭候赶会归来的婆母、各位婶娘姑嫂。

女人们宽心地玩乐了一天，兴冲冲地先后归来。银莲在二门边含笑迎住，用燕儿衔泥一般的软语先问了一百小钱可曾花完，又问会上是否热闹，再问戏唱得红火不红火……这一问，使有些疲惫的婆母婶娘们兴致陡生，七嘴八舌争着给她讲庙会上的热闹景况……看有了插言的空隙，她才又轻轻地补上一句："太公公想听听会上的热闹，还有话给大家说呢。"说时，那声儿柔柔，笑儿甜甜，眉儿低低，一副似抬头又未敢抬头的样，谁也没有从她脸上看出什么，就糊糊涂涂地被她领进了上房。

各房媳妇齐聚堂屋之后，正欢天喜地呢，忽然发现太爷双目紧闭，一脸怒容，下巴上的胡须抖抖地直颤，便觉得有些不妙。你看我，我看你，兴头忽地从半空云里落下来了。

银莲却笑吟吟地说："今天把长辈们请来，是有个小事要与婆母、婶娘、姑嫂商量。咱们家人口多，太爷把账目交给我管，我年轻，怕也管不好，只怕有个好歹对不住长辈。我想把以往的账给各位做个交代……"说着，她翻开账目，把历年来所欠的款项、粮食像流水一般一笔笔念了出来。

顿时，整个堂屋里鸦雀无声。那一笔一笔的债务渐渐在人们脸上显出来了……待念得各位头皮发麻，愁在脸上，连连叹气，觉得日子实在没法过的时候，银莲这才缓口气，说："现在，家里除了欠债之外，所存的粮食仅够吃一天了。听太爷说，各位婆母、婶娘、姑嫂尚有些'私房'。老人家的意思是想让大家把这些'私房'暂且借出来，伙用三年，三年后，待家业兴旺的时候加倍还清……"这话越说到紧要处，那语调就越轻越缓，分外的柔气动听。

陡然，像是有一根细小花针猛地扎下去了，各位身上一紧，还不晓得疼在何处，尚未回过味来的时候，银莲又翻开另一沓账本，也不看人，竟接着又念下去了：

长房：银钱多少，首饰几对，布有几匹，粮有多少斤多少两……念完一宗，轻轻地逼上一句："大奶奶，可是这些吗？"

大奶奶的头勾得像大麦一样，一句话也说不出……

二房：金有几锭，头饰几许，布有几匹，棉有几多斤两，点心几匣……念完，又轻轻地逼上一句："二奶奶，可是这些吗？"

二奶奶扭过脸去，嘴噘得能拴头驴……

三房：银钱多少，玛瑙几对，缎有几匹，粮有若干斤两……念毕又是一句："三奶奶，可是那些吗?"

三奶奶满脸羞红，眼里泪花直打转……

四房：金器多少，银器多少，棉布多少，绸有几匹，棉有多少斤多少两，粮有多少袋多少斤……念下来又紧上那一句："四奶奶，可是这些吗?"

四奶奶听着听着，"扑通"一声蹾坐在地上了……

接下去流水般依次念来，直念得一屋人脸阴沉沉的，身上的细汗淌水般流下来，一天的兴致荡然无存。一个个觉得腰酸腿疼，疲惫困乏，两腿抖抖地站立不住，闷气塞胸，心火上攻……那是动用了多少心计，费了多少时光，才一点点攒起来的"私房"啊! 多少年的工夫，被这小贱人一下子就抄去了。狠也狠不过她了，毒也毒不过她了，当着太爷的面，欲哭不能，欲骂不敢，真真成了哑巴吃黄连，有口难张! 事已至此，还能说什么呢? 好在众人一样，心里多少还有些安慰。只恨这小贱人手太辣! 体弱些的，早已站立不稳，像一堆烂泥似的出溜到地上了……

银莲像一阵风似的闪过来，把她们一个个搀起，再三再四地安慰劝说：

"大奶奶，二奶奶……家里揭不开锅了，您老也不能眼睁睁地看着一家人吃不上饭吧! 请各位放心，这些'私房'咱仅是暂借伙用，三年后一定归还……"

众人还是一口热血难咽，忍不住想要发作。太爷睁开双目，重重地哼一声，也就没人敢再说什么了，只是心里千般万般地后悔不该去赶这个庙会。

上当了! 上当了! 生生是上了这小贱人的当了!!

从此，银莲的权威树起来了。

她以独有的精明确立了她在这个大家庭中的掌家地位。里里外外，大事小事，全由她一人安排。田园整修，四时播种，收打入仓，由她调配分工；接待客人，来往应酬，交赋纳税，也全由她去跟亲戚、官家周旋。渐渐，连太爷想办什么事，也得先跟银莲说，没有银莲的吩咐，太爷也别想办成事。很快，家人不再找太爷问事了，族人们也渐渐把太爷淡忘了，远远近近都知道这家里有个能干又管事的少奶奶……

三年之后，一个濒临败落的家业果然重新振兴起来了。不但还清了债务，囤满了库房，还置买了大块大块的田地，家中也雇上了丫鬟、仆人……银莲在家中的地位也一日日高涨起来。所有库房的钥匙都由她一人保管，昼夜都拴在贴身的裤带上，任何人休想摸一摸。每日里，人们像众星捧月一样围着她，听她吩咐一切，使银莲变得更加骄横傲气。

家业兴旺了，可银莲再也没提起过三年还账的事。不知是真忘了，还是假忘了，只是不提。当有人旁敲侧击地问起退"私房"一事时，她总是把话岔开，搪塞过去。她大权在握，人们求她的地方太多了，因此也不便直说，更不敢直问，只在心里暗暗嫉恨她。

这年的腊月，银莲生下一个白胖小子，一睁眼便会笑。阖家欢喜不尽，自然要大庆一番。

满月那天，家里大摆筵宴，亲戚、族人全都来贺喜了，一时热闹非凡。婶娘们把白胖小子抱出来让客人们看。客人们一个个都接过来抱抱，往他怀里塞些银钱，齐声夸赞这白生生的小儿长了一副聪明相，将来才智定然不在他娘之下！还有人看了这小子任谁抱都不哭，笑模笑样的，又断定这孩儿自幼不怯生，将来肯定是干大事的材料。夸毕，又问这小儿可曾起名字。私塾先生是依照银莲的意思起的，大名继业，因为是祭灶那天生的，小名便唤作灶儿。客人们又接着夸这"继业"之名起得好，将来定是一位栋梁之材！然而，众位婶娘尽管喜欢，唯对这"继业"之名默然……

百天之后，人们终于看出门道来了，这是个呆儿。一天到晚只会傻笑，从来不哭。背地里有婶娘偷偷地在他屁股上拧了一把，这孩儿还是不哭。

有人只怕这孩儿不傻，怕不确定，又偷偷地抱到没人的地方，狠着手在他脑瓜上拍了一掌，他照旧笑嘻嘻的……表面上，没有谁说什么，反而越发地夸赞这灶儿的白胖、聪明，夸赞他一天到晚都不哭，乖呀！可背过脸去，便有人说这是天意，是报应，骂这小贱人做事太缺德！

灶儿脱离手脚之后，银莲照常管理家中诸般大小事项。白日里，她挺挺地走来走去，一行一动不漏半点差错，面上也不带一丝忧愁，仍旧该说说，该笑笑，仿佛她不知道这儿是傻儿。可是，夜里，一待她回到房中，关上屋门，便对儿子进行百般的试验调教。她用针扎他的屁股，看他知道不知道疼；她用手搔他的脚心，看他知道不知道痒；她反复地让他胳膊伸伸、蜷蜷，看他的四肢是否灵活；她连续地在他耳朵边上拍巴掌，看他是否聋……她从最初最基本的教起，一遍一遍地重复，一次一次地纠正。为了让儿子记住他名叫"继业"，她甚至千次万次地在他耳朵边呼唤这两个字，直到他有所反应。她的毅力是惊人的，耐性也是惊人的。终于有一天夜里，这呆儿在四岁那年破天荒含糊不清地叫了一声"妈"。银莲欢喜地亲着她的呆儿，泪如雨下……

灶儿六岁那年，银莲把他和众位妯娌的儿子一起送到私塾先生那里去上学。在蒙馆里，别的孩儿都很快地长进了，唯独这灶儿，三年还没学会一句"人之初"……私塾先生看这娃儿实在不堪造就，遂把他打发回家，拒不再收。银莲只好偷偷地多送些银钱，再三恳求，私塾先生这才勉强收下。

表面上，灶儿和叔伯兄弟们是一样的待承，也穿一样的衣服，背一样的书包，银莲并无一丝一毫的偏向。然而，放学回来，她便手拿戒尺，逼灶儿重新坐下来，暗暗请来一位最好的私塾先生，当面监视着他上夜学。她一夜一夜地陪着他，手心打肿了，打手背；手背打肿了，打屁股……这是一场耐力与韧性的战斗。母亲在儿子身上倾注了全部的心血和智力，长明灯伴这呆儿度过了一个又一个难熬的夜晚，为了不让他打瞌睡，这呆儿屁股上扎的针眼像天上的星星一样多……这个心高气傲的女人夜夜伴呆儿读书，白日里又照旧干着一切，于是，她常常偏头疼。

眼看着别房的孩子一天天长大，一天天变得聪明可爱，而灶儿却一天天尽往宽处去，越长越傻，越长越憨，越长越丑陋。他还常常把屎拉在裤裆里，谁见了都想给他一巴掌……

在大院里，众人的闲言碎语也越来越多，而银莲却只装没听见，只是强打精神，夜夜加紧调教。她看见别房的孩子活蹦乱跳，两眼发黑，心里像万把钢刀剐一样难受！看见自己的呆儿，一时又万念俱灰，又怜又气，恨不得让普天下的孩儿都死绝！

她夜夜以泪洗面，甚至连梦中也呼唤她的"继业"。继业，继业，这家业是她挣下的，她的儿子能继业吗？苍天哪，你睁睁眼哪，你睁睁眼，睁睁眼！她不算不精明，不算不能干吧?！可为什么独独让她生下这样一个儿子呢?！送子娘娘，送子娘娘，是缺你吃了还是缺你喝了？你就这般惩罚俺吗？让俺儿好吧，让俺儿好吧，俺愿意散尽家产给你重修庙宇，再塑金身！南海观世音，西海梨山母，可怜可怜俺吧……

每天早上醒来，她都拉起儿子重新试验一次，看灶儿是否变得好些了。然而，她使尽了一切办法，而所有的办法都在这呆儿身上无效。渐渐，她也就心灰意懒了。于是，脾气也就越加显得暴躁，做事也越来越专横。这样，私下里就更招人嫉恨了。

有一天，人们终于找到了报复的机会。那天是端午节，几位妯娌按银莲的吩咐，在供桌上摆了几盘祭祀祖先用的粽子。没想到这傻灶儿竟然爬上供桌把粽子偷吃了。他偷吃粽子还不算，竟把屎拉在供桌上！这下可把几位妯娌气坏了。平日里在银莲那儿受的窝囊气，现在全撒在了这傻灶儿的身上。这个按头，那个拉胳膊，非让他趴上去把屎吃了不可！结果弄了这呆儿一嘴屎。

几个在一旁看的小堂兄弟也都拍着巴掌喊："打，打，打傻灶儿！打，打，打傻灶儿！……"喊着喊着，贝儿跑过去，"啪"地照灶儿头上打了一下，扭头就跑；玉儿也跟着跑过去，"啪啪"照灶儿头上打了两下；顺儿、端儿、平儿全都上去打……

正当几位妯娌看着嘻嘻笑的时候，冷不防银莲进来了。一位眼尖的妯娌赶忙说："莲，你看，灶儿把屎拉在供桌上了。"另几位妯娌也赶忙住了口，慌乱中有人赶紧把灶儿嘴上的屎用抹布擦了。

银莲把一切都看在眼里，却一声不吭地走上前，抓住灶儿，"啪啪啪！"朝灶儿头上狠打了三下，比娃儿们打得更狠、更疼，打过了，拉起就走。

事后，几位妯娌心里惴惴不安，生怕银莲暗地里报复。可银莲一切照旧，并没有再说什么，也没有刻意地难为她们。好像她自己也恶心这傻儿了，一见面不是打就是骂，打得这傻儿见她就躲。几位妯娌也就放心了。

这年的腊月初八，刚好是太爷八十二岁的生日。全家上下为庆贺太爷八十二寿辰，整整忙碌了三天。在这三天里，银莲充分发挥了她那超凡出众的治家本领，一应事务均由她安排布置：灶上，堂上，采买，打杂，送帖……一切安排得井然有序。生日这天，银莲更是三更起床，四更梳洗，五更进灶房看菜，黎明时便把一切都安排妥当了。而后，她打扮得漂漂亮亮，亲自进上房给太爷更衣。待日上三竿才又把太爷搀出来坐在堂上，手捧镜儿让太爷看那寿袍、寿带是否合体，喜得太爷皱儿上开花！

这天是兴家以来最为热闹的一天，来的客人特别多，连县衙的师爷也坐了小轿前来贺寿。待客人陆续来齐，银莲便按远近亲疏、辈分高低、男宾女宾、内宾外宾、家人、族人等一一传唤就座，上上下下安排得十分得体，里里外外无不心服。

午时三刻，拜寿贺寿的客人、族人、家人行礼已毕，便大开筵宴。银莲亲自站在堂上为太爷斟酒布菜，躬身把盏。就在她夹起一块鱼，笑着让太爷尝尝鲜不鲜，太爷眯着眼刚把鱼肉噙在嘴里，忽然，有一个媳妇大惊失色地跑进来，高声嚷道：

"哎呀呀，不好了！贝儿、端儿、玉儿、顺儿、平儿，全全全……口吐白沫，躺倒了！"

众人急忙丢下筷子，呼啦啦全跑出去了。只见堂下和灶儿同辈同桌的七个聪明小儿全都倒在地上，口吐白沫而死！只有一个傻灶儿还站在一旁傻呵呵地笑……

紧接着，堂上又是一片惊呼：

"不好了！太爷被鱼刺卡住了！"

众人又赶忙跑回堂上，却见太爷斜倒在椅子上，嘴里还噙着半块鱼肉……

立时，寿宴变成了丧宴。死了小儿的女人五内俱焚，哭声震天。婆母婶娘压抑多年的积怨一齐爆发，她们认定是银莲怕她的呆儿得不到家产而下的毒；太爷也是她故意卡死的！一时间，疯狂的女人们像炸窝的蜜蜂一样扑上去又撕又打，恨不得把她剁成肉酱！……

狠毒的银莲受到了最狠毒的刑法。那"刑法"是从外族大户人家借来的，是大户人家惩治最狠毒的女人时才用的"木驴"。她们就让她在光天化日之下，赤身露体，受百般凌辱后倒骑木驴而死……

发疯的女人们谁也没有想到，若干年后，家中延续香火的重任将落在灶儿身上。

他的名字不是叫"继业"嘛。

羊（六）　· ·

○　●

欠着真好。

有人欠你，总欠着，这是什么滋味呢？——真好哇。

在废品站的那些日子里，他几乎是越来越自觉地播撒着人情的种子。他最愿意干的事就是让人家"欠着"。在那条街上，甚至是在整个废品回收系统，只要是有人找到他头上，不管让他干什么，他都会一口答应。当然，一个收破烂的，人家也不会求他干什么大事，也就是帮着拉拉煤、修修房、搬搬家什么的。这虽都是些小事，可人情却不论大小，人情就是人情，欠着就是欠着，这是一笔笔记在心灵上的债务。时间一长，口碑就出来了。

李金魁要的就是这样一种感觉。这也是他在心理上保持平衡的一种办法。人已经贱到这个样子了，剩下的还有什么呢？那就是感觉了。感觉就像是一个储蓄所，存了些什么，只有自己心里知道。那像乱草一样的头颅在人前是低着的，在感觉上却是仰着的，那里写着一个"操"字。

三年后的一天早上，李红叶找他来了。李红叶穿着一件紫红色的风衣，默默地站在他面前，说："我爸出来了。"

他"噢"了一声。

李红叶又说："我爸已经出来了。"

他就说："噢，你爸出来了。"

李红叶说："我爸想见见你。"说着，她把一沓钱递到李金魁的手里："你去洗个澡，理个发，换件衣服……我爸要见你。"

这话李红叶虽然说得很平静，可李金魁却受不了了。他说："校长出、出来了，我应该去看看他。可这……"

李红叶："我爸已经到市里了……"

李金魁说："那我就不用去了吧？"

李红叶说："你必须去。"

李金魁想了想说："还非去呀？去就去吧。你别给我钱，你给我钱干什么？"

李红叶说："你……怎么还这样？"

李金魁重又把那沓钱塞回去，说："咋也是个收破烂的，还怕人笑话？我有钱。"

李金魁是穿着一身旧工作服去的。去的时候，他想了想，也不能空着手呀，于是就上街买了两瓶酒、两罐好茶叶，就那么提着去了。到了市委门前，警卫拦住他，问："找谁呢？"他说："李志尧。"警卫上下打量了他一番，说："你跟李主任是什么关系？"他说："老乡。"那人很干脆地说："李主任不在！"李金魁笑了，说："不在？不在就算了。"正在这时，李红叶快步从里边走了出来，说："小董，这是我表哥，让他进来吧。"李金魁仍是笑着对那警卫说："啥表哥呀，也就是个老乡吧。"

进了大门，李红叶一边引着他往前走，一边小声说："我让你换衣服为什么不换呢？你那农民习气要改一改了。"他说："要是改不了呢？"李红叶说："还是改一改好。"看李红叶说得很严肃，他也就不再说什么了，只默默地跟着走。

　　绕过一个小花园，李红叶领他来到了一座小楼前。那是一座两层的小红楼，墙上长满了绿茵茵的爬山虎，看上去十分的优雅静谧。再往里走，人的脚步就显得重了，心里却很空，李金魁暗暗掐了自己一下，心想怕啥呢，不就是见个人嘛。进了楼，来到了客厅里，李红叶站在那里说："爸，他来了。"只听沙发里"吱扭"响了一声，说："哦，来了，坐吧。"这时，李金魁才看清坐在皮沙发里的李志尧。他的身子稍微直了直，那一头白发看上去梳理得很整齐，却一脸疲倦的神色，人显得很麻木，很冷淡。李金魁把手里提的东西放下，而后按村里七连八扯的辈分叫道："七叔……"李志尧摆了摆手，只说："噢噢。坐吧，坐坐。"对李金魁提来的东西，他连看都没看。待李金魁坐下来，李志尧默默地看了他一眼，用和缓的语气说："我刚到市里，一时还没顾上去看你，怎么样啊？"他说："还那样吧，还行。"李志尧挠了一下头上的白发，淡淡地说："哦。有什么困难吗？"他说："没啥。"李志尧又说："有啥想法可以提出来嘛。想不想到市里来呀，啊？"到了这时候，李金魁的牙咬起来了。他沉默了很久，心里的火苗一蹿一蹿的。他心里说，机会来了，你的机会来了呀，你说呀！可是，他望着靠在沙发上的那张脸，那是很乏的一张脸。那张脸上似乎有一种让他感到惊恐不安的东西，他说不清那是什么……就在他发愣时，只听李志尧问："听说，你读了很多书？"李金魁含含糊糊地说："也……没读多少。"接着，李志尧"哦"了一声，慢声慢气地说："我这里嘛，也需要一个人。你来当秘书怎么样啊？"李金魁猛一下有点晕乎乎的，他觉得头有些沉，不知道该说什么好了，就吞吞吐吐地说："怕、怕不行吧？"李志尧直了直身子，微微地笑着说："……秘书嘛，最重要的一条，就是要可靠哇。"说着，他的眼突然睁大了，目光一下子变得十分锐利！李金魁心里突然"咯噔"一下，像是有什么东西泛上来了，那东西飘飘的，凉凉的，叫人不由得发怵。那是什么呢？李金魁想不明白，他只觉得头更重了。于是，在这最关键的时刻，他居然又结巴起来了："我、我、我……不不行，怕怕怕……是是真、真不行。"看他说话磕磕巴巴的，李志尧皱了一下眉头。他有些失望地往沙发上一靠，眯着眼看了看他，连声说："噢，噢，是这样。你是还有别的想法喽？"李金魁怔了怔，心里说，说吧，你得说了，说呀！于是，他正了正身子，喃喃地说："也没啥想法。要说……想法……我还是……想上学。"李志尧"噢"了一声，那"噢"声很长，往下就再没有话了……

后来，当李金魁离开那栋小楼的时候，他的脸色黄蜡蜡的，就像害了场大病一样，满身都是虚脱的汗水。他知道他已失去了一个极好的机会，失去了也就永远失去了。

他突然想哭！

李红叶出来送他，竟也有意地跟他拉开了一点距离，两人都默默的。到了分手时，李红叶终于忍不住说："你……怎么又磕巴起来了？"

李红叶恨恨地说："你知道你放弃的是什么吗？"

李金魁默默地说："你已经不欠我了。"

李红叶说："你是说我还欠着你呢，是不是？"

李金魁说："清了。谁也不欠谁。"

李红叶说："你会后悔的。"

李金魁轻轻吐一口气，硬撑着说："我从不后悔。"

李红叶最后看了他一眼，扭头走了。那一眼哪，叫人……

一个月后，李红叶送来了一张表。那是一张上大学的推荐表。而后，李红叶说："我再也不欠你什么了。"李金魁望着那张表，很久没有说话。他还能说什么呢？不料，李红叶说："我顺便告诉你，我要结婚了。"李金魁沉默了片刻，说："跟……谁？"李红叶说："军人。是个军人。"李金魁木木地说："好好、事，那是好事。"李红叶说："你不是会送礼吗，不送我点什么?"李金魁刚要说什么,李红叶立时打断他,冷冷地说:"你欠着吧,我也让你欠着。"

拿到那张表后,李金魁一天都没说话。他心里说,李红叶要结婚了。李红叶已经是人家的人了。李红叶说,一个军人……他在一张废报纸上一连写了九十九个李红叶,写到三十一个的时候,他心里像是塞了块砖;写到七十一个时,他加了一个"脱"字;写到最后时,他把那张旧报纸团了团,扔了。

第二天早上,他围着县城一连跑了三圈,一边跑一边气喘吁吁地背道:香稻啄余鹦鹉粒,碧梧栖老凤凰枝……

一听说他要上大学,废品站的歪脖眼都瞪大了,说:"城里有好亲戚?"

他说:"没有。"

歪脖说:"有好连手?"

他说:"也……没有。"

歪脖说:"真没有?"

他说:"真没有。"

歪脖说:"那是烧高香了。金魁呀,你是烧高香了!"

李金魁默然,他眼里湿湿的……

歪脖说:"别说你高兴,我也高兴。老难,老难。"

按说,推荐上大学,办手续是很困难的,有一个个的公章要盖。可李金魁长期以来送出的"人情"也到了兑付的时候了。

市里盖过章的表已经有了,剩下的就是顺水人情了,这是谁都愿意做的。所以,他几乎是没费什么劲,就把手续办了。临行前,废品回收公司的主任又特意奉送了一份礼物,那就是在上大学期间,工资照发。其实他只是在主任搬家时给他刷过两次墙,主任一句话,工资就照发了。

走时,他原本是想去看看李红叶的。他心里说:金魁,不管怎么说,你欠了人家，是你欠了人家呀！可李红叶已经走了，到部队结婚去了。于是，他回了一趟家。老捆一听说孙子要上大学了，就一蹿一蹿地跑出去，到处跟人说："冒烟了，冒烟了，俺家老坟里冒烟了！"

○　●

蛇　···

　　麦前，被五叔逼走的李大有回来了。

　　他去新疆流逛了五年，回来时掂着两只大提包，进村来逢人就打招呼，嘴很甜。从穿戴上看，也不是多阔气，上身穿着草绿布衫，下身是蓝裤子，脚上穿的是塑料底布鞋，半旧不新的，却很干净。他人晒黑了，也魁梧了。他虽未露出大发的样子，但手面很大，见了孩子就从提包里拿出一袋葡萄干："给，尝尝，新疆特产。"于是，娃子们纷纷举着葡萄干跑回去给娘看，然后又欢喜地跑出来，跟着他走，像开欢迎会似的，赢了一村热闹。娃子们一个个高擎那一小袋葡萄干，逢人便说："俺叔给的。"

　　立时，人们都知道大有回来了，掂了一兜子钱！

　　娃子们吃了人家的葡萄干，当娘的也都赶快来问候，说些亲热的话。说到大有的娘死，婶婶嫂嫂自然很生动地掉下几滴眼泪，说他到底混出人样来了，一个个都要拉他上家，说本村本姓的，哪儿都是他的家，凭他想到谁家吃就到谁家吃，跟自己家一样，别见外。他笑笑，一一都应下了，却又不曾到谁家去。傍晚时，男人们也都来了，三间快要坍掉的草屋里挤得满满的。大有拿出带"嘴儿"的烟来，一支支敬过去，爷儿们也都乐呵呵地吸着，问些稀奇的事：

"大有，新疆啥样？"

大有笑笑说："跟咱这边差不多。就是风大些，人少些……"

"那边的钱好挣吗？"

"也好挣，也不好挣。"

"你这些年没少弄钱吧？"

"也弄俩钱，不多。"大有淡淡地说。

人们见大有这样说话，就越发地觉得他挣钱不少。也觉得他沉稳，不像有些人，出去几年，便大洋驴似的张狂。于是又问：

"这回回来不走了吧？"

大有说："不走了。"

"那你……是准备盖房？"

"是想盖房。"大有很恭顺地说，"还得请爷儿们多帮忙哩。"

听了这话，虽然在座的都不是村干部，但都很爽气地应下了："这没话说，盖了。"

大有赶忙散烟，露出十分承情的样子。吸了一阵，大有的本家叔吞吞吐吐地说："大有，你那地，我种着哩。看你日后咋算，啥时候……"

大有说："三叔，你尽管种就是了。这会儿又不缺吃，要真没有，你也不会叫我饿着。"

眼看麦熟了，三叔生怕大有这时候要地，听他这么说，自然很感激："大有，你有啥事言一声……"

"那是，自家叔哩，有啥事我找你。"大有把话说得很得体，很顾爷儿们的脸面。

一夜就这么热热闹闹地过去了。

第二天，大有便早早地进城去了。他直到日落西山才回来，一下子弄回来三台打麦机。那打麦机是他雇城里的拖拉机拉回来的。卸车的时候，一村人都围着看。

人人都说大有精明。眼看该割麦了，庄稼人正愁打麦呢，他一家伙运回来三台打麦机，这不是要赚大钱吗？于是便有人想借着使，只是这场合人多，脸面紧，不好张口。待人散了，有人又悄悄地折回来，吞吞吐吐地说些淡话，绕着圈子往打麦机上扯。大有随口应着，一脸的不明白。渐渐，人就又围得多了。这工夫，大有才把话扯到"正题"上来了。

他说："爷儿们，我出外混了几年，挣钱不多，弄这几台打麦机，全指望麦忙天挣些钱盖房哩。爷儿们既然想用，我也就不说啥了。按四乡里的价格，用一个钟头七块钱。本庄爷儿们，不能说钱，我留下一台赊使了。你们看着办，给不给都没啥。只是四婶老了，家里又没人手，看爷儿们是不是捎带着把四婶那点麦也给打打？"

四婶听了，当即便掉下泪来，说："大有侄子，要不是恁婶子辈长，我真想给你磕个头……"

众人也齐声说："四婶这麦赊别管了。大有恁仁义，专门撇下一台，咱还有啥说！"

一院子人都很高兴，倒把村长李宝成弄得一愣一愣的。这话本该他说的，却让大有说了，心里很不是滋味。可大有也怪，偏偏哪壶不开提哪壶，转脸又对李宝成说："宝成兄弟，四婶这麦可交给你了。"

李宝成挺不高兴地说："你不说我也得管哪。"

"那是，宝成兄弟是村长嘛。"大有笑笑，"这台打麦机就交给宝成兄弟了。咋个使法，谁先谁后，叫村长分派吧。"

李宝成听这话是理，也就很爽快地答应了。乡亲们打麦难的问题，也是他近些日子头疼的事。这一下子解决了，他心里很高兴。

众人一听说打麦机让李宝成管，又齐伙子朝他围过来。这个说排号，那个说捏蛋儿，一时间乱嚷嚷的……

麦忙天，李大有带着两台打麦机出外挣钱去了。赶上焦麦炸豆的季节，人心似火，一个钟头七块钱也有人抢着使。那打麦机昼夜不停地在场里转圈，常常是这庄的麦还没打完，那庄便抬去了……于是，半月下来，没费啥工夫，他消消停停地揣着三千块钱回来了，一路上哼着小曲儿，很是得意。

一进村，便有爷儿们围上来了，一个个气愤愤地说："大有，你给爷儿们办件好事，可'好儿'净叫李宝成那鳖儿落了！妈那×，说是谁家的麦先熟谁先使，可他鳖儿叫谁使谁使……"

大有忙问："麦还没打完？没打完赶紧打。不行这两台也抬场里……"

村里人说："麦是打完了。可李宝成那鳖儿不是东西！"

大有笑着劝道："打完就算了，宝成兄弟也有难处。"

众人见他话说得很体面，也就不好再说什么，只是心里恨李宝成……

李宝成心里也窝着一肚子火！打麦机是大有的，大伙也自然承大有的情。他稀里糊涂地接下这得罪人的差事，无端地招些骂，办好事落了一屁股臊，心里很不是滋味，却又说不出，只怪自己窝囊。明明是个圈，人家一画，他竟大瞪俩眼跳进去了……

大有见了宝成，忙递上一支烟，很诚恳地说："宝成兄弟，你看，原本想给村里爷儿们办件好事，却让你当村长的落骂，我听了心里很过意不去。叫你受委屈了。刚才我还给爷儿们说，宝成兄弟也有难处，都是一家本姓的，让谁先打都对不住人，这好人难当。谁再说闲话我就不愿意了。"

听大有这么一说，李宝成心里的气顺了些，很是服气。可人比人，不觉竟短出一截来……

李大有回到家里，村里爷儿们跟脚就来了，立马又是一屋子人，很热闹。大有又是散烟，带"嘴儿"的。爷儿们也都喜滋滋地接过来，吸着说闲话。这个说说村里的新鲜事，那个问问外边的收益，就这么说着说着扯到满凤爹赌博的事了。大有问："满凤爹还赌呀？"有人说："哎呀，都弄成麻了。这不，现在还叫人堵住门子要债呢！"一屋人哄地笑了。大有又问："要债的还没走？"有人说："走？这回可碰上'碴子'了。眼下正张罗着抬东西扒房哩！"还有人说："不亏他！这老东西把闺女都卖吃了。他孩儿都不管哩，咱管？"大有很惊奇地问："两个儿子都不管吗？"村人说："现在是媳妇当家，都不管他。"大有很厚道地说："总还是自己爷儿们，咱去看看吧！"

于是，一干子人跟他出来，到村西的满凤家去了。进了院子，只见两个汉子一个揪住满凤爹的领子操他，一个正在屋里翻东西呢。

大有进来朝当院一站，说："慢着，欠你们多少钱？"

那两个人停住了手，很横地看了看大有，说："你别管，不干你的事。"

大有说："我咋不能管？这是我叔哩。"

"嘿嘿，"那人上下打量了大有一番，"你应上了？"

"应上了。"大有两手在胸前一抱，说，"欠你多少？"

"不多，五百块。既是你叔，你拿钱吧。"那人冷冷地伸出手来，说道。

大有看了看满凤爹。这会儿，满凤爹的头快钻进裤裆里了。他就那么死蹲着，一句话也不说。大有抬起头来，慢慢地说："钱好说，别说五百块，就是一千，我也拿得起。可不知这账是怎么个欠法？"

"这你别管！要问，问你叔去……"

大有的目光扫了一圈。一听说出钱的事，跟来的众人都不由得缩了脖子，低头往别处看。大有笑了笑，缓缓地说："好，我不管。这钱，我拿！"说着，唰唰唰唰唰……只见十块钱票子一摞一摞撒花似的扔在地上，"拿去吧！"

众人的眼都看呆了。大有出手就是五百块，真是见过大世面哪！两个讨债的赌棍一愣，互相看看，正要去捡，只听大有又慢声细语地说："不知二位知道不知道赌博是违法的？也不知二位听说没听说过李金魁的名字？那是本家的大哥，可也是咱市的市长。钱尽可以带去，不过，我要是打个电话，不知县公安局听不听市长的招呼？"

立时，那两人面面相觑，伸出的手又慢慢缩回去了。

一院子人都傻乎乎地望着大有，谁也没想到他还有这一手。都知道这是吓唬人的，李金魁自从当了副县长以后就没回来过，更别说当市长了。可大伙心里却暗暗服他有心计。

这时，大有却很客气地说："话说回来，我叔既然赌了，也不能赖账。这样吧，钱，二位随意捡。剩下的，给我叔留个洗手钱。我叔赌不起，我叔再不赌了。从此两清，也不用劳我大哥出面了。二位看如何？"

两人气呼呼地看着大有，谁也不肯弯下腰去捡钱。大有很理解似的笑笑，弯腰捡起两摞钱，硬塞到两人手里，点点头安慰说："四乡的庄邻，欠是欠了，不至于闹到上房揭瓦的程度吧？这二百块钱，请二位收下。不成意思，多包涵吧。"

话已说到这份儿上，还有那么多人助威，两人也只好拿上钱，悻悻地走了。

待人走后，大有不屑地看了满凤爹一眼，扭头就走。众人也都乱嚷嚷地跟出来了。院子里还扔着三沓票子，只是没人敢去捡……

夜里，满凤爹佝偻着腰悄悄地把那三百块钱送回来了。进了门，把钱放下，大有不吭，他也不吭。末了，"扑通"一声，这位当叔的竟给一姓大侄子跪下了，他磕了一个头，不待大有扶他，便默默地走出去了。

这天晚上，一个村像开锅水似的，家家户户都在议论大有的壮举。大有却绝口不提这件事，有人问了，他也只是不言不语地笑笑。在这乱纷纷的议论中，满凤爹的脊梁骨彻底断下来。他觉得自己不但在女儿面前不是人，在村人眼里，他连狗都不如了……

自此，大有在村里的威望越来越高了。人们知道他是个干家，有什么事都纷纷跑来跟他商量，求他拿主意。于是他那三间草屋天天都是热闹闹的。

可是，从大有回来后，村里所有人都来过了，唯独五叔没有来。五叔是长辈，还当着村支书，五叔觉得大有该先去看他。可大有没去看他，大有家家都去了，偏偏没去他家。五叔很生气，气在心上，可面上却依然拿出长辈的气魄叫人给大有捎话说："给他说，缺啥少啥言一声，五叔候着他哩。"

大有听了，也只是笑笑，还是没去……

收罢秋，大有开始筹备盖房的事了。他雇了外村的拖拉机拉砖拉瓦，又请了一班木匠做门窗。村里人见了，纷纷跑来帮忙。凡有人来，大有先敬上一支烟，然后一一回绝。他说："这些活儿都包给人家了，哪能叫爷儿们下这死力。"

人们吸了烟，又一一回了。可又觉得欠大有些什么，于是，见了村长李宝成，就说："大有盖房了，你们当干部的得早些给人家规划片地方啊！"谁见了谁说，弄得李宝成有点架不住了，便赶快找五叔商量。五叔心里有数，只说："地方是得规划。眼下大有的东西还没凑齐，是不是等等再说？"

这话不知怎么就传出去了。有人见了大有，问："地方规划了吧？"

大有笑笑说："不慌。听说五叔还不大通，等等再说吧。"

这下子，一村爷儿们又都去找五叔，轮番地来说情："大有要盖房了，自家爷儿们，五叔，你得招呼着规划片地方啊。"

五叔见村里爷儿们都帮着大有说话，面子上也不便再说别的，很大度地笑笑："嗨，划是划呀，我是想给大有划片好地方。东头那三间牲口屋扒了，不知大有愿不愿去？"

众人又把话捎给大有，大有说："行啊，叫五叔看着办吧。"

这当儿，村里出了一件大事。这件事把李大有的地位抬得更高了。他成了一颗令人瞩目的新星，使村人们不得不仰视他。

麦囤的媳妇跟人家跑了！

这事是月琴发现的。她从婆家回来，看见麦囤媳妇跟一个青皮后生走在一块儿，走得很急。于是，到娘家就跟人说了。麦囤听说信儿急得直跺脚，五尺高的汉子，干挠头没有办法。一家人像热锅上的蚂蚁，急急地来找大有，想请他拿个主意。

大有听了，问："跑几回了？"

麦囤苦着脸说："三回了。头两回……"

大有皱着眉头想了想，说："这女人的心怕是收不回来了。这样吧，你先带人把他们两个截回来，剩下的事交给我好了……"

于是，麦囤约村里一些好事的壮汉追人去了。一帮人赶到晌午，终于把人截住了。他们把用绳子捆着的小伙绑在院子里的榆树上，把麦囤媳妇关在屋里，又来找大有讨主意了。

大有咬着牙想了一阵，说："麦囤，这女人不会跟你了。好歹就这一晚上，你干吧，干一回是一回……"

麦囤一跺脚，抱住头呜呜地哭起来了。

大有说："你别哭。这女人不成心和你过，你能过好日子吗？我给你弄一千五百块钱，保管叫你再娶个媳妇。"

麦囤听了这话，不哭了。他傻呵呵地站起来，带着一眼泪花笑着说："大有哥，你要是能给我再娶个媳妇，这媳妇我就不要了。娘那×，你是不知道，她早就没心跟我过！"

大有笑了："这女人，你想要也要不成了。"

旁边一干人也给麦囤打气："干吧，麦囤。就这一晚上，多干几回！"

这天晚上，大有坐镇指挥，一群汉子围在门前看着，麦囤大摇大摆地进屋"干"去了。竟还是十分神气！

乡下人的日月过得太平淡了，遇上这稀罕事，都想开开眼。特别是那些光棍汉子，急得猴似的，抬一条长凳来，脚挨脚站在凳上，扒着门窗往里瞅。看麦囤朝那女人扑过去了，这个说："麦囤，你真笨。抱住，抱住啊！"那个说："麦囤，你他娘连个女人都收拾不住？嗨嗨……"麦囤也不应，呼呼哧哧地追那女人；女人躲了，他扑上去，女人又躲，就这么满屋子撵来撵去。眼看着那女人没劲了，他也没劲了，两人都呼呼直喘气。过了一会儿，麦囤抓住女人的衣裳，"嚓"地撕下一块，露出了白白的肉……门外的人看了，哈哈大笑，齐声吆喝说："麦囤，剥光，给她剥光！"可那女人像疯了似的，死命护住自己的胸口，又抓又咬。麦囤好不容易才按住她，却又让她挣脱了……门外的人起哄地乱出主意，却又使不上劲，急得直跺脚，骂麦囤笨蛋。

这时候，村长李宝成急匆匆地赶来了。他进院来见大有在石磙上坐着，正悠悠闲闲地吸烟呢；又见屋门外围着一群汉子，凳上凳下全是人，这个说："叫我看看。"那个说："哎哎，干上了没有？"气得他脸都青了，厉声喝道："都下来！太不像话了！这样要出人命的！！"

大有翻开眼皮看着他，不轻不重地说："村长，你放心，不会出人命。"

李宝成瞪着眼说："大有哥，这、这也太野蛮了！太……你咋能叫人这样干呢？"

李大有慢悠悠地说："宝成，你虽是村长，可人家是合法夫妻呀！乡政府登过记的。"

"你、你也太狠了！"李宝成气得直咬牙，连话都说不成了。

"宝成兄弟，我咋狠了？要是你媳妇跟人家跑了，你咋办？"李大有凑过来，歪着头问。

"离婚。"李宝成很干脆地说。

"好。有气魄！"李大有说，"可麦囤兄弟花了钱，又丢了媳妇，你当村长的，能给他再找一个？"

李宝成给问住了，急赤白脸地说："我上哪儿给他找一个？"

李大有吸了口烟，目光直直地望着李宝成，说："我就能给他再找一个。"

立时，围看的人都骂李宝成多事。媳妇都跟人家跑了，还不能干一回？本就是自己的媳妇嘛……弄得李宝成干着急没有办法。

大有站在院里，不看李宝成，像挑战似的大声喊道："麦囤，干上了没有？"

"娘的，她死活不让！"麦囤在屋里喘着粗气说。

"拉灭灯。亮着灯她会让你干？"大有吩咐说。

"啪！"屋里的灯拉灭了。站在外边的人什么也看不见了，一个个急煎煎的，扒着窗瞪大眼往里瞅。屋子里一团漆黑，只听得扑扑腾腾一阵子，渐渐，屋里传出了绝望的哭叫声，那声音断断续续的，十分凄楚……

李宝成站在院子里，急得走来走去，他激愤地大声喊道："你们是人吗？你们还算人吗？畜生！……"

没人应。李宝成两眼噙着泪站了一会儿，跺跺脚，"呸"地朝地上吐了一口，走了。

大有一声不吭，就那么在石碌上坐着。黑暗中，他的眼亮得逼人……

天到了下半夜，只听"咣当"一声，门开了，麦囤傻乎乎地晃出来。一群人围着他问："麦囤，干上了没有？"

麦囤气势势地说："睡了，两回！"

一院子人都笑了，似觉得这一夜没白过。

大有依旧在石碌上坐着，冷冷地看着这一切，说："麦囤，你过来。"

麦囤傻笑着跑过去，说："大有哥，我睡了她两回。"

大有冷眼望着他，看得麦囤把头低下去了，才慢慢地吩咐说："今晚上你别睡，要看好你的女人，千万别让她寻了短见。她要上吊死了，我就给你弄不来媳妇了。"

"中，我不睡。"麦囤说。

大有看看他，想了想又说："去，把那后生也关在屋里。"

麦囤愣了，很不乐意地问："把他俩关一块儿？"

"关一块儿。"大有说，"有个宽心人在一旁，那女人就不会寻短见了。那女人一死，你得进法院！"

这话一说，院子里一片赞叹声，心说，人家大有真行啊，精明到家了！

"中。"麦囤嘟哝着应了一声，很不情愿地扭身放人去了。

大有还不放心，再次叮咛说："你们轮班看吧，看好他，别让他俩跑了。跑了人，麦囤就再难寻下媳妇了。"

马上有七八条好事的汉子站出来，应下了这看人的差事，自觉十分光彩。

第二天，麦囤便早早地上门讨教了："大有哥，大有哥，咋办呢？"

大有披衣下床，问："人跑了没有？"

麦囤说："没跑。俺爷儿们几个轮流看，还会叫人跑了？"

"死了没？"

"没死。俩人抱着哭哪。娘的，抱得挺紧！"

大有松了一口气，吩咐说："你去吧，换换衣服，再买上四匣点心，这会儿就上你老丈人家去。"

麦囤眨眨眼，不解地问："去、去干啥？"

"你去，见了你丈人、丈母娘，嘴要甜些，就说你女人病了，病很重，请那边务必来个主事的。最好把你老丈人请来。"大有交代说。

麦囤一听，慌了："那，来了人可咋办呢？"

"那你就别管了，来了人有我应付。记住，别的一个字都不能吐，只说有病。记清了吗？"大有很严肃地说。

"记清了。"麦囤应道。

"去吧。越快越好。"

中午时分，娘家人来到了。大有专门在村口候着，客客气气地把人迎到麦囤家，先是敬烟，然后又吩咐麦囤倒茶，十分热情。接着，大有很恭敬地说："大冷天，让您老人家受惊了。"

老丈人赶忙问："麦囤家的在哪个医院住？得的是啥病？"

大有沉思片刻，缓缓地说："不瞒老人家，麦囤家的跟人跑了。"

老丈人一怔，慢慢地放下茶碗，说："不会吧？该不是麦囤又打她了吧？"

大有很平静地说："麦囤没打她，她确实跟人家跑了。"

老丈人也是晓事的人，立时脸一沉，说："那我就不管了。麦囤，闺女嫁给你，是你的人，丢了我还找你要人哩！"

麦囤刚要说什么，大有瞪了他一眼，示意他别吭声，然后，不动声色地说："大爷，人还在呢。"

"在哪儿？"老丈人气呼呼地问。

"西屋。"大有淡淡地说。

老丈人的脸色陡然变了，起身便往外走。这老头刚走到西屋前，掉头又折回来了。这工夫，他已满脸羞涩，脸腾地红到了脖颈处，挺大的身量，立时矮了半截，像雷击了一般，两手抖抖地直颤。

大有赶忙上前扶住他，安慰说："大爷，你别生气。这事也怨不得你呀。"

老丈人叹口气，说："嫁出去的闺女泼出去的水，唉，她既干下了这丢人的事，该打该骂由恁吧！"

大有说："打是不能打。大爷，你也知道，咱乡下人娶个媳妇不容易。可过日子的事，又勉强不得。俗话说，强扭的瓜不甜。你看咋办呢？"

正说着，大有使了个眼色，麦囤突然蹲在地上"呜呜"地哭起来了……

老丈人十分难堪，没好气地说："恁说咋办？"

李大有话锋一转，很婉转地说："大爷，为这事，麦囤很生气。他本想把家里的和那个流氓一起捆上给你送去，我拦住了。毕竟是亲戚，要是闹到那份儿上，脸面上就太生分了。整日里抬头不见低头见，还是不闹好……"

一听这话，老丈人脸上的汗都下来了。要真是把闺女和那后生一起捆到庄上，他的脸面就丢尽了，再也做不起人了，于是连声说："你说，你说。"

大有凝神想了一会儿，叹口气说："我看这样吧，麦囤家的心已跟人走了，再留怕也留不住。看她和那后生有情有义，就让他俩登个记，成全他们吧。……"说着，大有看了老丈人一眼，老丈人脸上的肌肉微微动了一下，没有吭声，大有接下去说："只是亏了我麦囤兄弟……"

老丈人重重地叹了口气，抬起盈满泪花的老脸，轻声说："有话直说吧。"

"那我就直说了。"大有顿了一下，"既然如此，就叫她跟那后生去。只是麦囤娶亲时花了不少钱，如今到了这一步，再娶媳妇可就难了，要是能有个千把块钱……"

老丈人一听说要钱，脸立时黑下来了："我还是那句话，嫁出去的闺女泼出去的水……"

大有很含蓄地笑笑，说："大爷，这一千五百块钱，叫您老人家拿，怕也拿不出。总算亲戚一场，也不能叫您拿。可那后生，也不能平白就这么把人家女人勾引走哇！若是他无情无义，那也罢了，假如他是条汉子，有情有义，千把块钱又算啥呢？"

老丈人沉吟不语，泪花在眼里转了几转，终于说："一千五？"

"这话还得您说呀，大爷。"

"不能少了？"

大有很恳切地望着他："要不，您老说个数？麦囤说，娶媳妇他花了两千多……"

"我再卖一回闺女？……"老丈人喃喃自语着，慢慢站起来，摇摇晃晃地走出屋门，泪扑簌簌掉下来了。

三天之后，那青皮后生带着一千五百块钱来了。他把钱摔在桌上，领上自己的情人走了。走时，全村人都跟出来看，一街两行全是人。这时候，已没人再说什么了，就这么看着两人从村里走过去，天静静，地也静静。只有村长李宝成默默地把他们送到村口，说："我是村长，我对不起你们，好生上路吧。"

两人回头看了他一眼，什么也没说，默默地带着悲愤和屈辱，去了……

一个月后，李麦囤又说下媳妇了。那女人是邻村的，刚刚死了男人。她人长得不丑，也很老实，花了八百块钱就说下了。办喜事那天，李麦囤大摆宴席，全村人都去喝喜酒了，唯独宝成、五叔、大有三个人没去。李宝成是坚决不去；五叔说他病了，躺在床上起不来；大有却是躲出去了，整整一天都没找到他的人影。

这是大李庄村外交史上的一次辉煌胜利。酒宴上，人们提起麦囤的婚事，就不由得说起大有，说起他那惊人的算计……这事办得漂亮极了，叫外村人听了都连声叫绝，佩服得五体投地。汉子们喝着酒，说着这档子事，一个个"狗日的"甩出嘴皮，十分的阳壮。此后半月时间里，人们在田边地头一次又一次地重复讲述这件事情，把李大有吹得天花乱坠，神乎其神，连老一辈人也不由得竖起大拇指，说大李庄这一代又出能人了。

　　然而，这天，李大有躲到河滩里去了。他在那儿整整坐了一天。村长李宝成也整整找了他一天。黄昏时分，李宝成才找到他。一看见他，李宝成的眼都红了。

　　"大有，我知道你比我强，也知道你想夺村长的位置。换了别人，我会自动让出来。可你，我不让。你心太黑，太狠，你不是人！"

　　大有一动不动地坐着，冷冷地望着李宝成，一句话也不说。

　　李宝成唰地把棉袄扔在地上，一捋袖子，说："来吧，咱打一架！站起来呀，你个狗日的！"

　　大有还是不动，只淡淡地说："当你的村长去吧，宝成兄弟。"

　　"你……"

　　"去吧。你说对了，我不是人，是鬼。"大有冷冰冰地说。

　　李宝成恨恨地站着，两眼直冒火星。大有依旧在大石头上坐着，目光很凶。就这么面对面盯视了一会儿，不知怎的，大有把脸扭过去了。李宝成死盯着他，一字一顿地说："大有哥，总有一天你会栽的。"

　　"去吧，我知道。"大有淡漠地说。

　　"大有哥，我知道你比我强。把你的心劲用到正经地方去吧，别干恶事。你要答应我一句话，村长你来当，咱们把大李庄村搞上去，叫爷儿们都富起来。大有哥，你说话呀！"李宝成恳切地说。

　　大有沉默不语，片刻，他笑笑说："别怕，宝成兄弟，你这村长的位置，我还没看上眼。"

李宝成咬咬牙，不再说什么，掉头走了。在大有面前，他觉得空有一身力量却又使不上。他总也不能胜他。大有是个恶人。

这天夜里，一直到很晚的时候，大有才慢慢地站起来往村里走。当他走到村口的时候，忽然从黑影里跳出一个人来。这人晃着头哈哈大笑："我知道！我知道！……"

突然之间，大有的头皮都麻了。他浑身一紧，站住了。待他定睛一看，原来是"老神经"。原在城里当工人，还是老模范呢。在"文化大革命"中，不知怎的就疯了，天天晃着头说"我知道……"。后来就被送回乡下来了。

不知为什么，从他身边走过时，大有竟有点怵，步子不由加快了。当他走进村时，身后的旷野里还响着瘆人的大笑，"哈哈，我知道！……"

他知道什么呢？大有心里乱麻麻的，怎么也解不开。快走到家门口了，他又发现门前蹲着一个人。这人见他回来，便匆匆地走去了，叫他不由得犯疑惑。

一会儿工夫，麦囤爹领着新婚夫妻来了。原来，为大有没去参加婚礼，麦囤爹心里一直过意不去。他在大有的门前整整蹲了半夜，连新郎新娘也都没敢睡，一直等着这大恩人呢！现在他回来了，麦囤爹赶忙把一对新人领来给他行礼。行罢礼，麦囤爹给麦囤两口子说："记住，这是恩人。下一辈子也得叫孩子们记住，不能忘啊！"说着，麦囤爹竟掉下泪来了。

月光下，大有站着，一句话也没有说。过了很长时间，他才像醒过来似的，淡淡地说："这没啥。天晚了，叫麦囤两口子回去睡吧。新婚夫妻，我这当哥的也该送点什么。"说着，他从兜里掏出一百块钱，递到新媳妇手里。

娶媳妇的钱是人家大有凭本事要回来的，媳妇也是人家大有给找的，麦囤爹说啥也不让媳妇再接钱。那样，就欠情太多太多了。

可大有坚决要给，他说："这是我给弟妹的礼钱，不能不收。接住吧。"

麦囤爹感激涕零地说："大有，你可是连口水都没喝呀！"

这以后，麦囤一家逢人便大讲大有的"大恩大德"，走到哪里讲到哪里，简直成了大有的"义务宣传员"……

入冬以来，大有盖房用的砖瓦木料全都备齐了。可他始终没去看五叔，五叔自然也不来看他。可五叔没跟他计较，不久就亲自张罗着给他划宅基地，而且划的是村西头最好的一块朝阳地。宅基地划好后，又专门打发人请大有来看。大有来了，五叔没等大有敬烟，就说："大有，你没来看恁叔，可恁叔记挂着你呢。你看这片地方还合适吗？"

大有恭恭敬敬地说："五叔亲自划的地方还会不合适？早就想看五叔了，怕五叔忙。是小侄失礼了。"

五叔也很客气，说："我会记这些？我要记这些就不给你划地方了。盖房的料备齐了？"

"备齐了。"大有说，"五叔，到时候请你喝上梁酒。"

五叔笑笑说："上梁时言一声，我来！"

又过了十多天，大有的房破土动工了。工匠是从城里请的，盖的也是新式楼房，楼上三间，楼下三间，全是大门大窗。盖房那天，全村人都自动跑来帮忙，大有拦都拦不住。汉子们跑前跑后，掂泥和灰，给工匠们干些打下手的活儿；媳妇们也都来下灶帮厨，一个村都是热热闹闹的……

三天工夫，一座两层小楼立起来了。待一挂鞭炮响过，人们欢天喜地喝上梁酒的时候，五叔匆匆忙忙地从县上回来了。他在县里开了半月会。

五叔一进村就说："别盖了，别盖了！大有呢？给大有说，扒吧，赶紧扒！……"

众人都愣住了，赶忙去叫大有。大有见了五叔，先敬上一支烟，问：

"怎么了，五叔？"

五叔拍着手说："哎呀！天不尽如人意呀。你看看，你看看，省里要修一条公路，刚好从咱村过。我问了工程指挥部的人，人家说，你这房刚好压在线上！老天爷，你看这咋办吧！唉，咱这排房都不能这么规划了……"

大有咬了咬牙，又吸了几口烟，冷冷一笑，说："不会吧？五叔，我听说是往东移了。"

"你也知道修公路的事？"五叔眨眨眼，很惊讶地问，"移了？不管咋说你先停下来，问问再说，别糟蹋了东西。"

大有看了五叔一眼，说："五叔也心疼东西呀！"

"哎呀，大侄子，掏钱难买早知道。恁叔可不是有心亏你……"

大有抬头看了看刚刚立起来的楼房，慢慢地说："我想五叔也不会。"说完，一掉头吩咐人说："盖！盖起再说。"竟不再理五叔了。

众人在一旁听了，一时议论纷纷。这房子刚盖就扒，那大有就太惨了！然而，李大有却不动声色，吩咐人继续盖，到天黑完工。

这天夜里，大有到县城里去了。他一去三天。第四天头上，大有风尘仆仆地回来了。他一进村便敲响了那口生锈的大钟。钟声闷闷地响在大李庄的上空，叫人觉着新鲜。

这钟已多年不使了，风刮日晒的，就那么在老槐树上挂着，已锈得不成样子了。谁会敲它呢？村里爷儿们听见钟声全都跑出来了，连李宝成和五叔都觉着稀罕，怎么冷不丁的钟响了？

人们明白了，是大有敲的。大有站在树下的碾盘上，大声说："老少爷儿们，我李大有自觉没有对不住爷儿们的地方。今天，有件事我想给爷儿们说说。我盖房的事。爷儿们都帮忙了，我谢谢大家。这里要说明，我特别应该感谢的是五叔，谢五叔给我划了一片好地方！我上县里问了，公路本是可以往东移的，可要一移，村里爷儿们百十户人家的房子可就难保了。我李大有不能干这种亏心的事。冲了我一家，活该！我不能不顾爷儿们。唉，我得再谢谢五叔，谢五叔给我划了片好地方！"说着，大有弯下腰去，朝着五叔站的方向，深深地鞠了一躬。

一村人听了，立时炸了窝，纷纷拿眼去寻五叔，那目光像刀丛一般刺人。五叔站不住了，抖着手，结结巴巴地说："大、大有，你说的意思是五叔坑了你？"

"不，五叔没坑我。五叔只是给我划了片好地方，我得谢谢五叔哩！"大有铁着脸说。

盖房是乡下人的大事。一辈子也就那么一回，难哪！女人们全都掉下泪来了，一时叫骂声四起，话说得相当难听。尤其是那些有可能被"冲"的百十户人家，听了大有的话，更是感激不尽，一个个含着热泪说：

"大有，住我家！"

"大有，住我家！"

"……"

连李宝成都怔怔地说："大有哥，划宅基地的时候，我真不知道修公路的事……"五叔栽了！五叔在大李庄再也做不起人了。在众人的骂声中，他的脊梁骨"断"了！没有人再理五叔了，那目光是不屑的，鄙视的。五叔一下子老了许多，他摇摇晃晃地跟在大有屁股后，一声声地喊："大有，大有，你听我说……"

大有不理他。

大有默默地走下碾盘，村里爷儿们也都默默地跟着他走。大有围着新盖的楼房转了三圈，竟然哈哈大笑！笑过了，他回屋收拾了几件衣服，谢过乡邻，又要出远门了。

村里爷儿们留不住他，流着泪依依不舍地把他送到村外。

到了村口，大有转过脸来，说："给五叔捎句话，有本事别跟自己爷儿们使，叫他也出外走走。我李大有说句狠话吧，出了门，饿死他！"

三个月后，大有的新楼房被修路的推土机推倒了。那一声轰隆的巨响砸在人们心上，久久不能平静。当天夜里，五叔家的门上、锁上、窗户上，全被村人抹了屎，门口处还扣了一大摊……第二天一早，五叔家大人小孩齐哭乱叫，五叔再也出不得门了……

第二年夏天，有人在县城看见了大有。听说他戴着一顶烂草帽，手里拿着把破扇子，蹲在街口上卖西瓜呢，他一点也不在乎，敞口大声吆喝着卖……据说，已当了市长的李金魁曾三次请他承包乡镇企业，他都没应承。村里人听了，都说他能大能小，是条龙，将来准成大气候！

他也叫人捎话来了。他说，早晚还要回来，还要盖屋！

奶奶的"瞎话儿"（七）

时光是很废人的。

转眼之间，灶儿已经三十六岁了。

他到了三十六岁的时候，仍然是傻乎乎的。吃饭不知饥饱，睡觉不知颠倒。然而，这时他已成为家中唯一顶用的男子汉了。

由于北部边境鞑人侵犯中原，连年战火，家中岁岁有男儿被召去戍边，还常常一去不还，血染疆场……所以，家里仅剩下五个寡妇、一个耳聋的老人和灶儿。

经过那场人为的灾难，家景实已凋敝了。再加上连年战事，家门更是破败不堪，日子过得非常艰难。但为了不使家门断后，香火能得以延续，五妯娌费尽千辛万苦，省吃俭用，终于为傻灶儿娶了一房媳妇。

这媳妇年方十五，名唤香儿，自然是穷人家的孩子，也是为讨口饭吃，才委委屈屈地进了门。然而，媳妇娶进门后，无论她们怎么教唆，这灶儿一天到晚只会傻吃憨睡，一躺倒就打呼噜，任人千呼万唤都叫不醒，丝毫不晓房事。眼看一年一年过去了，小媳妇仍不曾有孕在身。

五妯娌急了，于是夜夜听房，日日教唆，想方设法让小媳妇怀孕。每天早上起来，她们定要问一问"小雀儿卧窝了没有"，倘若没有"卧窝"，那是定要给小媳妇脸色看的。她们甚至让小媳妇脱了衣服露出白白的小奶子挑逗灶儿，可灶儿只会傻笑："小雀卧窝，嘻嘻，小雀卧窝……"

五妯娌从来没有这样齐心过。她们把过去的仇隙、怨恨、嫉妒全都埋藏在心底，以超常的耐性和惊人的智慧组成了一个强大的女人同盟。为了教导这个不知女人为何物的傻侄儿，所有能试的方式她们都试了，所有能使的办法她们也都使了。在千般点化、引导均无效果之后，她们又付诸实践：当小媳妇不愿配合的时候，她们就求她、吓她、骂她、打她、拧她；她们还常常哄傻灶儿吃春药，当他不肯吃的时候，她们就按倒强行灌他。每次把这条野驴般的莽汉按倒在地，她们都使尽了女人身上的最后一丝气力……

这是个伟大的战役，是女人为男人组成的攻势，也是一场繁衍之战。为了使阴阳化为精血，使天地合为一体，使水火得以相容，使日月润成露珠，她们奉献出了全部的智慧和心计。

然而，这个战役失败了……

在这段日子里，她们的精力已经耗尽了，她们最后的指望似乎也没有了，那执着的信念仿佛也已经丧失，残灯里的油快要熬尽。那么，就眼看着让家门绝后吗？

他不是叫"继业"吗？那个贱人为什么要给他起这样一个名字呢？

一天晚上，掌灯的时候，五位妯娌齐齐地来到侄儿媳妇的屋里。她们一句话都没说，扑扑通通地给侄儿媳妇跪下了。

小香儿吓坏了。她可怜巴巴地睁着一双大眼睛，看看这个，又瞅瞅那个，手脚慌张地忙上前去搀。可搀搀这个，又去拉拉那个，谁也不站起来。

五位伯娘齐声说："你别拉，你拉我们也不起来。你要是不答应我们一件事，我们宁肯从天黑跪到天明，再从天明跪到日夕，跪死在这里也不会站起来……"

小香儿十分惊诧，眼里滚出了大颗大颗的泪珠。她也只好在一旁怯怯地跪下，含着泪花颤声问："娘，啥事？"

"答应吧，孩子，求你了！求你答应，你一定得答应。你答应了俺再说……"五位伯娘说着，趴下身子，头重重地磕在地上。大伯娘最为恳切，脑门上都磕出血来了……

小香儿看了大娘看二娘，又看三娘、四娘、五娘，只见每人脸上都带着圣洁、肃穆、悲壮的神色。一种伟大的使命感使她们脸上升起了一种惊天地、泣鬼神的光圈。她被这"光圈"罩住了。她感觉到了一股不可抗拒的力量。她在畏惧中被感动了，两行热泪一滴一滴地落在地上。

终于，她默默地点点头，说："娘，恁……说吧。"

大伯娘抬起头，声音低缓而亲切地说："其实，也不要你做什么为难的事情。只要你今晚上脱了衣服躺在床上，用一块红布盖住脸，闭上眼睛就行了……"

二伯娘接着说："你也别害怕，有我们在外边守着你哪。只是，屋里不管有什么动静，你都不要动，千万别动……"

三伯娘低垂着眼皮说："要是身上不舒服，你千万咬住牙，可别嚷，千万别嚷！只要过了这一夜，就没事了。"

四伯娘斜睨着眼，冷冷地说："可有一条你记住，从今往后，不管你夜里遇上了什么事情，都不能说出去。无论跟任何人都不能说，任咬断舌头，憋死在肚里都不能说！"

五伯娘最后又安慰她说："明天你就不要起来了，好好躺在床上歇歇，我会按时把饭给你送过来，想吃什么你就言声，我给你做……"

　　小香儿听着，心里七上八下的。一时惊奇，一时害怕，一时又莫名其妙。她不知道五位伯娘又要她做什么，但见她们一个个认真而又诡秘的样子，又不敢不应，只好点点头。五妯娌见侄儿媳妇终于应下来了，互相看了一眼，又肃穆地在地上磕了一个头，默默地起身走出去了。

　　这晚，风呜呜地刮了一夜……

　　从此，家里被一种沉静、诡秘的气氛笼罩着，谁也不再说一句话。五位半老的寡妇承担了家里、田里的一切劳作，默默地来，默默地去，连走路都是悄悄的，轻轻的，像是怕惊了什么。这沉寂里蕴含着持久的期待，隐忍中埋藏着无声的焦虑，仿佛有一种神秘的责任感督促着、也制约着她们，使她们不敢有一丝一毫的怠惰。这里没有惆怅，没有叹息，只有坚毅的忍耐……

　　两个月之后，小香儿突然呕吐了。

　　五位伯娘听到这个消息后抱头痛哭！这是喜悦的泪水，泪水里蕴含了太多的焦虑和等待，蕴含了不尽的难言之苦，蕴含了她们难以承受的郁闷和重压，仿佛整整一方天都压在这五个女人的肩膀上。她们硬顶着想撑起来，咬着牙撑。那是一种精神化成的气力，而这气力已经努到了最后的份儿上，眼看就要撑不住了。终于，这哭声扫去了院中的郁闷和死寂，家门有望了。

　　五位伯娘像众星捧月一般守候着侄儿媳妇，那精神和希望之力推动着她们犹如风车一般地旋转。白天，她们拧着一双双小脚一刻不停地在田里、家里、灶房里忙活，想方设法给小侄儿媳妇做些改样的吃食；晚上，她们彻夜不眠，给那未来的希望飞针走线。大伯娘做了五双"虎头鞋"，有软底也有硬底；二伯娘做了七件"连脚裤"，有短的也有长的；三伯娘缝了九件"袢带袄"，有厚的也有薄的；四伯娘做了十二件"兜肚儿"，有大的也有小的；五伯娘绣了二十四件"围嘴儿"，有虎有龙……这仿佛是一次回光返照的燃烧，是一次发挥女人特长的绝无仅有的手工大赛，五位伯娘把她们早年当闺女时的青春才华和争强好胜心全都发挥出来了，你跑来看看我做的，我跑去瞅瞅你做的，一个个比设计，比剪裁，比色彩，比针脚……

十个月后，婴儿呱呱坠地了。

五位伯娘抱起孩子轮番查看。她们先掰开嫩红的小腿，细细看了那粉红的"小鸡鸡"，又捧起粉白的小脚丫，细细端详那豆儿一般的小脚趾，瞅那仅有一线分叉的双指甲盖。然后，再看那小脸儿、小眼儿、小鼻儿、小嘴儿，遍身各处都抚摸一遍。最后，终于认定，这就是家族的血脉。于是，又小心翼翼地把孩儿包起来，轻轻地放在小侄儿媳妇的床头上。待一口气松下来，紧接着，便出溜出溜出溜……竟全瘫坐在地上了。她们一个个满脸泪水，呜咽着说不出话来。等待太久太久了，一口性命攸关的真气在九曲回肠里盘旋了很久很久之后，才又缓缓地顶上来……

五位伯娘重又跪倒，再次给侄儿媳妇磕头。这种叩谢大礼犹如拜谢圣母娘娘一般虔诚，那无言的一拜，感恩之情难以表述，义薄云天！

在这一月里，小侄儿媳妇受到了从未有过的、仿佛是敬神一般的款待。五位伯娘轮流给她做饭、端饭、喂吃喂喝；夜里也轮流看护她，除了掌灯守候之外，还一趟趟地给她提夜壶；有时小娃儿哭闹得厉害，五位伯娘便一起出动，这个抱着哄哄，那个抱着悠悠，整整哄上一夜，除了吃奶之外，决不让她受累。

满月之后，这小娃儿按五伯娘的意思起名"发祥"，唤名"留根"。这是家门的一条根呀！

这天夜里，五位妯娌破天荒走进了公公房里，面对老眼昏花的公公，她们一句话都没说，一拉溜跪下了。

一个时辰过去了。

两个时辰过去了。

三个时辰过去了……

她们就这样默默地跪着，沉静而又执着地跪着。没有任何解释，也没有任何暗示，就这么死跪下去。一股苦苦的光从她们眼里散出来，渐渐连成一道不可逾越的亮线，与院中传来的婴儿那响亮的哭声相接……

无声，也是一种强大的力量。

跪，也是一种逼人的威胁。

仿佛为着什么，又分明不为什么，只是跪下去，跪、跪、跪……

老公公慢慢地站起身来，从她们身边走出去了。他再也没有回来……

百天之后，五位伯娘把婴儿从小侄儿媳妇屋里接出来了。她们说让她出来散散心，让她好好玩玩，也好好歇一歇，孩子晚上就不给她抱过去了。

一天过去了。

两天过去了。

三天过去了……

孩子，却再也没有还给她。

小香儿每天哭哭啼啼地嚷着要见见她的孩子。她给大伯娘跪下来，哭着求道："大娘，叫我见见孩子吧。"

大伯娘低着头，沉吟半晌，才说："香儿，孩子好好的。你要真想见，去问恁二娘吧。"

小香儿又跪倒在二伯娘跟前哭诉："二娘，好二娘，可怜可怜俺，叫我见见孩子吧。"

二伯娘叹口气，想了想说："香儿，你给我说，我也做不了主啊。你去求求恁三娘吧。"

小香儿又跪着爬到三伯娘跟前，趴下连磕了三个响头，披头散发地哭着说："三娘，三娘啊，哪怕让俺再给根儿喂一次奶哩。你就发发善心吧，让俺见一见吧……"

三伯娘沉着脸说："这事我不管。你去给恁四娘说吧，只要她依。"说完，站起就走。

小香儿又扑倒在四伯娘跟前，头咚咚地在地上磕，都磕出血来了："四娘，四娘，俺好歹母子一场，就叫俺看一眼吧！俺只看他一眼……"

四伯娘却冷冷地说："哭，哭啥？有囊气你死去呗！井也有，河也有，你咋不去死哩?！你一死可心净了……"

无奈，小香儿只好去求五娘了。她血流满面地跪在五娘跟前，号啕大哭："五娘，五娘啊，你抬抬手吧，五娘。哪怕叫俺见一面去死哩！五娘，你应一声啊，五娘……"

五娘心软，不禁也掉下泪来了："孩子，不是不叫你见，恁娘也有说不出口的难处呀！这样吧，你也别哭了，孩子，叫我再去跟她们妯娌几个商量商量，兴许能叫你见上一面……"

小香儿不哭了，就跪在那儿等着。约莫有一顿饭的工夫，五娘苦着脸走出来了。香儿扑过去拉住她的裤脚："五娘……"

五伯娘说："唉，孩子，你就别见了。见见也不好，你、你还是走吧，走得远远的，把这孩子忘了吧……"

小香儿万般无奈，在院里打滚儿哭，哭得死去活来，天昏地暗。她一次一次地往孩子的屋里扑，又一次一次地被推出来摔在地上。

最后，大伯娘终于说："香儿，去吧。你只要一次能碾十亩谷子，就叫你见孩子。"

于是，小香儿像疯了一般推碾，一圈一圈地在碾道里转，昼夜不息……

然而，从来没让她碾过那么多谷子，也从来没种过那么多谷子……

香儿疯了。

她一天天地在碾坊里推着空碾，嘴里不停地念叨着："根儿，根儿，根儿……"

羊（七）

上大学的时候，他总是梦见那株草。

在梦中，那株草带着一股苦艾艾的气味。草是那样的小，青麻麻的，带着褐色的斑点，一节一节地散落在他的眼前……而后他就醒了，每到这个时候，他一准醒，一醒就再也睡不着了。这时候，他就会不由得想起李红叶，一想李红叶他的心就乱了。他心乱如麻！有时候，他会一骨碌从床上爬起来，恨不能站起就走，可过一会儿，他就会说：罢了罢了。

然而，那件事情却一直在他的脑海里悬着。有时，他会说：你真蠢哪，事到了你头上，你都不敢做！

大学真是一个让人思考的地方。在省城上大学的那几年里，李金魁在省城既没有朋友，也没有熟人，课又不多，于是，他大多时间就窝在寝室里看书，看着看着就又不由得想起了那件事情。他说：你是怕吗？你怕个鸟啊！你说在那种时候，你磕巴什么？你早不磕巴晚不磕巴，怎么偏偏在那个时候磕巴起来了？你一磕巴不当紧，把一个好前程磕巴掉了，你不光磕巴掉了一个好前程，你还丢掉了一个好女人呀！

那么，你是闻到什么了。你一定是闻到什么了。究竟是什么让你害怕了呢？是小红楼的那种静谧吗？是红木地板发出的那种声音吗？还是那语气、那声调让你感到不安了？想想，应该说都有一点，可又不全是。人是要往高处走的，对不对？人家已把话说到那种地步了，人家是想让你当秘书的，市里的秘书啊！那是多少人争都争不来的。这里边当然包含着一种暗示，一种允诺，一种让你可以意会的……那是多么……！可你却短路了。学了电之后，你知道什么是短路，可后悔已经晚了。你真的不后悔吗？

你说，不后悔。为什么呢？

大学上到第三年的时候，他终于把答案找到了。应该说，这个答案并不是他自己找到的，是李红叶告诉他的。在暑假里，李红叶给了他一个字："贼"！就这个字，一下子嵌进他的骨头缝里去了。

就在那年的暑假，当他提着礼物去看李志尧时，却发现李志尧已经从那栋小红楼里搬出来了。更让人无法相信的是，曾经高高在上的李志尧居然搬到一个破车库里去住了。当时的情境真是惨不忍睹啊！东西乱七八糟地堆在那间破车库里，书一堆一堆地扔在地上。白发苍苍的李志尧双手捧头，默默地瘫坐在一张破藤椅上……那个鲜艳无比的李红叶，此刻却丑陋无比地挺着一个大肚子在收拾东西。当李金魁走进去时，曾经显赫一时的李主任慌忙站了起来，佝偻着腰说："金魁回来了？坐吧，快坐。"说着，四下看了看，发现实在是没地方可坐，就慌忙把那张破藤椅让出来，往前一拉："你坐，你坐。"他没有坐，只是惊愕地立在那里，一时不知该说什么才好。李志尧说："放假了吧？"他说："放假了。"就在这时，李红叶抬起头，冷冷地看了他一眼，说："李金魁，我爸已经下台了，你还来干什么？"李志尧赶忙说："金魁能来看我，我很高兴。不要这样说嘛。"李红叶"哼"了一声，把那张满是蝴蝶斑的脸扭过去了，而后说："你走，你走吧。"接着，李志尧小声嘟哝着解释说："……很多事都是集体决定的。这不是我一个人的问题，我要上诉，我还是要上诉的。"李红叶满眼含泪地怒斥说："爸，到这个时候了，你还说这些干什么?!"李志尧赶忙说："好，好，不说，不说了。"李金魁十分尴尬地在那里站了很久，那沉默简直让人喘不过气来。最后，当他离开那间车库的时候，李红叶站在车库的门口，用怨恨的语气说："李金魁，你真'贼'呀，想不到你这么'贼'!"

李金魁还能说什么呢? 他脑海里"轰"地一下，像是天窗开了……

这个字是很伤人的。可这个字用得太准确了，这个字让人茅塞顿开呀! 是啊，你贼，你确实"贼"。这个"贼"是与生俱来的。在那样的时候，在要你做出选择的关键时刻，你骨头里的"贼"起作用了。那时你就知道你是一株草，自生自灭的草啊! 你一生下来就处于败势，你只是一点一点地生长着，你的身量很小，你的基点也很小，再小的脚印也是你自己的，是你一步步走出来的。你是在小处求生，在败处求存的。当你攀缘而上时，你仅仅是为了借力。可失去自己，你就成了绑在人家身上的一件东西了，一旦绑上去，你就不再是你了，万一……没有了自己，你还怎么活呢?

从这个角度说，"贼"是从土里生出来的。那是一种长在骨头眼儿里的警觉，是先天的防范，是一种生存本能的敏锐。万幸，你磕巴得真是时候啊!

可是，你同时也放弃了一个曾经滋润过你的女人。那时候是多么美丽呀! 那时她对你是一个多么大的诱惑呀! 你的心痛过，你甚至几乎要发疯。可你都忍下了，你是能忍的呀。是的，那时候，你已发现了她身上的某种细微的变化，当她的父亲出来之后，她的语气一下就变了。也许她自己并未觉察到，可你感觉到了。也仅仅是过了三年，三年之后，想不到，她就成了一个挺着大肚子的"她"了，竟是那样丑的一个"她"。那么，旧日的她呢，鲜艳到哪里去了? 那惊人的美丽又到哪里去了?

就这么一个"贼"字，使李金魁彻底领悟到了退却的艺术，完成了从感性到理性的又一次升华。这件事对他来说，是坐了一次精神监狱呀，他熬煎的日子太久了！他记住了那次"磕巴"，在后来的日子里，那次"磕巴"在他人生的记忆里画上了一个深深的印痕。一天晚上，当他来到大学校园的操场上，一连跑了十圈之后，他又是独自一人大汗淋淋地站在那里，默默地仰望着省城的夜空，心里说：李红叶，对不住了。

第二天，他跑到邮局给李红叶寄了二百块钱。那时他虽说是带工资上学，可一月也不过才三十六块钱。寄去这二百，等于他从牙缝里抠去了半年的生活费。然而，时隔不久，那钱又原封不动地退回来了，没有附一个字。

李金魁心想，她是想让我欠着她呢，一直欠着。

在长达四年的大学生活里，李金魁从未和一个女同学接触过。那时，他心中唯一想过的女人就是李红叶。李红叶在他的心目中成了一种幻灭的象征，成了一种痛苦的回忆。尤其是当他想到李红叶再也不会见他的时候，那段回忆就显得万分珍贵。有一块糖饼总是出现在他的记忆里，那块糖饼是上中学时李红叶偷偷塞进他书包里的，那块糖饼上还点着一个圆圆的小红点。正是那个鲜艳的小红点使他记住了那块糖饼。在那天夜里，他躺在床上，先是从窗外透过来的月光下，悄悄地翻来覆去地看那块糖饼，而后才像老鼠一样偷偷地品尝那块糖饼。月光下，那个小红点还带一点儿墨色，看上去分外诱人，那糖饼也是麻达达的，给人一种梦幻般的感觉。他其实不是在吃，他是一点点研一点点舔的，他怕人听到他偷吃糖饼的声音，也舍不得一下子吃完它，就那么一点点地把那个糖饼舔完了。在此之前，他还没有吃过这么甜的东西。所以那甜味是随着李红叶的肉体一同出现的。那甜也是肉甜，他吃的几乎是一种想象。在他的心灵深处，品尝糖饼的感觉就像是品尝李红叶一样。那真是千种滋味万般感受啊！可那感受一去不复返了，剩下的仅是一点点回忆的残渣。印象是那样的深刻，余味就显得更加苦涩，苦不堪言哪！这段记忆是无人能分尝的，正是这段记忆封住了他的嘴，使他在大学里成了一个沉默的人。后来，由于他那别具一格的沉默，由于他从不与人交往，由于他那近乎吝啬的节俭，同学们私下开玩笑称他为"素人"。于是，在大学里，他就又有了一个绰号，叫"素人"。

大学四年一晃就过去了。当毕业临近时，刚好也到了文凭吃香的时候。一时，同学们都开始四下奔波，期望着能在省城找到一个好的单位。只有李金魁没有动。他知道，动也是白动，因为他在省城里根本就没有门路。不过，按他的成绩，他是有可能留校的。可他想了又想，还是决定回去。

临离校前，李金魁做了一件让全班同学都感到意外的事情。那天，当他们高高兴兴地去照毕业照时，路上，李金魁突然说：同窗一场，就要分手了，我请大伙吃顿饭，咱们最后再聚一次。听他这么一说，同学们都怔了。平时，他们都知道李金魁是个吃干馍就咸菜的主儿，打菜从来都是一分二分，从未见他动过荤腥，平时，老有同学开玩笑说"素人"真是个素人哪！由于他平时很少说话，从不跟人开玩笑，所以他也从不解释。在这次毕业分配中，应该说他是最差的，也是最让人同情的。就要分手了，人一走，从此就天各一方了。"素人"怎么会请客呢？这话让人有些感动。于是，就有人说：素人，吃也不能让你掏哇。这样吧，要吃就吃好些，咱们大家一块儿凑个份子吧。李金魁说，不用凑份子，说过了，我请。有人不相信地问："你真请啊？"他说：我真请。于是，一班三十六个学生齐声欢呼，说再不能叫他"素人"了！从现在起，给李金魁"正名"！接着，他们乱哄哄地进了一家饭馆。吃饭时，班长小声问：上酒吗？他说：上。班长怔怔地望着他，说好家伙，四桌呀！再少一桌也得四五十呀！你……他说：放开。结果，酒一上，就有了很多的感叹，喝着喝着，有人就哭了，说李金魁，素人不素啊，平时太不了解你了，真够哥儿们啊！于是又纷纷留下了地址……走时，李金魁又是最后一个离校的，他帮人扛着行李，把外地的同学一个个都送上车，而后握手告别，把同学们弄得都掉泪了，一个个都分别对他说，金魁呀，同学四年，就你这一个真朋友啊！

然而，在同学们中间，却没有一个人知道他是背着铺盖卷步行回去的……

○ ●

马 ·······································

哑巴在坡上放了十七年羊了。

他从十二岁就开始放羊，先是为生产队放羊，后来又给自家放羊，假如不是出了那件事情，他的生命将平平淡淡地伴随着坡地、青草、羊群一日日流逝，直到他死去。

活着没有人注意他，死后也不会有人知道他。

可他竟然出了那件事情。

有一段时间，那件事情简直成了全县人议论的中心。城里，乡里，家家户户都在议论他。有些好奇的人不惜跑几十里地到大李庄来，为的是看一看他长什么样。大李庄的好事者，也曾对哑巴的内心世界做过深入细致的探究，对他的一生做过模糊不清的回忆，力图找出一点什么来。然而，也仅仅是在饭场里抬了几十次"肉杠"，众说不一，很难有一个统一的定论。

哑巴是个呆子，一个又聋又哑的呆子。

集体劳动的时候，任何一个精明人都是靠不住的，于是队长就派了一个呆子去放羊。每天他早早地把羊赶出去，太阳落山之后又把羊赶回来。羊吃饱了，撒着欢儿跑，也就一天天肥壮起来。母羊生了小羊，他竟也知道用破袄把小羊包起来，不让它冻死，羊群也就一天天壮大。那时实行工分制，一个又聋又哑的呆子也是可以挣高分的。哑巴在村里挣的工分最高，这是公认的，并没有人与他去争。有了这么一群羊，队里再穷，过年总还能吃上羊肉。所以，每年队长都会给哑巴送去一张奖状。那奖状是县印刷厂印的，一毛二分钱一张，比较粗糙。队长把奖状递给他，他就接过来，队长比画比画，他也比画比画；队长拍拍他的肩膀，他也拍拍队长的肩膀；队长笑笑，他也笑笑，于是，队长放心地走了。不知他是否明白队长的意思。

　　后来，实行责任制的时候，地分了，牲口分了，这群羊自然也得分。那一天，是他爹把他从羊圈里拉出来的，他就跟着走。他在家里呆呆地坐了一天，谁也没有多管他。一直到傍晚，爹给他牵回来了两只羊，一只公羊，一只母羊。第二天，他又照常赶着这两只羊出去了。来到坡上，仍旧那么傻坐着，看两只孤单单的羊"咩咩"地叫，看云来云去，看太阳慢慢地从树梢上移过，看坡上那散散的绿……

　　过些日子，农活忙了，村里有些人家没工夫喂羊，看着哑巴放得好，有的干脆把羊又作价给了哑巴家；有的请他代放。这里边自然有些讲究，当然还是哑巴爹去讲价钱，哑巴只管放羊。羊群大了，也就十几只，满坡里跑，哑巴也跟着跑。中午不再回去了。他娘每日提着一只塑料饭盒去给他送饭，"嗞喽、嗞喽……"吃上三大碗，他娘又把饭盒提回去。天天如此，谁也没见他有什么异常的举动，只就这么一日日放羊。

　　天阴了又晴，花开了又落。他还是整日在坡上坐着，看坡西边的田地大块渐渐变成了小块，小块又犁成了一条条的沟，有的种玉米，有的种红薯，有的种芝麻……那绿色也就深深浅浅地漫开去。坡东是一条通往县城的大路，路上来往行人的穿戴日见鲜亮，自行车的铃儿不时地从路那边响过来，日光反照着乡下人手腕上的表，远远地射来一道光芒。偶尔也有风驰电掣的摩托从路上驶过，那是一晃眼就不见的东西，只撇下一路女人的咯咯笑声……这一切都不曾使哑巴有所变化。有时候太阳移过来了，他还在老地方坐着，就那么一连晒上几个小时，也不知道挪一挪。他的目光大多时候直视前方，眼里的光线也是直直的，仿佛一日日都在回忆着什么，却又明显地什么也不曾想。当然，雨下大的时候，他也知道拢着羊回家。可这许是长时间养成的习惯罢了。

一九八四年夏天的一个中午，太阳像火镜似的悬在空中，四野里静悄悄的，天上有一小朵白云在飘，偶尔有一丝热风从坡上掠过，旋即又消失了。哑巴照旧在坡上坐着，他看见有几只羊跑到东边的路上去了，就缓缓地站起来去拢。他走得并不快，是一步一步地晃到坡下去的。当他从坡上走下来的时候，刚好有一位城里的姑娘骑车从这里路过。

这姑娘穿着一件粉白色的连衣裙，风儿把裙子兜得圆圆的，露出两条白嫩的大腿。也许是见路上有几只羊的缘故，她打着响铃。车子骑得也不快。就在这时，她不经意地朝右边瞥了一眼，她看见了哑巴，哑巴也一定看见了她。不知怎的，她的车子把歪了一下。就这一会儿的工夫，哑巴突然扔掉了羊鞭，猛地朝她扑过去。姑娘被这突如其来的举动吓得惊叫起来，车子把猛扭了几下，"哐当"一声摔倒在地上。还没等她反应过来，哑巴便一把抓住了她，扛起就走！后边还跟着几只咩咩叫的羊。

这姑娘拼命挣扎着，大声呼喊："救命啊！救命啊！……"然而，此时正值中午，人们都回家歇晌去了，田野里静悄悄的，一个人也没有。

六个小时之后，一辆警车开进了大李庄村。人们惊诧地发现，县公安局的警察在村长的带领下把哑巴抓走了。哑巴是被人从羊圈里强行拉出来的。他刚把羊赶回来，就怔怔地让人抓住了胳膊，老老实实地戴上了明晃晃的手铐。当手铐给他戴手脖儿上时，他就看那手铐，看得很呆。

等警车开走后，人们才从村长那里得知，哑巴犯了强奸罪。到了这时候，哑巴娘也才追出去哭着喊："他是个傻子呀！他是个傻子……"

三天来，经过县公安局的六次审讯证明，这个强奸犯的确是个又聋又哑的傻子。他甚至不具备正常人的思维能力。本来，对这个失去正常思维能力的人（严格来说他不能算是一个完整的人），是应该赦免的。可受害的女方坚决不同意，她坚持认为这个十恶不赦的强奸犯是伪装的。她咬牙切齿、泪流满面地说，这犯人的动作像常人一样熟练，他、他第一个动作就对准了下部……事实证明，女方并没有撒谎，她的裙子的前摆被撕烂了。这时，女方的家庭也出面干预说，他毁了这姑娘的一生！这次犯罪造成的后果是无法弥补的……姑娘当然更是痛不欲生，每日里都得有两三个人陪着她，怕她自杀。鉴于情况特殊，女方又是很有地位的人家，这就迫使公安局不得不重新调查。

县公安局派了两名最精干的民警前来大李庄调查。然而，六天来的调查结果却非常让人失望，甚至让人大惑不解。

哑巴今年二十九岁了，他从一生下来就是呆子。在他之前，他娘曾先后生下了三个女儿（三个女儿均无痴呆现象），第四胎才生了这么一个儿子，虽然呆，也是儿子呀，还是让他活下来了。村里每一个人都可以做证：二十九年来，他既无清醒的时候，也无超常的举动。也就是天天在坡上放羊。夜里原是睡在生产队的羊圈里，后来又睡在自家的羊圈里，他身上总是带着一股刺鼻的羊膻味。在放羊的时候，他总是直直地走，并没有死盯着女人看。他没哭过，也没笑过，除了羊生了羔他知道把羔包起来之外，他没有过任何感情的流露和表示。他还是个公用人。谁家盖房子唤他去拉砖；谁家的架子车陷在地里了，唤他去推一把……你拉他，他就去，他还整整得过十七张奖状……

民警又先后询问了大李庄村的十六个姑娘，可询问的记录却让人十分诧异。

问：你们知道哑巴的情况吗？他什么样子？

甲：哑巴谁不知道哇。都知道。

乙：整天敞着怀，拿根赶羊鞭……

丙：有时候还戴个破草帽，走路跛拉、跛拉的。

丁：远远的就有一股羊膻味……

戊：他穿一条黑裤子，烂着，常年也不洗……

己：不就是个呆子嘛，我也说不出来他什么样……

庚：哎呀，那脚步重，一听就知道是他……

辛：嘻嘻，随地乱尿，丑死了！

壬：咋回事呀？一说他我就想起羊来了……

癸：哑巴呀？哑巴不就是哑巴……

…………

民警不再问了。

哑巴在村里活了二十九年了，姑娘们竟一个个都说不出他什么样子。可见她们并没有多注意过他，他也没有惹过什么麻烦。可他为什么活了二十九年之后，突然去强奸一个路过此地的城里姑娘呢？他犯罪的动机是什么呢？这应该是他唯一的一次犯罪，难道谁教过他吗？他的父亲？他的母亲？结果是否定的，没有人教过他。那么，他为什么能准确地对女人……下手呢？这一切都像谜一样悬在民警的心头，百思不得其解。

为了进一步查证落实，民警们又来到坡上，仔细地搜寻了他常坐的地方，那地方也正是他作案的地点。民警放眼望去，发现这里是最高处……

假如他有作案的动机，他应该找一个隐蔽的地方才是。可他竟然在坡上的最高处，他常坐的地方——又是最容易被人发现的地方作案。那么，这是一次无动机的犯罪？无动机怎么能犯罪呢？……

这难道是一种本能的冲动？假如是冲动，那么漫长的二十九年过去了，这冲动为何来得这么迟缓呢？是田野绿色引逗了他？是八十年代的服装样式引逗了他？还是午时那火辣辣的天气……民警伫立在坡上，久久地注视着坡东的大路。大路上不时有铃儿响过，还有咯咯的笑声传来，那花花绿绿的色彩忽而从眼前闪过去了，忽而又闪过来。站久了，看久了，他身上忽然涌出一股无名的燥热。他想，假如是他——一个正常的人，犯罪是有可能的。可一个数十年如一日的呆子突然犯罪，这动机就难说了……

县公安局在万般无奈的情况下，又派法医对受害的姑娘做了全面检查。检查的结果竟大大地出人意料：姑娘的确被污辱了，但姑娘的处女膜却完好无损。

十四天之后，哑巴被放出来了。他的爹娘被县公安局的人叫去训了一顿，责令这老两口今后对傻儿要严加看管，再出现类似犯罪，家庭将承担法律责任。老两口唯唯诺诺地接受了批评，把儿子领走了。

回到村里，人们都用畏惧的目光打量着哑巴。仿佛突然之间才发现，哑巴竟然是这么高大、粗野。他的头发乱蓬蓬的，看上去就像野人一样；两颊的颧骨很高，鼻子凸着，两眼凹着，滞滞的，白多黑少，很吓人；嘴巴是那样的厚大，下巴还歪着。他的两只胳膊像铁棍一般粗壮，两只手像蒲扇一般，很黑，肉也厚。就是这双手一下子把那女人抢了起来扛上肩的……一时，对哑巴的恐惧袭遍了整个村庄，家家户户都对他小心防范，女人更是远远地躲着他走。有些胆小的人家，悄悄地把女儿送到亲戚家去了。从此，一个年年得奖状、谁也不把他放在眼里的哑巴，成了人人畏惧的"瘟神"。

为了他不再惹祸，爹娘不让哑巴放羊了，只好天天把他锁在屋子里，每日老两口都提心吊胆地去地里干活，生怕他又做出什么非常的举动来。连他的三个姐姐也很少再来娘家走亲戚了，姐夫们坚决不让。

哑巴在屋里坐着，一连七天都没动静。他又仿佛是在回忆着什么，可分明什么也没想，只是傻坐着。待人们的心稍稍定下来的时候，第八天头上，他竟然拧断后窗的铁棍跑出去了！

这一下，又弄得全村人心惶惶，家家关门闭户。青壮男儿在村长的带领下分四路去找。可找来找去，却发现他仍旧在东坡上坐着，一副呆相，跟前有一群羊在撒欢。

于是，又是一切如旧。

可人们还是怕他。因为，一个法律对他没有约束的人是无所畏惧的。谁晓得他在哪一天的哪一时哪一刻又会干出什么来呢！

○　●

奶奶的"瞎话儿"（八）

· ·

　　这年腊月的一天，北京城内寒风凛冽，一片萧瑟的景象。远远望去，戒备森严的紫禁城高高地矗立着，在寒风中更显得庄重威严。午门外的禁地黑压压地挺立着九只青铜兽，一门门乌森森的炮口斜指云天。此刻，由九门提督直接管辖的禁军已经到了换班的时候，他们在风沙中整整站了一晌，饥饿寒冷交加，精神头早已委顿，一个个缩脖束手，只待换岗了。

　　这时，一个头戴破草帽、身穿烂花子袄的瞎子，拄着一根竹竿，敲敲点点地朝午门走来。午门自然不是常人可以随便走动的地方。何况守卫午门的禁军不仅是站岗、放哨、保卫皇城的安全，而且还负有守护这九门大炮的重任。这日夜守护的九门青铜大炮十分要紧，是到了紧急关头——事关国家、朝廷安危的大难来临时，才准点响报警的警炮。平素自然是任何人不准靠近的。所以，带班的禁军班头厉声喝道："站住！瞎了眼的，这是午门！"

　　这瞎子哆哆嗦嗦地站住了，哀声求道："官爷，俺是从河南来要饭的。走到这里迷路了，求你行行好，给指点一个有人家的去处吧。"

那禁军班头刚好是河南籍人氏，于是便和蔼地说："老乡，这里是紫禁城，是皇帝老子万岁爷住的地方，你还是到别处去吧。"

"官爷，行行好吧，给俺引引路，俺实在是闹不清东西南北了……"瞎子一边苦苦求告，一边摸索着直朝午门走来，眼看就要步入禁地了。

老班头心软，见这老乡面黄肌瘦，身上穿得破破烂烂，又是双目失明之人，心想也不会坏什么事的，一时善心大发，不忍再呵斥他，便几步走上前去，从兜里掏出几文钱来，说："老乡，我看你可怜，给你这几文钱，到东边的饭铺里买些东西暖暖肚子吧。"

瞎子哆哆嗦嗦地把钱接过来，夹住竹竿，深深地给班头作了个揖："谢谢官爷。不瞒官爷，俺三天都没吃一口饭了……"

老班头回头看看，慌忙说："去吧，快快去吧！往东走，走半里路再往南，就是一条大街……这里是禁地，让人知道了可不是好玩的！"

瞎子再次谢过班头，扭过身去，又敲敲点点往东去了，身子紧贴着那威森森的大炮……老班头看他是个瞎子，心里也没在意，缩着脖儿找个背风的角落取暖去了。

恰恰就在这时，忽听天崩地裂般的一声巨响，震得紫禁城的厚城墙都哗啦啦直往下掉土！

——瞎子把警炮点响了！

老班头大惊失色地跑出来，呼天抢地，连连顿足："祖爷爷！你可要了俺哩老命了！……"

此时，瞎子却镇定自若，双腿一曲，迎寒风跪下了，只见他双目圆睁，大声喊道："冤枉啊，冤枉啊！万岁爷，俺冤枉啊！……"

禁军老班头身上像走了九魂七魄，大张口呆呆地看着这个圆睁双目的"瞎子"，连一句话也说不出来了。

立时，午门大开，禁军像潮水一般涌了出来，接着是像疾风一般的快马，镇守京城的九门提督魂不守舍地赶来了。连正在御花园与妃子对弈的万历皇帝都吓得面如土色，好半天才缓过气来……

还没等九门提督问出个究竟，只见远处乘轿的、步行的，三三两两，慌慌张张，文武官员也都衣冠不整地赶来了……

九门提督自知罪过不小，来不及细细盘问，一声断喝："绑了！"便有禁军拿了这喊冤的青年和值班的禁军班头，五花大绑地推进午门去了。

这一炮非同小可！竟然惊动了万历皇帝。皇上一怒之下，亲自过问了这桩案子。万岁爷责令刑部、大理寺和东厂三堂会审，务必查出根源上报朝廷。

会审那天，刑部大堂上杀气腾腾，执刀挺立的禁军排立两旁，从堂上到堂下禁卫森严。不但刑部、大理寺和东厂的官员全都到场，其他重要的文武官员也都前来旁听，只见头戴乌纱的官员黑压压坐了一片。

一连审了九堂。连过九堂后，那久经世面的禁军老班头早已吓得昏死过去了。可这位装瞎点炮、冒死喊冤的青年人却一直是口称冤枉，直言陈上，而无一丝惧色，使会审的官员都为此人的胆量暗暗咂舌……

这青年原是河南许州颍河县人氏，大名发祥，唤名留根。自幼由守寡的五位伯娘抚养长大。他家中原有祖上置的一些薄田，日子虽然艰难，但还过得下去。他小些的时候，大娘曾借过邻村张姓大户的五串钱。因为借钱不多，大娘并没有把这事放在心上。谁知过些日子，那张姓大户差家人讨债来了。大娘便慌忙拿出五串钱还债，那家人却不接，硬说是白银五百两。找人看了借据，这一下了不得了，那借据上竟也写的是白银五百两！还写明如若过期不还，愿将家中全部房产、田地抵押给张家……这明明是讹诈！大娘一听，当时就气得昏了过去。大娘被救醒后，哭着说："这是欺我家中无识字人哪！……"

于是，大娘请来众人评理。虽然看不公，但众人慑于张家大户的威势，不敢做主。往下也只好打官司了。

官司打到县衙，因张家有人在衙门里当师爷，一堂便败下来了。不但告状不准，还责令大娘立即还债。大娘不服，又跑到州官那里击鼓喊冤，因堂上言语唐突，不知犯了什么律条，竟被责打四十大板，赶了出来。大娘回到家中，又被四位妯娌埋怨了一通，便一气之下上吊了……

接着，四个寡妇倾其家中所有，再次赶到府台大人那里告状。不料，张家大户已遍使银钱，上上下下都买通了。府台大人拒不接状不说，还判了她们一个诬告乡绅的罪名。就这样，官司打了三年，家产、田地终还是被张家大户霸去了，一家老小被赶出了家门……

本来，官司打到这种地步已是无路可走了。四位妯娌为了把发祥这条根留住，也决计忍气吞声不再告状了。可是发祥这时已经长到了十八岁。这孩子是五位伯娘精心调教出来的。小时候，为了他不受人家的欺负，五位伯娘曾极力教唆他与人争斗。若是人家的孩子打他他没有还手，回来定要责打一顿；若是人家的孩子打他他还手相搏，纵是打不过人家，五位伯娘会一起出来帮阵，决不让他吃亏，还会大大地夸他一番。有时，他在外边受了欺负，五位伯娘定会拉着他骂上门去，以死与人相斗……这种从来不弱于人的教育方法使发祥自幼争强好胜，从不惧人。现在他已长大成人，这口气是万万咽不下去的。所以，他偷偷地背着四位伯娘跑了出来，竟一个人要饭来到了京城。

到京城之后，他四处询问告状的衙门，三次进官府都被人操了出来。后来，他经人指点，曾在大理寺门前一连跪了七天。到了七天头上，才有位好心的门人问他状告何人，这时他两个膝盖已跪出血来了，却还咬着牙说："俺告的是府台大人！"那人看了看他，找他要状子，他却拿不出。他只好又去向那些摆摊写诉状的先生求告。因他手里无一文钱，也就无人肯为他代写。无奈，他沿街要饭在紫禁城外转了十多天，也听到了一些京城里的传闻，于是牙一咬，终于想出了这个装瞎点警炮的办法，打算以死相搏。那天，他要饭要来的线香就在他袖筒里藏着，为了不让人发现，他胳膊上还烧出了一串燎泡……

就在发祥要饭进京、冒死告御状这一年，正赶上内阁大学士元辅张居正整顿吏治、丈量田亩、推行"一条鞭法"。身为元辅的张居正此时正受皇上宠信。他在文渊办公的时候自然也被这一炮惊动，头上沁出了大颗汗珠，待经人查明是冒死告状才惹出这么个祸端时，元辅一颗心才缓缓地落在了肚里。

对此事朝野上下议论纷纷。大多认为此人胆大包天，必须严加惩处，以儆效尤。而张居正却不这样认为。他当时正是踌躇满志权倾朝野的时候，整顿吏治、推行"一条鞭法"已有半年时间了，然而进展并不顺利，时常受到下级官员和豪族大户的抵制。因此，他想借此事打击那些反对他的人，杀一杀豪族大户的威风。于是，他便亲自上奏皇上，说："此人冒死点炮，已不畏死，可见其中必有冤屈……"万历皇帝对元辅的意见一向是言听计从的，接着传下旨意，要东厂速速将审讯结果报来。审一堂报一次，不得延迟。也不得妄加刑法。

由于万历皇帝亲自过问此案，三司和东厂只好将审问结果如实上奏皇上。万历阅卷后，在元辅张居正授意下，御笔一挥，批了十六个大字：

确有冤情，罪眚可赦；枉法渎职，严加惩办。

这一状终于告赢了！根据万历皇帝的旨意，元辅张居正亲自督办，一下子摘去了从县官到府台九位官员的乌纱帽。

这一案震动了朝野上下，李发祥立时名扬京城。释放他出监那一日，刑部门前有成千上万的人围着观看这位不怕死的好汉。

李发祥被放出来了，而禁军班头和九门提督却为此案判了杀头之罪，于午时三刻开刀问斩。李发祥也只好对着禁军老班头的无头尸磕了九个响头，含泪发誓说，要世世代代记住这位恩人的名字，永世不忘。

由于一状告响，京城人佩服他的豪气，竟送了许多银钱给他做盘缠。临离开京城时，他又专程来到午门，在百步之外对着那九只青铜兽拜了九拜，自然是万般感慨！

（这冒死点炮一案，无疑是本族最为辉煌的一页了。一代一代的后人，一代一代的讲述者，每逢讲到这桩名扬京都的大事，都不由得增添了许许多多的枝叶儿，后来连年代也弄得模糊不清了。有说是万历年间，也有说是光绪年间。有说是冒死点炮惊万历问案，也有说是冒死点炮惊光绪问案……本族的后人常为此案的细节问题打得头破血流，却无不为发祥老爷子的光辉事迹而自豪。）

李发祥回到县里，族人们敲锣打鼓地拥着一乘八抬大轿迎到县上，大大地欢呼庆贺了一番。那年县城里的鞭炮几乎被李氏族人抢购一空，县衙门前那条大街上，爆豆般的鞭炮声随着簇拥的人流时断时续。李发祥坐在八抬大轿上，整整被人抬着在县衙前游了三个来回，那股刺鼻的硝烟直飘到县衙的大堂上……

回到家里，一些有钱的族人又凑份子送去了一块抹金大匾，上书四个字：有胆有识。

李发祥看了，却让人涂去了一个"有"字，改成"无"字。于是，这块高悬在门额上的抹金大匾就成了"有胆无识"。

这次血的教训使他懂得了识字的重要，于是变卖了家产、房屋的一半，办了一所私塾，每日里刻苦读书、认字。凡有读书人路过此地，他吩咐家中老小一律跪接跪送，迎进家来，待为上宾。早上起来，他也要家人齐诵"有胆无识"四个字三遍方才罢休，以此提醒自己不忘这次血的教训，立誓不再当瞪眼瞎，要一代一代供后人读书上进……

每到晚上，全家人上下里外鸦雀无声，连走路也都屏声敛气，悄无声息。只有一盏油灯供他读书之用，前半夜默写，后半夜诵读，任何人不敢惊扰他……夜夜孤灯，学而不倦。家中凡是带字的纸，哪怕是一片，他都像宝贝一样收集起来，堪称惜字如金。

他曾先后六次参加乡试，均不中。年过半百仍学而不辍，年年骑着毛驴上县里赴考。那"嘚儿、嘚儿"的驴蹄声伴着他忘情的诵读飘过乡野时，在地里干活的人无不为之动容。这年秋季大考，他又到县里赴试了。由于日夜攻读，身体熬损太厉害，他竟在考场上口吐鲜血，昏死过去了。待同乡同试的人把他送回家来，扶他躺下时，他一醒过来就泪流满面，捶胸顿足地哭着说："没指望了，看来我是没指望了！儿子呀，儿子，你可要为我争口气呀！"

李发祥遂立志供三个儿子读书上进。为了使儿子能刻苦读书，他咬破中指，用鲜血给儿子一人写了一个"学"字，让他们拿去贴在床头上，以此勉励自己。

是年大旱，百天无雨，庄稼颗粒无收。他为了不使有出息的三儿中断学业，又变卖了另一半家业、房产，只留下二亩薄田度日，供三儿到县里的学馆去上学。

功夫不负有心人。终于有一年，三儿考中了乡试。他以整个家业换得了一个秀才……

羊（八）

李金魁从省城回来，当他把那一张纸交上去之后，就由不得他了。

他先是从市里放到了县里，县里又把他放到了坟台乡。乡里呢，也好像没地方搁似的，就把他放到了乡农机站。乡农机站紧挨着乡政府，都在一个灶上吃饭。李金魁是学文的，不懂农机，就每天在乡政府院里晃晃悠悠的。举目四望，很孤独啊。他心里想哭，脸上却是笑着，见人敬支烟。一天，乡长把他叫住了。乡长说："金那个啥，你过来。"李金魁就过去了。乡长挠了挠头说："李金魁是吧？"他说："是。"乡长说："你那个吧，乡总机生孩子去了，你替她守守电话，如何？"李金魁说："成、成啊。"乡长拍拍他说："行，小伙子诚恳。"就这样，他替乡话务员守了一个月的电话。

那时，在坟台乡，乡总机是唯一对外的通信工具。乡里方方面面如果有什么事，都是瞒不过总机的，因此，总机室也就成了信息中心，乡里的干部们有事没事总喜欢往这里凑。要是谁有了长途，李金魁就跑去叫一叫，这样一来二去的，乡里的情况他就基本摸清了。于是，不到一个月，在乡政府大院里，谁都知道新分来一个叫李金魁的大学生，说起来，都是一个评价：那人诚恳。

　　到了这时，李金魁霍然明白了，结巴是一种诚恳哪！刚守电话时，李金魁对电话还不太熟悉，说话不免有些紧张，他一紧张就打结，说头两个字时总是磕磕巴巴的。想不到，这反倒换来了为人诚恳的评价。说话稍稍打结的人，紧张是免不了的，但紧张造成了一种专注，说话时总不由要盯着人家的脸，这就给人以认真的感觉，你只要认真听，面部肌肉就跟着生动起来，生动加上磕巴，这就是诚恳了。李金魁得出这个结论后，还偷偷地对着镜子试了几次，就觉得很好。以后，他曾专门对着镜子练，只练头两个字，他说你只能磕巴这头两个字，可不能再往下磕了，再往下可就毁了。他对着镜子说：你、来、来了？……心里跟着说：很好哇！

　　月末，李金魁在总机室里接了一个县上的电话。电话里的口气很随意，也很大气，电话里说：胖妞吗？李金魁马上说：胖妞生、生孩儿去了。电话里就说：你是谁？李金魁说：我是新分来的大学生，叫李金魁，是替她的。电话里"噢"了一声，说：胖妞还干不干了？李金魁说：那我就不知道了。电话里沉默了片刻，说：你去把乡长给我叫来。李金魁顿了一下，说：你是哪一位？电话里说：告诉他，王木贵。李金魁慌忙找乡长去了。见了乡长，李金魁心里"咯噔"了一下，说："乡长，王木贵电话。"乡长忽地站了起来，疾走，一边走一边回头看了他一眼，说："你认识王县长？"李金魁说："不、不认识。"乡长不再问了，匆匆抓起电话，说：王县长……只听电话里熊道：好你个老吴，咋搞的？你真是有人没地方使了，让一个大学生给你守电话？！你要是真使不上，给我退回来吧！……乡长一听就慌了，赶忙解释。李金魁一看这情形，悄悄地从总机室里退出去了。

　　第二个月，乡长就不让他再守电话了。这时刚好赶上乡里的计划生育宣传月，乡妇联主任又把他借到了计划生育小分队。乡妇联主任叫王翠花，是个很泼辣的女人，她本就有几分姿色，再加上她丈夫是县银行的行长，这就更增加了她说话的分量。她对乡长说："那个大学生让我用用。"乡长笑着说："用吧，别用坏了。"妇联主任说："老吴，你这话可够粗了，小心我骗了你！"乡长哈哈大笑说："粗不粗妇联主任知道！你要用我就让你用，你还咋的？"说着，他把李金魁叫过来说："金那个啥，你归她使了！可别让她把你用坏了。"妇联主任也笑着说："当乡长的，没一点正经！金魁，你可别听他的……"李金魁说："大、大姐，我听、听你的，你让我干啥我就干啥。"乡长说："听听，你赚用了。童子鸡啊，咋用都行。"妇联主任"咯咯"地笑起来，竟然笑出了两眼泪。李金魁这句话使王翠花心里燃起了一丝柔情。她说："学生，你别听他胡咧咧，你跟着大姐，大姐不会亏你。"

就这样，李金魁又成了乡计划生育小分队的一员，跟乡妇联主任到村里搞结扎流产去了，一搞又是一个多月。在这段时间里，每每进村的时候，王翠花就交代众人说："紧脸。都给我绷紧脸！"开始李金魁还有点不大适应，慢慢也就适应了。

有一次，在半坡村，小分队在村里给妇女们检查的时候，王翠花的喉咙喊肿了。下来的时候，王翠花捂住半边脸，随口说："谁那儿有小药？明儿给我捎来点。"立时，李金魁说："我、我那、那儿有。"王翠花说："冬凌草吧？"李金魁说："冬凌草、三黄片都有。"王翠花说："行，捎几片吧，我牙也疼。"于是，第二天早上，李金魁特意到乡卫生院去了一趟，买了一瓶冬凌草，一瓶三黄片，一瓶草珊瑚，给妇联主任拿去了。王翠花看了看，什么也没有说，就把药收下了。

到了小分队要解散的时候，王翠花当着大伙的面一人发了六百块钱奖金，而后又私下里给了李金魁六百，说："上头有规定，这钱我当家。大兄弟，咱俩是一千二！"李金魁不要，说："大姐，这一段跟着你学了不少东西。这钱我不要，我也花不着。"王翠花一嗔脸说："拿着！年轻轻的，正用钱时候，叫你拿着你就拿着。"说着，把钱硬往他怀里塞，又笑着说：

"你是大学生，有学问人，跟我能学个啥呢？"李金魁正色说："就学了一招，紧脸。"王翠花笑了，说："这算个啥呢？"李金魁说："你这'紧脸'学问大了。在基层工作，面对的都是老百姓，也没啥文化，有时候你讲理是讲不通的。但是脸一绷，他先就怵了三分，这首先让他看清了自己的位置，这是告诉他，你是官，他是民。往下的工作就好做了。"王翠花一怔，心里热热的，说："到底是大学生，说出来一套一套的。不过，在下边工作，也就得这个样。"这么一来，两个人就又近了三分。

女人是经不得表扬的，尤其是带几分豪气的女性，只要夸对路了，她可以成为你的死士。于是，王翠花又跑去找了乡长，说："把李金魁调我那儿吧。我看这小伙子诚恳。"乡长说："咋，用了还想用？"不料，王翠花脸一紧，说："这可是正经事！"乡长又挠了挠头，说："研究研究吧。"王翠花就紧着问："啥时研究？"乡长就打哈哈说："真是急着用呢？夜里你就先使着……"这话一说，气得王翠花直跺脚。

两天后，李金魁却又被借到乡人大去了。乡人大只有一个人，是个老头。这老头原是乡党委副书记，年纪大了，就退了二线，到乡人大当了主任。乡一级的"人大"虽说是常设机构，但平时事情并不多，只是到了换届时才忙活一阵。现在离换届时间还有一个多月呢，只是有些表格要填，可郭主任说要借人，乡长也不能不借。就这样，借来借去的，李金魁又成了老郭头的人。跟着郭主任，他只是每天填些表格，再往上头送送表格。老郭头是一个很古板的人，不吸烟不喝酒，人落了势，牢骚就很多，有时不免骂骂咧咧，李金魁就听着。有一天，老郭的女人突然病了，送到医院一看，竟得了癌。女人就落泪了，给老郭说："回去吧，这不是咱得的病。"这么一说，老郭也掉泪了。两人正伤心呢，李金魁头一个到医院里来了，他手里提了两匣点心，往桌上一放，说："老、老郭，听、听说婶子病了，我来看看。"说着，他从兜里掏出一千块钱，往床上一放，说："这钱不是别的，是我搞计划生育那会儿得的奖金。我一个人，也用不着，多多少少的，是个意思，给婶子补补。"老郭忽地站了起来，说："金魁，你这是……"李金魁说："郭主任，你已退二线了，我也犯不上来巴结你。我知道，这点钱也起不上多大作用，是个心意吧。"老郭就默默地站着，竟说不出话来了。待李金魁走后，老郭的女人说：这人看着眼生，谁呀？老郭说是新来的。老郭的女人就说：这人真实诚啊！

后来，老郭女人的病一天天重了，老郭就问女人，还想吃点啥。女人说：啥呢，也都吃过了。就是那樱桃，觉着老好。老郭搓了搓手，说眼看入冬了，哪还有樱桃呢？女人说，我也就是说说。这话，老郭上班时就顺嘴说出来了。李金魁听了，一句话也没说，就连夜进了省城，来回跑了三百多里，买回了两瓶樱桃罐头，当时就送过去了。女人也就吃了两颗……临死时，女人还说，人家待咱恁好，咱咋还报人家呢？郭主任送走女人，再上班时，就直接去找了乡长，说："把金魁给我吧，乡人大缺个秘书。"乡长见老郭头也争着要，就说："这事得研究，研究研究再说吧。"

两个半月后，乡长又把李金魁叫去了。乡长背着手在屋里来回走了几步，突然问："'省组'也有人？"这句没头没尾的话把李金魁问愣了，他说："啥？你、说啥？"乡长这才把一摞信拿了出来，说："你的信。"李金魁接过信看了一眼，他明白了，这都是同学的信。时间过了两个半月，他们大概一个个都安排好了，这才陆续给他写了信。在这段时间里，信来得很密，他先后收到二三十封了。李金魁见放在最上边的那封信，用的是省委组织部的信封，就说："是一个同、同学。"乡长"噢"了一声，说："组织部的？"李金魁说："是。"乡长在屋里走了一圈，有点忸怩地说："有机会认识认识？"李金魁说："那可行。"乡长就再没话了。过了几天，乡长当着老郭头和王翠花的面宣布说："那个啥，我考虑一下，金魁留乡里吧，政府也需要人。"老郭说："我这正忙呢，人大马上就开会了……"乡长说：

"人你先用，算借你。"

乡人大将要选举时，事情又出来了，按上头的要求，坟台乡候选班子的平均年龄超了三岁。于是老郭头又找了乡长，说："上头说，年龄超了。"乡长说："超多少？"老郭头说："三岁，超了怕人家不批呀。"乡长说："球，也就是个形式。"老郭说："上头有政策，补个年轻的不就降下来了？"乡长说："都到这时候了，你说补谁？"老郭头说："咱乡最年轻的就是金魁了。要是给他补个副乡长的名，这年龄就降下来了。"乡长说："不就是候选人嘛，一个变两个，成。"这么一来，李金魁成了副乡长的候选人了。乡长还特意嘱咐说："给金魁说一声，可是假的。"

夜里，老郭头找了李金魁，说："金魁，我给你弄上了，你是副乡长候选人了。"李金魁忙说："郭主任，别。你千万别、别弄，我资历太浅，弄不成净让人笑话。"老郭头说："弄不成？我还非叫你弄成不可！你等着吧。"说罢，倔倔地走了。

结果，在选举的头一天，那个正式的副乡长候选人出事了，他在上八里叫人按住了屁股，于是县上一句话，就取消了他的选举资格。到了这时候，李金魁才知道，老郭头有个侄儿在县委组织部当干事呢。

就这样，三个月零二十一天之后，一纸任命下来，李金魁成了副乡长。

○ ●

猴 ···

打罢春，绿从解冻的田野里漫过来了。它悄悄地绿上枝头，一豆儿一豆儿地咬出细小芽，给河边的老柳添些明亮。渐渐也就过了小桥，一抹一抹地点缀着房前屋后。沿着村街去，给泡桐添些青气，给刺槐摇些嘟噜，给杨树晃出几许穗穗儿。斜风里又裹来一场牛毛细雨，于是，杏花开了，桃花开了，梨花也开了，忽悠悠一树红，忽悠悠一树白。很快，那绿意就袭遍了全村。

渐渐，那经了一冬风雪剥蚀的农家小院里有些生气了。汉子们也不再那么缩手缩脚，大敞着怀走出来，眼望着通往县城的大路，谋划着这一年的打算，心里猛然就生出些滋滋味味的小想头。野些的，抖甩出一长腔："鸟——！"这脏脏的一个字，纵用十万字的厚书也是解不透的。

这当儿，一拨儿一拨儿的生意人来了。全是二十来岁的城里小伙，他们骑着屁股后冒烟的摩托，穿的裤子精瘦，把屁股兜得像凉粉坨子一样难受。这些生意人叼着长长的外国烟，戴着墨镜，手里还提着一架四喇叭录音机。车后呢，带的是花花绿绿的衣服、鞋袜。全是女人穿用的。他们在村口一拉溜扎下摩托车，拧开那四喇叭录音机，扑棱棱便有了一个女人浪浪的唱："卖汤圆卖汤圆，小二哥的汤圆圆又圆，大家都来买汤圆……"

这一拨儿去了，那一拨儿又来了。招惹不少的女人、汉子围着看，每日里都热热闹闹，像过节一样。似乎不曾见洋小伙们卖了什么，也不曾见有人买了什么，却还是一趟一趟地来，想必有些收益。久了，连那些耳聋的老人，耳朵里也硬是塞进了女人那浪浪的唱。那四方小匣子里的"女人"死死地浪跟着人唱，有两句词直往庄稼人院里蹿，一个劲儿蹿。在村东走，疑是村西传来的；在村西走，又觉是村东头响。唱得人心里火辣辣的。连那榆木疙瘩一样的脑袋也"嘣嚓嚓、嘣嚓嚓"地给你敲上"记住你的情，记住你的爱……"。

时间长了，女人的嘴巴上也拴上了一些新鲜刺人的话：

"你咋不去广州烧烧？……"

"你去深圳浪啊！"

"赶明儿，你还去香港哩……"

慢慢，生意人来得稀了。来来去去也就一月光景，而后便不再来了。

在一九八五年四月的一天早晨，人们突然发现，村里最漂亮、最温柔又最老实的晚玉不见了。

她家里开初还满村找，后来也就默默地不吭了。有人问，就躲躲闪闪地说是到她姨家去了。她姨家离大李庄只有四里地，那里自然是没有的。村里人也就紧跟着往下猜测，那么，她许是跟人跑了……

村里人好生奇怪，那么多大姑娘小媳妇，一个个叽叽喳喳整日里围着生意人的货摊转，摸摸这东西新鲜，看看那东西眼热，嬉皮笑脸地跟人家讲价钱。怎的独独就晚玉跟人家跑了呢，这晚玉也才十六岁呀！

细细想来，这晚玉是很少到货摊前去凑乎的。也就那么一两次吧，她只远远地站在边上瞅，嘴儿抿着，一副羞答答的样子，有姑娘拉她她都不过去。没有见她买过什么，也没有人见她和生意人说话。有一次，一个小伙子跟在她屁股后喊："喂，买吧，买吧，这衣服你穿上顶漂亮。你来试试呀……"人家连声吆喝，可她连头都不敢回。平日里，她也是挺稳重的，从来不多说话，像猫一样走路，悄没声地就从人前走过去了，叫人来不及细看。再说，也没人敢和这女子开玩笑。她是说不得笑话的，一说就脸红。要说文气，这姑娘也是最文气的。她不凑群儿，在地里干活的时候，也不和别的姑娘打打闹闹，倒常是一个人愣愣的。都晓得这姑娘是会寻个好婆家的。她长得好哇！脸儿清清气气的，长长的睫毛掩住那黑黑的眼仁儿，饱汪着一泓清亮亮的水儿，小鼻儿像是工笔画出来的，曲溜溜地直。那小嘴呢，一绷便有两个小酒窝，微微一笑，那羞红先从酒窝里浸出来，慢慢透一脸红，像开了桃花似的。她上了两年中学，责任田包下来的时候，也就不去了。常有些巧嘴的媒人去她家坐，却又一个个噘着油嘴走出来。她怕羞，她不让人提。就这样一个女子，竟跟着人去了。怎么会呢？

猛然有人记起，好像见一个年轻的生意人从果园里钻出来了。他去那儿干什么呢？噢，噢，便有些缘由了。晚玉家包了果树园子，莫非……立马把月琴叫来，她和晚玉要好。问了月琴，她摇摇头，说不知道，晚玉也没给她说。问平日里晚玉都给她说了些什么，月琴想了想说："她常说心里烦。"烦什么呢？就又不知道了。终还是个谜……

种还是要种，收还是要收。季节赶着，庄稼终究是不能误的。间或有人做一做发财的梦，只是跌进去的居多。终于觉出发大财是需要有关系、有门路、有靠山才行，也就安分些。但还是有些年轻人想出去闯一闯，跌跟头也不死心。

只是没有人知道晚玉的消息。往下呢，自然不敢多想……

不料，七月的一天夜里，晚玉回来了。

　　她是后半夜摸回家的，家里人早已睡了。她在门口站了半晌，才怯怯地喊："娘，娘，娘啊……"

　　屋里似乎有了些动静，却很久没人应。她只好再高些声："娘……"

　　"滚！"一声炸耳的怒吼从屋里传出来，那是爹骂的。过后，再也没有声音了。

　　晚玉太累了，她倚着院门坐下来，又哭着哀求说："娘，我喝口水。娘啊，我喝口水……"

　　灯点着了，又吹了；又点着了，又吹了。娘拗不过爹，就再也没动静了。

　　晚玉拖着疲惫不堪的身子一步步地挪出了院子。夜很静，树影晃着深深浅浅的黑。她本打算去叫一叫月琴家的门，却又引起一村狗叫。无奈，她只好先到地里扒些小红薯吃，她饿呀！然后，她无力地躺倒在果园的草庵里，大口大口地呕吐起来……

　　这三个月，她像是在梦中度过的。

　　很久很久了，她心里一直很烦，总渴望得到一点什么。一日一日的劳作像喝凉水一样寡味。太阳升起来了，又慢慢地落下去；庄稼种上了，又急忙忙地去收。似乎天天如此，终也没有个了。她盼望日子有个换一换的时候，她想得很多很多，却又不敢给人说，怕人笑话。在田里，她常常发愣，别人见了，也只会说："晚玉，想女婿了吧？"弄得她脸上好一阵发烧。连笑话都没有改样的，于是一日日的心烦。像满凤大姐那样，她没有胆量；像二狗那样，她又舍不下脸来；像金魁哥那样吧，她没有文凭，也没有本领……可她那封闭的心灵里总有一股不安分的念头。她一个弱女子，只能想，海天海地地瞎想……

　　生意人来了。那带来的花花绿绿是很招人的，更招人的是那一张张"神嘴"吹出来的广州城，那里仿佛是仙界一般。她长这么大只到县城去过，她很想听一点新鲜的东西，却又生性怕羞，不好像别的姑娘那样硬往人家跟前凑。可心呢？

她夜夜梦见她去了广州，可醒来却还在家里。她不知广州离这儿究竟有多远，心里很想问一问，却又张不开口。就那么一天天想问，却没有问，在心里憋着，那日子就过得更难受。她心里对自己说：问一问吧，只管问一问，问问有多远，问问去一趟花多少钱，将来有钱了，也好去一趟……可她还是没有问。

有一天早晨，她去地里割草，刚好那骑摩托车的生意人又来了。他们开着摩托追着她屁股喊："喂，不买点什么吗？这么漂亮的姑娘，打扮出来会看傻全村人的眼！"她脸又红了，默默地让到一边，想等他们过去之后再走。可有一个小伙偏偏到她跟前停下了，"嘟嘟嘟"地鸣喇叭，却又不走。她的脸更红了，只好背着草篮子先走。那生意人坏，"呜"地从她身后绕过，开到她眼前又停住了，嬉皮笑脸地说："不买看看也行啊，新鲜新鲜嘛。"就这么接二连三地缠着她。

连她自己都记不得她是怎样停下来，又怎样低着头问人家的，可她终于问了："广州，离这儿远吗？"

"广州？"那小伙说，"也就一个晚上的路程，坐卧铺睡一夜就到了。怎么，你连广州都没去过？广州，哎呀呀连广州都没去过？这一辈子也太不值了，简直就是白活！……"说着说着，小伙子眉飞色舞地吹起广州来了。

"那，去一趟，得花多少路费？"她一直低着头，看着自己的脚尖，问。

"不多不多，玩一趟也就百把块钱。当然，那要看谁去了。我们去，一分钱都不花，还得赚他个三百二百的！不是吹，一趟生意就够了。那里有的是洋货！哎呀，广州都没去过，我妹还跟我去了两三趟哪！玩得可痛快了。也就是来回给我带了带衣服，一趟分给她五十！人也玩了，钱也挣了，广州那个美呀，就别提了……"

　　她不再问了，一直低着头走路。那小伙子"嘟嘟嘟"地开着摩托跟她一起走。她走快，他开快一些，她走慢，他就开得慢一些，弄得她快也不是慢也不是，只好又站住了。

　　"怎么，想去广州玩吗?"那小伙子问。

　　"俺只是问问……"她吞吞吐吐地说。

　　"好，到村里我给你细说。"那小伙热情地说。

　　"不，不……你要说，去西头、果园里给俺……"不知怎的，她这样说。

　　……三个月像梦一样过去了。就在那天晚上，小伙子用摩托把她带出了大李庄村。那生意人原说是让她做个帮手，带她去广州玩一趟，路上帮他带东西，不要她的路费，也不给分红，只带她玩几天再把她送回来，还说他妹妹也陪她去。可出了门就身不由己了……

　　凉凉的月光斜洒在破草庵里，辉映着晚玉那苍白的脸，那脸上的泪水像蚯蚓一样缓缓地蠕动……

　　第二天早上，月琴跑来看她了。是晚玉娘偷偷给她捎的信儿，她怕丈夫，不敢来，让月琴来看看她那可怜的女儿。

　　月琴很惊讶地看着晚玉。看她身上穿的连衣裙，看她那烫成鸡窝一样的头发，看她穿的高跟鞋、肉色丝袜……仅仅几个月的工夫，晚玉就像变了一个人。

　　"晚玉，你是跟人家跑了?"月琴还是有点不相信。

　　"……"

　　"你去哪儿了?"

　　"我……就想去广州看看。"

　　"就想去广州看看吗?"

　　"嗯。"

月琴又细细地盯着她微凸的肚子看，看了又去瞅地上呕吐的东西，转过脸儿问："你……有了？"

晚玉手掩着脸呜呜地哭起来。

"他……把你甩了？"

晚玉只是哭。

"那，那你可咋办呢?!"月琴急了。

"琴姐，别问了，求求你，别再问了……"

"好，我不问。"月琴的目光渐渐暗下来，又去看她的肚子，终还是忍不住又问，"你咋跑回来了？"

晚玉哭得更痛了。怎么说呢？她觉得没脸再见人了。她是要饭回来的，平日打死她也做不出那样的事情，可她竟然做出来了：扒车、要饭。走一站要一站，被人从货车上赶下来，再扒……那简直不是人过的日子！

中午，月琴给晚玉送了一顿饭。村里人便很快知道了。于是，晚玉为去一趟广州，让那生意人骗了，还怀了孕……消息在村里沸沸扬扬地传开了。

晚玉自觉没脸见人，在草庵里整整躲了一天，谁叫她也不出来，夜里才又跑到村长家去哭，求村长给爹娘讲个情，好让她回去。

村长李宝成大着胆子把她接到家里来，又跑去做她爹的工作。可她爹任死也不吐口，最后只答应把她那一份责任田给她，是好是坏任她蹚……

晚玉只在村长家住了一夜。第二天中午便有人把信儿捎给了村长的未婚妻二妞。这二妞听说信儿便风风火火地跑来闹了一场，弄得李宝成里外不是人。晚玉又哭着跑了……

这天夜里，晚玉只好又住进了草庵。半夜的时候，邻村的一个青皮后生找便宜来了。他趁黑摸进庵，急煎煎地上前摸晚玉的脸。晚玉却冷不丁地抱住那后生，像抓住了一根救命稻草："求求你，娶了俺吧，你娶了俺吧……"哭着就跪下来了。

　　这一下倒把那后生吓住了，迟疑疑的，片刻，他慌慌地站起来走出去了。接着村里又传出闲话，说晚玉这女子贱得不成样子了……

　　这一下子恼坏了晚玉的爹，他一气之下，跑去点了把火，把那草庵烧了。晚玉披头散发地从庵里跑出来，像变了一个人似的，冷着脸跪下磕了一个头，说："爹，我任死也不回来了。"

　　晚玉又走了。

　　她一步步地挪过小桥，上了大路。拐过弯去，她回头再一次看了看村庄，泪唰唰地流下来了。她在这村庄里已度过了十六个春秋，她也仅是想去广州看一看，也就是一刻的念头……回来的时候，她想：任家里人打一顿，骂一顿，也就罢了。她给爹娘丢人了，不亏她！可她愿重新回到那漫长、单调的生活中去，嫁一个老实的庄稼人，给他做饭，给他生娃……然而这一切都不可能了。为了那不能抑制的引诱，她已付出了代价，可这代价太大了！她心里有说不出的苦处，原想爹娘会可怜她，可她想错了。奶奶说过，甜和苦是连着的。她已经没有家了，成了一个没有家的女人。她的美好青春已经消失了，她已不再是姑娘，走吧，走吧……

　　后来，听人说，是村长李宝成把她送到了县城，让她暂时在满凤大姐的饭铺里安身，好继续做她爹娘的工作。再后来，听说她待了一段又走了。她再也没有回来。

　　一个瞬间的念头就这样改变了她的一生……

○　●

奶奶的"瞎话儿"（九）　·····················

在发祥老公公八十一岁的那年秋后，一个报子高举喜帖，打马疾驰到李家大门前，高声叫道："李振基中状元了！"

只一声，全家老少呼啦啦跑了出来，又慌慌齐拥堂屋给老爷子报喜："中了，中了！你孙子考中了！"

老爷子正在堂上捻须摇头地背《论语》呢，这一阵高声的惊唤竟把他唤过去了，一口气噎下去久久没有吐出来，家人们急忙上前掐人中、揉胸口，好一阵忙乱，这才缓缓地吐出一口气，眼未睁，两行喜泪顺流而下，只听口中喃喃道："苍天有眼，苍天有眼！不负我李家三代心血……"

一会儿工夫，二报又打马驰来，离村好远就张扬着喊："李家，李家，李家李振基中了头名状元啦……"

这一吆喝，村中的族人全都知道了。于是，纷纷前来给老爷子贺喜：

"三叔公，还是您老人家治家有方哇！"

"三老伯，振基不亏恁一番心血……"

"三爷爷，振基这回可要当大官啦！"

…………

一时纷乱乱，喜嚷嚷。有送钱的，有送粮的，还有送酒送肉的……喜得老爷子连声回道："托先人的福，托先人的福哇！这三代人的心血总算没有白费。到底给振基实现了！"

接着，三报又到了。一时，李家大院上上下下里里外外更加忙活。老爷子立马吩咐人打酒摆席，一敬天地，二拜祖宗，三邀全族同喜。因家中贫寒，多年已不动荤腥，连吃饭的餐具也多是些瓦盆、土碗，没有一件上得席面的东西。又赶忙派人四处去借。逢上这样的大喜，自然是一呼百应，没有不借的。东西两庄的大户人家，听到消息后竟差家人连酒肉带各样的餐具送来了两挑。前来磕头贺喜的也就越来越多了。

错午，知县大人坐着一乘小轿匆匆赶来了。这位七品知县自知官职卑小，远远在村口就下了轿子，徒步来到李家，进门便连连拱手道喜。

老爷子本要出门相迎，族人、家人纷纷劝说，讲他现在已有了"身份"，这"身份"是万万不能降的，于是老爷子便端端地坐在堂屋恭候了。

这知县大人脸上竟也无一丝不悦。跨进堂屋门槛，知县大人疾步上前，双膝跪下，先给老爷子请安，接着又给老爷子道喜，说："大比之年，金榜题名，实是老太爷家教好哇，恭喜恭喜！下官过去照顾不周，多有冒犯，还请老太爷多多海涵，多多海涵！"

发祥老爷子眉开眼笑地把他扶起来，客气两句，分宾主坐下。这时，知县大人袍袖一扬，唤一声："来呀——"

立时，跟随的衙役捧上一个朱漆描金托盘，托盘上放着白花花的一百两银子。

知县大人再次躬身施礼："李家世代教子读书上进，其精神可昭日月、撼天地。本县区区薄礼，还望笑纳。"

发祥老爷子望着这一百两白花花的银钱，想起三代人破产读书，荒年以糠菜度日，辛辛苦苦供孙子上学的境况，不禁又落下泪来。

"不瞒大人，这小孙自幼聪明，五岁便背得一本《论语》，七岁能吟诗作赋对答如流。可为了让小孙刻苦上进，实也动过不少戒尺呀！多少寒窗酷暑，老夫四更起床，亲自研墨捧砚，手执一柄戒尺伴小孙儿读书，熬落了多少星星！想今日挣得一个头名状元，确也来之不易。那时，若有这一百两银钱，怎能让孙儿啃窝窝蘸墨汁度日……"

知县大人讪讪地点头，很是没趣。

发祥老爷子一时激动，又把知县大人领进了新科状元苦读的书房。这是一间破旧的草屋，空空的草屋内仅有一床一桌一凳，还全是土坯垒的。靠北的一面却是书籍和笔墨纸砚。临窗的墙上则贴着老爷子亲笔摹写的三国诸葛亮的《诫子书》——

> 夫君子之行，静以修身，俭以养德。非淡泊无以明志，非宁静无以致远。夫学须静也，才须学也，非学无以广才，非志无以成学。淫慢则不能励精，险躁则不能治性。年与时驰，意与日去，遂成枯落，多不接世，悲守穷庐，将复何及！

在书桌右边的墙上，又贴着一幅醒目的大字：学而不思则罔，思而不学则殆。

左边墙上则贴的是一幅草书：不愤不启，不悱不发。

发祥老爷子把这些一一指给大人看过，捻着胡须说："虽草堂一间，绳床陋室，却也出过一个秀才，两个举人，还有这一个状元呢！"

知县大人不禁又连声夸奖："真是做学问的世家呀！老太爷治学有方，钦佩，钦佩！"

往下，发祥老爷子又特意把悬在梁上的一条细麻绳指给知县大人看："大人，你可知这是作何用途？"

知县大人看了，沉吟片刻，说："还望老太爷指教。"

　　发祥老爷子感慨而又自豪地说："这正是为了治瞌睡，小孙儿夜里读书时束发悬梁之用……"

　　"噢，呀呀！"知县大人不由倒吸一口凉气，惊道："莫非就是那头悬梁、锥刺股之说？"

　　老爷子微微颔首，转过脸去，不忍再看那悬梁绳了。想当年，他手执戒尺逼着小孙子束发悬梁，西窗待月，痛煞苦煞的小孙子掉了多少眼泪呀！

　　"三年苦读，一步登天，可敬，可敬！"知县大人不由得竖起了大拇指，赞不绝口。

　　当老爷子说起小孙儿苦读入痴，竟蘸着墨汁吃掉了三个窝头、倒剩下一碟蒜汁时，知县大人哈哈大笑，那敬仰之情溢于言表。

　　在这三天里，全县的名门大户纷纷上门祝贺，先后有百余乘小轿抬进了李家。一庄的族人都为此陡地长了"身份"，出得门去，开言便说是当朝新科状元的亲戚，本家本族，一时赚得不少荣耀。连那些大户千金、小家碧玉也一个个走出深闺，打扮得花枝招展，由家中奶娘、仆人相伴纷纷来李家攀亲。

　　老爷子这阵子精神头特别好，竟亲自代新科状元一一过"目"，而后又一一摇头，说是脂粉气太重，姿色有余而贤淑不足，不是德貌双全，使许多大家闺秀含羞而去……

　　这年的腊月，老爷子终于选中了胡家桥胡氏大户之女。此女名唤淑英，自幼熟读五经四书，孝顺贤惠闻名乡里。只是脸略黑些，而且还大了两岁。家中都说老爷子挑花了眼，多有不愿的，可老爷子一锤定音："俗话说，女大两，银钱长。选媳妇还是以德为上。家有贤妻管束，振基才不会走邪路，做出败坏门庭的事情来……"亲事就这样定了下来。待正式换过生辰八字，选吉日娶进家门，便差家人相伴，一乘小轿抬进京城去。临行前，老爷子又千叮咛万嘱咐，让孙媳妇捎话给新科状元，要他不负圣恩，富贵不淫，忠孝两全，且不可做贪赃枉法之事……

办了喜事，老爷子这才择吉日换去了那在门上挂了几十年的抹金大匾，将"有胆无识"重又改为"有胆有识"，以壮家门。挂匾那天，又赢得四乡八堡的人前来观看，一时李家门前挤得水泄不通。来看的人没有不挑大拇指的，说起发祥老爷子要饭进京冒死点炮，说起李家三代破产供儿孙读书上进，终于供出这么一个状元郎，又生发出许许多多的逸闻趣事，光老爷子治学的戒尺就有十几种传说……

从此，李家一跃而列入本县的名门望族。不光四乡的人尊重老爷子，连朝中官员路过本县，都要专程来拜望老爷子，看看新科状元的悬梁绳……一时，大李庄村口还专门置了"上马石"和"下马石"，那是特意给过往的官员们备的，三品以下的官员若路过此地，必须在村口下马。时光过到了这般，一家老小更是整日里喜气洋洋，只待那荣华富贵像黄河水一般源源不断地流来。

第二年春上，有消息说"状元郎"要回来修坟祭祖，还要接老爷子去京城享福。一家人更是翘首以待，每日里洒扫庭院，静盼佳音。

春天过去了。

夏天过去了。

秋天又要过去……

老爷子一日日地盼着孙儿归来，可说是望眼欲穿。他每天让家人搀着到村口去望，却仍然没有消息。老爷子也常说："让振基好好为皇上出力吧，我不急。忠孝不能两全哪！"可还是天天望那官道……

终于有一天，七品知县又坐着一乘小轿赶来了，他身后还跟着一队来自京城的锦衣卫。村里的族人远远望见，便纷纷跑来报信说，回来了，这回振基真的回来了！又有人说振基快回来了，知县大人是打前站的。一时，老爷子慌忙带一家老小迎了出去。

谁知，知县大人沉着脸走进李家大院，一不拜见，二不道喜，只袍袖一甩，厉声喊道："圣旨到！"

老爷子来不及细想，赶忙带领全家，跪在当院接旨。

只听知县大人高声念道：

查内阁大学士李振基，莅官无一善状，惟务诈诞，矜己夸人。在任不思为朕出力，多次以忠谏为借，广结朋党，联名上书，欺君罔上。近日为哗众取宠，竟头触龙庭以死相胁逼宫！……李氏一门，亦不得漏过一人，速速查办。钦此！

…………

不等知县大人念毕，李家大院顿时鸦雀无声，一家老小面如土色，一个个魂飞魄散，仿佛在梦中一般……三代人哪！三代人的努力，耗去了多少心血，熬去多少时光，才供养出这么一个"状元郎"。实指望全家从此跟着享荣华富贵，耀祖光宗，却不料竟成了满门抄斩！

天在哪里？地在哪里？一时天旋地转，日月无光，眼前一黑，万念俱灰！院子里渐渐有哭声传出来了，先是小声啜泣，继而哭声震天，连在院门外观看的族人也一个个掉下泪来。这一家老小数十年心血又图什么呢?！

老爷子想孙子，盼孙子，满心满意地望孙儿成龙，不料盼来盼去，却盼得这么一个结局。他默默地仰起头来，看大门已被围住，哭天无泪，插翅难飞，于是一顿脚站了起来，强颜笑道："家门不幸，忤孙冒犯圣威，实属老夫家教不严所致。事到如今，请知县大人看在昔日的面上，容我一家更衣……"

此刻，跪在院中的一家老小，已哭得天昏地暗，"扑扑通通"昏倒了好几十口子……

知县大人见前后门均已围住，谅也无人逃脱，也就送了个顺水人情："也罢，容你们三刻。"说毕，带着一班人马到门外去了。

纷乱中，家人把两腿发颤的老爷子搀回堂屋。他闭眼想了片刻，急忙吩咐家人把五岁的小重孙子抱到跟前，摸摸重孙的脑袋，默默地看了两眼，牙一咬，"嚓"地撕下一块衣襟，咬破中指，在上面疾速地写下了四个血字，然后匆匆塞进小重孙子的兜肚里，叫人赶快抱进后院暗藏的地窖。临抱走前，老爷子流着泪说："这是李家的血脉，无论外边天塌地陷，千万不要出来。待三日后，细听外边没有动静了，再带他去逃命。记住，一定要他长大成人。长大后再给他看那血书。"

小重孙子被捂上嘴偷偷抱进了地窖。三刻后，李氏一门三十余口，全部被押进了县衙的死囚牢……

发祥老爷子，这位当年冒万死点警炮的硬汉，在牢里回想起当年事，不知怎的，竟越想越怕，越想越心悸。想那小孙振基定然是一心思进，学老爷子当年冒死犯上的样，招致这样的大祸！他当年……想着，想着，竟吓得老人家拉了一裤子稀屎，一命呜呼。老爷子被衙役用破席卷出去掩埋时，享年八十二岁。

从此，李氏的小重孙子不知下落了。

人们只知道他还活着，可谁也不知道他的去向。多年之后，当他长大成人，这位李家的后代将会知道，那血书上写的是：

永不读书！

○　●

羊（九）

那个日子，是李金魁永远不能忘怀的。

秋天里，李金魁抽空回家了一趟。那时乡里已有了一辆吉普车，他是坐吉普车回去的。回到大李庄时，天已半晌了，在离村不远的一片槐林里，李金魁看见一个球样的东西在地上翻动着，那东西竟还拖着一个长长的尾巴……他一时心动，就让车停下来，独自一人走了过去。在一片灿灿的黄叶里，他看见了他的爷。爷的腰已弯到了九十度，看上去人就像皮球一样，一滚一滚的，他手里正拖着一个竹箔，在林子里搂树叶呢！当他走到跟前时，老捆原地转了一个圈，半仰着身子，慢慢地拧着脖子朝上去看他，他赶忙叫道："爷。"老捆喉咙里"咕"了一声，一只手半捂着耳朵，眯着眼看了他一会儿，突然说："李乡长回来了。"他心里一酸，差点流出泪来，他说："爷，你别这么说。"不料，老捆却一挪一挪地朝树林里走去了。片刻，老捆又一团一团地走回来，他背在后边的手里拿的是一个四条腿的小木凳。他用袖子在小凳上抹了一下，说："李乡长，你坐吧，不脏。"李金魁头皮都要炸了，他说："爷，你别再这么说了……"老捆又拧着脖子往上看了看，说："是还没'正'呢？"李金魁说："正是正了……"老捆说："正了就是官身了。坐吧，别嫌你爷脏。"李金魁仔细地看了看爷，发现爷没有一点儿戏的意思，爷说得一本正经，爷眼里甚至洋溢着抑制不住的喜悦。于是，他在爷面前坐了下来，爷颤颤地伸出手，在他脸上抚摸了一阵，爷的手很粗，摸上去涩拉拉的，爷说："李乡长，当官就是不一样哇，看这脸也润展了。"李金魁说："爷，别这么说了，人家笑话。"老捆说："真真白白的，笑话啥？"李金魁叹口气说："这一年多了，我没往家拿过一分钱……"老捆说："啥钱不钱的，你给爷长脸了，这比啥都强哇！像铜锤家，老表亲，十多年都不走动了，头前会上又来了，提两匣点心！你娘要给你留着，我说咱李乡长还缺这一口？"接着，老捆又说，"你还记不记得，你上学走时，一家伙给爷买了两盘肉包，两碗胡辣汤，把爷撑得呀……"说着，老捆很幸福地笑了。

听爷这么一说，李金魁掉了两眼泪。到了这时候，李金魁才撕心裂肺地体会到，生活是一种关系呀！活在什么样的关系层面里，你就有什么样的人生。爷的话让他觉得遥远，甚至觉得可笑。可爷的感受是真切的，真切得让人心痛。他觉得他跟爷的距离越来越远了，已远到了无话可说的地步。爷当然不会知道，他的乡长是怎么当上的。

他永远也不会忘记初来时的那些日子。那时候，他被人当"皮球"一样踢来踢去。那时候，乡长从来没叫过他的名字，在乡长眼里，他仅仅是"金那个啥"。这个带有蔑视意味的"金那个啥"，在一个时期里成了他在众人眼里的称谓，这是多大的污辱啊！还有那些粗俗不堪的笑话，好像他不是一个人，他生来就是让人"用"的工具。甚至发展到有一天夜里，乡长竟然让他去给他提夜壶。乡长站在房间门口高声叫道："金那个啥，去去，把那个给我提过来。"当时他愣住了，他不知道乡长在说什么，他快步跑到乡长跟前，问："吴乡长，啥事？"吴乡长笑了，指了指裤裆下边，近乎猥亵地说："小水，小水。"顿时，他明白了，他灵魂抖了一下，可他还是去了……这些他都忍了，能忍的不能忍的，他都忍下了。可在他的内心深处，却常常处于爆炸状态。这些，能让爷知道吗？

那也是一场场的战斗啊！

严格地说，吴乡长几乎是被挤走的。两人最早的较量是在酒场上。"斗酒"是吴乡长最乐意干的。在坟台乡，都知道吴乡长酒量大，他也好斗。只要一上酒场，他非要喝倒一个不行，这是他的嗜好，也是他的毛病。那时候，乡干部的威望大都是在酒场上立起来的，有很多事情也是在酒场上定的。常常是喝到七八分的时候，乡长说，那事就这样定了啊?! 众人就说，定了！所以，在乡里干事，假如你不会喝酒，就等于不会工作。李金魁初当副乡长的时候，每逢酒场，吴乡长总喜欢开他的玩笑，说金那个啥，你不会喝可不行啊！来，来，喝一盅，好好练练。于是，李金魁就替他喝了一盅又一盅，而后就说，我不行了，真不行了。吴乡长乜斜着眼说，投降了？李金魁就说，投、投降了。吴乡长就说，举双手投降！于是，李金魁就站起来，举起双手说，我投降了。吴乡长就哈哈大笑说，好！算了，投降就算了……以后，每逢酒场，吴乡长就故技重演，一次次地戏耍他。到了第四次，李金魁一上来就抢先说，吴、吴乡长，你、你是老同志，我得跟你好好学学。吴乡长乐了，说年轻人有长进！可有一样，我是搭手十盘！这时，妇联主任王翠花忙拦住他说，大兄弟，少来两盘吧，他是想灌你哪！十个你也不是他的对手，输的多了我替你。吴乡长立马说，那可不行！你俩要是一家，我就让你替。王翠花就"啐"道：老吴，又说骚话哩?! 李金魁就说，大姐，不要紧，我谁也不让替，我跟吴乡长学学。接着他又说，吴乡长，我也知道我不是你的对手，有一样，你得让我喝水。我不喝水可不行。吴乡长很大气地说，行，搭手吧。于是一上手就来了十盘，一盘是十满盅，一斤酒就下去了。坟台乡的规矩是酒干亮瓷器（亮酒盅），李金魁是输一个"吱"一个，喝了酒之后，还要把酒盅高高扬起来，让众人看看。吴乡长喝得痛快，是输十个一块"吱"，瓷器也亮得痛快！众人都替李金魁捏一把汗，怕他喝倒了。可李金魁是喝一口酒再喝一口水，倒也从容。这样，喝到第二瓶时，吴乡长就有些红头涨脸了，他大着舌头说，今儿手背，不划拳了，老虎杠子！李金魁就跟他来"老虎杠子"……等第二瓶喝干时，吴乡长的脸就有些发紫，可他仍然说，我没事，我一点事也没有！金、金魁……你呢？李金魁说，我是不行了，可我得舍命陪君子，今儿我得跟吴乡长好好学学……再往下，吴乡长又要"押指头"，于是李金魁就跟他比画指头……到第三瓶完了的时候，李金魁仍挺挺地坐在那里，不时地喝上一口水，吴乡长竟出溜到桌子底下去了……当天晚上，醉如烂泥的吴乡长竟对着乡政府的大门尿了一泡！而后，他就躺在乡政府大院里，又哭又骂的，谁去拉他也不起来，他哭喊着说：我在乡里干了十八年哪！

从此以后，吴乡长就再也不跟李金魁"斗酒"了。（可他永远不会知道，李金魁喝的酒有一半都吐到茶杯里去了。）

第二是"讲话"。李金魁没当副乡长时，是没有讲话权的。当了副乡长之后，讲话的机会就渐渐多了。他很快就发现，讲话是一门艺术啊！讲话是占领会场、征服人心的最好方法。讲话可以说是体现领导水平的活广告，话讲好了，实在是可以当钱使的。它不仅可以当钱使，也是一种权力的表达方式。语言在这里成了一种空间，一次次地占有空间，也就等于占有了乡政府的发言权。乡下人说，这人说话"占地方"，不就是这个意思吗？李金魁开初讲话时，还不是很适应，有时不免磕巴，在会场上也被人笑过。他发现吴乡长的讲话方法就很不一般，吴乡长讲话也没什么技巧，就是嗓门大些，带着一股霸气，他往那儿一站，就没人敢说话了，会场上总是很静。但他讲话带着一股训人的口吻，气派很大，不时带一些"啊、啊、操、操"的土语，却没什么东西，往下也就是文件上的一些内容了。李金魁一旦明白过来之后，就下死劲去练。只要一有讲话的机会，他就精心地做好准备。于是，每一次讲话，对他来说都是一次机遇。他决不放过任何讲话的机会。初时，他讲话时总是拿上几页纸，先是磕磕巴巴地念上两行，故意念的声音低一些，让人听不大清，也让人轻视他。可他念出了一种诚恳，念出了一种态度，会让人觉得这人是实心实意的。接着，当人们开始注意他时，他就把那两页纸折起来，突然把声音提高，这样会使人们吃上一惊，就会很注意地听他讲了，往下他就说得生动了。他把声音当成磁石来使用，他要紧紧地吸住人们，该带手势他就带上手势；声音该低下来的时候，他就把声音低下来；该骂的时候，他就放开喉咙骂上两句，接着又会引用两句唐诗什么的，逗上一两个笑话；有时候，他会用本乡本土的粗话俚语先讲上一阵，接着又忽然变成高层面的话语，甚至把美国、日本也拉进来大讲一通，讲得人们似懂非懂的时候，再把话头拉回来，落到一些很浅白的事体上……讲着讲着，就有笑声逗出来了；接着是引来了掌声。再往后逢他一讲话，就是掌声不断了，有时候，他不讲，就有人主动要求说，让李乡长也讲讲噢！

此后，在一段时间内，他的讲话成了对吴乡长的一种无形的压迫。当乡长总要讲话的，吴乡长的讲话机会更多。但一次一次的，在众人面前，吴乡长总没他讲得好，吴乡长心里就很憋气。过去没有这种比较也就罢了，现在人家一讲话就有掌声，吴乡长怎能不生气呢？吴乡长心里生气却又没法说，你总不能因为人家比你讲得好你就批评人家吧？于是，作为坟台乡第一行政长官的吴乡长总是感到很压抑。很压抑呀！本来吴乡长的文化水平就不高，他也想讲得好一点，可他已经吼惯了，改不过来了，有时想说得生动些，可他又常常记不清要说的那个词儿，就时常挠着头说："那个、那个、啊？那个什么呀？啊、这个、这个啊……"这么"啊"来"啊"去的，就越发显得没有水平了。在一些会议上，一般都是由乡长最后做总结的，可吴乡长听李金魁讲得那么好，就气得什么也不想说了，剩下的只有两个气嘟嘟的字：散会！

就这样，渐渐地，吴乡长不大爱讲话了。他几乎把公开讲话的空间让了出来，有时候他常常是一个人关在屋子里喝闷酒，心态很坏。

至于人缘，那就更不用说了。在坟台乡三年不到的时间里，乡政府的干部们都已多多少少地欠了李金魁的人情。那些事说起来似乎很小，可搁在个人身上就是大事了。他们一个个都是想回报他的，可他从不给他们回报的机会。于是，总有干部找到李金魁说，李乡长，有事没有？李金魁就说，没事。而后是那些村长、支书，坟台乡一共有三十五个行政村，每个村都会有大大小小的求人事，只要是找到李金魁，他都是满口应承，从不搪塞推诿。这样，时间一长，那些村长、支书也都先后一个个地欠了他的情。这些事情都是在心里记着的，各人心里都有一本账。他们再见李金魁的时候，就不由得更热情一些，说："李乡长缺啥不缺？你要缺啥就言一声。"李金魁就说："不缺，啥都不缺。"

久了，李金魁说话就越来越"占地方"了。

吴乡长感到事情严重了。有一天，他把李金魁叫过去，乜斜着眼看了他一会儿，说："李乡长，我小看你了。"李金魁马上说："吴乡长，我……我……我是你带出来的，有啥不对的地方，你多批评。"吴乡长背过身去，挠着头默默地说："我真是轻看你了。"李金魁说："我可是你培养的……"吴乡长叹口气说："看来我是该走了。"李金魁说："吴乡长，你千万可不敢这么说。这话言重了。我怎么能跟吴乡长比呢？"吴乡长说："咱打开天窗说亮话吧，一山不存二虎啊！不是你走就是我走……"李金魁沉默了一会儿，说："吴乡长，你这是让我走呢。要走也是我走。"吴乡长很久不说一句话，过了一会儿，他挠了挠头说："你走什么，还是我走。"

话虽这样说，可两人都没有动。夏天的时候，坟台乡出了一件事：有八个村的村民把乡政府围了！那是因为乡里弄来的玉米种子不出苗。这件事是吴乡长的一个亲戚承办的，亲戚跑了，于是，事就落到了吴乡长的头上。那时候，八个村的村民乱哄哄地围在乡政府的门前，一个个骂声不绝，要求赔偿损失。吴乡长没有办法了，只好躲在屋里不出来。就在这时，李金魁出面了。他把八个村的支书叫到一起，说："吴乡长在咱乡干了十八年，给咱乡办过不少好事，没有功劳也有苦劳吧？他现在遇到难事了，咱咋也得帮他一把。听我一句话，你们做做工作，把人撤回去，余下的事我来办。"支书们都是欠过情的，碍于脸面，也就不好再说什么了。有一个支书问："这萝卜不小啊！秋苗不等人。李乡长，你咋办呢？"李金魁说："还有七八天的时间，现在补苗还来得及。种子由我亲自解决，我去省农科所找人弄最好的种子，钱由你们村里凑……"说完这话，李金魁的脸就黑下来了，他再也不说一个字，就那么绷紧脸望着那些支书。支书们你看看我，我看看你，终于，有人说："李乡长从来没让我们办过事，这事哪，难是难，我们认了！"李金魁说："好。你们算给我个脸面，我记下了。办去吧！"

事情就这样化解了。

事后，李金魁仍像往常一样，并没有再给吴乡长说什么。可全乡的干部都知道，是李金魁给吴乡长擦的"屁股"。乡妇联主任王翠花更是逢人就说他的好话。这样一来，吴乡长觉得他实在是没法再待下去了，于是，就到上边活动了一番，很快挪动到县里去了。老吴这么一挪，李金魁自然就"正"了。走时，李金魁又亲自去送他，一直把他送到县城。两人临分手，老吴感慨地说："金魁，你是个慢性毒药呀！"李金魁面不改色地笑笑说："还得学习，我还得向老领导学习呢。"

就在那次送老吴上任的路上，李金魁突然发现了一个熟悉的身影。

○　●

鸡 ···

　　李连升的"国乐班"遇上对手了。

　　在城西南一带的乡村里，李连升的"国乐班"是很有名的，无论迎新，或是送葬。他曾多次与人对班儿吹，甚至吹过"三连台"，多年来，还不曾遇上过对手。他是掌大笛（吹唢呐）的一把好手，年轻，气脉足，没人能镇得住他。每逢对台的时候，只要他往那儿一站，必得把看"响儿"的人拉过来。"转灵"时，脚踩"梅花点儿"，走来像水上飘仙一般，吹得好，步法活，很能赢人。若是接新媳妇，他吹起《抬花轿》来，管叫一路人都身上痒似的想扭。

　　这本事是他跟老舅学的。

　　连升自幼家里穷，七岁时便被娘送到老舅家去学艺。老舅家是老虎陈的，离大李庄二十八里，很远。娘把他交给老舅，是想让他学一门混饭的手艺。吹响器的名虽不好，但是可以混饭吃。那年月，吃饭是很要紧的。他老舅是老虎陈"国乐班"的掌班，在四乡里很有些名气，本是不收徒的，亲外甥来了，不能不收，李连升也就做了"门里滚"徒弟。

　　刚开始时，看他还没枪杆子高，很柴，连一只猪尿脬也吹不起来，就让他跟着敲梆，私下里教他些声乐知识和指法。一个蛋子儿大的孩子，就这么随了老舅四乡里串，混蒸馍吃。日子久了，他开始在缺人的时候打个下手，小小的人儿，摇头晃脑地蛮像回事。看他有些灵气，老舅又着意教他，常常四更天唤他起来，练气练声，对着一天星星呜里哇啦吹，他也很能吃苦。李连升一天天长大，老舅看他成了气候，就很少出门，接下帖子便让他领着去，他先是打着老舅的名号吹，渐渐立住了脚，便自闯天下了。待有了些名气，本想回村挂"大李庄国乐班"的牌子，只是本村人十分眼薄，看不起这营生，说些不三不四的话，于是他仍回老虎陈接帖，搭班的伙计也多是老舅庄里的人。这些年乡下日子好过了，婚丧嫁娶也都想热闹热闹，李连升的名号就越来越响，自然十分挣钱。这年月凡是能挣钱的就是好手，人的眼皮子也活了，没人再说什么。本庄人有了事情也想请他吹吹，他呢，自然派人去，自然不收钱。可他不来。牌子大了，本庄不吹，任你跑三趟五趟，硬是请不动他。能让李连升走一趟，是很有面子的事。

　　可今天，李连升遇上对手了。

　　在城东扁担杨村，他那响当当的牌号受到了强手的挑战。

　　帖是头天晚上下的。扁担杨一家阔气的大户死了老娘。老太太七十八岁过世，是喜丧。下帖的这主儿手面很大，光定钱就送来二百。说是对台吹，两班"响儿"。不用问，对方也是二百块的定钱，两家"国乐班"对吹是要展本事的，输了不封礼钱，是很丢脸的事情。所以，逢上对台，李连升必去。可他并没把这事放在心上，对班儿也不是一次两次了，他没输过。

　　这天的场面极大。扁担杨是个大庄，看的人本来就多，一听说是对台吹，两班"响儿"，连四乡的人都跑来看热闹，一时村街里围满了人。

　　办丧事的这家的确阔气，大门外高搭灵棚，花圈、挽联红腾腾白花花一片，全是一绺一绺的红白绸缎缀缀的。灵棚外一南一北摆下两张八仙桌，桌上摆着好烟好酒好菜，十分招眼。他们到的时候，对台的那班人已先一步在北边桌前坐了，他们只好在靠南的桌前坐下，两下遥遥相对，错开十几米远。看了这阵势，李连升知道今天是不会善结，便很替对台的那班人发愁。他想，对是对，也不能让对方太难堪，毕竟是同行呀！他常在城西走，没在城东吹过，人家自然不会知道他，要不，也不敢来和他较劲。于是，他站起身，远远地一拱手，说："多包涵。"

不料，对方站起来的却是个女子。那姑娘看样子也就一二十岁，俩眼水灵灵的，亭亭玉立，不怯不颤，竟也双手胸前一抱，还了一礼，亮嗓儿说："谢了。"

这一下，李连升愣了。他没想到对手是一位姑娘，而且这姑娘浑身上下透着泼辣辣的利索。他见过搭班的女人，却没见过女人掌班，很惊奇。他想，模样倒赢人，看功夫吧。

就在他愣神的当儿，对班已经吹起来了，上来是一曲《声声怨》。

——一时间，只觉天光暗了，漫天黄尘扑面而来，那苦意愁愁地压过去，死揪着人心。渐渐似有荒冢一丘孤零零现了，招魂幡哗啦哗啦地在风里碎着，坟前纸钱死灰已燃尽，只有淡淡青烟一缕一缕散，昏鸦儿"呱"了一声，又一声，去了，只有孤坟。然有悲声从古道上传来，仿佛那凄切切的老人，可怜的娃儿在走，路漫漫，天恢恢……

待李连升缓过神，那攒动的人头已经开始往北边拥了。于是也赶忙搭手，跟着吹了一曲《步步紧》。忙中偷眼看，见没扯过来几个人，调儿一转，吹起了《百鸟朝凤》。

正当人们被那苦调儿闹得凄凄惨惨戚戚，苦煞也愁煞，万念俱灰，泪花在眼里打转的时候，忽觉晴空万里，阳光灿烂，只听这里"啾啾"，那里"嘟嘟"，这边"咕——咕——咕——"，那厢又"叽叽叽——叽叽叽——"，满天雀儿叫！忽而又一雀冲天，叫人仰脖往那云彩眼里瞅，仰得脖子酸了，忽而箭一般跌下来，不由低头四下去寻，满地寻不见，似又在弹弹软软的枝头跳……

一曲末了，人呼啦啦朝这边围过来。这工夫，李连升心里才款款地松了一口气。

紧接着，对班的调子一转，吹起了《天女散花》。

——顷刻间，一天净声，香气四溢，似见五彩缤纷的花朵自天而降，飘飘洒洒，飞飞扬扬，伴了悠扬清澈的乐声在空中舞，乐声不尽，花也不尽……

李连升赶忙对上一曲《飞雪漫天》。

——陡然吹来一天寒气，似风冷雪骤，冰剑霜刀，一天孝白，煞尽了鲜花飞舞的晴空……

对班又应上一曲《一枝红杏》。

接上去的却是《落叶纷纷》。

一场恶仗开始了！只听一曲紧似一曲，一曲高似一曲，调儿急，梆声也越来越骤。仿佛两军对垒，杀声震天，难解难分。只见李连升两眼紧闭，头四下晃着，以浑身的力量凝一口真气，大汗淋漓地顶着《步步紧》；对班的姑娘两腮圆鼓，眉儿斜挑，嘴儿绷得紧紧的，拼命压那《声声怨》。

一时，村街里围观的人像潮水一般，忽一下拥到南边去了，忽一下又跑到北边去了，只恨分不出身来，就那么傻傻地来回跑。

时近中午，不分上下。

李连升不由心慌，他知道遇上对手了。这女子不好缠！想着，不由冷汗下来了。难道能败给这姑娘？那实在是太丢脸了！不能，万万不能。看看围观的人又去了几个，李连升觉得不能再这么吹了，便忽一下站了起来，丢个眼色，伙计们也都跟着站起来，一曲未终，调儿变了，四个吹鼓手竟围着八仙桌走起了"梅花十六点"。只见四人踏着曲点儿，进退有序，前走走，后退退，上三步，下三步，吹着走着，走着吹着，头晃得活，身子拧得活，步子也活，一环扣一环，一步压一步，似舞似醉地在乐声中踩着"梅花点"，十分惹眼。

"轰！"人们霎时又拥过来了，顷刻间把踩花点吹奏的四个人团团围住，踮起脚往里瞅。娃子们在大人的腿缝里钻来钻去，鞋都被挤掉了……

北头的人终于拉过来了。

突然，北头的乐声骤然停下来，片刻工夫，只听"咚"的一声，那姑娘竟跳到桌子上去了！姑娘高高地立着，两眼瞪得圆溜溜的。随着再起的乐声，她亮起嗓唱起了《穆桂英挂帅》，只听得："辕门外，三声炮……"

仅这一句，"轰"地一下，仿佛河堤决口似的，人们夺命似的朝北流过去了，很急。

好骤，好狠，好辣！这"梅花十六点"再也走不下去了。李连升抬头四顾，眼见桌前围观的人已是寥寥无几，只剩下几个娃，十分冷落。他急了，不由一股热血涌上心头，心说，这姑娘也太恶了！他也不能善了，那就以狠对狠吧，今天就是吹死到这里，也不能败给这恶女子！他瞥了伙计们一眼，牙一咬说："撤桌！"

随着这一声吩咐，伙计们噼噼啪啪把桌上摆的盘子碟子全收拾到桌下去了，紧接着又叫主家端来一碗清水放在桌上，八目相对，眼都狠到了极处。只见李连升"唰"地脱去衣服，光了脊梁出来，紧煞腰带，"咚"一声也跳到桌上去了。众人又把一碗清水递到他手里，他端起竟顶到头上去了！于是又接过唢呐，吹了个天昏地暗……

人们正在里三层外三层、傻傻地围着看那个姑娘唱呢，忽听身后鼓乐齐鸣，十分高昂，回过头来，却见炎炎日光下，一条汉子光了脊梁在桌上站着，头上顶着一个细瓷碗，碗里还倒上了清水！两手捧着唢呐吹得热烈到了紧处，水竟然一滴不洒！！一时看呆了人们的眼，就那么直直地看着，那水碗仿佛搁到人们心上去了，只怕那水碗掉下来，似又盼那水碗掉下来。一时，那光光的脊梁，晃晃的水碗，热烈的吹奏，赢了所有观众的心，齐声叫"绝"！

腾腾腾，那攒动的人头又勾回来了……

败局定了，这场面似乎已无可挽回。

李连升毕竟是李连升，胜他是不容易的。

站在北边桌上的姑娘不再唱了，吹奏声也跟着停下来，桌前人已走净，眼看是没指望了……只见那姑娘呆呆地立着，脸儿红了白，白了又红，泪花在眼眶里打转，一滴、一滴掉下来了。坐在下边的伙计也像傻了一般，木木地坐着。片刻，一位捧笙的老者叹口气，说："玲，收家什，走吧。"

玲没有吭声，碎玉般的细牙咬着，就那么恨恨地盯着对方，死盯。

"玲，走吧。咱……认了。"那捧笙的老者又说。

"不。"玲眼里的泪像珠儿一般一串一串地落下，她默默地哭了。

那老者劝道："玲，听我一句话，别逞强。你一个女子，别……"

"不！"玲的眼瞪圆了，"命搭上也不。"

"玲，玲，你……"

"不！！"玲切齿地吐了一声，随着把衣服脱去了。

搭班的伙计都呆呆地望着她，一时不知说什么才好。只见她极快地脱去了外衣，接着又脱去了粉红色的内衣……于是，在光天化日之下，一个姑娘，把两个系着红绳的铃铛拴在了两只带着乳晕的奶头上！两眼一闭，脸儿死白，竟又对着唢呐仰天吹了起来……

谁也想不到，谁也不敢想，这姑娘在万般无奈的情况下，竟然把她那一双最圣洁、最隐秘的乳房示众了！

调儿是如此的悲壮，神色是如此的惨然。伙计们哭了，死也不过如此，他们各自紧跟着操家什，高奏着带血丝的声响。他们拼上了！

所有围观的人都被镇住了。刹那间，甚至没有人往邪处去想。只见那圆圆的白馍馍一般的奶子上系着两只叮当作响的铃铛，雪白的乳房在颤，铃铛也在颤……生的残酷，生的悲壮，生的昂然，似乎全在那铃铛上系着。

"快看哪！"

人们像潮水一般扑过来了，一个个目光里透着生命的燃烧、阳壮的燃烧！为那站在高桌上的女子，为那雪白的乳房，为那献身……

献身，这个字眼对于乡下人是陌生的。可他们平生第一次看到了献身，看到了一个姑娘永也不愿示众的圣洁处……美的和丑的念头一起在人们的心里洞现了，像有虫儿在动，狠咬。然而，乐声却是那样的悲凉缓重，那样的幽远肃穆，仿佛盘旋环绕在九天之上的仙乐一般，让人醒，让人正。姑娘那凛然的吹奏像磨盘一样沉重地压抑着人们的心，她眼里的泪花洗涤着人们的心，仿佛生和死全在铃铛上系着，使人不敢往更深的邪处去想。不敢。

李连升败了。

败在最后一刻。

他确实遇上对手了。他没见过这么厉害的姑娘，也没见过这么辣的姑娘。他栽到了一个姑娘手里，栽定了。无论他再做什么，都不能让人们转过头来。那只水碗"咣啷"一声从头上掉在桌上，碎了。

围观的人已走光。伙计们也都木木地坐着，再也提不起劲了……

终于，那姑娘胜了，胜得十分惨烈！

晚上，大月明地里，当李连升和伙计们骑着车闷闷不乐地往回赶的时候，却见村外的大路边站着一个女子。那女子正是他们的对头——玲。

伙计们想骂，却还是忍了。车子就这么一辆一辆"日儿、日儿"骑过去了。她低头在路边站着，没有吭声。他们也没有吭声。然而，当最后一辆车从她身边擦过的时候，她突然喊道："大李庄的，你下来。"

李连升停住车，让伙计们先走，然后回过头来，冷冷地问："干啥？"

玲抬起头，一步一步地走过去，目光盯着李连升，神色十分冷峻："我赢了你。"

"赢了又怎么着？"李连升不满地"哼"了一声，说。

"从今往后，我就是你的人了。"玲一字一顿地说。

李连升怔了，一时没回过味来。好一会儿，他才结结巴巴地说："凭、凭啥……是我的人？"

"我赢了你！"

"赢了我，就……该是我的人？"

"你，你想赖？"玲恨恨地望着他。

"我，我怎么赖了？"李连升不解地眨眨眼。

"我赢了你，就是你的人！"玲恶恶地说，"你想赖也赖不掉，我跟定你了。"

那目光像火一样，很辣，烧得李连升不敢再看她，只吭吭哧哧地说："我、我要不愿呢？"

"你不愿？我赢了你，你凭啥不愿？！"玲说着，眼里的泪涌出来了。

李连升扭过脸去，手刚扶住车把，却听这姑娘厉声说："你敢？！你若不愿，我就死给你看！"

李连升呆呆地站着，像吓走了魂似的，一句话也说不出来了。

"大李庄的，你听着：我不要你的聘礼，你要没钱，我自己有钱。人，我是跟定你了。活着是你的人，死了是你的鬼。你走到哪儿，我跟到哪儿，你别想把我甩掉。"说着，她眼里的泪又流下来了，目光恨恨的，幽幽的，"大李庄的，你把我逼到这一步，还不够吗？……"

李连升不明白这女子为什么非要嫁给他，也弄不明白他怎么就逼她了。他张张嘴，却又说不出什么，只是呆呆地站着。

"大李庄的，你要不愿，叫我怎么见人？从今往后我怎么见人？! ……"玲泪流满面地哭起来了。

是呀，李连升终于回过味来了：今天对班，姑娘最后脱了衣服，用那奶子赢他。她说是他逼的，他逼她了吗？一个姑娘呀，一个姑娘当众脱了衣服，太泼！太辣！太毒！她不肯认输，她要赢他，竟然用奶子赢他。他败了，败给了一对奶子，她便说她是他的人了，他的人……为那奶子？望那月光中的女子，被那辣辣的目光撞了，赶忙低头，吞吞吐吐地说："那……"

"大李庄的，我没求过人，今天，我求你了……"

月光下，玲一下子扑到他的怀里去了，就那么紧紧地、紧紧地抱住他："大李庄的，我会对你好，一辈子对你好，跟着你吃苦受罪我都情愿。我什么都不要，只要跟着你，对台的时候，我就想赢你。赢你才能跟你，要不，我也不会那样。这都是为你呀！大李庄的，你说话呀！"

李连升从未经受过如此热烈的拥抱，一股热辣辣的女子气息像电流一样传到他身上去了，那磁场极强，使他几乎难以自持。心也不由得随着那磁力跳动，跳得很快。他心里恨这女子当众脱衣，却又忍不住想爱。姑娘的热气，姑娘的发香，姑娘那柔软的肉体，还有姑娘那紧贴着他身子的乳房，仿佛给他全身都注满了火爆爆的爱。

他动心了，喃喃地说："那，我还得跟俺娘商量商量……"

玲的手慢慢、慢慢松开了。她抬起头，定定地望着他："你娘要不愿意呢？"

李连升急急地说："娘说过，我愿意她就愿意。娘老催……"

玲松了一口气，说："大李庄的，跟娘好好说，别叫娘嫌我。过了门，我会好好待她，不叫娘吃苦。大李庄的，你信吗？"

"信。"不知怎的，李连升的魂像被这女子带去了。嘴、身、心都由不得自己，只怔怔地望她。

"你好好说。"

"我好好说。"

玲幽幽地望着他，很久很久，说："大李庄的，我给你三天时间，你回去好好商量吧。四天头上，我在县城的大桥头上等你的话。我等你一天，你要是不来……"

"来，我来。"李连升赶忙说。

"好，你走吧。"

李连升推着车子走了两步，又站住了。他扭回头来，在月光下寻那女子，立时撞上了一双亮亮的大眼，很烫。于是赶忙折回头，又走，走得很慢。他走两步，回头看看，走两步，再回头看，那女子依旧站着……

远了，又听那女子喊："大李庄的，我等你了。等你三天，第四天桥上见。"

三天，难熬的三天，终还是过去了。

第四天头上，她便早早地到县城西关的桥上去了。她特意地梳洗打扮了一番，穿得很俏。来来往往的行人都忍不住看她，可她立在桥头上，只往西瞅。

大车，小车，摩托车，一辆一辆地从她身边飞过去了，行人也一群一群地走过去了，瞅了多少过往小伙子的脸，只是没有他。

这时光更难熬，像是用平底锅煎人的心，文火，一点一点地烤你，叫你疯了一般看那日光，它却老也不动……

日错午了，太阳慢慢西斜；桥下颍河水静静地流着，静静流，静静流……有几次，她走下桥头，却又慢慢地走回来，步移得很艰难，一寸一寸地丈量这座颍河大桥。连桥头上卖茶水的大爷都替她愁，愁得紧，时不时地也往西看，看那骑车的近了，又瞧她的脸色总是失望，于是说："闺女，喝碗茶吧。"

她摇摇头，依旧定定地往西瞅。

卖茶的大爷看她愁得焦心，淡淡地劝道："闺女，该来的终会来的，不该来的，也就随他去吧。大路上多少人哪……"

她点点头，谢了老人家，却还是往西瞅。整整一天，她没喝一口水，没吃一口饭，就那么死等。

直到太阳快要落山的时候，李连升才慢慢走来了。她远远地望见了，眉儿一松，快步地奔过去，离他有三步远的时候，却又站住了。

"跟娘说了？"

"说了。"

"娘愿意吗？"

李连升的目光迟疑疑的，先望了望天，而后默默去看桥下的流水，水很浅，很清，没有鱼。

"你怎么说的？"

"都、都说了。"

"娘愿意吗？"

"娘……不愿意。"

她的身子动了下，像是被闷雷击倒了似的，身子靠在了桥头的栏杆上。眼闭上了，又睁开。脸很白，像雪一样白，冷惨惨的。只轻声问："你呢？"

李连升不敢抬头，喃喃地说："娘……娘说，我吹响器，娶个女人还吹……娘不愿意。"

"你呢？"那问语依旧很轻，很淡，只内里烧着，仿佛有一蓬冲天大火在这淡淡的话语里压着，叫人想。

"娘嫌你在人前光了身子，疯……"

"你呢？！"她抬起头来了，眼里射出很强的光束，似有一股刺人的灼热，声音也高了些，很重。

"嗯……嗯……娘说，我要愿意，她就不活了……"

她扭过脸去，默默地望着桥下的流水。有一个时辰了，她轻轻地叹口气："不愿意就不愿意吧，干吗还叫我等。"

李连升脸相苦苦的，不敢吭。

过了一会儿，她抬起头来，定定地望着李连升，眉儿蹙紧了，又松开，说："我见见娘。"

李连升依旧苦着脸子，不吭。

她瞥了他一眼，咚咚地走下桥头，径直推车去了。

看她定是要去，李连升慌了，张张嘴，吞吞吐吐地说："别……"

她站住了，猛地回过头来，横眉立目、咬牙切齿地说："姓李的，你算人不算?!"

李连升像鳖一样地蹲下了，一句话也说不出。

"你不是人!"她一步一步地逼过来，恨得似要把牙咬碎了，"没种!!"说完，捂着脸掉头跑了……

李连升蹲在桥头上，竟呜呜地哭起来了。

回到家，李连升病了。

他躺在床上，不吃也不喝，就那么呆呆地望着屋顶，像傻了似的。娘慌了，问他，他也不理娘，只是闷闷地躺着，眼里一点神儿也没有。娘慌忙请医生来看，也看不出什么毛病，只是胸闷，吃不下饭。娘每日里给他做些好吃的端来，他也就吃几口，便又搁下了，总也提不起精神。

他就这么躺着，人越来越虚了。搭班的伙计们来看他几次，见他这个样子，也不好再说接"帖"的事，只劝他好好养病。他呢，谁也不理，就那么死死地瞅着屋顶，心里藏了很多话，只是不说，常常有泪从眼眶里滚下来，一滴两滴……像有什么磨不开似的。

他躺了整整一个冬天。老在心里磨着什么，死死地磨。有时候似乎推开了，眼里便有点活气；有时又磨到了死角里，转不开，像鲤鱼摔膘似的在床上，打自己的脸、头。慢慢又被时光推开了，心里淡一些……

过罢年，天暖和了，他慢慢地到外边坐一坐，晒晒太阳，依旧闷闷不乐。这天老虎陈的老舅又托人捎信来，说是外村有人下"帖"，是办喜事，主家点名让他去，给的价钱很高。他在家闷了几个月，也想走走，于是就应了。

那天，天晴得很好，没有风，日光暖暖的，他有些兴致，带着几个人去了。娶亲的主家非常热情，拿出喜烟喜糖来，还摆了酒席。那家老辈人说，是新媳妇点名让李连升去吹的，不管花多少钱，都要他去，而且只在村口迎，并不远去。搭班的伙计们都很高兴，他也高兴，病刚好，也借这喜事冲一冲。

快晌午的时候，新媳妇接来了。听村口处鞭炮噼噼啪啪一响，他们赶忙站起去迎。远远地看见娶亲队伍，便呜呜哇哇地吹起《抬花轿》来。村里人也都跟着跑出来看新媳妇，一路鞭炮响，很炸耳。

娶亲队伍十分壮观，前边两辆摩托开路，跟着是两辆拖拉机，一辆面包车，一辆大卡车，车上嫁妆装得满满的，看来新媳妇娘家十分阔气。新媳妇坐在挂红绸的面包车里，惹一村的娃儿都扒着车窗看。车里录音机响着，欢欢地唱那"记住你的情，记住你的爱……"

进了院子，双双拜天地的时候，李连升才看见那新媳妇竟然是她——玲。他愣住了，手里的唢呐"扑嗒"一声掉在地上……

"吹，吹，快吹。要拜天地了！"旁边有人招呼说。

李连升弯下腰，慢慢去捡唢呐，手抖抖的，怎么也捡不起来。

搭班的伙计们慌了，赶忙替他捡起来，塞到他手里。他还是怔怔的，像是走了魂儿。这一刻，仿佛天地间响彻着一句话："你不是人！"

于是又吹，一院子都傻了，他吹的竟是葬人的曲……

时光终还是疼人的。

一年后，李连升结婚了。他能挣钱，娶的女人自然是很体面的。洞房花烛夜，两口子甜甜蜜蜜，十分和睦。可当夫妻俩床上做爱的时候，不知怎的，他突然就忆起了那对班的女子，忆起了那拴了红铃的白白的乳房，恍惚间听那女子恨恨地说："你不是人！没种！！"于是，很是荒唐……

一连三晚都是如此。第四天，小媳妇便恨恨地回娘家去了。不久便提出离婚。李连升无奈，也只好随她去。两人到乡政府办手续的时候，秘书问那女人原因，那女人噘着嘴说："你问他，他不是人！"

后来又娶，却又离了。自然还是无话。问了，便说："他不是人！"

村里人都觉得奇怪，精壮壮的一条汉子，哪样都不缺，怎么就废了呢？

奶奶的"瞎话儿"（十）

他跪下了。

对着皇天后土，朗朗乾坤，也对着衣衫褴褛的老老少少。

在他面前的地上，铺着一块褪色发污的黄绢，黄绢上放着一根乌黑油亮的打狗棍和一只有着七十四个豁口的破碗。

这是个庄严的时刻——宣统元年四月十三。

为了赶这个时刻，九州十三县的叫花子云集在这座土地庙前，竟然把一块十亩大的麦地踏成了平地。

几天来，赶赴丐帮大会的叫花子们从各地源源不断地拥来，他们一帮帮、一群群似蝗虫一般在县城里串游。他们先后"跪"倒七家饭铺，"哄"了六座卖胡辣汤的小摊，"拜"穷了四家卖蒸馍的，还捎带着打死了八条大户人家的狗……现在，这支近千人的乞丐队伍齐聚在县城关外的土地庙前，喜气洋洋地等待着即将开始的叫花子们的盛典。他们确乎是吃饱了，一个个或坐或蹲、捉蚤搔痒，一副吃饱肚子便是天下皇上的气概。唯有望见那打狗棍和有着七十四个豁口的破碗时，才涎涎地露出一丝敬畏和贪婪的目光。

那镶有铜头的打狗棍和锔了七十四个豁口的破瓷碗，便是这支丐帮的"信物"。那也是权力和地盘的象征。谁掌握了它，谁就有号令九州十三县叫花子的权力。

这权力本是属于丐爷的。

可丐爷老了，岁月不饶人，他不愿再过这种漂泊不定的叫花子生活了。作为叫花子头儿，丐爷一生要了四十三年饭。据说，他年轻的时候也曾干过杀人放火的勾当，曾多次被官府捉拿过……可四十三年来，他已攒够了颐养天年的银钱，也许还要多。但丐爷口紧，他从未说过，连最亲近的人也不知他的金银藏在什么地方。按说，他满可以在城里扎处宅子，过大户人家那种阔日子，可他的名头太响，九州十三县无人不晓。于是，直到今天，还只是讨饭的丐爷。

现在，丐爷终于打算让"位"了。

按照丐帮的规矩，讨饭棍是传女婿不传儿子的。讨饭的混到了"爷"的地步，是决不会再让儿子去掮打狗棍的。一个"穷"字已深到了骨髓，纵然混到了"爷"的地步，心里终也忘不了讨饭的耻辱，女儿总是人家的人，也就乐得让女婿去号令一方，做个讨饭的诸侯。

丐爷是有家小的。然而，多少年来，谁也不知道丐爷的家眷究竟在什么地方，丐爷从来不说。他一直很神秘。

可丐爷没有女儿。

这是他自己说的。

那么，究竟由谁来掌管这根号令九州十三县叫花子的打狗棍呢？

一炷高香点燃了，丐爷恭恭敬敬地对着丐帮的"信物"磕了三个头。然后，他端坐下来，睁着一只瞎眼，细眯着一只"咬人"的亮眼，默默地望着黑压压的人群。

在丐帮的王朝中，每一次权力的交替必然带来血腥的仇杀和火并，除非是极有手段的人，才能镇住这个局面。弄不好，会使九州十三县的叫花子付出腥风血雨的代价。在这支讨饭的丐帮中，不光是瞎瞎瘸瘸有残疾的人，除了天灾人祸不时有大量的饥民加入，还有些流氓地痞无赖。这些人平时过惯了游手好闲的日子，在各州县画地为盘，各霸一方，且一个个身强力壮。他们虽没有勇气去垦一片荒地，可他们有的是无处发泄的蛮力。更有那些在讨饭中繁衍的子孙，他们过惯了风餐露宿的群居生活，在一日一日的讨要中蓄满了无穷无尽的"贱气"。这贱气，是在无数次打躬作揖的求告中喂泡出来的，那汁液浸透着跪破皇天的耐力。而叫花子们唯独不乏耐性。于是，这贱气越发地浸满了他们的每一个毛孔，唯强者是尊，恶者是爷。只有心狠手辣的人才能用更为残酷的蛮力将他们制服。这需要勇气，也需要快刀一般的残忍。

丐爷不乏勇气和残忍。二十年前，他曾用一只眼睛换取了老丐爷的"信物"，坐上了九州十三县丐帮的第一把交椅。当年，丐爷面对众多强悍的无赖，安然地用利刃挖去了自己的一只亮眼。那只血淋淋的眼珠是他自己亲手挖出来的，当他把眼珠放在那个有着七十四个豁口的讨饭碗里时，一丝丝的血脉还活脱脱地蹦着，在阳光下飞溅着鲜红的血花。他就站在那儿，平端着那只碗，等着人走上来。可没有人敢走上来。按规矩，只有挖去双眼的人才能赢他。没有人舍得挖去双眼，他赢得了"瞎子们"的一片欢呼声。他胜了……

可丐爷老了。丐爷当年是不怕死的。而现在，他不想死。

丐爷端坐在那儿，默默地等人走上来。他希望能有一个强悍的丐帮兄弟把这根打狗棍接过去，平安地接过去。然后，他将从此销声匿迹。可他知道，这是不容易的，弄不好，他会把命搭上。多少人眼巴巴地瞅着这根棍呀！

骤然，一把沙哑的胡琴拉响了。"三花脸"随着琴声从人群中走了出来。他袖着手，眼儿贱贱地乜斜着，浪声浪气地唱起了《莲花落》：

　　一双绣鞋寸二二长，

　　莲花儿尖尖裤脚里藏，

　　有心偷眼瞅一瞅哇，

　　又怕那恼人的汉子拿棍棍子夯！

　　——大嫂，成（盛）两口吧？

哄！人群里响起一片喝彩声。"三花脸"唱着，从袖筒里扪住一匹大蚤，端在手上，贱贱地放眼前望了，出个样儿，随手丢进嘴里，"咯嘣"一声咬碎，接着又唱：

　　挑水的大姐儿你慢慢地走，

　　柳腰儿闪了你可怎么哩咯扭？

　　东庄的大哥儿瞧上了眼呀，

　　万贯家产都在这扭上头！

　　——大姐，成（盛）两口吧？

又是一片喝彩声。很骤。

　　一根麻线细扭扭，

　　纳鞋底的大娘愁白了乌丝丝的头，

　　黄土路上瞭一眼，

　　狠心的郎（狼）哟，

　　离家三载你不回回头。

　　大娘大娘你放宽宽心哪，

　　讨饭的棍棍子在你眼前伸，

　　纵他天涯海角角儿走哇，

　　汉子的裤带带儿还挂在床头头儿。

　　——大娘，成（盛）两口吧？

…………

"三花脸"在人群中走着唱着，唱着走着，王瞎子那把哑哑的胡琴也就随着他唱。一时间，乞丐们的鼓噪声渐渐地静下来了，仿佛连身上的蚤子也不再蠕动，天地间只剩下"三花脸"那浪声的《莲花落》和低沉浑重的胡琴声。天宽地阔，日光暖暖，大雁排一行人字在高空飞，远处黄土官道上有人影在晃……

听着这胡琴声，连眯着一只独眼的丐爷都有些恍惚了。他清楚地回忆起五十四年前，本家一位老婶子把他从家里带出来的情景……

（那是家族历史上最惨重的一次灾难了。多少年后，后辈人隐隐约约谈起那件事情，还不由得为之胆寒，功名心也就淡了许多。）

那是一个漆黑的夜晚，雨下得很大，村里的狗叫着，很瘆人。婶子偷偷地把他从地窖里抱了出来。他不敢哭。婶子不让他哭。就那么摸黑背着他走，不停地走，那一双小脚在泥泞的土路上一歪一歪，一直走到天亮。从此，他便开始了讨饭的生涯……没过多久，当他稍稍懂些事的时候，这位带他出来逃难的本家老婶子便死去了。她是得病死的。那时，为了给躺在草庵里的老婶求钱治病，他在人来人往的大路边上跪了整整一天，膝盖都跪出血来了，却没人可怜他。那是饥荒年。整整一天哪，他喉咙都喊哑了："大爷大娘，行行好吧……"然而，他一文钱也没求来。老婶子就这样死去了。临死前，老人详细地给他讲述了整个家族的惨痛历史，告诉他："孩子，记住，你是李家的血脉。你家世代书香，你是大家的孩子。你亲叔考中了头名状元，原是要做大官的，只因得罪了皇上，招来了满门抄斩的大祸……那天，是你太爷爷吩咐我把你抱进地窖的，好为李家留一条根。他还给你留下了血书，血书在你贴身兜肚里缝着呢。记住呀，孩子，总有一天你要回去……"后来，当他独自一人在江湖上混出了些名气，长出胆量来的时候，他才把那缝在兜肚里的血书掏出来，花三个铜子拿给一个私塾先生看。他以为一定是要他报仇的。不然，那上边只有四个悲愤的血字：永不读书！

从此，他记下了这四个字，隐姓埋名，浪迹江湖了。

现在，他混到了丐爷的份儿上，在江湖上漂泊了几十年。一听这胡琴声，便分外地思乡。可他仍旧睁着一只瞎眼，默默地坐着……

"三花脸"唱到节骨眼儿上，脖子一缩，甩出一副呱嗒板儿来，呱嗒板儿在他手里上下翻飞，呱呱嗒嗒打得飞花一般：

呱嗒板儿，脖儿里挂，

狗咬我，我不怕。

三老四少行行好，

要饭的三爷我又来了。

叫一声，你不应，

叫两声，你不动，

三声四声粗喉咙，

五声六声穿堂风，

七声八声房角动，

九声十声赛雷鸣。

左一声，右一声，

一声一声到天明。

——看你那七姑八汉咋出城！

"三花脸"打着呱嗒板儿，一步一步往前挪。他是丐帮中数《莲花落》的好手，嘴上虽油腔滑调，心还善。那帮有残疾的丐帮兄弟全听他的。他想凭借这一手承接丐帮的大权，因此，数起《莲花落》来，展出了十二分的本事。

呱嗒嗒，呱嗒嗒，

打狗棍，我手里抓。

黑狗出来我吓吓，

白狗出来我怕怕，

黄狗花狗一起来，

我一棍子下去打跑它！

大爷大爷你别恶，

喂狗的主家粮食多……

"三花脸"打着呱嗒板儿，越来越近了。当他离放着丐帮"信物"的地方只有七步远的时候，蓦地，丐爷那只眯着的独眼睁开了。人群中一阵骚动，"哄"地一下全都站起来了！可是，丐爷却又把眼闭上了，依旧是仰脸望天，默默地听"三花脸"数落。人们一阵骚动后，也跟着慢慢地坐下来了。

呱嗒嗒，呱嗒嗒。

要拿馍你拿十仨，

要端菜你端一打，

五子登科在你家。

"三花脸"离放在黄绢上的打狗棍仅有三步远了，只见他呱嗒板儿一顿，"啪！"一个响亮的回板，站住了。

丐爷那只亮眼仍然闭着，是该睁开的时候了，他还闭着，像是在打盹。

这工夫，人群中突然传出一声大喝："慢！"

随着这声吆喝，二膘子晃着大身量走出来了。他个大，肉厚，脊梁像案板一样宽，很野。只见他摇摇地走到场子中央，一拱手，油花子破袄甩在了地上，接着，"唰唰"从腰间拔出两把匕首，"嚓嚓"在厚厚的肚皮上蹭了两下，利利索索地沿肚皮中间划了一刀！立时，一条鲜红的血线顺着刀口流下来。然后，又是"噗噗"两下，一左一右，把两把匕首扎在了胸口上！紧接着又从腰里抓出三把刀子，一把噙在嘴里，左胳膊一伸，"噗"扎上了；右胳膊一伸，"噗"又扎上了。几条血线像红泉一般地流淌着，二膘子连眉头都没皱一下。他赫然地往前一站，在阳光下展览着他那血淋淋的身子。

丐爷的眉头耸动了一下，眼，仍然没有睁开。

"三花脸"怔住了，呱嗒板儿还在他脖子上挂着，一时不知如何才好，就那么看着二膘子一步一步往前走，傲然地、扬扬得意地往前走。二膘子显然觉得那裹了黄绢的打狗棍该是属于他了。

可是，当他弯腰去拿打狗棍的时候，只听人群中又是一声断喝："住手！"

是八赖。

八赖肩膀一耸一耸地扛着一块钉板走出来了。看来他是早有准备，很沉得住气。他个儿不算高，瘦瘦的，却很横，斜扛在肩上的那块钉板黑森森地耸着一排排大钉。他看都没看二膘子，款款地把钉板往"信物"跟前一放，先给丐爷作了一个揖，又转身给各位拱拱手，叫道："丐爷，老少爷儿们，请了！"说完，扑通一声，双膝跪在了那块钉板上，像一尊保护神似的。顿时，鲜红的血像小溪似的顺着钉板往下淌，湿了黄土一片……

一只黑蚂蚁悄悄地爬到了丐爷的腿上，丐爷的手轻轻地动了一下，扣住了那只蚂蚁，片刻，他的手松了下来，那蚂蚁在大腿上躺着，不再动了。它死了，它被捏死了。

天很蓝。

人群里一片静默。

片刻，只是片刻，王瞎子的胡琴又响了。随着琴声，"三花脸"像刚醒过来似的，他展展身子，又伸了伸脖儿，不再看二膘子和八赖，陡然，只见脖颈一硬，呱嗒板儿飞旋而出甩落在了手上，呱呱嗒嗒地又打响了。只见他前

三后四，左七右八，把一副呱嗒板儿抢得眼花缭乱，一时像飞泉溅石，一时
又像乱珠落盘。伴了那沉哑的胡琴声，霎时又似万马奔腾，一刻又似秋雨数
点……骤然，呱嗒板儿声停了，他却又亮嗓儿唱起了《莲花落》：

> 皇天后土哇，我的房；
>
> 漫天野地呀，我的床；
>
> 油花子破袄哇，我的被；
>
> 讨饭的爷儿呀，吃四方。
>
> 明明是狗命人哪，
>
> 偏偏要做皇上；
>
> 金銮殿上小龙墩哪，
>
> 贴贴屁股也不枉！
>
> …………

一个时辰过去了。

两个时辰过去了。

"三花脸"还在唱……

没有谁愿意退下去。谁能忍得住，谁就能夺得那"信物"，谁就是丐爷
了。

丐爷是不讨饭的。丐爷可以号令九州十三县的叫花子，一辈子受叫花
子们的孝敬。这是一场赌博，忍耐的赌博，贱气的赌博，命的赌博。忍哪！
天大没有一个忍字大……

二膘子伸直了一个"大"字，就那么硬硬地站着。他的嘴斜斜地歪着，
脸变得蜡白，牙关"咯咯"地打战，身上的血已经把裤子浸湿了……

八赖死死地跪在那儿，黄脸越加黄了，他的头垂得低低的，死跪！板
上的钉穿在肉里，钉在骨上，两腿下，血已凝住了那块钉板……

"三花脸"已经唱干了喉咙，"哇"地吐出了一口血来，可他仍在唱，

那唱声就像是在惨叫，像狼嚎一般的惨叫！他仿佛要把人活活唱死：

> 大哥哥不在家，
>
> 二哥哥出门啦，
>
> 还有小三哥哥小哇，
>
> 揽在怀里恩养他。
>
> 哎呀我的妈！
>
> 漫漫长夜咋打发。
>
> …………

忍哪！地大的一个忍字。地接着天，天罩着地，茫茫环宇中荡着一个"忍"……忍吧，忍到头就是丐爷了。丐爷，讨饭的皇上！

眼见着"三花脸"要败了，唱是唱不出"丐爷"来的，他还不够狠哪。两人已经血肉模糊了，他才仅仅是唱哑了喉咙，那怎么行呢？于是，瞎子们开始往前运动了，一伙一伙的，全都掂着棍子，互相嘀咕着往前靠……瞎子们是偏着"三花脸"的。

一看这阵势，向着二膘子、八赖的人也都动了起来，纷纷召集各自的人手……

场子乱了，一场血战眼看就要开始！

就在这时，丐爷那只独眼终于睁开了。他望了望黑压压的众人，挺身站了起来，长叹了口气，缓重地说：

"丐帮兄弟们，李某不才，撑持帮位已二十余载，有照顾不到兄弟们的地方，请多多包涵。我老了，精力不济了，本想趁这次帮会推举一位有能耐的贤者来照顾大家，唉，总归是我不好……"

他说着，默默地望了一眼二膘子，叫道："膘子。"

"在。"浑身插满刀子的二膘子歪着嘴应了一声，目光很惨。

"你能照顾好众弟兄吗？"丐爷很平和地问。

"能。"二膘子摇摇晃晃地叫道。

丐爷点点头，转脸又叫："八赖。"

"在。"八赖哼了一声，他几乎要栽倒了。

"你能照顾好众位弟兄吗？"丐爷依旧很平静地问。

"能！"八赖咬着牙抬起头来，应道。

丐爷又是点点头。接着再问"三花脸"："花脸，你呢？"

"有福同享，有难同当。""三花脸"说。

丐爷还只是点点头。

下边，瞎子们齐声吆喝："三花脸！"

人们也跟着起哄，有叫"膘子"的，也有叫"八赖"的，一时喊声震天。

只见丐爷跨前一步，弯下腰去，慢慢地把"信物"重新包好，掂起来捧在手里。一时间，所有的人都屏息望着他，死静。丐爷抬头四望，微微地笑了笑，大喊一声："去吧！"只眨眼的工夫，把那"信物"猛地甩了出去。

紧接着，瞎子堆里传出一片欢呼声，那裹着黄绢的"信物"刚好落在瞎子中间。瞎子们顿时厮打起来，一片竹竿声……

"三花脸"扔了呱嗒板儿，飞快地朝瞎子群里跑去了。二膘子和八赖眼都红了，两人同时拔出了刀子，惨然地怒视着丐爷："丐爷，你也太不仁了！"

丐爷嘿嘿笑了两声，低声说："那是假的。你想，如此贵重的信物，我会轻易带到这里来吗？膘子，八赖，我老了，丐帮就拜托给二位了！"说着，他拱拱手，"去吧，快去，东西在城里张善人家放着呢。"

"谢丐爷！"两人互相看了一眼，目光很冷，转过脸来，同时高喊："走，去张善人家！"

　　二膘子和八赖被各自的人抬着向县城方向跑去了，只有瞎子们还在打……

　　丐爷笑了，那只笑着的亮眼恶狠狠的。

　　丐爷记性好，他还没忘了张善人。四十年前，当他讨饭路过这个县城的时候，张善人曾放狗咬过他。现在，他要报答张善人了……

　　丐爷抬起头，只听见一声惨叫。那撕锦裂帛的惨叫声是从"三花脸"嘴里传出来的。纷乱中，他被瞎子们用乱竿打倒在地。他死了，是被那些最喜欢他的瞎子打死的。瞎子们没有眼。看着那躺在地上的血污污的脸，丐爷也不由得皱了皱眉头。

　　这一声惨叫仿佛把王瞎子的心摘去了。

　　"三花脸"是王瞎子从讨饭路上捡来的孩子，是他把"三花脸"从小恩养大的，是他最亲的亲人，也是瞎子们最喜欢的人。他的《莲花落》为两眼漆黑的瞎子们解过多少闷哪！王瞎子听到叫声，怒吼着扑了过去，举起竹竿就打。瞎子们也都乱乱地围上来，狠命乱打……

　　没人知道是谁把"三花脸"打倒的。他们全都以为是别人打死了"三花脸"。于是，一百多个瞎子打成了一团，只听见一连串的惨叫声，为那看不见的丐帮信物，为"三花脸"，他们拼命了！

　　他们眼前一片漆黑，连太阳都是黑的。一个个杀气腾腾，凶相毕露。没有人知道他们是自己打自己，当竹竿打在对方身上的时候，伴随着的是兴奋的嘶叫。有十几个瞎子已躺倒在血泊中，其余的仍在盲目地乱打。打迷了，也打疯了。一时间，整个土地庙前尘土飞扬，骂声震天。

　　只有一个人在那儿站着，默默地站着，一声也不吭。那是丐爷。

　　日落了，风也凉了，西天还残余着一片暗红，天光也渐渐灰下来，暮色苍茫，十分的凄然。瞎子们已经打落了一轮红日，却还在打，瞎打。这时候，谁能高喊一声，谁能说"别打了，你们都是瞎子！"，那么，这个人准死！

丐爷悄悄地走了。丐爷不忍再看。当他走了很远很远，回过头来，却仍能看到遮天的黄尘⋯⋯

丐爷胜了。

丐爷保住了自己的命。

——不管是有眼的，还是没眼的，都是瞎子。丐爷想。

从此，丐爷在江湖上消失了，没有人知道他的下落。

他去了他该去的地方，这地方也只有他自己知道⋯⋯

○　●

羊（十）　· ·

　　李金魁怎么也想不到，他会再见到李红叶。

　　当他再次跟李红叶相遇的时候，已是五年以后的事了。

　　在这五年时间里，李金魁先是不显山不露水地把自己挪动到了县里，当了一任副县长。当副县长时，他曾经处理过一件使省里都刮目相看的事情。那件事是有关引水工程的。邻近的一个城市严重缺水，于是省里就搞了一个南水北调的工程，好把白马山水库的水引过来。这个引水工程耗费巨资，然而却在跟邻市交界的曹村一带被卡住了。那里的老百姓死活不让渠水从他们地里过，不断地破坏水利设施，施工单位叫苦不迭。省里多次派人来处理，都没有得到很好的解决。于是省长下了死命令，让县里牵头，限期解决。县长又把这件事交给了李金魁，让他亲自出面协调。这是个难事，事关本县四个村，弄不好就容易闹出事端。李金魁接手之后，并没有急着去处理，而是先悄悄地带人走访了一圈。该看的都看了，该听的都听了，然后才打发人把四个村的支书叫到乡里。四个村的支书一个个佝偻着腰来了，他们已商量好了对付上头的办法，也是不急不躁的。进门后，却看见屋子里已摆好了一桌酒席，李金魁大手一挥，说："坐，坐吧！"而后就喊："上酒！"一语未了，只见司机把整整一箱"五粮液"扛了进来。李金魁又说："今天我来就是喝酒的，喝不倒不出门！"说完就喝起来了，自然是喝得昏天黑地……第二天又是如法炮制。先是还没有什么，喝着喝着就都有些高了，你拍我我拍你，你骂我我骂你，亲哥哥亲弟弟的……第三天，当李金魁又摆下酒的时候，四个支书就异口同声地说："李县长，有话你说，你说吧。"李金魁说："啥也不说，还是喝酒！"四个支书说："酒是喝好了，有啥话你赔说了。"李金魁却又把酒倒上了，说："你们不喝我喝！"说着，把一只茶杯拿过来，咕咕咚咚倒了半杯，又一口气喝下去，这才擦擦嘴，长叹一声，说："省里下了死命令，要限期处理。县里，公安局车、人都准备好了，要杀一儆百。我不让来。我说，基层的人干工作不容易，他们也有难处啊！……现在酒也喝到这份儿上了，我只对你们四个人，你们说咋办咱就咋办。"四个支书你看我我看你，而后说：李县长，酒喝到了这份儿上，我们也无话可说了。你说吧，你说咋办就咋办。咱是土性人，这辈子能交上个当县长的朋友也值了！……李金魁说："我也不为难你们。如果有想不通的，就让他来找我，我就在这儿坐等着……"三天后，事情顺利地解决了。

这事处理不久，他就调到市里来了。当他进市之后，已是市长的候选人了。那时，虽然县、市是平级的，可市长毕竟是市长啊！

李金魁是在人大开会期间巧遇李红叶的。那是在一次联欢会上，联欢会是在一个豪华舞厅里举办的。作为市长候选人，李金魁自然要去看望一下，分别跟人握握手、说说话，以示他对代表们的尊重。就在他要离开舞厅时，不小心碰碎了一只茶杯，那里的服务小姐并不知道他是谁，就说，先生，这是要赔偿的。李金魁马上说，好好，多少钱，我赔。于是，那服务小姐很有礼貌地说，先生请你到这边来吧。当那小姐把李金魁领到吧台时，他只觉眼前一亮，一个鲜艳无比的女子从吧台后边走了出来，这女人亭亭玉立，浓妆艳抹，乍一看就像外国女人一样，可他细一看，李金魁简直不敢相信自己的眼睛，这个女子竟然就是李红叶！李金魁怔怔地望着她……这时，那服务小姐刚说了一句，只见那女子的嘴唇微微地动了一下，示意说："你去吧。"而后，李红叶说："欢迎市长大人光临。"李金魁有点吃惊地问："你、你怎么在这里？"李红叶反问道："我怎么不能在这里？"李金魁语无伦次地说："你、你、好吗？"李红叶冷冷一笑说："还行吧。这家舞厅就是我开的。"往下，李金魁不知道该说什么好了，站在那里，有点不好意思地回头望了望，李红叶马上说："要不忙的话，上去坐坐？"李金魁迟疑了一下，说："好吧。"

上得楼来，李红叶把他领到了一个带有套间的办公室里。办公室布置得十分雅致，房间里洋溢着一股粉红色的温馨。李金魁坐在那圈橘黄色的皮沙发上，四下打量了一番，笑着说："不错嘛。"李红叶把一杯滚烫的咖啡放在他的面前，说："人呢？"李金魁随口说："不错不错，人也不错。"李红叶把身子靠在桌上，双手一抱，问："仅仅是不错？"李金魁赶忙说："漂亮，太漂亮了，漂亮得我都不敢认了。"李红叶的脸倏忽就变了，说："是吗？哼，我还以为没人要呢！"这话一说，李金魁顿时哑然。

过了一会儿，李金魁说："没想到还能再见到你。"

李红叶说："没想到吧？"

她望着他，他也望着她，两人久久不说一句话。

短暂的沉默之后，李红叶问："成家了吧？"李金魁很勉强地点了点头，说："成家了。"她又问："你那位好吗？"李金魁含含糊糊地说："还……凑合吧。"接着，他说："你呢？"李红叶用戏谑的口吻说："我嘛，也就那样，过了一段不是人的日子。结了两次婚，离了两次；又结了一次……你也许认识，是你们大李庄的，叫李二狗，做生意的。"李金魁想了想说："好像是三队的吧？听说发了大财。"李红叶说："也就那样。我们两个是谁也不干涉谁。"李金魁望着李红叶说："你变化不小哇。"李红叶说："是吗？人都是会变的。你不也在变嘛，市长都当上了。"李金魁笑了笑，说："我还欠着你呢。"李红叶说："你欠我吗？你还记得你欠我？"李金魁："那时候……"李红叶说："你不止欠我一次吧？六年前，你刚当乡长时，咱们见过一面，还记得不？"李金魁抬起头说："噢，当时你坐在一辆伏尔加里，一晃过去了，那就是你呀？"李红叶又说："三年前，你任副县长时，我的前任丈夫是地委组织部的。现在你当市长了，你知道又是谁替你说了话吗？"李金魁说："这是组织上安排的。"李红叶说："是，你的事我都知道。这些年来，我一直注意着你呢……我知道你一直想超过我父亲，那时候，你眼里就有一句话，你要超过我父亲，现在你终于实现你的愿望了。"李金魁双手捧着头，说："我明白了，我欠你很多。"李红叶点上一支烟，先是吐了一口烟圈，而后说："是吗？"李金魁有点惊讶地望着她，李红叶接着说："你是不是觉得我放荡了？"李金魁笑了笑，什么也没有说。过了一会儿，李红叶目光直视着他："说吧，有一个字你还没说呢。"李金魁抬起头，问："什么？"李红叶说："你最喜欢说的那个字。"李金魁说："哪个字？"李红叶愤愤地说："就那个字，那个毁掉我整个青春的字！我等着你说那个字呢！"李金魁的心"怦"了一下，他像被枪打中了似的。是呀，他想起来了，是那个字。可他只是呆呆地望着她，她实在是太漂亮了，这么多年没见，她竟然变得那么漂亮！她的嘴，她的眼，她的眉，她的服饰……都让他心猿意马。可是，那个字，他却说不出口了。就在这时，李红叶伸出她那抹了亮指甲油的纤纤玉手，一把把他从沙发上拽了起来，她把他拉进了内室，媚媚地望着他："你说呀。"可李金魁再也吐不出那个字了。他说："你……"李红叶马上说："你也变了。"而后，她十分干脆地说："脱吧，脱！"此刻，李金魁倒像是傻了一样，木木地站着。他怎么也想不到，那个字会从李红叶的嘴里说出来。在他的童年里，那个字就诱惑过他，在他的梦境中，那个字又一次次地出现过。那个铿锵有力的字啊，现在却出现在女人的嘴里，他是多么羞愧呀，在这刹那间，他简直是无地自容。李红叶就站在他的面前，那是怎样的一份妖艳哪！而且，她开始给他解扣子了。她一边解他衣服上的扣子一边说："你不就等着这一天吗?!"李金魁无话可说，他只觉得身上的火烧起来了，那是一蓬无法熄灭的大火。时隔多年，那火烧得更加猛烈，使他实在是无法自持。

事过之后，她说："我好吗?"他说："……好。"她说："想再好吗?"李金魁不吭了。她说："你知道吗，我最恨的就是你。可我又忍不住地想你。是你把我毁了，你说是不是你？你一个字就把我毁了。"李金魁只是默默地听着，一句话也不说。最后，她说："你随时都可以来。"

离开那家舞厅的时候，李金魁隐隐有些不快。他说不清那不快究竟是什么，可他心里总有点不舒服的感觉。走在街上，凉风一吹，他突然想起他已经是本市的市长了，还是要注意影响的，以后不应该再到这种地方来了，虽然没有人知道。可他又怀着一种莫名的兴奋，一种邂逅的酣畅，甚至还有背叛者的喜悦。一直走出很远，他才回过头来，看了看那家舞厅，这时他才注意到那闪烁的霓虹灯上变幻着、跳动着的正是"红叶舞厅"四个字。那四个字就像是一个晃来晃去的女人，一时是红色的，一时是绿色的，一时又是蓝色的……很诱人哪！

回到市政府的小招待所里，李金魁躺在浴盆里好好地泡了一个澡。水很热，热浪一波一波地环绕着他，这时他想，我变了吗？是我变了还是她变了？不然，我为什么吐不出那个字了呢？真奇怪！那个字实在是应该他说的，可他竟然说不出口了。女人哪，女人哪，要说变，女人才会变呢。女人一旦变起来，可真不得了啊！女大十八变，一变，二变，三变，她几乎变得让人认不出了。她竟然说，他做官是她帮了忙的。她为什么要这样说呢？她能帮上这个忙吗？笑话！那时，她是多么纯哪！……就在这时，挂在浴室的电话响了，他怔了一下，缓慢地伸出手，把电话从墙上取了下来。他想，这是谁哪？他刚来没几天，还没人知道……就在这时，电话里传来了甜甜的吹气声："喵……听出来了吗？说话呀。"李金魁对着话筒正色说："哪里呀？"电话里有柔柔软软的低声传过来："你装什么装？真的听不出来吗？你想我吗？"李金魁说："噢，噢，听出来了……"突然，李金魁大声说："好，请进！"立时，电话里沉默了，片刻，电话里说："晚安。"而后，"咔"的一声，电话挂断了。这时，李金魁湿漉漉地从浴盆里爬出来，用毛巾擦了擦身子，接着用力地把毛巾甩在了浴盆里，只听"哗"的一声，浴盆里溅起了很高的水花。

躺在床上，李金魁默默地对自己说，你不能再见她了。

○　●

狗　　·······································

　　李小囤每月一日上县城城关的邮局去一趟。

　　每次往家里寄三十块钱，月月如此，一分不多，也一分不少。

　　他是木匠，在县城里走街串巷给人做家具。按城里的规矩，是把木匠请到家里做，管饭一天一块五；要是不管饭呢，一天三块。但人家一般都管饭，怕你出出进进的耽误工，又怕拿走了什么东西。只有包工的时候才能多挣些钱，那机会是极少的。这年头人们做家具都讲究，只要你活儿好，不要你手快。所以，每月寄三十已经不少了。他本不想寄这么勤的，凑大数寄也一样，可他怕嫂子骂。

　　分家的时候，他就分了这一套爹留下的木匠家伙外带三千元的债务。他原本是可以多分些东西的，但家里两年办了三件大事：爹死；盖房；哥娶媳妇。光外债就欠了八千多块，除了嫂子屋里的东西，家里也就没有什么了。翻盖的三间瓦房，哥嫂就占了两间。娘住的那一间里有一张破床，床还是土坯垒的，来主持分家的老舅可怜他，当着嫂子的面说："恁是老大，事都办完了，将来小囤办事的时候，恁当哥嫂哩可不能不管哪！"哥嗫嚅地看着嫂子，嫂子哼了一声，给老舅来了个屁股朝前，噘着嘴说：“娘谁养活？没钱娶媳妇就别娶呀，来了就给恁这一鳖窝还债!”娘只在一旁抹泪，老舅气得直哆嗦。

他可怜哥，哥娶媳妇真难。再说，哥在家也背着几千块的窟窿呢。嫂子厉害，嫂子嫌哥没本事，嫂子嫌家里穷，家里连连办大事，怎么能不穷呢？他没再说什么，就一个人背着木匠家伙出来了。他不依靠哥嫂，他靠自己挣——挣钱还债，挣钱盖房，挣钱娶媳妇……日子还长呢，他不能把娘从那一间房里撵出来，那会叫大李庄的老辈人笑话的。

每次寄完钱，他总要到邮局对面的小茶摊坐上一会儿，原是渴了才去坐的，后来不渴也想去坐坐。卖茶的是一位年轻的女人，人长得秀气，说话也甜甜的，不曾笑过，但叫人觉得心里暖，心里近，不像别的小贩那样凶。她旁边还坐着个三四岁的小妞，小妞穿得干干净净，脸蛋像小苹果，红扑扑的。远远走来，就叫人想到这茶摊坐上一坐，这女人和孩子望着你，使人有一种到家的感觉。这女人的确心好，不喝茶的时候，她也不赶你走。他就多坐一会儿，看街上来来往往的行人，听高一声低一声的叫卖声。偶尔，也瞅瞅人家身上穿的好衣裳，看看过路女人那漂亮的脸……愣上那么一会儿，始觉看也是白看，还得做呀，心一硬，站起来就走。

有一次，他从邮局走出来的时候，那卖茶的女人默默地注视了他一会儿，问：“你家里有个好女人吧，要不，怎么月月寄钱这么准时?”

他笑了，他知道出外用人家的机会多，说话得嘴甜些，便亲热地叫了声：“大嫂，您净说笑话。家里哪有好女人哪，是欠了人家的债……”

“哟，怎么欠人家那么多钱呢?”那女人关切地问。

他便一五一十地对这女人讲了。他本不想对外人讲的，可这女人身上仿佛有点什么似的，使他忍不住要讲。

这女人听了，叹口气说：“你嫂子也太狠了！一个人光身分出来，还背这么多的债，到啥时候才能还齐呀？"

"慢慢还吧。"他说。

这女人不再问什么了，弯下腰倒上一碗热茶端到他面前："喝碗茶吧。"

他忙说："谢谢你，大嫂，我不渴。"

"喝吧，不向你要钱的。"

这么一让，他倒不好意思再坐了，慌忙站起身来，说："不喝了，大嫂。你站一天也不容易，还拖个孩子，够难的。要喝，我有钱，这人情欠多了，比钱还难还哪。"

那女人也就不再让他，一任他匆匆走去。

久了，人也熟了。

寄完钱的时候，他就在这茶摊上坐的时间更长些，说话也随便多了。于是便知道这卖茶的女人叫玉萍，那小妞叫旦旦。为了不欠人情，他有时也给旦旦买几颗糖吃，有时看见哪只小凳坏了，就帮忙给修一修。这样，他觉得坐着自然些。心里算着账还了多少，还欠下多少，往下盘算着日子和活计，也常常觉得心累，就只好不想。

玉萍常问他："账还得差不多了吧？"他便说："快了。"此后无话，仍是看那一日比一日热闹的大街，听录音机里传出的"嘭嚓嚓"，瞅过路女人的脸……日子很碎呀。

有几天没接上活计，他心里烦，在街上走的时候碰上了玉萍。玉萍见他颠儿颠儿地跑，便对他说："干脆你给我做几个小凳吧，我家里还有些碎木料。"

他知道做小凳费工不出活儿，还不能收钱，干也是白干。可他老觉得欠了人家什么，不好当面拒绝，也就应承下来了。

这一做就是三天。

因为这活儿是白尽义务，不挣钱的，所以，他干起活儿来时间抓得死紧，白天干了夜里也干一会儿。他急着干完好再去揽活儿。他得挣钱还债呢。玉萍看他干得太猛，时常劝他歇会儿再干，他只是不吭。吃饭的时候，玉萍每次都炒上三四个菜款待他，还特意打了酒让他喝，实比别家待他好。

他开玩笑说："大嫂，你做的饭可真香啊！"

玉萍甜甜一笑："香吗？你就多吃一碗。"

"我真想天天在你这儿吃，可惜没这个福分。"

"行啊，交伙食费我天天给你做。"

说过了，笑过了，这女人似乎没在意，他也没在意。只是一直没见这家的男人回来，他也没敢问。

三天，他一共做了十二只小凳，还捎带着把小桌面给刨了刨，给小旦旦做了把木头枪。他活儿做得干净，式样也新，十二只小凳一拉溜排在茶桌前，挺招人的。玉萍说："你手艺不错呀！"活儿好，人家待承好，他心里高兴，便说："大嫂，不瞒你说，俺家三代木匠，爷那辈在乡下就是有名的，爹那辈学会了刻木花的手艺，却又不让干了，两辈人都想开木匠铺，结果都没能开成。俺只怕也难干成个什么景……"玉萍听了笑笑，没说什么。

那晚，临走的时候，玉萍从里屋拿出十块钱放在桌上，说："让你受累了，拿着吧。"

他看看钱，说："大嫂，你待我这么好，是不该收钱的。你还给这么多，是寒碜我吧？"

玉萍说："木料碎，干活费力。再说你夜里也加班了，该这么多呢。你别客气，快拿着吧，我还得谢谢你呢！"

他看了这女人一眼，推辞说："大嫂，真不该收钱，你快收起来吧！"

玉萍脸儿一嗔："收着，可不兴这样。要这样，下回我不让你来了。"

他又看了这女人一眼，想了想说："大嫂，要是夜里加班做，说破天我也不能收钱。你知道我白天时间金贵，既然你这样说了，我就收下。不过，这真是太薄气了……"说完，他把桌上的十块钱拿起来，又从腰里掏出装钱的包包，从里边数出六张一块的钞票放在桌上。

玉萍又要让，他站起来说："大嫂，你再让我就没脸坐了。"

玉萍只好作罢，只说："坐会儿嘛。"

李小囤是经不住人家让的，越让坐他越坐不住，慌慌张张拿起家伙就走。出了门，玉萍领着小妞出来送他，他没头没脑地走了一会儿，才说："回吧。"玉萍也不说回，就这么走了一段路，她才对小妞说："喊叔叔再见。"那小妞便甜甜地喊一声："叔叔再见。"她又对小妞说："说叔叔常来玩。"那小妞也跟着说："叔叔常来玩。"

不知怎的，这么一喊，李小囤听了心里酸酸的。他想扭头抱抱那小妞，却没有敢。

冬去春来，日子一天天过去了。县城里日渐繁华热闹，一座座高楼拔地而起，一条条柏油马路拓宽加长了，街面上的商店、饭厅越来越多，做生意的小贩也越来越多。要光从女人的穿戴上看，恍惚几天就是一年。李小囤好久没到邮局来了，自然也没到茶摊来坐，就像大街上过往的行人，来了又去了，既不知从何处来，也不知往何处去。那叫玉萍的女人仍旧一日日卖茶，那小妞也依旧在她跟前坐着玩。那女人热情倒还是热情的，本来话就不多，这会儿也就更少了，只是卖茶。

这一天，李小囤突然从来往的行人中冒了出来，他是从家里赶来的，风尘仆仆，仍是背着那套木匠家伙，走了一身的汗。临走到茶摊前的时候，他有些不好意思地愣了愣，但还是走过来了。

"大嫂……"

玉萍原是看见他了，却装着没看见，背过脸给人倒水，直到这一声"大嫂"喊出，她脸上一紧，才转过身来说："怎么不见你了？"

"回家了。"他脸上红红的，仿佛欠了这女人一笔账似的。

"我说好久不见人哪。账还齐了？"

"还齐了。"

"这下可好了。"玉萍眉儿一扬，"该娶媳妇了吧，啥时让嫂子吃你的喜糖啊？"

李小囤的脸更红了，忍不住说："不瞒大嫂你，家里确实给说了一个，人样也中，可人家张嘴就要三千元的彩礼。账刚刚还齐，房子还没盖，我哪里拿得出呀！"

"还得做呀。"

"还得做。"

过了一会儿，李小囤咬咬牙说："我咬住牙再干五年，先盖房子，盖好房子再说成家……"

"你就这么一日一日做下去吗？"玉萍心不在焉地给人倒水，水倒得溢了出来，又慌忙去擦……

"啥法呢？可不就这么一日一日做下去呗。"李小囤茫然地望着街上来来往往的行人，随口应道。

"你就不会找些别的挣钱门路？"

"嗨，干啥呢？做生意，咱没本钱。干别的，咱又不会。要指望种地，十年也盖不起房，好孬咱有这把手艺，慢慢来吧。再说，我也喜欢这活儿，自己手里做出来的家具，自己看着心里舒坦。大嫂，你要做时新的家具言一声，我就喜欢做新式样的，保管叫你满意。我喜欢干那种费心思的活儿……"

"别泄气，赶明儿大嫂给你说个媳妇。"玉萍安慰他说。

李小囤抬起头来，很认真地说："那就谢谢大嫂了。"

"你多大了？"

"二十四了。"

"看你要大些，多稳重啊。"

"乡下人老相。"李小囤腼腆地说。

"你有啥要求，给嫂子说说？"

李小囤吞吞吐吐地说："啥要求，咱还有啥要求？图个人好呗……"

玉萍"吞儿"笑了。

李小囤红着脸看了这女人一眼，觉得她笑起来特别好看，也显得特别年轻。那眼儿、眉儿、鼻儿、嘴儿全像淌蜜似的甜，那一行一动轻轻的、淡淡的，无声中似有声，无言中胜有言，乍看并不注目，细看十分引人。但一时又叫人想不出这引人的地方在哪里，端端庄庄，平平和和，却有叫人说不出来的美……他不敢多看，自然也不敢胡想，心里怅怅的。

李小囤往下的日子自然是平淡如水，还是一天一天地做。不过，他心里总还有个切近的盼头，这盼头拉着他往前奔，干起活儿来并不觉着吃力。虽然不往家里寄钱了，他有空也常去茶摊上坐坐，听那卖茶的女人说些闲话，喝碗不掏钱的茶水。他很想问问这大嫂给他说媳妇的事怎么样了，可玉萍绝口不提，他也不好意思张口。就那么得空就来坐坐，坐了又走，走了又来，逗那小妞妞玩……时间一长，他觉得这位大嫂一定是忘了，几次想张口重提，可怎么也张不开嘴，也就罢了，只加紧赶活，忙的时候也就忘了这心烦的事。渐渐，来的次数也就稀了……

忽一日，玉萍到他做活的人家看他来了，身后还跟了一个女的。他心里很慌，一直没敢抬头细看那女的，倒是那女的嘻嘻笑着把他上上下下看个够……

出来送她们走的时候，玉萍当着那女人的面对他说："也没什么事，你有好一段没去了，只是来看看你。你得空去吧，旦旦想她叔叔了。"

两人走了之后，李小囤心里那希望的火苗又燃烧起来了。他细细地回忆那女人的相貌，却怎么也想不清楚。只觉得那是个挺大方的女人，一点也不羞。但他总还是满足了。大嫂并没有忘，她还记着呢！这就够了。他的确有好一段没去了，他得去谢谢人家。

第二天傍晚，李小囤特意买了些礼物到玉萍家去了。玉萍见他来了很喜欢，只是埋怨他不该买东西。李小囤不好意思地笑笑："这是给孩子买的。好久没见旦旦了，怪想得慌。"

"真想吗？"玉萍笑着问。

"真想。"李小囤说，可他心里怦怦跳，他觉得他说了假话，他是为那"女人"来的，但他心里也确实喜欢这孩子……

"旦旦，问你叔叔哪儿想？"玉萍说。

"叔叔哪儿想？"

李小囤吭吭了半晌也没说出来。

"旦旦，问你叔叔是不是心里想？"玉萍又说。

"叔叔心里想。"

李小囤脸都憋红了，还是没把"心里想"这句话说出来，惹得玉萍又"吞儿"笑了。

他就抱着旦旦坐在那儿，很没意思地听玉萍问他些家里的事情。问一句，他就说一句。一直坐了很久，也没听大嫂提起那女人的事情。他很失望，但还是忍住了，没问。

此后，他又像往常那样得空就来坐坐。每次来，他总盼着大嫂给他说说那女人的事情。可大嫂仿佛故意地迟迟不提，就这么一日日挂着他。常常是乘兴而来，怅然而归。有一次，当他心烦意乱的时候，玉萍突然地把话插上了正题："别急，人家要考虑考虑呢。"

李小囤知道大嫂看出了他的心事，红着脸笑笑，一颗心算是放肚里了。他心里想，这是大事，人家考虑考虑也是对的。想着，心里就宽展了些，也就又有了盼头。

这一年县城里结婚的人多，做家具的也就多了。李小囤紧赶慢赶，一直到大年三十才给人家干完活儿。临回家的时候，走到城关，他心里记挂着大嫂给他说媳妇的事，就不由得又到她家里去了。大嫂的茶摊早已收了，他在门口迟疑了一会儿，硬着头皮进去了。有没有结果他要最后问一次。

玉萍正在屋里包饺子呢，见他来了，忙让小妞给他搬凳坐。看他背着木匠家伙呢，玉萍问："这么晚了你还没走呀？"

他说："这就走。"

"走到家怕就天黑了。"

"可不天黑了。"

正说话的工夫，天下起雪来了。李小囤心神不定地站起来，想走，又想问，终于忍不住说："大嫂，你给我说的那事可有个眉目？"

玉萍没吭声，朝门外看了看："下雪了……"

李小囤朝门口跨了一步："下雪了，我得走呢。"

"雪越下越大，走得回去吗？"

李小囤很气恼又很没趣地说："走不回去也得走哇！"

玉萍脸一红，低着头说："要是你不嫌弃，就住下吧……"

李小囤怔怔地站着，脑海里"轰"地响了一下。他傻傻地痴看着玉萍，心里埋怨说，我怎么没想过呢？我怎么就没敢想呢？！她有男人吗？没有男人怎么会有孩子呢？她离婚了吗？她要是没离婚呢？……不管吧，人家不说自然有不说的道理，只要人好，咱就大胆一回！

"哗啦"一声，李小囤背上的木匠家伙散落在地上了……

过罢年，县城城关邮局对面的茶摊不见了，取而代之的是一座两间门面的家具店。门前高高地挂着大牌子，牌子上写着红漆大字：新生家具店。

一串鞭炮响过之后，里边摆出了一套套的新式家具。一位烫了发的漂亮女人满面笑容地接待着络绎不绝的顾客，时常有一个穿西装的男主人出来给解说几句，又慌忙走进去了。看来生意很热闹。

有乡下人进城，逛到这家具店里来，好久才认出那穿西装的男主人竟是从大李庄走出来的小木匠！不禁十分诧异，这家伙怎么找了个漂亮的城里女人？好福气呀！心里纵有一千一万个不明白，也不好问，只叹口气，去了。

○　●

奶奶的"瞎话儿"（十一）　· · · · · · · · · · · · · · · · · · · ·

"嘭嘭，嘭嘭……"

这年的八月十五夜里，一轮金灿灿的圆月挂在天上，清澈的银辉普洒在大地，好月色，也正是举乡思亲、家家团圆的时候。蓦地，李家大户的双扇红漆大门被敲响了。

"嘭嘭！嘭嘭嘭！……"

此刻，掌家的大奶奶正领着一家老小跪在香案前祭祖，听到敲门声，立即吩咐人去看看谁来了。

只听"吱"一声，双扇红漆大门开了一个小缝儿，管家的伙计探头一看，却是个要饭的老头。他眉头一皱，哼了一声，不耐烦地说："去吧，过八月节哩，没工夫打发你。"说着，"咣当"一声，门又合上了。可没等他走回上房，"叭叭叭！"门又拍响了，很骤。

"谁来了？"大奶奶问。

"要饭的。"

大奶奶愣了一下，接着又问："可说些什么？"

"没说啥。"

大奶奶迟疑了片刻，说："过节的时候，要饭的也不容易，拿块月饼去，打发他走吧，可不能慢待人家。"可是，当伙计拿了月饼去送的时候，大奶奶却又唤住他说："慢着，我也去吧，我去看看。"

一家老小全都傻傻地望着大奶奶，不知她为什么要撇下祭祖的大事去打发一个叫花子。大奶奶也不吭，径直拿着月饼下堂去了。伙计们怔怔地看着她，而后急忙跑去开门。

门开了，月光下站着一个独眼的高个儿老头。他穿着烂花子破袄，肩头上搭着一个讨饭的旧褡裢。老头虽是这般穷气，腰却挺得很直，尤其是那只独眼，亮得逼人。

大奶奶疾走两步，又猛地站住了，脸上霎时飞上一片老红，喜眼里竟有了盈盈的泪点。她喃喃地说："回来了？"

"回来了。"独眼老头回道。

"不走了？"

"不走了。"

一时，大奶奶喜滋滋地高声喊道："金禄，金寿，快快快，你爹回来了！"

这一声不当紧，一家老小咕咕咚咚全都跑出来了。金禄、金寿两兄弟虽都已娶了媳妇，却还是傻乎乎地站着，不敢上前，似乎不相信这个叫花子模样的独眼老头就是他们的爹。

李家是挂有千顷牌号（据说，也就三四百顷的样子）的大户呀！这就是爹吗？

很小很小的时候，金禄、金寿就不曾记得爹的模样。那时，他们就是跟着娘生活的。只记得娘说过，爹在外边做生意，别的就不知道了。娘也不说。他们是十年前从外边迁回来的，一挂大车拉着他们娘儿仨，到了地方，娘说，这就是家。他们就这样在大李庄住下了。村里人并不摸他们的底细，只知道他们很有钱。大掌柜在外做生意，家就这么一日日发起来了。记得刚搬来的时候，娘认定要那片破败的荒院，出多少钱都要。听村里人说，这家人曾在京城做过大官，后来遭了大祸，一门人都被杀了，只有一个小孙子跑出去了，至今没有音信……娘听了这话，也曾暗暗落泪，问了，只是不语，叫人好纳闷。

现在，这个响当当的"生意人"回来了，却是这样的寒酸，叫人怎么相信呢？可娘说，他就是爹。那自然是爹了。很早的时候，金禄隐隐约约地记得爹曾回来过几次，都是半夜回来，天不亮就走了。那时还小，瞌睡也大，记不得爹是什么样子。娘也一直瞒着他们，很少说爹的事。爹突然就这么回来了，瞎着一只眼，背着要饭的破褡裢……

进了上房，一家人还是怔怔的，不知说什么好。大奶奶火了："鳖孙！还不跪下给你爹请安？这家业都是你爹给你们置的。为了你们，你爹……"

"嗯？……"老人很重地哼了一声，大奶奶立时住嘴了。

"爹。"金禄跪下了。

"爹。"金寿也跟着跪下了。

紧接着，两房媳妇和小孙子也都跪下了。

老人把小孙子拉在怀里，笑着说："起来吧，都起来吧。爹也对不起你们，爹早该回来了。"

金寿胆大些，抬起头问："爹，你咋要饭回来了？"

老人眨了眨眼，淡淡地说："路上被土匪劫了。"说罢，随即把话题转了。他拉小孙子端详了一番，笑眯眯地说："叫爷爷。"

"爷爷。"小孙子甜甜地叫道。

老人慈祥地笑笑，从破褡裢里摸出一锭银子递给他："玩吧。"

"扑嗒"一下，刚满三岁的小孙子把银子打翻在地上了。儿媳妇忙说：

"傻儿，那是钱哪！"

老人却哈哈大笑："好，有气魄！不愧是李家的种。"

一屋人都笑了……

不晓得为什么，这位在外做"大生意"的老人却让伙计们称他"盖儿爷"。下人也就随音叫了，只是不解。问了大奶奶，大奶奶叹口气说："他这样说，就这样叫吧。"于是村里人也跟着喊"盖儿爷"。

然而，这位盖儿爷的性情却十分乖僻。他虽是千顷大户的掌柜，偏喜欢睡地铺；出门老披着一件破棉袄，很不讲究。自他回来以后，不分上下尊卑，饭菜一样的待承，他吃啥，长工也跟着吃啥；吃饭也喜欢和长工蹲在一起，十分的随便。每每村里人看了他穿的破袄，说他太节俭的时候，他也只是笑笑，并不多说什么。这老头还有一个极特殊的嗜好，喜欢吃羊角蜜甜瓜，夏天里，几乎天天让人送一挑过来。甜瓜挑到院里，他便唤长工都来吃，随意吃，惹两房儿媳妇很不乐意，但大奶奶不吭，她们也不好说什么，只私下里说他怪。大户人家，儿子们都希望他穿得体面些，像个大掌柜的样子，可任你千般诉说，他一概不听，依旧穿得破破烂烂，很让人头疼。有一回，金禄、金寿和两房媳妇把新做的长袍大褂送到他跟前，双双跪下，硬逼着他换。两房媳妇哭着说："爹，知道的人不说啥，不知道的，还以为我们多不孝顺呢，待老人太狠……你若是不换，我们就跪死到这儿不站起来了。"盖儿爷重重地叹了口气，说："去吧。"随即就换上了那套新衣。可穿上后，躺在床上，一躺就是七天，滴水不进。吓坏了一家老小。还是大奶奶把破袄又拿出来，说："就随他吧。"他这才下了床……

往下，就更叫人觉着荒唐了。这位家有良田千顷的大财主竟然会出去讨饭！他每隔一段都出去几天，然后背一些干馍回来。那些干馍自然没人吃，连长工也不吃，大奶奶都拿去喂猪了。可不管吃不吃，他还是要讨的。

有一天，盖儿爷出外讨饭竟到了二十里外的二儿媳妇娘家。儿媳妇娘家也是富户。中午，他走到门前的时候，人家打发了他一碗面条，他就蹲在院里靠着一棵老榆树吃起来。这家的长工问他："你是哪村的？"

他毫不忌讳，说："大李庄的。"

"哟，你认识不认识李家的二少爷金寿？"

他笑笑说："你是说我家老二呀，咋不认识。"

那人火了："怎么是你家老二？一个讨饭的，口气倒不小！"

盖儿爷很平和地说："金禄是我的大儿子，金寿不就是老二吗？"

"你你你……胡说！"那人眨眨眼，咋看咋不信，又怕错了，赶忙进屋把掌柜叫了出来。

亲家公还晓些事理，但他绝想不到一方有名的大户，竟然还会出来要饭。也许沾点亲也说不定，于是，强压住火气，说："上家坐吧。"

盖儿爷说："不啦，我还得转转。"说着，站起身来，瞅瞅拴在院里的骡子，很随意地说："你这'快'牲口可不胜我那，我那八匹骡子一色毛！……"

亲家公气得脸都黑了，但也怕弄错了，不好说他什么，私下里暗暗派人去给金寿送信儿，又派人悄悄盯着他，一旦证实他胡说，非打断他的腿不可！

金寿听到信儿就来了，一看真是爹，顿时羞得脸一阵红一阵白，又不好说什么，只得先把他劝到丈人家里。一时把亲家公弄得哭笑不得，也只好连连赔礼，怪自己有眼不识人竟让亲家蹲在大门口吃了一顿饭……

盖儿爷却一点也不在乎，任人怎样劝说，只是笑笑。末了，吩咐金寿说："去，抬两坛好酒来，算是我给亲家的见面礼！"

金寿不敢不听，只好去了。

这一下名声传出去了。众亲戚都苦苦相劝，说孩子大了，咋也得顾顾脸面哪。可盖儿爷仍是我行我素，不从。无奈，家人也只好作罢，任他来去。不过，两位少爷吩咐下人跟着他，盖儿爷走到哪里，尽管吃，吃了有人付账，只瞒着他一人。四乡的庄稼人也都知道有个大户人家的老掌柜享不得清福，每日里出来要饭。一时传为佳话。

这年夏天，县上约四方乡绅到县城聚会。两位少爷为了让盖儿爷见些世面，以人家非让老掌柜出面为由，一再催他去。他微微笑了笑，也就去了。那天，天很热，四方的乡绅一个个穿着绸衫，摇着折扇，十分神气。唯有他戴一顶破草帽，披着烂褂子，进得衙门来，也不往茶桌前坐，就蹲在门后头。

县官等各位乡绅差不多来齐了，一拱手说：

"本县今日约请各位乡绅聚会，实有一桩大事相求。颍河历年发水，河两岸行人多有不便。修桥补路，乃积德行善为民谋利之举。县上本打算集资修桥，然让小户人家出资，实有难处。各位都是地方上有名的大户，家底殷实。所以请各位乡绅来，商议商议，是否筹措些款项，修一座小桥……至于名分嘛，待桥成之后，刻碑立传，流芳千古。"

待县官说完，四方乡绅纷纷陈词，很有些气派。有捐三石麦的，有捐五石的，也有沉思不语的……县官算算，相差太多，很是失望。他看门后还蹲着一个，便问："后面那位先生，可有好生之德？"

盖儿爷草帽一掀，缓缓站了起来，说："要修我独个修。"

一时语惊四座！各位乡绅纷纷回头，细细把他看了，见他瞎着一只眼，浑身上下似无一处不贱，不禁哈哈大笑……

县太爷的眉头也皱起来了，乡绅聚会，哪里来的草木之人？况且口气颇大，便冷冷地问："先生可是要独自修桥？"

"正是。"盖儿爷说。

"你修得起吗？"有位乡绅禁不住插了一句。

盖儿爷笑笑："修不起也要修哇。修桥补路，本为善举。与人方便，我也方便嘛。"

"先生是哪庄的？"县官问道。

"不敢，大李庄的。"盖儿爷说。

"可认得金禄金公子？"

"正是犬子。"盖儿爷回道。

"哎呀呀，没想到老先生到了，失敬，失敬！"县官说着，忙又吩咐人奉茶看座，十分热情。

四方乡绅也纷纷站起，打躬作揖，再也不敢轻视他了。

"慢着，"盖儿爷说，"这桥我修。可有一个请求，名也归我起。"

"那是自然。"县官哈哈大笑，说，"老台甫修桥积德，当刻碑立传，名垂青史！哈哈……"

就这样，盖儿爷一锤定音，杀了四方乡绅的威风，独家修了一座桥。此桥唤"盖儿爷桥"。（时隔多年，当人们从桥上路过的时候，看了碑文，提起要过饭的盖儿爷，还称他为一代奇人，使后代子孙平添了许多骄傲。）

翌年大旱，庄稼多有不收。四外的乡邻纷纷出外逃荒，唯大李庄人没有一户出去讨饭的。哪家揭不开锅了，待第二天一早出门借粮的时候，却见门缝里放着几吊钱……自然是十分感激，可问遍了，却无人知晓。也就买些粮度日。渐渐，受赈济的户多了，问了盖儿爷，他摇摇头，连声说："不是，不是。"于是，人们就更认定是盖儿爷做下了积德事，不愿承认罢了。一时纷纷上门磕头谢恩，可盖儿爷却矢口否认，不承认有这回事，连面都不见。结果，盖儿爷在村里的威望日益高涨。村里无论大人小孩见了他，都十分敬重。路上见了，躬身停在一旁，待他过去再走；门口见了，也定要招呼他上家坐坐，恭恭敬敬地叫一声"盖儿爷"。没见他大声说过话，也没见他训过谁，却也威风八面。

逢上灾年，土匪四起，"杆子"多如牛毛。大户人家常有被绑去当"肉票"的。若是按日期送得钱去，便放回"肉票"；若是凑不够钱数，便"撕票"（杀人）。一时间闹得四乡人心惶惶。有钱的大户纷纷出钱置上几杆快枪护院，不肯出钱的土财主也只好遭殃了。李家大户自然也买了几杆快枪护院，日夜巡逻，只是不曾被土匪抢过。

这年九九重阳，阳光很好，盖儿爷正靠在场上的麦秸窝里晒暖儿，忽听见村西路沟里有咚咚的脚步声，那只独眼顺着路沟往西一瞟，立时脸色大变，是土匪！是"绑票"的来了！麦场离家较远，告诉家人已来不及了。只见他扬声高喊，声如洪钟：

"金禄——金寿——来客了——倒茶！"

这突如其来的一声炸喊，半里外都听到了。两个儿子一听声音不对，掂起快枪从屋里跑出来，上了房顶，一见有土匪，"砰砰"就是两枪。护院的也跟着咕咕咚咚全都跑出来了。

土匪一看被发现了，也就慌忙退去。待两兄弟气喘吁吁地赶到场里，却见盖儿爷正眯着眼打瞌睡呢。金禄急急地喊："爹，爹！……"

盖儿爷慢慢睁开眼，问："走了？"

"走了。"

盖儿爷摆摆手，随即又把眼闭上了……

第二天夜里，一张"帖子"送到了李家大户，家人战战兢兢地请私塾先生看了。只见上面写着：姓李的，有种十月初三在家候着！张黑吞专程拜访。

一听是张黑吞下的"帖子"，大奶奶的脸都吓白了。一家人全都没了主意，赶忙打发人去牲口屋叫盖儿爷回来。

盖儿爷回来了，一进门见家里乱糟糟的，便一声不吭地坐下来，半天不说话。片刻，他问："是张黑吞下的帖子？"

"是。"金禄应道。

大奶奶慌忙跟着说："他爹，你们爷儿们出去躲躲吧。家里……"

"躲是躲不过的。"盖儿爷说着，那只独眼斜斜地眯起来了……

谁都知道，张黑吞是这方圆百里有名的大土匪。他的"杆子"大，人多枪多。据说他还有百步穿杨的本事，枪法十分了得。这人做事一向是心狠手辣，他下的"帖子"从未失过手，"撕票"对他来说是家常便饭。得罪了他，那就等于"生死簿"上勾去了姓名，早晚得死。

可李家偏偏得罪他……

看家里人都不说话，金寿急了："那咋办？咱和他拼了！"

盖儿爷睁眼看了看老二，淡淡地说："你们出去避避风，我会会他。"

一屋人都惊了。大奶奶担心地叫了一声："他爹，你……"

"爹……"

"掌柜的……"

盖儿爷不容人再说，摆摆手，站起身来，到牲口棚睡去了。他睡不惯床，天天夜里在牲口棚里睡。

到了十月初三的那天夜里，照盖儿爷的吩咐，家里人全都躲出去了，只有他一人端端正正地在堂屋里坐着，恭候着赫赫有名的张黑吞。

那晚正是月黑头，偌大的一个院落黑漆漆、静悄悄的，寥无人声。院门大开着，东西厢房的屋门也都开着，只有堂屋里点着一支蜡烛，盖儿爷就在那摇曳的烛光下坐着，他面前摆着一张八仙桌，桌上放着一摞一摞的银圆。

一更过去了。

二更过去了。

不见人来……

夜凉了，院子里不时传来秋叶落地的沙沙声，很怵人。堂屋里，蜡烛已燃去一半，烛光半明半暗地照在墙壁上，映出一团模糊的黑影。盖儿爷斜靠在椅子上，轻轻地打着鼾，像是睡去了。

夜半时分，忽听"砰砰"两枪，堂屋房脊上的兽头被打掉了，房顶上哗哗啦啦落下一片碎瓦。盖儿爷依旧稳稳地坐着，纹丝不动。

紧接着，只听"扑通"一声，从房顶上跳下一个人来。此人五短身材，四十来岁，穿得干净利索，手里提着两把"快炮"。他十分机警地用眼扫了一圈，快步朝堂屋走来。进了门，他当屋一站，瞅瞅坐在椅子上的盖儿爷，冷冷地说："你还有种呀？"

"是黑吞吗？"盖儿爷不动声色地问。

"不错。"张黑吞回道。

"请坐。"

"好，有气魄！"张黑吞把枪往腰里一插，拉过一把椅子，重重地坐下了。

这时，又听房顶上一片瓦响，想是来人不少。张黑吞定定地看着盖儿爷，可盖儿爷眼皮都没抬，仍旧坐着。张黑吞冷冷一笑，说："老掌柜，在下的薄帖，你可收到了？"

盖儿爷点点头，说："收到了。"

张黑吞乜斜着眼，阴沉沉地问："你可知道我张黑吞下帖的分量吗？"

"久仰大名，如雷贯耳。很想会你一会，今日总算见面了。"盖儿爷笑着说，"幸会，幸会。"

张黑吞"嘿嘿"冷笑了两声："好说，好说。"

"黑吞老弟，你如约而至，十分仗义，我也不能薄了，你看——"盖儿爷伸手指了指摆在八仙桌上的银圆，"要钱，拿去。要命，也拿去。黑吞老弟，我也算够意思吧？"

张黑吞用眼瞄了瞄摆在八仙桌上的银圆，那银圆一摞一摞的，有半尺多高。然后，他又勾回头看了看盖儿爷，不禁哈哈大笑，说："痛快，痛快!"随即笑声戛然而止,正色说道:"大丈夫一言,驷马难追。既然老掌柜如此仗义,我张黑吞也就不客气了。作为回报,命,我给老掌柜留下了。不过,老掌柜这双眼……竟然半里外就能看见我的兄弟,也太亮了点吧?"

"哈哈哈哈……"盖儿爷也哈哈大笑说,"可惜呀,老弟的福分浅了点。"

"怎么说?"张黑吞脸一沉,腾地站了起来。

"眼就这么一只,"盖儿爷独睁着那只亮眼,身子往椅背上一靠说,"我奉送了。"

张黑吞跨前一步,抬起头来,再次细细地打量盖儿爷。他的目光盯着盖儿爷那只瞎眼看了很久,足足有一个时辰,一句话也没有说。然后,他转过身去,背剪着手,来来回回地踱了几步,又定定地站住了。

他看着盖儿爷,盖儿爷也看着他,目光都很残。

"单眼?"

"单眼。"

"不可惜?"

"不可惜。"

张黑吞又围着八仙桌走了半圈,缓缓地说:"一只就一只吧。"

盖儿爷把头直直地伸出去,瞪大了那只亮眼,似乎是很平和地问:"你剜还是我剜?"

张黑吞看了看盖儿爷,头点了两点,从腰里拔出一把雪亮的匕首,"咚"地扎在桌上,双手一抱,说:"请吧。"

盖儿爷哈哈一笑,伸出两个指头来,说:"这,就够用了。"

张黑吞怔住了,当他眼看着盖儿爷就凭两根指头去抠那只独眼的时候,突然说:"慢。"

盖儿爷停住手,神色泰然地问:"莫非老弟要亲自动手?"

张黑吞牙一咬，"哗啦"一声，两把"快炮"撂在桌上了，继而他双手一拱，说："兄弟我遍走江湖，还未见过如此有胆识的人。大丈夫也不过如此。佩服，佩服！好，交个朋友吧。这盏'灯'，我还给老掌柜了，你留着看路吧。这钱，我带走一半，留下一半。青山不改，绿水长流，我张黑吞也许还有麻烦老哥的时候，得罪了。"

盖儿爷也起身一抱拳，说："黑吞老弟，高攀了，有用着老哥的地方，尽管吩咐。"

"好说好说。"张黑吞高声喝道，"来人哪！"

随着喊声，扑扑通通，从房顶跳下几十号人来。土匪们拥进堂屋，看见了桌上的银圆，眼都绿了。

"听着，"张黑吞吩咐道，"这家老掌柜是我张黑吞的朋友。老哥奉送的礼钱，各位兄弟带走一半，留下一半。从今往后，不准再来下帖！"

"是！"土匪们齐声应着，话刚落音，便朝着银圆扑过去了。

张黑吞把两把"快炮"重又塞进腰里，拱拱手，道一声："告辞了。"说着，大步朝堂屋外走去。

"等等。"盖儿爷说。

张黑吞站住了，他慢慢转过身来，十分疑惑地问："老哥还有何吩咐？"

"有一言不知当讲不当讲？"盖儿爷缓缓地说。

"请讲。"

盖儿爷一抱拳，说："老弟也是提着脑袋混饭吃的人，想来也不容易，钱尽可多带些。如遇难处，这里就是各位的家。别处……我就不说了。敝庄尽是些小户人家，也都不富裕，恭请各位还是不打搅为好。兄弟们若需要什么，我一概承担了。拜托，拜托！"说着，又连连给各位作揖。

张黑吞重重地点了点头，突然厉声喝道："都给我把钱放下！"这一声不当紧，把土匪们全都给镇住了。他们一个个又把抢到手的银圆掏出来，叮儿当啷地扔到八仙桌上，滚得满地都是。

张黑吞望着盖儿爷良久，眯着眼笑笑说："老哥，兄弟虽然是提着脑袋混饭吃的人，钱，还是不缺的。老哥如果需要用钱，可到我那里去拿，要多少给多少。老哥如遇上难处，也可以到我那里去，兄弟还担得起。至于说到贵庄，请老哥放心，三里以内，出事找我！"说完，又一拱手，带人走了。桌上的银圆竟一块都没拿！

人走了，蜡也熄了，盖儿爷却还在那儿坐着，整整坐了一夜。黑暗中，那只独眼亮得发绿……

从此，盖儿爷和张黑吞成了朋友。大李庄再也没有受过土匪的侵扰。逢年过节，张黑吞带人来，盖儿爷自然好酒好肉、以宾客相待。不久，盖儿爷便和这个赫赫有名的黑道人物结成了拜把兄弟。一炷高香，行过了三叩九拜的大礼，两人面对面站着，盯视良久，便兄弟相称了。这之后，村里人见了盖儿爷，不仅敬他，也怕他了。

转过年来，麦黄梢儿的时候，盖儿爷拄着拐杖出来了。他正在村里转悠呢，忽见小孙子兆祥从村东头一路蹦着跑回来，远远地就喊："爷，爷，人家将咱的麦穗哩！"

盖儿爷像是没听见似的，继续往前走，走得很慢。小兆祥以为盖儿爷没听明白，跑上去拽住他的手，上气不接下气地喊："爷，人家将咱的麦穗哩！"

盖儿爷站住了，低下头去，上下打量着小孙子，仿佛不认识似的。

"爷，赶紧吧，人家偷咱的麦哩！"小兆祥蹦着大声喊。

"扑嗒"一声，盖儿爷的拐杖掉在地上了。只见他双眉紧蹙，仰天长叹："败了，败了，这个家败了！……"

小兆祥连叫了三声不见应，急了，拉着盖儿爷的手往西地拽，拽着喊着："爷，赶紧吧赶紧吧！……"

盖儿爷神色肃然地望着小孙子，很慈祥地问："兆祥，哪块地呀？"

"西地，快去吧，爷。"小兆祥说。

"胡说！"盖儿爷独眼一瞪，突然恶狠狠地说，"蛋子儿大的孩子就这么扒家，嗯？一庄子人，谁家有哇？咱有！人家不偷咱偷谁？嗯？人家该偷咱！看你鳖儿就不是块大材料，也撑不起个天！哼，一把麦，鳖儿你看眼里了，一把麦……去，把西地那块麦给我放火烧了！"

小兆祥吓愣了，嘟嘟哝哝地说："我不敢，俺娘光打我……"

"去，就说我说哩，烧了！"

小兆祥从没见爷爷发过这么大的火，一时吓坏了，愣了一会儿，扭头就跑："我给俺娘说去。"

看着小孙子像兔子一样跑回家去了，盖儿爷不禁连连跺脚："唉，败了，败了，这个家败了！一把麦？哼！一把麦？……"

小兆祥是盖儿爷唯一的嫡孙，也是盖儿爷最喜欢的孩子。他一向把这小孙子视为掌上明珠，手捧着还怕牙挂着，孙子三岁时，他还趴在地上让小孙子当马骑呢，十分娇惯。可从此以后，盖儿爷一直闷闷不乐，不仅不喜欢小孙子，连家里事也不再过问了。他每日住在牲口棚里，很少回家。年里节里，小兆祥去给他问安，他连眼都不睁……

盖儿爷害起心病来了。他像得了夜游症似的，天天晚上在田野转悠。在漆黑的夜里，盖儿爷用步子去丈量那大片大片的土地。凡是自家的地块，他每一处都走到了。他在岗上站过，在坡上立过，踽踽独行，像鬼魂似的。每当他独自仰望星空，那只恶狠狠的独眼便怅然地落下泪来，一滴，两滴，三滴……而后他一步一步走去，拐杖狠狠地叩着大地，仿佛不甘心似的。

忽一日，有人带信儿来，说张黑吞的儿子——名扬三县的大土匪头的儿子——被人"敲"了！据说，这条张家的"独根"是在城西被人打死的，死得很惨。

盖儿爷听了这话，一反往常，沉吟了半晌，才打发人前去吊唁。祭礼是用一辆大车拉去的，自然十分厚重。可当天夜里，盖儿爷就害起了偏头疼，一病不起……

过了些日子，张黑吞带着礼物亲自探病来了。盖儿爷强撑着身子坐起来，立马吩咐人摆酒款待。酒过三巡，盖儿爷说："兄弟，贤侄儿惨遭不幸，我心里也很难过。还望老弟多多保重啊！"

张黑吞端起酒杯，冷冷一笑，说："老哥，不中啊，我看你这家是败定了。杀了我儿也不中！哈哈……败定了，败定了！"

"当啷"一声，盖儿爷手一抖，酒杯掉在地上，碎了。

紧接着，房顶上扑通通跳下几十号人来，一个个荷枪实弹，横眉立目，齐伙子闯进屋来了。

张黑吞脸一沉，喝道："干什么？干什么?！这是我的结拜兄弟，是我大哥！你们想干什么？都给我滚出去！"

土匪们一个个又慌忙退出去了。

张黑吞又举起酒杯，冷冷地说："老哥，你放心，我张黑吞说话算数，我不动你。可你这家是败定了，老哥，败定了！"说罢，酒一饮而尽，"咣"地把酒杯摔在地上，仰脸大笑，声震屋瓦，面目十分狰狞。

盖儿爷坐在椅子上，再也站不起来了。他痛苦地扬着手，喊道："黑吞，你站住。你把家给我毁了吧！你毁了吧！我看着你毁……你站住啊，鳖儿！"

张黑吞却大笑着出门去了……

这以后，盖儿爷的病一日日重了，请了多少先生来看，都治不好。家里人把他从牲口棚接回来住，以便好好侍候他。可每天夜里，都从他睡的偏房里传出惊叫声，那声音十分瘆人，"血，手上有血！……"弄得家里日夜不宁。他每日里昏昏沉沉，常常惊悸地伸着手喊："我有罪，我有罪呀！血，血，血，手上有血。腥啊，老腥。洗，我得洗手……水，弄水，快弄水……"家里人也只好依他，每每一叫，便端来水让他洗……

就这样，盖儿爷整整在病床上拖了三年。他浑身上下瘦脱了形，瘦成了一把干柴。临死时，他很清醒，把两个儿子叫到跟前，憋足了最后一口气说："分家吧，赶紧分家吧，家要败了……"

两个儿子不解他的话，只是哭……

盖儿爷死了，享年八十二岁。

死时，他身上还揣着那张"永不读书"的血书。

时隔多年，当大奶奶快咽气的时候，家人们才知道：盖儿爷早年曾要过四十三年饭；干过杀人越货的勾当；还做过叫花子的"丐爷"。村里的传言也得到证实了，张黑吞的儿子确实是盖儿爷雇人杀的……

若干年后，当小孙子兆祥长大成人、当家主事的时候，李家大户曾连遭土匪三次大抢。这个家果然败了……

○　●

羊（十一）　· ·

　　上任不久，李金魁就觉得自己也在变。

　　市长是一个职位，可这个职位却把人架起来了。在这里，市政府就像是一台机器，这台机器的运转是有规则的，在规则的范围内，市长并不是驾驶者。市长成了拧在最上边的一个螺丝。文件一沓沓地从上边传下来，而后又一摞摞地批下去，在文件上，"李金魁"三个字成了程序上的一个符号……要想有所作为，他必须改组这台机器，重新更换零件。然而，这又是不大可能的，这需要时间。一个庞大的机器，在运转中你是无法改变的，你只能磨合。

　　他要做的，首先是适应。

　　人是很奇怪的，在一个机体中，你不知不觉地就进入了一种氛围。就穿衣服来说，李金魁并不是一个很讲究的人，可在政府大院里，他不由得也开始注意仪表了。他觉得人在这里简直成了衣服架子。在一些场合，你必须穿上西装打上领带，头发也必须梳理得整整齐齐一丝不乱。不然的话，连你自己都觉得"不像话"了。这样一来，处处都成了学问。

在市政府大院里，走路也是一门学问哪。

李金魁到任不久，最先发现的就是走路问题。他平时大步走惯了，进了市里之后，他才知道，在这里，作为一市之长，他不能走得太快了。你是一把手啊，你一走快，就显得你急，人毛躁，火烧屁股似的，缺乏一把手应有的稳重和大气。这话当然没有人会告诉他。这是他从众人眼里看出来的。别看你是市长，人们的目光照样会把你剥光。走路不能快，但也不能太慢。太慢了显得疲沓，显得暮气，也显得人软弱。这也是大忌！这样一来，人们就会发现，你交办的事情是可以拖一拖的，时间长了，你的话就没人听了。那又该怎么走呢？头当然要抬起来，你不能低着头走路，低着头走，人显得犹豫，胆怯；你也不能仰着脸走，太仰脸就傲气了，就目中无人了；目光要平视，可以稍稍上仰，仰到一定的程度最好，这样既仰出了尊严，也保持了平易，这是要火候的。走路时，身子既不能太硬，也不能太软，硬了，显得你有架子，人霸道；软了，显得人松气，窝囊；更不能扭，一扭就显女气了，女人带态那是千娇百媚，男人一女气，人就贱了。看来，每一块土地上都生长各种不同的官气，那官气是百姓、土壤、气候共同养出来的，这也是一种综合效应啊！要是你学不像，那你是坐不住的。从这个角度说，走路实在是一种官气的体现，走好了，人就有了三分威。

说话方式就更是学问了。

在政府院里，按惯常说，市长的话就是第一声音。但第一声音也是要人们逐渐认可的，不能因为你当了市长，就自然成第一声音了。那你就大错特错了。职位是很重要，但职位仅是一个硬条件，这还需要许多软条件来配合。在这里，首要的，是你要学会说假话。这种假话不是一般意义上的假话，这种假话是一门艺术，是一种在不同场合的表述方式。比如说，你个人的好恶，在这里是不能真实体现的，你不能因为你个人喜欢什么就说什么好。你应该把个人好恶隐藏起来，对什么都一视同仁。那个女打字员很漂亮，你不能一看见她就眉开眼笑，问长问短；那个主任长着一张倭瓜脸，你也不能一看见他就板起面孔，训斥一顿，对不对？你要说一些你不想说的话，你要说一些跟你的本意彻底相违背的话，在特殊的场合，你还要说一些狗扯连环的话。你一个人不可能把所有的事情都干了，你要用人，就得会容人，包括那些你根本看不上的人，你也得用，还得不断地表扬他们，有时候明明不合你的意，明明是扯淡，可你该表扬还得表扬。你要在你的周围形成一个"场"，这个场以你为核心来运作他们，你的表述就是你调动他们的最重要的方法，你要把假话使用到极致，使他们运动起来，以你为磁场旋转……这些对你来说都是必要的。但运用这门"艺术"时，你也要掌握好分寸，也要四六开。说假话也是要讲比例的，假的成分不能太多，太多就成了彻头彻尾的假话了，假话里必须含有真的成分，就像是裹着糖衣的药丸一样，好让他舒舒服服地吃下去。环境就是这样一个环境，你要在这样的环境里逐渐培养出一种氛围，氛围培养好了，核心也就形成了。到了那时候，这第一声音才能真正成为第一声音。

　　李金魁把这些都想明白了。可明白是一回事，做起来又是一回事。上任一个月来，他的工作遇到了重重阻力。市里不是县、乡，县里的干部大多是土生土长的，而且文化程度偏低，好对付；而市里的人事关系要复杂得多，文化水准也高得多。那关系是一层一层的，那势力也是一股一股的，那些人物一个个都是通天的。如果细究，就连市政府大院看大门的老头都是有来头的。在这里，小小的给予几乎不起任何作用。他觉得他一下子就陷进去了。首先，政府办的那个倭瓜脸主任就不那么听话。在倭瓜脸的语汇里，总出现这样一个概念，"西院"如何如何，"西院"是怎么说的……西院是市委，东院是政府，那就是说，他的声音是归"西院"支配的。当然，他的话很婉转，哪怕是很小一件事，他也会说，是不是给"西院"通通气？这话让李金魁心里很不舒服，甚至有些恼火，可他又不能说什么。他时时感到有一种压迫。那压迫又是看不见摸不着的，就像是空气一样，使你根本无法下手。在常委会上，李金魁也是孤单的。干什么事情人家都一个个画圈了，他也只好跟着画圈。他心里有气，他不想就这么跟着画圈，他总想找机会爆发一下。可他一时又没有机会。

有一次，在办公室里，他曾经有意无意地对那个倭瓜脸主任说："老苏啊，最近没到西院看看？"

老苏很灵。老苏看了他一眼，赶忙说："李市长，我要是哪点做得不对，你多批评……"

他说："批评什么，就是要多联络嘛。"

老苏说："我也是为工作考虑的……"

他说："我知道，知道。"

他只有等待。

人在没有兴奋点的时候是很寂寞的。他很孤独啊！有时候，他就忍不住想去那个地方，想见李红叶。可他又知道他是不应该去的，作为一市之长，那地方去多了不好。当他实在忍不住的时候，他还是去了。

那个地方是很染人的。去了一次，就有第二次。可他每次去，都从来不跳舞，他一去就直接上楼了，尽量不引起人们的注意。在李红叶那里，他也从不谈市里的事情，他只说，我来看看你。可李红叶总把他撕得很烂，李红叶说："不是看我吧，是想那个字了吧？"他笑笑，却不说什么。李红叶说："你什么也不为，就为那个字。"他还是笑笑。李红叶说："你忙的时候，我打电话你都不回。你心里一烦，就想起我了。你把我当成什么了？"李金魁什么都不说，只默默地看着她，就这么看一会儿，他说："我就来坐坐。"李红叶说："好哇，坐吧。"说完就下楼去了，一去就很长时间不上来。他坐在那里，吸上两支烟。待要走时，李红叶才会款款走上来，歪头看着他。他只好如实说："人有时候忍不住想破坏一下，我知道我的形象在你眼里越来越不好了，我就想把自己破坏一下。"李红叶接着讥讽道："是啊，你一不高兴，就跑到我这里破坏一下？"话虽这样说，可李红叶对他还是很好的。她会给他倒上红酒，再摆上几个小菜，两人就那么喝着说着，总是李红叶说得多。她不停地给他说一些生意上的事，他只是听着。慢慢，慢慢，李红叶就坐到他身上去了……

在床上，李金魁才重新找回了自信。是的，在无数个汉字中，他唯有对那个字情有独钟。那个字可以说是他人生的第一个汉字。那个字总是让他激动无比，热血沸腾。而李红叶总是要提那个字的，她只要一提那个字，他就像狮子搏兔子一样，变得异常迅猛。每当他骑在那一片柔软之上，在嗷嗷的惊叫声中，耕作那本来不属于自己的土地时，他就有了一种回家的感觉……那是一片田野吗？

这是一种更为彻底的接触。在肉体的接触中，李金魁看到了堕落的力量，看到了"曾经"的痕迹，看到了时间的可怕。当年那个清纯羞涩的李红叶已经被时间淹没掉了，而这个李红叶成了风流无比的李红叶，那巨大的变化使人几乎无法相信。这样想着，人不免就有些恍惚，生发出一些对岁月的感慨。他知道这有些颓废，他也不该这样的。可在这里，他也感觉到真实，这里也是唯一让他感觉真实的地方。有时候，他会突然想起他的童年，想起他在地里爬来爬去的情景，每每想到这里，他会突然站起身来，一句话也不说，转身就走。有时，他又会久久地靠坐在沙发上，半眯着眼，沉浸在一片粉红色的虚幻中。在这里，他觉得一切都是软的，音乐很软，床也很软，那呢喃更软，他像是在红红的酒里泡着，浑身长满了一个一个的小气泡，那气泡是粉红色的，让人不能不醉。这里也是唯一让他可以放松的地方啊！

事后，躺在那片粉红里，李金魁总是泪流满脸。那泪是无声的……

李红叶总是问他："你怎么了？"

他不吭，再问他也不吭，只说："过一会儿就好了。"

过一会儿，见他好些了，平静了，李红叶就说："当市长的感觉如何？"

他说："不好。"

李红叶说："总系着那么一条领带，你不嫌勒吗？"

他说："勒。"

李红叶说："你其实不是系领带的人，你别系领带。"

李金魁看了她一眼，说："你是说我不像城里人吧？"

李红叶说："不。我是觉得你活得越来越像城里人了。"

他说："是吗？"

李红叶说："你是越来越好了。"

李金魁说："你呢？"

李红叶说："我早就坏了，我是被你那个字最先弄坏的。那些日子，我不想再说了……"

李金魁笑笑说："我怎么就好了？"

李红叶说："你这种好是做出来的，是刻意的好。你是想的不说，说的不想。你身上有贼性。"

李金魁说："这我知道。"

李红叶说："所以你更坏。"

李金魁说："你是要我坏，还是要我好？"

李红叶"吞儿"笑了……

每次离开那里，他都非常非常地后悔。他一次次地告诫自己，你不能再去了！你是一个农家子弟，你上边并没有靠山，你扑腾上来不容易，你要珍惜你的前程。再说，你欠她的已经够多了。人是不能欠账的，欠得越多，包袱越重。假如有一天，她让你还的时候，你该怎么办呢？

○　●

猪　·······································

············

二狗，李二狗，李经理。知道吧，本地太平洋贸易开发公司总经理！

圆章、方章、业务专用章，咱他妈的在黑皮包里装着；咱他妈跟县委书记握过手，跟市委书记握过手，跟地委书记照过相！咱他妈吃过川菜、粤菜、苏菜、徽菜、西餐大菜——什么烤羊、烤鹅、烤乳猪；什么烧海参、烧鱿鱼、烧对虾、烧猴头、烧燕窝；什么炸牛排、炸羊排、炸猪排、炸他妈鸡排；什么咖喱沙司、核桃沙司；什么三鲜汤、木樨汤、锅巴汤、豆花汤、鱼头汤、八宝汤、十全大补汤；什么凉面、糊面、焖面、刀削面、猫耳面、伊府面、鲅鱼面、羊肉烩面；什么水煎包、小笼包、三丁包、五仁包、豆沙包、荷叶包、水晶包，还有他妈天津狗不理，一嘴闷哪！咱他妈喝过法国白兰地、英国威士忌、贵州茅台、桂林三花、山西汾酒、四川五粮液、安徽古井贡；什么郎酒、杜康酒、皇封御酒，什么头曲、大曲、二曲、三曲；什么罐装、盒装、大瓶、小瓶装，老子尝个遍！咱他妈吸过三五牌、良友牌、万宝路、大中华、大重九、大前门、凤凰牌、牡丹牌、蝴蝶牌，什么晒烟、烤烟、混合烟、可可烟、人参烟，咱他妈都抽过来了，全他妈一个鸟味！咱他妈玩过漂亮寡妇、黄花闺女，什么城里的、乡下的，什么瘦的、胖的、不瘦不胖的，什么有家的、没主的、会说拜拜的，全叭叭叭！

咱啥没吃过？啥没穿过？啥没喝过？啥没玩过？啥没坐过？咱他妈这一辈子值了！

咱他妈是人，咱他妈不是狗。咱他妈当过狗。咱他妈学过狗叫，也学过狗爬。咱他妈叫人骑着脖子尿过尿，咱他妈这会儿是爷了！堂堂七尺男子汉，站着不比人低，躺着不比人短，咱他妈顶天立地，敢拍胸脯说大话。咱他妈腰里有的是"大团结"。有"大团结"走遍天下都不怕。咱他妈过手的票子蹚水似的，哗哗哗哗——都是钱哪！咱他妈咋也没想过还能过上人的日子，咱他妈过上了、过得美了，咱他妈走县上逛京城——平蹚！咱他妈出手没叫人说过孬话，咱他妈够哥儿们、讲义气，是汉子。站到县城十字街口打听打听，南来北往的，没有人不知道咱，没有人不眼气咱，没有人不夸咱，咱中，咱他妈是爷，咱他妈有钱就是爷。爷是人敬的，有钱就有人敬。搞活了，搞活了，咱他妈统统搞活了。路他妈越走越宽，越蹚越平，三十年河东，三十年河西，这会儿轮上咱了！崔县长亲自给咱披红戴花，拉马坠镫，夸富游街！瞅瞅，一街两行，大姑娘、小媳妇朝咱直瞟眼，瞟得咱心里直痒，瞟得咱狠下心要当人上人！咱他妈是崔县长亲自捧杯敬酒的人哇！崔县长真胖。崔县长肚里油水多啊。崔县长肚大，肚大就是有气派，光那挺挺凸凸的官肚儿，就叫人觉着气派。人家是人，咱也是人，看看人家这人，再看看咱这人，喝，喝个痛快！咱他妈不能在崔县长跟前熊。崔县长握咱手、拍咱肩膀是看得起咱，崔县长说，老李啊，李经理，胆子不妨再大一点，再大一点嘛。你给咱县八十万人民带个头，你是咱县的一面旗帜呀，发家致富的旗帜。八十万人都看着你呢，你得干个样给大家看看。打破框框嘛，不要有什么框框嘛，我支持你！冲县长这排子话，冲县长称咱老李，称咱李经理，咱他妈也得豁出来干！人家崔县长要咱带头，人家嫌咱胆小哇。咱他妈胆够大了，还嫌小！咱他妈就算胆不够大吧。喝！咱他妈喝他个"楼上楼""天外天"，喝他个天翻地覆慨而慷！咱他妈五岁没娘，七岁没爹，光条条来光条条去，咱他妈不留后路。咱他妈活一天也得像个人样。

咱他妈也是个人啦！

咱他妈这条路是钱铺出来的。

大团结呀，知道不？是一张一张"大团结"砸出来的。

那年，咱他妈兜里揣了十块钱出来打天下。咱他妈站在县城十字路口，想买个烧饼啃啃。咱他妈没舍得买呀，咱他妈看看，把口涎咽回去了。眼看这花花绿绿的世界，只管咱看连摸都不敢摸呀，这一街两行的扑鼻子香味，咱也只管闻闻，闻闻不要钱。咱他妈瞎逛，走走看看，走走闻闻，咱听那录音机里"记住你的情，记住你的爱……"咱看看城里姑娘那白脸，城里姑娘就是脸白呀，还香。他妈的，成天洗，香水泡着，还不下地，能不香吗？他妈的，叫她也晒上七七四十九天老日头，准黑！咋的了，咋，他妈的，别斜眼看人，要不是老天爷叫你托生到城里，你他妈这会儿能比老子强？！瞪啥瞪？买不买？咱不买，不兴看看？呸，呸！你呸，咱他妈也呸。咱他妈逛逛也窝气。咱他妈也算有福，咱他妈在茶摊上坐了坐，福气就来了。咱他妈听俩采购员瞎咧，咱他妈听说郑州棉织厂织出来的白布没人要，仓库都堆满了。咱他妈还听说天津印染厂没活儿干，工资发不下来，工人们乱骂大街。他妈的，这会儿大红大绿城里不时兴了，咱他妈灵，咱跟人家采购员吹上了。咱买了包好烟，五毛一盒的过滤嘴，那时也算是好烟了。咱他妈敬人家一支，咱自己没舍得吸。咱说咱是在县上工作，也准备停薪留职出来承包商店。咱说得有鼻子有眼的，九块五毛钱哪，咱兜里就剩九块五毛钱，请人家吃了顿便饭。咱他妈没舍得多吃，咱尽人家吃，咱生怕人家看不起乡下人。其实，咱他妈那会儿还啥也不是呢，咱那会儿还在大李庄老日头底下刨腾那二亩责任田呢。咱他妈这叫眼光，咱就敢跟人家签合同，让郑州棉织厂的布运到天津印染厂印，还印那种没人要的大红大绿，咱他妈包销！咱他妈只要个提成，叫啥子辛苦费，其实就是个脚钱。咱知道乡下这会儿刚刚填饱肚子，虽说有俩钱，跟城里差着时候呢。大红大绿的棉布城里没人要，可要是运到远乡，准他妈得抢！要是没人抢，把咱的李字倒过来写！当然，话不能说绝了，咱给人说要销不动咱赔人家损失。说实话吧，咱他妈一分钱都没有，赔人家啥损失？赔球！咱他妈话不能多说，多说准露馅。就这，三分哄啊，布是郑州，染是天津，咱是光管推销。乖乖，咱一家伙就成了郑州天津两厂的业余推销员了。咱他妈没出一分钱，凭一张神嘴、两只狗眼，光提成拿了他二十一万六千四百一十六元！人家还感激咱呢，说咱一家伙救活了两个厂。咱说咱是救活了咱自己。要不，崔县长咋会认识咱？咱他妈露这一手，立时全县扬名！咱说咱想办公司，为县里做贡献，人家崔县长一个纸条批给咱五十万元贷款！咱他妈要不干就不干，要干就干大的，咱他妈光想公司的牌子就想了三天，咱挂的是"太平洋贸易开发公司"牌子，听听，野气不野气？不野气不行，不野气镇不住人。现在办事三分真、三分狠，还有三分得吓。老老实实，傻头傻脑的，也想发财？没球门！

别看牌子野气，光公司这三间门面，能在县里扎住牌，就他妈的不容易呀。咱一气跑了三天，光他妈营业牌照就跑了三天，税务局、工商局、卫生局、城建局……咱他妈腿都跑细了，真孙子呀！儿子们摆都不摆。咱没法，还得找崔县长。人家姓崔的一个条子，他妈的，路路通！咱也算摸住点儿门道了，开张那天，咱他妈在县城宾馆光请县里的各路神仙，就请了四四一十六桌！日他妈呀，光罐装青岛啤酒就闹了二十四箱，海吃海喝！

光吃不说，人家崔县长亲自给咱剪彩，剪过彩人家崔县长拍拍咱的肩膀，说听说咱公司要进一批彩电？好嘛，就是要搞活嘛，啊？人家这"啊"有学问，有讲究，"啊"的也是地方。咱他妈也不是傻子。刚开张，哪来的彩电？人家一句话，咱跑上海狠着心花大价淘过来十台进口彩电。咱还得给人家崔县长送到家里。咱不敢提钱，咱请人家"试看试看"。他娘那脚，咱这一趟，光崔县长家就送去一台彩电、一箱茅台，价值三四千！往下就他妈没数了。还不只是这一位爷，只这一位爷倒也罢了，净他妈是爷！公司一开张，县里市里头头脑脑的七大姑八大姨就他妈都往这儿涌，都往这儿安置，那是叫咱养活哩。一群奶奶少奶奶咱他妈不敢不收哇。咱他妈一步没走到，税务局里的爷进门就罚六千！咱跑了跑，胡科长给点面子，算是免了。免个球啊！人家胡科长家里盖房想从公司借钱，咱他妈还不是一口承当了。可人家张口就借六千！这哪是借呀，是硬要。你给不给？你敢不给吗？不给砸你饭碗。咱是干啥哩，人家是干啥哩，得罪税务局一天都不能安生……往下就别说了，海啦，王八蛋哪，啥叫生意？这就是生意，生意就是路！路是人铺的……曹书记、吴书记、马书记、金市长、徐市长、王市长、张局长、刘局长、孙局长一家一部大彩电，全他妈"试看"！万主任、冯主任、杨主任、马秘书、海科长、黄庭长、周股长一家一台洗衣机，也全他妈"试用"！剩下这何经办、耿经办、朱经办、孟税务、杨工商、吕库长、邢监管、章户籍三十五十百儿八十、三百二百张嘴就给，来了就喝。咱他妈用酒瓶子摔呀！这社会就是海，咱他妈也下海蹚蹚，蹚出个人模狗样！咱钱花的是地方，咱他妈在这县里市里也是爷了。头头脑脑见了咱不笑不说话。有啥事咱他妈一个电话就办了。办得快，办得顺溜，办得神不知鬼不觉。也不是吹，现今办个牌照，咱二指宽个条子拿去就中。出出门，打个电话就有车来接。咱他妈也不瞎，谁花了咱哩，谁拿了咱哩，咱他妈一笔一笔记着呢。这他妈算买路钱，啥时日弄咱，咱把这小本本掏出来让鳖儿看看，管叫鳖儿没话说。咱他妈下海蹚蹚，蹚出一个他妈的红彤彤的新世界！

咱他妈不混出人样，不回大李庄。咱就有这志气。咱他妈叫乡下老少爷儿们看看，二狗是个人物，是个人物哇！

咱他妈三年回家一趟，咱回去坐的是"子弹头"！地委书记才能坐"伏尔加"。咱他妈就敢坐"子弹头"。为回这趟家，叫爷儿们开开眼，长长见识，咱他妈叫司机把轿车一溜烟地开到村里歪脖子老榆树跟前。咱他妈那天是特意打扮打扮，西装是八百八十八一套的，领带勒得脖子疼，咱他妈连墨镜也是三百六十六块钱一副的进口货！咱从轿车里下来的时候，慌得二婶脚打屁股地喊人：

"快快快、快……省上来干部了，大干部！去喊村长，你快吧，俺哩爷呀！"

咱他妈摘了墨镜，正正领带，直朝二婶走，二婶赶紧拍身上的土。咱他妈掉泪了，咱他妈泪不值钱。

"二婶……"

"同志你你你……同志你你你……爷呀，快去喊村长吧！"

咱他妈扑通一声跪下了。

"婶……"

"你是……你看我这眼……"

"是狗哇，我是狗哇。婶呀，是恁的赖狗回来看您啦！恁狗侄儿最饿的时候，您给过他一块馍，自己饿着，省下给他了。恁狗侄子没敢忘啊，他回来看您老人家了。"

"二狗？是狗？真是狗?！是俺哩二狗回来了，哎呀！二婶都不敢认啦。俺当是省上来了大干部哪。谁知道是俺哩二狗回来了。上家哩，快上家吧。"

"不去了，二婶，不去了。恁侄子这会儿当经理了，忙哇。我回来就为看看您老人家，捎带着跟村里爷儿们说说话。"

"你看看，俺哩二狗混出人样来了，都当上经理了！那你既然回来了，咋不上家哩？再咋说也得上家吃顿饭呢，恁二婶给你擀蒜面条！"

"不了，二婶，不了不了。这是恁侄儿孝敬您的，一点小意思。"

咱他妈把崭崭新的二十张大团结放到二婶手里了。

"二狗……二狗……这、这叫恁婶……老过意不去呀！"

"别哭二婶，别哭。恁老该着了。吃大食堂的时候，恁老一块馍救了一条狗命，二狗该着孝敬您。"

"哎哎，小的们，小的们，过来，过来，都过来！……"咱这么一招呼，二婶赶快对那些围过来的娃子说："看看，看看，还认生哩。这是恁叔哇，这就是恁狗叔哇！"

娃子们开初还不认咱呢，待咱把一沓子"工农兵"掏出来，娃子们哄一下就围上咱了。"小的们，别挤别挤，谁都有，一人一张，一人一张！……"小的们疯了一样，那个高兴哇！

二婶说："快磕头吧，给恁叔磕个头！"

小的们就像下饺子一样，扑扑通通全都跪下了，磕了一个又一个，叔叫得乱麻麻的！哎呀，咱是磕一个头发一张呀……

咱他妈那天正正当当做了一回人！

咱他妈在村里见人就掏烟，见人就说话。咱他妈被一群爷儿们围着，咱连话都应不及了。爷儿们一个个把咱当爷敬，都他妈托咱办事，咱他妈一口应承！听说春生那娃子为个女人把命都搭上了，真他妈死得不值。咱他妈不死，咱他妈要当当这人。咱他妈在村长门口整整过了三趟，那老鳖孙就是不出来。恁多人围着看，咱喇叭按得滴滴响，他老鳖孙躲在屋里一

声不吭。他亏心呢。他黑心烂肚肠。那年为咱偷了一块红薯，他老鳖孙扇
了爷爷仨耳光，脸都让鳖儿扇肿了，整黑紫了半个月，咱他妈记着他呢。
咱他妈到死都不忘！可这鳖儿就是不出来。你他妈出来呀，有种你他妈就
出来，咱见识见识你！咱他妈知道那老鳖孙的女人隔着门缝看呢，咱他妈
腔口再高点！咱他妈瞅见满凤她爹过来了，咱他妈塞给他一条"三五"，一
条"三五"黑价一百多块，咱他妈甩手给他了。

"尝尝，三叔，地道的名牌外国烟，十五一盒！那年怎侄儿吸过你一根
八分钱一盒的经济烟，怎侄儿这条烟算是还报你哩，接着吧。"

"狗狗狗……狗，当、当、当经理了？吸……吸……吸根烟还记着呢？"

"三叔，拿着，你尽管拿着。咱是有恩报恩，有仇报仇。咱啥时候也忘
不了爷儿们。"

村长那鳖儿看不见也听不见吗？除非他耳朵里塞驴毛了！

咱他妈也真风光啊！站在村里的十字路口上，咱他妈一口气散了二百
多张"工农兵"！娃子们一声声叫，个个叫叔、叫爷的，叫一声给一张，叫
一声给一张，一家伙又多散出去一百多张。小的们疯了呀，小的们看见钱
眼都红了，都说狗爷我也要，狗爷我也要，扑通通，扑通通，头跟夯地似
的！头磕了，爷都叫了，能不给吗？哈哈哈！

咱他妈请瞎子算过一卦。瞎子说，咱十年交运，十年转运，十年桃花
运。瞎子说，咱抽的是上上签。瞎子说，上上人主大富大贵，必有五男二
女，包括计划生育在内的……

咱他妈交桃花运了。

女人？咱他妈啥样的女人没见过。啥他娘爱不爱、情不情的，有钱就
有女人，就有爱，就有情。要饭的准他妈没爱也没情。咱他妈还不是腰包
里有几个钱招惹人？广州白天鹅宾馆三百块一晚的房间咱住过。咱他妈把

县城东关叫月香的小妞领去了，小妞十七八岁，没出过门，一进去眼都看傻了，还有啥不应哩？日他妈咱娶那老婆当年可是个人物哇，县里一枝花！人家不为钱，凭啥跟咱过？那女人够意思，能跟咱，咱也算对得起她了……咱他妈瞒着她呢。咱他妈玩是玩，闹是闹，咱他妈是互不干涉。这些野娘们儿哪个不是馋你手里有俩钱，才跟你好的。日他妈西拐街侯玉兰那寡妇小娘儿们，干一回搜一回兜，里里外外全摸遍，钱有多有少都拿去，害得老子兜里不敢装钱。连崔县长那小姨子娜娜都朝咱飞媚眼，说咱有八十年代男子汉的风度。风度他娘那狗娃蛋！咱他妈不是人风度，是钱风度。别看你他妈穿裙子蹬高跟皮鞋撇洋腔，咱他妈嫌你丑，要不嫌你丑，咱他妈早把这朵花掐了。咱他妈早知道你给人玩过了，咱沾都不沾。咱他妈是看崔县长的面，崔县长可不是好惹的。可你也别他妈太浪，在公司里白拿钱不干活，还左一个假右一个假的。咱他妈知道你复习功课考学哩，借崔县长的关系混张文凭好当官。你他妈把老子当跳板了，靠老子发工资养活。老子认了，可你也别傲气十足招惹老子！

咱他妈谨慎。咱在女人身上没栽过。咱勾上手就开高级房间，咱他妈打一枪换一个地方，乐一宿就走！要钱给钱，要衣裳买衣裳，咱他妈两清。咱他妈也不是天天有时间乐，咱他妈发愁的时候多，享受的时候少。咱让鳖儿们黑去的钱没数了！咱他妈就干过一件对不起人的事，咱他妈不是人。咱对不住满凤妹子。人家来找咱，叫咱狗哥。人家大远跑来看咱，咱他妈顺老路又上了，咱他妈把人家领到宾馆开个房间睡了。

满凤妹子……

咱他妈掏了掏兜，兜里就有二十块钱……

人家满凤妹子瞪眼看着咱。咱他妈眼瞎，摸来摸去又摸出二十给了人家。人家满凤妹子兜手给咱了一耳光！打得咱半个脸火辣辣的。人家不要钱，人家不为钱，人家来看她狗哥了。人家说，人家来看看小时候给她偷过桃的狗哥，人家想着狗哥呢。咱他妈把人家忘了，咱他妈不是人哪！！

满凤妹子，你听我说，恁狗哥眼瞎了！恁狗哥狗眼看人低，恁狗哥是畜生！

满凤妹子，满凤妹子，满凤妹子……

咱他妈公司养活一群爷。咱他妈不得不糊弄，糊弄少了养不住。咱他妈胆大，咱能不胆大吗？县里市里咱他妈一年进了十九次贡，老佛爷的屁股都熏黑了。咱他妈啥都干了，咱他妈有时候也不得不拆东墙补西墙，咱他妈合同满天飞，一个闺女许一百婆家，不就是为着用东家的钱干西家的事嘛。咱他妈汽车、钢筋、柴油、玉米、大豆一起贩，咱他妈是真的假的一齐来。崔县长给咱讲了，改革时期嘛，就是要钻中央文件的空子，看你会钻不会钻，钻得巧不巧、妙不妙。咱他妈就想点子钻呗。咱他妈为弄玉米出口合同，人民币从县里一直铺到北京城，那红鲜鲜的各级批准印章连那××部出口许可证的钢印，都他妈是用钱买出来的！你心疼钱就办不成事。咱大把撒钱也大把捞钱，光他妈崔县长那鳖孙侄子去广州一趟，就豁出去三十万！这小子光他妈会吃喝嫖赌，不会干一点正事。住他妈白天鹅宾馆，玩美了让人家坑一家伙、骗一家伙，发回一车皮生灶火都不管用的烂木头。净他妈等外材，一车废料！这窟窿眼子咱他妈赔给他填了。咱他妈关在办公室里想了三天，想得脑仁疼。那鳖儿仗着崔县长做后台，就像没事人似的，照旧他妈的哼小曲，真想扇他鳖儿！咱他妈战战兢兢过日子，还他妈得养活这一群爷。咱他妈不还得拆东墙补西墙？叫人家骂咱骗子。咱他妈这熊经理当得窝囊。老子要不为争口气，应应人，咱他妈早开腿了。崔县长、王市长都答应咱了，答应给咱转成国家干部，咱他妈就图这一句话，就图个国家干部。咱他妈勒紧裤腰带，打肿脸充胖子还得他妈的干……

合同是假的？

啥是假的？真的就是假的，假的也是真的，把钱划拉过来就是本事。

诈骗？你说谁诈骗？你他妈去打听打听，在这城里，咱他妈平蹚！

告吧，你他妈去告吧！

丁零零……丁零零零……丁零零零零……熊电话，一天到晚催款，催、催个熊呀，我告你说，要钱没有，要命一条！

一九八六年九月八日，太平洋贸易开发公司总经理李二狗一觉醒来，发现他躺在监狱的牢房里。他被捕五个月了。昨夜他昏昏沉沉地做了一夜梦……

一线亮光从铁窗外射进来，李二狗哭了，为他的梦。

奶奶的"瞎话儿"（十二）

　　民国初年，在广袤的豫中平原上，缓缓地行驶着一辆大轱辘牛车。

　　赶车的是一位普通的中国人，在车上坐着的却是一位高鼻子、蓝眼睛的外国人。那赶车人竟然还是他的"通司"（翻译）。

　　这是一位到乡下传教的洋牧师吗？不。他们每到一个村庄，那赶车的"通司"便"咣咣"地敲响大锣，高声叫道：

　　"喂，种'黄金'喽，都来种'黄金'喽！咣咣！想发财的都来吧！咣咣！种'黄金'不要钱，白送喽，都来，都来吧……"

　　随着喊声，孩子们像雀儿一样地撒出来。他们一个个好奇地围到牛车前，瞪着眼瞅那高鼻子、蓝眼睛的外国人。也有些汉子走出来看，远远地袖手站着，并不往前凑。女人们抱着孩子跑出来看洋人，也仅是想见识见识洋人的模样，看那黄头发、大鼻子，挺稀罕的。

　　见围的人多些了，那大胡子外国人便站起来。他个高，身量也宽，很勉强地立在车帮上，手里高扬着一只牛皮纸袋，叽里咕噜说一串话，这赶车的"通司"便跟着翻译：

"瞅见了吗？这是烟种，上等的美国烟种！种了长成烟叶能卖大价钱。看好喽，这一位就是英美烟草公司的约翰牛技师，他专程到中国给咱老百姓造福来了。哪位想种烟，本公司的约翰牛技师可以无偿地教他，包种、包烤、包收……哪位想发财的，来领烟种吧，上等的美国烟种，白送不要钱。哪位要？哪一位要？来晚了可没有了。种'黄金'喽！种'黄金'喽！咣咣！……"

尽管这位"通司"喊得口干舌焦，却没有一个人上前去领。乡下人是本分的，他们一代一代地靠种庄稼过日子，没人听说过种烟能发财。再说，乡下人也听过"八国联军打北京"的传闻，于是对洋人便有一种莫名的恐惧。钱是好东西，他们也都想发财。可洋人会跑到乡下来给中国人送钱吗？

没人信。

刚过罢年，春寒未尽，天依旧很冷，人们渐渐地走散了。只有几个娃儿还冷雀儿似的傻站着，瞧洋人那冻红了的高鼻子。一时牛车前显得十分冷清，那荡漾在村庄上空的锣声也越加地空漠、单调、寂寥。

站在车帮上的约翰牛技师耸了耸肩，沮丧地闭上了眼睛。那袋烟种无声地掉在了车上。七天了，他们已经出来七天了，可"上等的美国烟种"一袋也没有送出去。在中国这块最适宜种烟的黄土地上，竟然没人肯种烟，白送都没人种！他很失望。他带着发财的梦想不远万里来到中国，本想干一番大事业，想成为世界上最有名的"烟叶大王"，可是，他的梦想将要破灭了。他贪婪地望着大块大块的黄土地——最适宜种烟的黄土地，嘴里喃喃道："他们不愿发财吗？不，不会的。这真是一块神秘的土地！……"

"猪猡！"他愤愤地高声骂道，咬牙切齿地挥舞着双拳，怒视着这片漫无边际的黄土地。冷风一阵一阵吹来，枯草簌簌地抖，无边的黄土地，无边的沉默。他身子晃了晃，重重地跌坐在牛车里。

大轱辘牛车继续行进在乡村的土路上，车辙的印痕漫长而悠远。过了

一个村庄，又一个村庄，那单调的锣声几乎响遍了豫中平原的角角落落
——

"种'黄金'喽！种'黄金'喽！咣咣咣……"

（时隔多年，人们仍然记得那位美国烟师下乡发烟种的情景。那辆孤零零的牛车在乡间土路上走了很久很久，他一次又一次地恳求人们收下他的烟种，他甚至把装在牛皮纸袋里的烟种倒出来，放进嘴里嚼，好让人们信他。可人们的目光是冷漠的，没人信他的话。当他几近绝望的时候，曾经把一袋一袋的烟种扔在路上，企图让人们去捡，可是，捡都没人捡……然而，不久的将来，还是这片土地，还是这些人，将亲昵地称他为"大鼻子小牛"。）

这天下午，当那辆疲惫不堪的牛车驶进大李庄村的时候，中华民国第一位试种"洋烟"的人还在牌桌上赌牌呢。他就是昔日曾经挂过"千顷牌"的李家嫡孙李兆祥。

家败之后，李家的光景一日不如一日了。盖儿爷死时说下的话，在他嫡孙李兆祥身上——应验了。没人想到英雄一世的盖儿爷到了孙辈这一代，会落到如此凄惨的地步。李兆祥不成器，自然也不肯死做，只每日里混在赌场打牌。他很想赢，可输的时候居多。赌牌也是要气概的，可他缺的就是气概。他手小。手小的人怎么能赌呢？于是，又常叫人逼上门讨债，日子就过得更加艰难。可他还是赌，总想碰一碰运气，企盼着上苍让他赢一份家业。这天，他的手气仍然不好，打到天半晌时钱已输光，肚子也饿了，咕咕直叫。可他知道家里已经揭不开锅了，于是又坐下，看人家赢。看得眼红了，心一横，又把穿在身上的大袍子押上了，想最后一次再碰碰运气。他闭上眼睛，手抖抖地把一张张牌揭起来，心惊肉跳地睁开一条细缝去瞅那牌，心说，老天保佑吧！可就在这时，从外边风风火火地跑进来一个女人。这女人进来二话不说，上去一把夺过他手里的牌，"哗啦"一声，把赌

桌上押的钱、牌全给掀到地上了。赌徒们抬头一看，正是兆祥的女人。这女人气得两眼乌青，眉儿倒竖，牙咬得碎响。只见她一言不发，"呸！呸！！呸！！！"冲着李兆祥一连吐了三口唾沫。

赌徒们全都木呆呆地愣住了，谁也不敢吭声。

兆祥缩着脖看了看女人，自觉已无脸面见人，一时万念俱灰。家里早就揭不开锅了，孩子们一天都没吃饭，告借无门，他的亲叔都不借粮给他，还能去找谁呢？他本想赢些钱度日，可输了又输，在女人面前实在是张不开嘴。于是，他默默地站起来，像鳖一样地走出门去，脸上的唾沫星子都没擦。男人呀，男人！一个男人到了这种地步，还能算男人吗？他长叹一声，忍下了这口窝囊气。

出了赌场，他在前边走着，女人在后边跟着骂，骂得一村人都出来看热闹。他缩着身子走，只是不吭。为了躲女人的恶骂，他不敢回家，折身子往村外走去……就在这当儿，那辆大轱辘牛车进村了，赶车的"通司"又敲响了大锣。锣面已敲破了，锣声已不那么响亮，吆喝声也沙哑不堪，十分凄凉——

"种'黄金'喽！谁种'黄金'？想发财的都来吧！咣咣……"

太阳西斜了，冷风从村东头的田野里灌过来，带着一股彻骨的寒气。李兆祥揣着手，就那么闷头往村外走。他脚上的烂鞋趿拉、趿拉地打着脚后跟。他什么也没想，只是走。他就是这样走到牛车跟前去的。无意中，他看到了一双眼睛，一双绝望的眼睛。这双眼睛沮丧地伏在牛车里，已似灯枯油尽，万念俱灰，那死鱼一样的目光已寒到了极点。不知怎的，他站住了。

风尘仆仆的约翰牛技师已没有气力再站起来介绍他的烟种了。他对这片馋人的黄土地已彻底地绝望了。漫长的路途，无尽的失望，百思不得其解的中国人，已磨去了他最后的一点耐性。他破产了。这时候，他唯一的希望是能平安地回到美国，再也不坐这颠碎肠子的大轱辘牛车了。半个月来，在这缓慢的牛车上，他把苦胆汁都呕吐出来了。这时，他看到一位同样可怜的中国人在他面前站着，默默地，像有什么话要说。于是，他趴在车帮上，最后一次用生硬的中国话说："您，要吗？"

李兆祥的心思还在赌场上，没听清让他要什么，只喃喃地说："我没钱。"

"通司"立即接口说："不要钱，不要钱，白送给你。要吧，这可是上等的美国烟种……"

"种烟？"李兆祥抬起了头。

"对，种烟。""通司"说。

"种烟能发财吗？"

"保你发大财！"

"真的？"

那"通司"也恼了，说："操，你不要算了，骗你是孙子！"

这一骂，倒把李兆祥骂愣了。

这工夫，约翰牛烟师眼巴巴地望着这个破衣烂袍的中国人，他像是突然抓到了一根救命稻草，迫不及待地从车上滚下来，几步冲到李兆祥跟前，手抖抖地举着装有烟种的牛皮纸袋，叽里咕噜地讲了一番。

"通司"跟着说："约翰牛先生问你家有几亩地？"

"七亩薄地。"李兆祥说。

"七亩，太少了。"约翰牛眼里透出了一丝亮光，随即又隐去了。不过，总算是有人肯种了。他可怜巴巴地拍着李兆祥的肩膀，头像捣蒜似的点着，把烟种硬塞到李兆祥的怀里，又哀求似的叽里咕噜说了一长串。

"通司"赶忙接着说：

"约翰牛先生说，他愿意住下来教你种烟。不要你一分钱，还先预付给你十块银圆的烟钱，不会让你亏本的。你肯吗？"

"给我十块银圆？"李兆祥眼亮了。

"是的，是的。"约翰牛先生连连点头。

"白给？"

"是的，是的。"

"还教我种烟？"

"是的，是的。"

李兆祥接下烟种和银圆的时候，约翰牛默默地在胸口上画了一个"十"字，抬头望着夜幕降临的天空，说："主啊！"

第二年春上，就是这个从美国来的、穿西服的约翰牛先生，竟然住在了中国贫苦农民李兆祥的家里，他从浸种开始，到育苗、移栽，一直到烟叶长成，又从打叶、烤烟一系列的工序入手，一步一步地手把手地教中国农民李兆祥种烟、烤烟……在炎炎的夏日里，这位美国人也和李兆祥一样在烟地里光着脊梁打叶，不时还"哈喽、哈喽"地招引许多人来看。

事实证明，黄土地是可以种洋烟的……

于是，约翰牛得救了。

李兆祥也得救了。

从此，中国将进入吸洋烟的时代……

李兆祥发了。

短短三年时间，中华民国第一位试种洋烟的人，由输光了的赌徒一跃而成为四方有名的阔佬。待他有了些本钱之后，在约翰牛技师的怂恿下，他又是第一个离开了那片古老的土地，弃农经商，搬到县城里去住的人。他成了赫赫有名的烟行老板。每当镶金牙、戴金表的李老板走在县城大街上的时候，都不由得要摸一摸头顶，仿佛要摸一摸这梦一般的好运气。这时候，他又会不由得忆起女人朝他脸上吐唾沫的情景。他总以为是女人的三口恶唾沫救了他。如果不是女人恶狠狠地朝他脸上吐了三口唾沫，他会离开赌桌吗？他会幸运地碰上约翰牛技师吗？于是，他轻轻地摸一摸脸，轻轻地，生怕拂去了那福气。

看得见的利益，庄稼人是不会放过的。多少人后悔呀！他们做梦也想不到种那洋烟能发财。当初，"大鼻子小牛"坐着大轱辘车在乡下发烟种的时候，白送都没人要。可是，才几年光景，那扔在地上都没人捡的烟种竟涨到了十块钱一两。种洋烟的人越来越多了，洋烟成了人们发家的希望。既然李兆祥这个不成器的"二混混"都能富起来，他们为什么不能呢？种！一时间，在广袤的豫中平原上，放眼望去，到处都是绿油油的烟苗……

随着烟行的兴起，县城也繁华起来了。在设有烟行的县城东大街，饭铺、店铺、旅馆、赌馆、妓院一时争相开张，一街两行全成了生意铺子。每到收烟的季节，各种叫卖声随着那油煎包"嗞啦啦"的油香在县城的上空飘荡，从早到晚，热闹非凡。连上海那些大地方的妓女也跑到这小县城里挣烟钱来了。她们一个个打扮得花枝招展，抹香粉，搽头油，一个个穿着红绿缎子绣鞋，甩着一色的水袖，袅袅婷婷地走出来拉客，媚眼瞟乱了多少乡下烟客的心！每当窑姐儿们站在门前与烟客嘻嘻哈哈地打情骂俏时，那推烟包的独轮车便"吱扭扭"地歪倒在她们脚前了。也有些见过世面的烟客跟窑姐"揩嘴油"，引了一街两行的行人发笑。

"客，花俩吧？"

"花俩？俺还想挣俩哩。"

"挣俩？挣俩叫恁姑来！"

"俺叔？俺叔比我还仔细。"

"……"

洋烟给县城带来了繁荣，也带来了一片混乱。县城里大户人家的小姐经不住这花花绿绿的诱惑，常有跟人私奔的丑事；种烟的汉子辛苦一年，挣得烟钱来，也有一夜之间在赌馆里输光的，于是护城河里又常有寻短见的尸体漂起来，引了许多人叹气。一些前清的遗老遗少，看世风日下，也曾痛哭流涕地联名给县里上过状子，要求取缔烟行，以正民风。也有人大骂李兆祥是千古罪人。然而，由于有洋人撑腰，官司到底没有打赢。

当县城里的名流、士绅顿足擂胸地痛斥烟行败坏了风俗的时候，为了发财，可怜的庄稼人却在发疯地抢购烟种。烟种的价格一涨再涨。约翰牛的梦想实现了：种烟，在老百姓眼里并不亚于种"黄金"……

这一切都是李兆祥带来的。

当初，试种洋烟时，有多少人笑他呀，人们在地里围着他看："看哪，李兆祥种'黄金'哩！"那嘲笑和蔑视的目光刺得他整整一春一夏都抬不起头来。连已分家多年，早已不再管他的二叔也挂了拐棍出来堵着门骂他："败家子啊，败家子啊！你真是丢尽了李家的人！……"可到了这会儿，大李庄村多少人来求他李兆祥啊！一到收烟的季节，烟行门前车水马龙，卖烟的长队整整塞满了一条东大街。每到这工夫，李老板便端坐在当院的一把罗圈椅上，喝五吆六地招呼人过磅验烟。这时的李兆祥，大敞怀穿一件白绸衫，身上挂着明锃锃的金表链子，身后还有丫鬟打着凉扇，叫乡邻们眼热得不敢看他。到了晚上，他回李家巷吃过晚饭，就又坐上包车出门了，说是去烟行看账，实是赌牌、玩女人去了。

这年夏天，英美烟草公司的副总经理约翰牛突然骑着"电驴子"来到了县城的分行。这位洋人再也不是当年可怜巴巴地坐着大轱辘牛车下乡发烟种的样子了。他西装革履，趾高气扬，踏进烟行的时候，目光傲慢地扫视着他属下的中国人，脚下的皮鞋发出"咔咔"的声响。

李兆祥一听是约翰牛先生到了，急忙躬身迎出来，连连赔笑说："总经理到了，失迎，失迎。"

约翰牛只是微微地点了点头，连哼都没哼一声，昂首阔步地走进了账房，李兆祥赶忙跟进来，立时吩咐人看座上茶。约翰牛抬眼在屋里扫视了片刻，生硬地摆摆手："让他们都出去！"

李兆祥连连点头，手一摆："出去，出去。"

账房里的人全都知趣地躲出去了。这时，约翰牛拍拍李兆祥的肩膀，用流利的中国话说："李，你干得不错。愿意和我长期合作吗？"

李兆祥受宠若惊，感恩地说："没有总经理，就没有我李兆祥！当初……"

约翰牛突然打断他的话，说："好。我问你，今年种烟的有多少？"

"今年种烟的特别多。有好多庄稼人连粮食都不种了，全栽了烟。总经理要发大财了！"

"好，太好了！"约翰牛听了哈哈大笑，那笑声越过李兆祥的头顶，在屋梁上久久地盘旋。过后，他沉下脸来，说："那么，现在我要你停止收烟。"

"停收?！"

"对。立即停下来！"

"那、那、那……烟行怎么办？"李兆祥像兜头挨了一瓢凉水，吃惊地问。

"李，你愿意和我合作下去吗？咱们一直合作得很好，我相信你会愿意的。"说着，约翰牛的目光渐渐地严厉起来。他在屋里来回踱了几步，突然停下来，盯着李兆祥："不然的话，我们就无法合作了。你懂吗?！"

"是，是。我听总经理的。"李兆祥应着，又小心翼翼地问，"那，停到什么时候开磅？"

约翰牛耸耸肩，意味深长地说："到时候我通知你。"

大热天，李兆祥竟不由得打了个冷战。这、这、太"黑"了，要毁多少人家呀！他知道约翰牛要压价了。到那时候，成千上万户庄稼人辛辛苦苦种出来的洋烟将一钱不值……李兆祥不敢再往下想。他抬头望了望约翰牛，约翰牛正看着他，目光很冷峻。他不敢吭了，只好点点头。

第二天，烟行"停收"的牌子挂出来了。

继而，设在许昌的总行也停止收烟了。

当天夜里，李兆祥正闷闷不乐地在家里坐着，突然有一位神秘的上海客商跨进了他的家门。那人穿一件浅灰色的大褂，头戴凉帽，手里款款地提着一只大皮箱，做派十分大方。他进得门来，微微躬身，双手一抱拳："李老板，久仰，久仰。"

李兆祥愣了，忙问："这位是……"

那人说："敝人姓张，是从上海来的。敝人受本公司总经理的委托，专程拜望李老板。"

"噢，张先生。请坐，请坐。"李兆祥说着，立时吩咐丫鬟倒茶。

张先生款款地坐下来，四下打量了一番，笑着说："李老板好阔气呀！"

"哪里说得上阔气，不过是混饭吃罢了。"李兆祥应酬了一番，接着问，"不知张先生来小县有何贵干？"

张先生又一抱拳，说："本公司想委托李老板在贵县收购烟叶，不知您肯不肯帮忙？"

"哟，你们也要烟哪？"李兆祥很惊奇地问。

张先生呷了一口茶，缓缓地说："李老板，本公司在海内外都设有分行，资金雄厚，报酬嘛，自然也不会低。"

李兆祥听了，沉吟半晌，叹口气说："可惜你晚了一步。我倒很想帮忙，可这里是英美烟草公司的分行，兄弟无能为力呀。"

张先生微微一笑说："听说英美烟草公司只给你一分利，太低太低！若是肯帮忙的话，敝公司至少给你三分利。"

一说给三分利，李兆祥的心稍稍动了。可他心里还是有些不踏实，约翰牛对他有救命之恩哪！他眼珠子转了转，说："三分利当然好，帮忙也不是不可以，只是……"

张先生见话说得入港，放下茶碗："李老板，英美烟草公司对你不错我是知道的。本公司也绝不亏待你。买卖不成仁义在嘛。有什么不方便之处尽管讲，一切都好商量。"说着，他"啪"一下子打开皮箱，亮出了银光闪闪的一箱银圆。

李兆祥望着满满一箱子银圆，眼都看呆了。他抓起一把捏在手里，让银圆"叮儿当啷"地从指缝里漏下去；又抓，又漏……钱吸住了他的眼睛。过了很久，他才慢慢地把手缩回来，抬起发绿的眼睛望着张先生。

"利钱三分？"

"利钱三分。"

这时，约翰牛烟师那野牛一般的眼睛在李兆祥脑海里出现了，那双蓝眼睛恶狠狠的，十分刺人。李兆祥心里凉了一下，终也舍不了这箱银圆。他沉默了片刻，说："张先生，钱你先放在这儿，容我再考虑考虑行吗？"

张先生隐隐地笑了笑，说："那好，什么时候给我回话？"

"明天一早，行，我就干；不行，你还把钱带回去，一分不少。"

第二天，见钱眼开的李兆祥终于和"南洋兄弟烟草公司"签订了收烟的合同，立马又开磅收烟了。

这次收烟，李兆祥把烟价略略降了一些，一百斤烟叶只按八十斤算，还扣三块钱的"龙"（手续费）。庄稼人已白白地等了一天，只好忍气吞声地卖了。

次日，李兆祥擅自收烟的消息传到了许昌，约翰牛气急败坏地骑着"电驴子"赶来了。一踏进烟行，他便挥舞着双拳高声骂道："混蛋！赶快给我停下来，停下来！李呢？李！你给我滚出来！"

李兆祥听到信儿便躲起来了。不管约翰牛如何暴跳如雷地骂，他只是不敢照面。

约翰牛的脸都气白了，他瞪大眼珠，咬牙切齿地说："好，很好。走着瞧吧。我要让你倾家荡产！我要叫……"说完，他愤愤地骑着"电驴子"走了。

紧接着，英美烟草公司设在许昌的总行开始收烟了。约翰牛本打算停收压价，这会儿反而提价收购烟叶。消息一传出，烟农们呼啦啦都把烟拉到许昌去卖了。于是，李兆祥在"南洋兄弟烟草公司"代理人张先生的授意下，马上也挂出了新的烟价……

一场可怕的"商战"开始了。一连三天，烟行与烟行之间展开了殊死的搏斗。约翰牛像疯子一样在烟行里走来走去，大骂李兆祥。他不停地挥舞手臂恨不得把李兆祥劈成两半。他一次又一次地抬高价格，那迅速变化的价格表像一把把钢刀架在李兆祥的身上，似要把他轧成面粉。

英美烟草公司烟行：一级烟一块，二级烟八毛。李兆祥烟行：一级烟一块二，二级烟一块。

…………

英美烟草公司烟行：一级烟一块五，二级烟一块二。李兆祥烟行：一级烟一块七，二级烟一块五。

…………

英美烟草公司烟行：一级烟两块，二级烟一块七。

…………

李兆祥后悔了。他没想到事情会闹到这种地步。他伸直脖子硬撑了四天，再也撑不下去了。这时，烟行的账房先生慌慌地跑来说："掌柜的，钱已经支空了！你看还收不收？"

李兆祥瘫坐在椅子上，一句话也说不出来了。他完了，没路可走了。

不，还有一条路，那就是死。他突然像疯了似的从椅子上跳起来，瞪着红眼把女人叫到跟前，喊道："你吓我，你吓我！你吓呀！"

女人吓坏了，却怎么也不敢"吓"他。他是老爷呀！

李兆祥抱住头呜呜地哭起来了。

这天晚上，张先生带着一个人到他家里来了。他一进门就说："李老板怕是撑不住了吧？"

李兆祥翻开眼看着他，绝望地说："我已走投无路了。"

张先生"嘿嘿"一笑，说："不，你还有一条路。"

李兆祥摇摇头，眼里的泪扑嗒扑嗒往下掉："张先生，救救我吧！"

"再拿三百大洋，就能买一条路。"张先生扭头望望身后，说，"李老板认识这位先生吗？"

李兆祥缓缓地抬起头，看了那人一眼，不禁毛骨悚然。那人虽用礼帽遮住了半个脸，却仍然透着腾腾的杀气。

张先生很平静地说："李老板，拿出三百大洋就能把'小牛'的人头买下来。放心，这位先生活儿做得很干净。"

李兆祥怔怔地望着来人，一时不知如何是好。事到如今，他已是上天无路，入地无门了。"小牛"不死，他就得死。他不想死。于是，他结结巴巴地问："能行吗？"那人冷冷地说："先交一半定钱，另一半验'货'付钱。怎么样？"

李兆祥勾头想想，再也没有别的出路了，一咬牙说："行。"

那人伸出了手，李兆祥也怯怯地伸出了手，"啪！"两个巴掌拍响。李兆祥连夜凑了一百五十块大洋交给来人。临交钱时，他还不放心，颤颤地问："先生贵姓？"

那人沉默了片刻，说："不必了。有张先生在，不会白拿你的钱。"说完，扭身去了。

次日午时，"大鼻子小牛"被人敲了！消息是从推独轮车的卖烟人那里传出来的。他被人用枪打死了，身上一连中了三颗子弹。当时他正在烟行里站着，手里挂着文明棍，很威风。"砰"的一声，他便倒下了，他扑倒之后又中了两枪。血从胸口冒了出来，洒在金黄的烟叶上。梦想成为烟叶大王的约翰牛先生就这样躺在了中国的大地上，瞪着双眼……

英美烟草公司被迫关闭了。

与此同时，当四方的烟农重新蜂拥到李兆祥的烟行门前的时候，他突然也挂出了"停收"的牌子……

那真是难熬的日日夜夜呀！

成千上万的卖烟人露宿在县城的大街小巷，牛车、驴车、独轮车堵塞了每一条街道。到处是洋烟，头枕的、脚踩的、屁股垫的……全是烟、烟、烟！一条条黄色的河流在县城大街上涌动着，整个县城成了一片黄色的世界，连空气里都弥漫着浓重呛人的烤烟味。

可怜的烟农们在田里整整操劳了一春一夏，又日日夜夜地守在炕火前烤烟，本指望能卖个好价钱。可是，等烟叶全下来的时候，烟行突然卡住不收了。有些人家倾家荡产地种了一季烟，把所有的土地、钱力都泼上了，实指望发大财的，可现在烟行不收了。他们又有什么办法呢？等吧，只有等。

天亮了，太阳缓缓升起，又慢慢地落下；月亮升起来了，挂一天星斗；夜凉了，雄鸡又啼……

烟行门前依旧挂着"停收"的牌子。

一天，两天，三天，卖烟人再也耐不下去了。饥饿加上焦渴，使他们像乱蜂一般在县城里拥来拥去，一个个呼天抢地去擂烟行的门。可里边没人应，人全都躲出去了，门上挂着一把大锁……

第四天头上，一位领着小孙女出来卖烟的老人饿昏了头，竟然给小孙女熬了一锅烟叶汤喝。于是，老人和孙女双双躺倒在大街上……

一个背烟来卖的乡下女人三天没吃上一口饭，讨要无门，跳河自尽了。河里漂浮着金黄色的烟叶……

在民怨沸腾的情况下，由大李庄村的卖烟人挑头，四方的乡绅出面，把李兆祥的二叔金寿请了出来。乡绅们请金寿出来替乡亲们说些好话，劝兆祥尽快把烟收下。金寿推辞不过，也就来了。他拄着拐杖进了侄儿的家门，可李兆祥却躲出去了。他等了整整一天，直到天黑时才见上侄儿的面。金寿见侄儿回来了，颤巍巍地站起来说："兆祥，恁叔看你来了。"

李兆祥打着饱嗝，喷着满嘴酒气，不热不凉地说："二叔来了？"

分家之后，叔侄间已多年不说话了。金寿恨侄儿不成器，兆祥也恨二叔在败家之后不管他，冤结得很深。这次见面，今非昔比，兆祥的气更盛了。金寿强忍着不快，说："兆祥，乡亲们推我求你来了。我老了，来一趟不容易。还是赏我个老脸，把烟收下吧。"

李兆祥斜了斜眼，不耐烦地说："二叔，没有资金我怎么收烟？再说，我也亏得太多了！"

金寿劝道："兆祥，众怒难犯哪！听我一句话，还是快些收烟吧……"

李兆祥却不紧不慢地剔着牙，过好一会儿才说："你回去吧，我收就是了。"

金寿长叹了一口气，看了看侄儿，也就去了。

第五天，烟行终于挂出了收烟的牌子。然而，那牌子上标出的烟价却是：一级烟，两毛；二级烟，一毛；三级烟，六分……

看了牌子，"哄"地一下，卖烟人炸窝了。老天哪！辛辛苦苦种出来的烟才几分钱一斤，连本钱都顾不住啊！这简直像白扔一样。只听"扑通"一声，一位卖烟人急火攻心，当场晕倒了；紧接着，又有人把自己的烟叶点火烧着了，那熊熊的火势一下子把千万人的嫉恨、愤懑全点起来了，一时哭声震天！越来越多的人把自己的烟扔进火里，金黄的烟叶在冲天大火里化成千万只黑鸟飞上了天空，整个县城上空黑压压、灰蒙蒙的。这时，愤怒至极的卖烟人像潮水一般涌进烟行，见人就打，见东西就砸，一个个像疯了一般。

这是个晴朗的上午，天蓝蓝的，烟行老板李兆祥刚刚在罗圈椅上坐定，牙还没剔完呢，人便拥进来了。他喝问道："干什么？干什么?!"还没等他把话说完，人流已拥到跟前了。一时人头攒动，乱拳齐发，不知有多少双手在打他、撕他、拧他，人们怒骂着用牙咬，用脚踢，用棍夯，把多日来淤积在心的失望、饥饿、仇恨全部发泄到他的身上。李兆祥开始还"噢噢"直叫，以后也就不吭了。他身上的白绸衫被人一条一条地撕碎了，绸裤也被人一条条地撕碎了，连身上的阳物也被人们捏碎了。当他赤条条倒在地上的时候，成千上万的人又从他身上踩过，放火烧了烟行……

一时，整个县城浓烟滚滚，腾腾的烈焰烧红了半个天。这场大火整整烧了七天七夜。就此，县城有名的东大街全部化为灰烬……

李兆祥，中华民国第一个试种洋烟的人，得于洋烟又毁于洋烟，死得十分惨烈。当他被家人抬回去的时候，身上已无一处净肉！

半月之后，一挂爆竹"噼噼啪啪"响过，烟行又开张了。新开张的烟行设在县城西大街，老板是"南洋兄弟烟草公司"的张先生，一位很和气的中年人。

县城依旧繁华。

乡下人依旧种烟。

李兆祥的坟上也长出了青青的草芽……

（时隔多年，一代一代的后人对先人的这段不光彩的历史一直讳莫如深，没人再提起他，只有家谱上写着。）

○　●

羊（十二）　··

机会终于来了。

入秋的一天，李金魁突然接到了一个电话，那电话是李红叶打来的。李红叶在电话里说，她这里出事了，是急事，让他务必去一趟。

李金魁心里"咯噔"一下，对着话筒沉默了很久，可他还是去了。他是晚上去的，上楼之后，他发现李红叶独自一人在窗口立着，脸色阴郁，手里夹着一支燃了一半的香烟。她看了他一眼，说："坐吧。"

李金魁坐下后，问："出什么事了？"

李红叶说："他被抓了。"

李金魁问："谁？"

李红叶低下头说："我丈夫。"

李金魁看了她一眼。

李红叶又解释说："严格说，他并不是我丈夫，只不过算是……一个'那个'。说白了，在我最困难的时候，他需要'颜色'，而我需要钱……"

李红叶沉默了一会儿，又说："他的公司破产了……"

往下，两人都不吭声了，沉默了很久之后，李红叶说："我写了一封信，你看看吧，你一看就明白了。"

李金魁低头一看，茶几上果然放着一封信。他把那封信拿起来，看着，看着，就那么盯住不动了。然后，他伸出手来，掏烟来吸。这是他思考问题时的下意识动作。烟掏出来了，在手上夹着，他却没有吸。这是一封揭发信。信里还包着一个蓝皮记事本，旧的，是经常喝酒的人兜里揣的那种小本本，上边有很浓的烟味和淡淡的酒香。就在这个蓝皮记事本里，清清楚楚地记着包括市委书记、副书记、副市长在内的三十七人受贿索贿的记录，总金额高达五十七万八千元之多。其中一位副市长一次的受贿记录是：茅台酒三十六瓶，彩电、照相机各一部；连税务局的一位科长竟然也一次"借款"六千元。时间、地点，记得清清楚楚。

真有此事？

不会吧？

假如真有此事，这个领导三十万人口的市委、市政府不就太、太……李金魁把烟点着，默默地吸了一口。

片刻，李金魁抬起头来，说："他被抓之后，没有交代吗？"

李红叶摇摇头，说："他说他死也不说。"

李金魁问："为啥？"

李红叶说："他还抱着一线希望，他、怕报复……"

李金魁又一次仔仔细细地看了揭发信。渐渐，他有点冲动了，这冲动使他口渴。他抓起茶几上的凉茶喝了一气，而后背着双手在屋子里踱起步来。踱着，踱着，他的牙咬起来了，一腔热血在胸腔里激荡着……接着，他的步子慢慢地缓了下来，越走越慢……机会来了！

且慢，证人呢？没有证人。索贿、受贿都是单独进行的，一对一，没有第三者在场。这些人也太精明了。但从记事本上墨水的颜色和记录时间来看，又不像是伪造的。

然而，没有证人。

李金魁回身望了李红叶一眼，说："你没有参与吧？"

李红叶摇了摇头。

李金魁再次问道："你真的没有参与吗？"

李红叶冷冷地说："你是怕我连累你吧？"

片刻，李红叶又说："如果我参与了，我就会直接站出来告他们，那就用不着找你了。虽然我跟他……可他有恩于我。在这种时候，我不能不管。"说着，她掉泪了。

李金魁想，这是一件棘手的事，他不能轻易表态。可他却明显地感觉到了李红叶那求救的目光，那目光像芒刺一样扎在他的背上。终于，李金魁说："你让我想想。"

回到招待所的房间里，李金魁一连吸了三支烟……

这是个机会。可是，这个女人离他太近了，近到了可以引火烧身的程度。弄不好，就把自己也扯进去了。怎么办呢？是管，还是不管？要管又该怎么管呢？就这么交出去。这算什么？你怎么跟下边说呢？就这么直接批下去？一封匿名信。批下去之后呢，这不等于直接交给他们了吗？

假如把这个蓝皮记事本交给法院，那么，市委大院马上就会知道，这一下子就得罪了三十七名干部。他们很快就会对在押的李二狗施加压力。他们是完全可以办到的。在强大的压力下，李二狗会一口咬定没有这回事，他会这样的。那样，他们会说，这是诬告。李二狗如果不承认，光凭这个小本本，又能说明什么呢？到了这一步，事情就会慢慢拖下来，拖也是战术。拖久了，他们所有的关系都会投入战斗……那时，他们会反咬一口，说他跟李红叶有关系，说他作风不正派，他们甚至还可以找到证据。这样一来，各种谣言会满天飞，很快就会传到地委、省委，把他搞得臭不可闻，使他无法在这里工作。这个蓝本本已经交出去了，他纵有一千张嘴也说不清楚。他完了，一切还可以照旧。

这是一场注定要失败的战斗。他在脑海里的预演中看到了自己的下场。从此以后，无论他走到哪里，舆论就会跟到哪里，假话重复一千遍就是真理。一个连自己都保不住的人，还能改变社会吗？香烟烧到了他的手指头，他哆嗦了一下，又续上一支……

假如，他把这封揭发信和那个蓝本复印一份存底，然后再交给中纪委，让他们派调查组来。他们也许来，也许会让省里出面。如果让省里来人，风声也会透出去的。那么，在省里来人之前，三十七个受贿干部做出的最大让步，也仅仅是把过去受贿、索贿的东西"吐"出来，悄悄地吐出来。这等于打了一个平手，不分胜负。从原则上讲，他做得光明正大，无懈可击。可又查无实据，顶多是"借"了又还了，仅此而已。面上会笑笑，私下里会伸出七十四条腿绊你！

假如，他亲自去找那在押的犯人谈次话，给他进一步讲政策，让他看看这个蓝皮本，让他知道李红叶已经揭发了，进一步打消他的顾虑和幻想，他会交代吗？如果他能交代，再专门组织班子去一笔笔地清查账目、现金的支出情况，逐项和李二狗对质。这样，虽然面对三十七个干部多年形成的关系网，他也许会撕开一个口，然后迅速扩大，他相信他能办到。到那时候，市里的班子就可以重新考虑了。

但是，这一切必须公开进行。他能公开吗？他一动就会有人知道。要公开进行，他必须做最坏的准备，准备丢掉一切。他能做到吗？

此刻，李金魁像决战的将军一样在屋子里踱来踱去。他觉得这是一次机会，也等于有了一个改变市政府现状的突破口。可他一次一次地变换各种不同的打法，思索各种不同的棋路，越思索，就觉得成功的把握越小……他不由得问自己，你为什么会犹豫不决？你怎么变得软弱了？你究竟害怕什么？可他心里很清楚，他知道他怕什么。

金魁，你想放弃这次机会？

谁说放弃了？

那你就干！把这个本子送到地委去，让地委派人来查。

地委也不是铁板一块。

找报社记者。记者会有办法。

记者怎么干都行，干完拍拍屁股走了。可你还要在这里生活。在一个地方，有三十七个人与你为敌，你的日子好过吗？

那你就听之任之了？

这时，电话铃响了。李金魁看了看表，已是午夜时分了。他知道这个电话是李红叶打来的，可他没有去接，他不知道该给她说什么。他欠她够多了，而她从来没有求过他，现在，到了他还账的时候了，他该怎么办呢？

电话铃一直不停地响着……

凌晨四时，李金魁已经在烟灰缸里插上了第三十九个烟蒂。他的嘴吸得很干很苦，但他还是把最后一支烟也点上，吸了两口之后，又烦躁不安地摁进了烟灰缸。此刻，他从兜里掏出了一枚硬币，在掌心里抛了抛，放在桌上。片刻，他又把那枚硬币拿起来，接连抛了几次后，他默默地说："好吧，这枚硬币抛下去，如果'国徽'朝上，我就干！假如是'麦穗'朝上，就随他们好了。"

于是，在凌晨四时三十六分，光荣诞生在大李庄村的本市市长李金魁把一枚硬币从手心里抛了出去。随着"当啷"一声脆响，一道银光闪过，那枚负有重大使命的硬币从桌上滚落到地上了……

○　●

尾声　·······································

　　七奶奶过世三周年的忌日到了。

　　整整三年了，可她老人家还没走。

　　那不息的魂灵依旧在大李庄的四周游荡……

　　夜里常有人梦见她。醒着，也总能听到她那拐杖叩地的声音。"嘚嘚、嘚嘚、嘚嘚……"很远似又很近，她在串门呢。有胆大的，半夜开了门去寻她，亮亮的大月明地儿里，树影晃一片深深浅浅的小黑钱，也只能撞见一股阴森森的凉气，不曾见人。回手闭了门再睡，躺床上侧耳细细听，仿佛那"嘚嘚、嘚嘚、嘚嘚……"的拐杖叩地声重现，神秘而又真切，叫人心怵，也叫人念她。只是狗不咬，大李庄的狗焉有不认得七奶奶的？

　　三周年是大祭，也是晚辈人谢孝的日子，何况七奶奶的魂灵还在呢，自然轻慢不得。于是就有老辈人出面张罗，族人纷纷凑份儿，要在三周年这天，请上几班响器，扎一个大些的引魂幡，好好送一送老人家，让老人静了心走。

　　七奶奶的大祭，在外的儿孙们也是该回来谢孝的。于是，又由老族长石磙爷出面，让人按家谱的序列给在外的支支脉脉捎信儿，说是如此大事，回不回就看你们的孝心了……

谁也料不到，头天傍晚的时候，市长李金魁坐着小车回来了。车一进村，喇叭轻轻地鸣了两声，一村的爷儿们都慌慌地迎出来了。

"金魁回来了？"

"金魁回来了！"

李金魁下了车，当着秘书的面，一时竟说不出话来。他现在是市长了，话自然不能随便乱说。他一个个跟老少爷儿们握手，说："爷儿们都好吧？"

"都好，都好。"众人应着，都说他脸紧，黑了，也瘦了，上头公事忙，要他好生保重身子骨……

李金魁点头笑了笑，说："到一个矿上检查工作，离家近了，顺便回来看看，不能多坐。"说着，他看了看手腕上的表，吩咐秘书在车上等他，说一会儿就得走，回去还有一个会呢。

这当儿，村长李宝成颠颠地从窑上跑来，想给他说说工作；五叔自从栽了面子，一病不起，这会儿听说金魁回来了，也病快快地拄着棍走出来，想拉他上家坐坐……

李金魁摆摆手，婉转地说，他是顺路回来看看，改日吧。众人也说，金魁轻易不回来，别给他添麻烦了。

离了秘书，李金魁便把市长的面具摘下来了。瞅见四婶，他笑着说："四娘，还记得不？小时候我还吃你的奶呢。"

一句话，说得四婶一眼泪花了，四婶擦着一脸喜泪，说："金魁，都当大官了，还记着这事哪？"

看见二嫂子，李金魁又说："嫂子，还记得我和三国趴在你的窗下听房的事吗？"

二嫂红着脸笑了，众人也都笑了。看见春生爹，他说："三哥，那年我领着人爬到你家柿树上偷柿子，把尿罐子都给你砸烂了……"

众人又笑。春生爹听了心里热乎乎的。

瞧见麦囤，他说："囤子，有一年我领你去割草，割出俩瓜蛋儿分着吃。我挑大的，惹你哭起来了……"

麦囤傻乎乎地笑着，十分得意。

李金魁一一都问过了，全是儿时的事情，说得人心里发暖。众人说，金魁虽是当了市长，到底没忘村里爷儿们呀！于是又劝他回来多住几天。李金魁笑着说："说不定哪一天回来就不走了。"

众人笑着说，当市长了，还会回来吗？只怕是想回来也回不来了。

李金魁听了，脸上竟无一丝笑意。他又看看表，说："时间紧，不能多停，我去看看石碾爷吧。"

石碾爷是本族辈分最长的老人。听了这话，人们明白他是为七奶奶的忌日专程回来的，金魁是国家的人，只是不便说罢了，一时更觉得金魁深明大义，也就簇拥着他到石碾爷家去了。

这边早有娃子跑来报信儿了。一到门口，石碾爷便迎出来了，老人伸出手来，颤颤地说："是金魁回来了？"

李金魁忙上前抓住石碾爷的手，说："石碾爷，你老好哇？"

"好，好。听说任了县衙了？"石碾爷耳背，大着喉咙说。旁边有人忙告诉他："石碾爷，这会儿是市长了！"

石碾爷就说："噢，可市长了？老好，老好。"

李金魁进屋坐下来，说了几句问候的话，这才说："明儿是奶奶的大祭，我本该回来的……"

石碾爷说："上头忙，你就别回来了。忙大事去吧，家里有我们呢。"

李金魁说："小时候七奶待我们挺好，我也想她老人家。只是会多，怕回不来了。"

众人也都说:"你忙,你忙。当市长哩,回来影响不好。别回来了……"

到了这时候,李金魁才把一句要紧的话说出来了:"石碾爷,要是我不当市长了,回来种地,不知爷儿们还肯不肯收留我?"

人们都以为金魁是谦虚呢,一个个笑起来了。

石碾爷大声说:"娃子,不管你啥时回来,这都是你家呀!"

众人连声说:"那是,那是。"

市长李金魁回庄一趟,总共在村里停了十几分钟,家都没进,就又坐上车走了,临行前,他给村里爷儿们一一握手,手很热,握得也很紧。

车子出村后,李金魁的脸板起来了。他皱着双眉,严厉而又果断地说:"市里不停,直开省委。"

李满凤是一大早挎着小包袱回来的。

世间的事情,一时叫人怎能说得清呢?她瘦了,脸色黄黄的,很憔悴。人虽回来了,心还在监狱那边挂着……

多要强的一个女人呀!二狗判了七年,一直在监狱里住着;她就一直在监狱对面开小饭铺,默默地等他。

七年,已经过去三年了。还有四年。前不久,探监的时候,二狗说他熬不住了,他真想死。可他又说,他不死,他要活下来,剩下一口气也要活。他要拼命熬下去,活着出来。为她,也为那些人……

可满凤心里很苦。满凤知道了,二狗还跟城里的红叶有秧呢。这算什么事呢?这不乱了辈吗?她见过那个红叶,人家是城里人哪!可二狗说,那会儿都是为了钱,红叶跟他根本不是一路人……

满凤的饭铺就在监狱对面,一来二去的,监狱的管教人员也都喜欢上她这边坐坐,间或给二狗行些政策允许的方便。小饭铺的电灯也是挂人家监狱的线路。夜里,那边亮了,这边也亮了;那边暗了,这边也暗了,每日都是这样。总闸在监狱高墙那边呢。

李春生终还是把刘晓霞"娶"过来了。

当两具血淋淋的尸体从省城大学里偷偷运回来的时候，两家人都哭得天昏地暗，几乎要拼了老命去。可埋人的时候，春生爹觉得儿子活得老亏，多少年拼死拼活地干，却连媳妇都没弄到手；刘家呢，也觉得女儿死得冤枉。可女儿既然死了，也不能让她孤孤单单地躺在"姑子坟"里。就这样，两方的老人思前想后，又托了中间人说合，就让春生把晓霞"娶"过去了……

出殡那天，丧事当喜事办了。两班响器吹着，家里也摆酒待客。"喜事"是不许哭的，两家的老人也就强颜为欢，"笑"着抹了锅灰。棺材上也蒙的是大红绢花，还扎了各样的嫁妆、房舍，连缝纫机、电视机也都预备下了。

两人并排躺在棺材里，衣服穿得周周正正，各人胸前放着一朵大红花。只有钉棺的时候，两方的老人才忍不住哭出声来：

"春生躲钉吧……"

"晓霞躲钉吧……"

于是，北岗上又添了一丘新坟。坟前还栽了两棵小柏树，好让"小两口"天热时纳凉……

办完"喜事"，两家又是亲戚了，逢年过节，也总要打发人去，掂四匣点心，送些瓜果。你来我往，互称亲家，谁也不短礼。

七奶奶忌日这天，春生娘头一个来给七奶奶上坟。她在坟前跪下来，烧了纸钱，又恭恭敬敬地磕了三个头，嘴里念叨着：

"七婶，我给你送钱来了。咱春生为人厚道，怕笼里装不住晓霞那'鸟儿'，你得多说说她。两口子过日子，可不能像阳间那样……七婶，你得常点拨她，叫她好好跟春生过日子。咱又不缺钱花，年里节里，也都给他们送了。她还想啥哩？那大学文凭不当吃不当喝。自家的媳妇，你老多劝劝她，别叫她疯。你说她，她会听的。七婶，媳妇交给你了，你替春生看住点……"

春生娘在七奶奶坟前烧罢纸钱，又到"小两口"的坟上来了。她蹲下来，点上纸钱，待火苗蹿起来的时候，说："春生，晓霞，拾钱吧。娘给你们送钱来了。"说着，眼里的泪扑簌簌往下掉，"春生，娘知道你亏。可你别跟晓霞一样。女人家，多说，别动手。就是打，也别往狠处打。打坏了谁给你们生娃子呢？你多说些好听的，拢她的心，好好在阴间过日子吧。女人是'虫儿'，得好好'喂'哪……"

正烧着纸钱，一只老鸹在天上"呱呱"地叫了两声。春生娘听见，赶忙"呸呸"吐了两口，站起来仰天骂道："敢多嘴多舌，杀你！"

哑巴依旧在坡上放羊。七奶奶的三年祭自然没人通知他，可他一切都看在眼里，似乎也不争什么，总是很平静。

他每日里赶着羊走。天晴着晴着，阴了；阴着阴着，却又晴。春天里日光很暖，空气里游荡着繁衍的腥味；夏日里阳光很曝，瓦块子云烈烈地在天空中烧着，一股焦燎的甜味；秋日天高了，白云悠悠地在天际处飘，很净的爽，却又时常下雨，湿气里弥漫着很浓很香的死熟；冬日很冷，天光也仿佛冻住了，日头爷很晚才露出脸，早早又收去了。雪天一片孝白，埋了生又隐了死，光光净净的枯。四时就这么像磨一样转着，他也就跟着转。

有时候，他也到北边的河堤上去放羊，总是不急也不躁地走，到了，也就坐下来，很悠然。

颍河水在村北蛇卧着，蜿蜒东去。河堤上有两排弯腰老柳树，树很粗，人靠着自然也很舒服。哑巴也总是靠着柳树坐了，手里抓着赶羊鞭，看着羊儿在河坡上啃草，似也看着河的走向。

春天的河水浅浅的，像一条小白链儿，轻轻地唱着淌去，河水很清，流得也缓，小小的鹅卵石在水底亮着，细沙金光闪闪，很匀地摊着。夏天涨了水，荡荡地浑浊，湍急的水流翻着白沫，咆哮着东去。也常有鱼顺激流冲下来，翻着鳞白的肚儿，终还是淌去了。秋天水小了些，还是流，秋叶飘飘地落进水里，似一叶小舟轻荡，打着旋儿，很远又搁浅了，似载不去秋凉。冬天里河沟干了几日，冻了几日，还是淌了水来，终也不尽……

他每日里就这样走来了，又走去了。路很短又很长。天漫漫，地漫漫，时光漫漫。这一切都真切地映现在他的眼里，仿佛什么都知道，又什么都不知道。

再也不曾发生过什么事情。

人们都说，哑巴很精。他开过"洋荤"了。

军人李志全如今成了"烈士"。

走时是一个高高大大的人，回来成了一个"盒"。那"盒"在家里放了几天，志全娘看见就哭，眼都哭坏了。后来，志全爹说，入土为安吧。于是，择了一个日子，那"盒"埋进了棺材，还是入老坟了。

本来，志全娘也是想给儿子寻一房"冥亲"的，可志全爹不愿。志全爹说，儿子是在"组织"的人，现今是"烈士"。叫人知道了，这不是给娃子脸上抹灰吗？终是没有说成。志全娘想起来，就说，娃老亏呀！

"烈士"一个月有八块钱的抚恤金。开始的时候，志全娘去领过两回，可她领一次，就哭一次，哭着去，哭着回。后来，志全爹就不让她去了。给宝成说了，让他开会时捎回来。

那烈士证就放在一个墙洞里。

两个月之后，一张汇款单寄到了大李庄村。钱是一百元，上边却写着志全娘的名字。那钱是从部队上寄来的，村里人议论了一番，说队伍上的人仁义，说说也就罢了。

后来部队月月都寄钱来，每月一百，说是"战友"，也不知"战友"是谁。那钱志全娘一直存着，不敢花……

李小囤又走了，仍然是背着他那套做木匠的家什。

他跟那个叫玉萍的县城女人勉勉强强地过了三年。头两年还好，头两年门市部的生意也好，倒也赚了些钱。后来就不行了，两人怎么也过不到一块儿去了。先是为了一些小事。在小事上，小囤一直忍让，她说什么就是什么。可他越是忍，她就越发厉害。就这么闹着闹着，生意就做不下去了。

终于有一天，小囤说："我还是走吧。"

玉萍不吭，玉萍就在床边上坐着。

那个叫旦旦的女孩一边做作业一边用眼斜他，恶狠狠地说："你走！你走！"

他叹了一声，就背上那套木匠家什出门了。

此后，有人说，他跟一个施工队到南方去了。

"响器人"李连升又娶了一房女人。

过去，隔三岔五，他脸上总会有一些血道子。了解内情的人都知道，那是女人挖的。

他已先后离了好几次婚。可每结一次，过不了多久，那进了门的女人就会跟他闹着要离婚……

后来，当他娶来这第四个女人时，连升的脾气完全变了，他变得恶狠狠的。女人就再也不敢说"离婚"二字了，女人对他很服帖。可是，他却总是打这女人，每一次都打得女人光着身子满街跑。

那女人是前宋庄的，自结婚后，那女人就没有回过娘家。

她是怕人笑话她，她身上有伤。

国家干部李家福终于离婚了。

不过，家福女人离婚不离家，还带着那两个孩子在村里过。偶尔，家福也回来一趟，总是半夜回，半夜走，他是怕村里人骂他。村里风言风语地说，他回来还跟女人躺在一张床上，他家就两张床。

其实，家福现在算是有两个女人：一个是离婚不离家的明珠娘；一个是从师专毕业的女教师，才二十二岁，如今在县城中学教学。据说，那姑娘是去教育局联系工作时，让他"骗"到手的。又听人说，如今那女子已经怀孕了。家福是一手托两边，日子也过得很紧巴……

又据四婶讲，这"不要脸的"还常回来，回来的目的是想"刮磨"明珠娘手里那俩血汗钱……

当响器吹起来的时候，"竞选村长"李宝成正在窑场上罚自己背砖呢。天很热，窑里更热，他赤着身穿着裤衩子，像牛一样弯着腰背，一次背十五块，共七十五斤，脊梁都磨红了，沁着血丝。汗洗着他，太阳晒着他，窑里热气蒸着他，可他浑然不觉，只管一趟一趟地背出来，又一块一块地码好……

没有谁说闲话，是他自己要罚自己的。

他任村长两年了。两年前，刚上任的时候，他曾给乡亲们许下诺言，要叫大李庄三年富起来，让大家都看上电视……可是，时间一天天过去了，眼看着就要到期了，他又干了些什么呢？

　　当然，没有人追着他的屁股要电视，也没有人再提这档子事，人们早就忘了。即使谁家的日子过得不如意，也不会去怪他，那只能怨自己没能耐。可他心里难受，他说过话了。他是汉子呀！

　　不错，他的的确确干了。他领人趁冬闲的工夫在沟里挖了两个大鱼塘。可年年下鱼苗，却年年不见鱼。鱼没长成就让人们偷去了。大家都偷，连看的人也偷。又没人愿承包，只好让鱼塘干着。在这同时，他还雄心勃勃地接下了春生当年办的窑场。他带头集资两万元，把外乡人打发走，让村里人自己干，好使大伙尽快地富起来。可村里人自己糊弄自己，干活图快，打的坯不过关，烧出砖来没销路。雨天坯场淋了，也没人管，总也赚不了多少钱。有一段时间，他没日没夜地干，想用"精神"感化大家，可你对他们越好，他们干活越滑，干着干着就撂下了。一个个都想赚大钱，可谁也不想下死力做。他定了一条一条的制度，用扣钱的办法治他们，他们又骂他狠，对着门骂……他心软，私下里给了钱，他们又张扬出去，说是胜了。对村里的爷儿们，他又有什么办法呢？有时候，他也想狠一些，可总狠不起来。他太善了。他觉得大李庄需要狠一点的人才能治住，像大有那样的……

　　他很痛苦，夜夜睡不着觉。他难道连一个村子都管不好吗？他常常站在东岗上望着这片古老的土地出神。天大大的，地大大的；天是一整块，地也是一整块。一块天罩着一方地。可细看了，地又是一条一条的。你种了玉米，我种了芝麻，他种了豆子……高高低低，参差不齐，似又很碎。地是这样的，人心也是这样吗？地分了，人心也散了。各有各的想法，各有各的念头。用什么办法才能使一家一户的心齐起来呢？

　　他曾私下里悄悄进城去找过大有，恳切地对大有说："大有哥，别的村都富起来了，咱村也得想法叫大家富起来呀。回来帮帮我吧。大李庄到了咱们这一代，说啥也不能落到人后头……"

大有笑笑，说："宝成，要想叫村里富起来不难。你能做到这三条，保证大李庄家家户户都能富起来。"

"哪三条？"李宝成问。

"第一，首先你得买路，光靠种庄稼富不起来的，得搞副业，以副养农。搞副业办厂首先需要资金。你有资金吗？别吭，听我说完。小打小闹不行，要干就干大的。这就需要'买路'……"

"怎么买？"

"行贿。用钱铺，用一张一张的'大团结'铺！大把撒钱才能大把挣钱。你去银行贷款，不送礼是贷不出来的。送的少了不行，贷一万至少送人家一千。另外，税务局、工商局、公安局……都得送。这几关过了，路铺平了，你才能干事。你愿吗？"

李宝成沉默不语。

"第二，如今人心太恶，你必须以恶治恶。要不，你什么事也干不好。对村里爷儿们，你不能以诚相待，你得会真真假假，假假真真，让他们摸不透你。你得手段高明些，想法治住他们，让他们一见你就怕，这样他们才会听话。不能善，一善就容易跌跟头。善就是恶，恶就是善，你得清楚这一点。不然，办好事也有人骂。你敢干恶事吗？"

李宝成依旧沉默不语。

"第三，要想干成事，上头还得有依靠。你还不能光靠一面，说不定哪一天你靠的人就倒了，那你也跟着倒霉。得几面都靠。金魁哥那里，你得勤跑跑，他是市长，说句话就能帮你的大忙。逢年过节去送点什么，经常汇报工作，这有好处。报社记者什么的，也得巴结。这样，万一出了事有人替你说话，干啥事也有个担待。这三条你做到了，干什么都成，干一件成一件。要不，你就别干。"

李宝成思量很久，终于抬起头来，说："大有哥，我不想这么干。"

大有不屑地看了他一眼："那你就别干了。"

"正正当当地干，不行吗？"

"不行。"

李宝成默默地看了大有一眼，掉头走了。

他不甘心！

假若第三年仍不见成效，他宁肯不当村长。他不想那么干，也不能那么干。

这会儿，他站在窑场上，眼前黄黄一片。土是黄的，泥是黄的，一架一架的土坯也是黄的。日光晃晃，坯场上那一片黄像是漫过来了，仿佛顷刻间要把他埋住。他跳起来，吐了一口恶气，大声喊："我不服！我要试试……"

烟囱高耸在黄土地上，影儿长长的。

他又进窑背砖去了。红砖，一次背十五块，七十五斤。

李大有骑着摩托回来了。

他还带回一个极漂亮的姑娘。那姑娘穿着连衣裙，戴着墨镜，走路"咯噔、咯噔"的，很洋气。大有说这姑娘是他聘的秘书，这姑娘也称大有"经理"，把村里人都惊得一愣一愣的。

更叫人料想不到的是，大有回村来看的第一个人竟然是五叔。他领着姑娘一进村就到五叔家里去了，还提了四匣点心。

他和五叔是仇家呀！

好好的一所房子，就那样毁了。大有会罢休吗？不会的，谁都觉得不会。大有可是有大本事，他不会就这么了了。于是，一村人都惶惶的，不晓得要出什么事情。

终于，人们看见大有从五叔家走出来了。大有笑着。五叔拄着拐杖颤巍巍地送到门口，竟也笑着。大有说："五叔，您老歇着吧，不送。"五叔点点头，脸上有泪下来了……

到底说了些什么呢？没有人知道。问五叔，五叔默然不吭。问大有，大有笑笑，口很紧。一对仇家也就这么了了，很神秘。

一时，村里人又夸大有气度不凡。天大的事，说了就了，很有气魄。人们又纷纷上门了……

见了村里爷儿们，大有仍然散烟，嘴依旧很甜。他说他在城里办了"股份有限公司"，还要在村里办繁殖场呢。他说，冲七奶奶，他也要为村里爷儿们办件事。为办繁殖场，他已贷款二十万元，要大干哪。还说，村里爷儿们可以对份入股，五块钱就能算一股，盈了利按股息分红……说得村里人心里热乎乎的。只是有了二狗下狱的教训，众人心里还是有点怯，不敢轻易出钱入股。

正说着，五叔差人送来了一百元钱，说是先入二十股，待有了钱还要多入一些。

人们见五叔这样精明的人（又是仇家）都入股了，自然不再怕，也就纷纷入股交钱……

午时，在老族长石磙爷的带领下，大李庄的老老少少全都到北岗的坟地里来了。

坟地很大，周围几十棵老柏树寒寒地立着，人走进去便有一股阴森森的凉气。一丘一丘的"土馒头"散散地、一排一排地撒开去，漫向久远，把千百年的死静静地扯到人们跟前来，叫人不由不敬……

七奶奶的坟头上，耸一束旺绿旺绿的"子孙葱"。坟前竖着一杆巨大的引魂幡。那引魂幡足有七尺多长，"哗啦、哗啦"地迎风飘着，上边写有七奶奶的祖讳姓氏生辰八字。

族人们按辈分立在坟前，黑压压一片。

于是，一边是阴间的死人的队伍，一边是阳世的活人的队伍。

阴间的墓碑一排排，阳间的后人一代代。

死人静静地躺着，活人默默地站着；生与死仿佛是一道分界线，又似乎没有。无论是躺在地下的，还是活在阳世的，全有那血缘的"脉线"穿着，这"脉线"便是一部家族的历史。盛盛衰衰，繁繁衍衍，一代一代地续下去……

一边，响器呜里哇啦地吹奏着。祭七奶奶，也自然是李连升的国乐班。李连升依旧是掌大笛的好手，可他再不与人对台了。一对台，就不由得想起那句话，那是他终生的耻辱："你不是人！"他一想起这句话，就忍不住想尿，鼓足的气也就散了。他曾多次找医生看，医生说他"肾亏"。可他一连吃了几十服中药，仍是不治，弄得他常湿裤子。他心里就有了许许多多的恨。他把恨都泄在了女人的身上。这次祭七奶奶，他坚决不让请别的国乐班对吹，他一班顶下来了。话说下了，自然得掏十分的力量，吹得恶恶的！

一时坟地里轻烟袅袅，鼓乐声声，把那生生死死吹奏得淡远悠长，平缓激越……

香案摆好了，纸钱已燃着，照规矩先祭远祖。于是，担当司仪的老辈人肃然在香案前立着，高声喊道：

"二十五代孙上香——"

听声，石磙爷领一班老人颤颤地走出来，面朝北跪下，一个个十分的庄重。

"二十七代孙上香——"

这次是李大有领着众人乱乱地跪下来。人多，神情也不那么庄重，有媳妇忍不住"吞儿、吞儿"地笑出声来，老人们用眼睛瞪过去，却依旧很淡漠。头也磕得很乱。你低头了，他又抬头了，不晓得都在想些什么……

"二十八代孙上香——"

这下子更乱了。一群光屁股娃儿嘻嘻哈哈地拥过来，你挤了我，我搡了你，挤堆子滚成一团，屁股朝天，亮一团团粉红的肉……

石磙爷重重地咳嗽了一声，脸沉下来了。娃儿们吓得一个个噤声，伸着小舌头看人的脸。

这工夫，老坟地里十分肃穆。远远地望去，一座巨大的土丘突兀地立在最后，丘前剑一般竖着一通石碑。忽而有风旋起，冥冥之中似有苍老的魂灵在说话：

"那是老祖坟。老祖是从洪洞县大槐树那边过来的。听说是背着一架木犁。他一连走了七天七夜，走不动了，也就不走了，就用那木犁开地，一沟儿一沟儿地犁出了一个庄！后来几经磨难，族人们就迁到这里来了。这事七奶奶最清楚……"

一时，人们只觉得眼前晃晃的，似有一张巨大的木犁朝后人犁过来。犁杖上黑乌乌的亮，带着饱喂血汗后的腥气……

看了，想了，那一丘一丘的"土馒头"像活了似的在人们眼前晃动，叫人不由得膝盖发软，想跪。

祭了远祖，众人又在石磙爷的招呼下重摆香案，祭七奶奶。七奶奶过去三年了，后人们不由得忆起老人一件件的好处，也就很恭敬地上前磕头作揖。又是一辈一辈的上前烧钱，纸灰随风飘去，冉冉升天。

这工夫，后辈人心头仿佛升起了一轮灿灿的明月，又见七奶奶盘膝坐着，慢慢地摇着凉扇，讲那动人的"瞎话儿"……

正磕头呢，忽听坟地里有人窜来窜去，两手拍着屁股哈哈大笑："哈哈，我知道！哈哈，我知道！哈哈……"

这突起的笑声惊得人们头皮发紧，惶惶地扭头去看，一颗悬着的心才松松地落下来——是"老神经"在说疯话呢。

他又知道些什么呢？一个疯子。可他终日说他"知道"，说得人们疑疑惑惑地想，谁也不明白他究竟知道些什么。可人们又觉得他似乎会知道些什么。于是也就没人敢去惹他，任他终日发狂……

这当儿，回头看，又见七奶奶坟前那七尺长的引魂幡被风刮去了，扬扬地天上飘。人们屏息望着，大气都不敢出。只见那引魂幡哗啦哗啦响着，忽而高了，忽而又低了，一时升上去，一时又落下来。老辈人的心仿佛被那引魂幡引得几经起落，引魂幡摇摇晃晃地西去，才有人说："怕是七奶奶要走了。"

于是，乐声奏得更加热烈。孝子们齐哭。老坟地里顿时热闹闹的。

一个小娃儿趁人不觉，竟对着石碑浇了一泡尿，然后颠着肉乎乎的小屁股，朝阳光跑去了……

阳光慢慢北移，亮了阴风阵阵的老坟地。众人心里也仿佛一亮，似觉远处老祖宗那通石碑直竖竖的，透出不枉扛了木犁犁出一个庄来的骄傲！一片一片的坟头从那石碑下漫过来，仿佛那死人的队伍也阳壮壮地一代一代排开去，顶日月的艰难……

时光是有限的，也是无限的。

一个家庭就这么一代一代地走过来了。

血脉是连着的，永远连着。

1999 年